我们都是施害者
我们都是受害者

冉游回

　　有时冉老头出门，"王朝""马汉"就在后面一摇三晃地跟着，路人见了好奇地问："这是鹰……鸭……鸬鹚啊！"邻居们看着便眉开眼笑地奉承他："冉老头，你比市长还风光！"

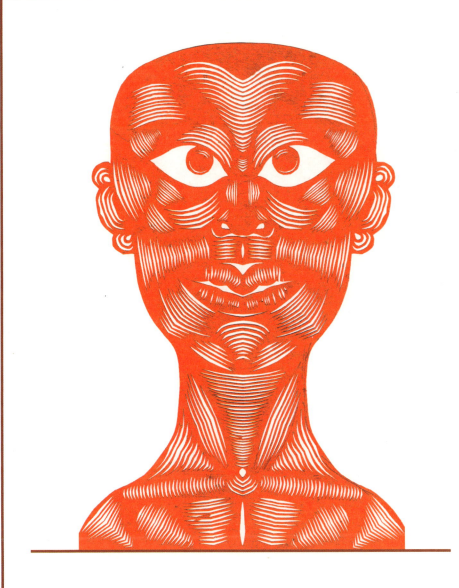

虱子

流氓皱着眉头，一本正经地说："我爱看历史方面的书，拿破仑、刘邦、朱元璋的传记我都读过，《水浒传》也翻过，搁古代，我早就拉一帮人替天行道了，娘那脚，生错了时候，现在到处都是人，也没地方落草为寇！"

白繁荣

　　白繁荣笑了说："他谁都离不了，就离得了我。哪像你老公，天天车接车送，我连个自行车接送的待遇都没，哪日要是闹一闹，他那驴脸一板，恨咧咧地说，你没长腿？想听他说句好话，用你那话说，白求恩他哥——白毯想！"

老高

　　老高吓了一跳，看着她披头散发的样子，没想到女人说出这样的话，嗫嚅着说："这……唉，我是个老头子，有啥好的……""就是好！"女人狠狠地说。

罗红锈

罗红锈木糊着脸，翻了翻牛蛋似的眼睛，一边展平手中脏兮兮的钞票一边说："你跟钱有仇啊？一锤子买卖谁管谁，你嫌钱扎手我不嫌！"

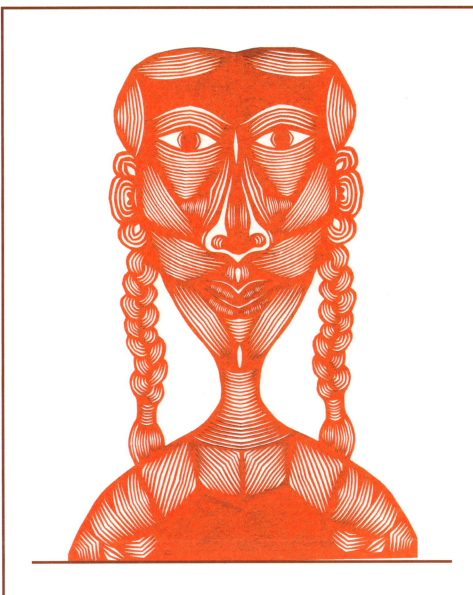

田紫云

　　紫云站在我的面前，好像一本飞机座椅靠背里被翻卷的杂志，她面色苍白，厚厚的粉底也遮不住疲倦的眼袋，头发乱糟糟的，给人一种过期的感觉。

子午镇

ZI / WU / ZHEN

✡ 赵飞鹏 著

中国青年出版社

图书在版编目（CIP）数据

子午镇 ／ 赵飞鹏著． —— 北京 ： 中国青年出版社，2014.3
ISBN 978-7-5153-2220-9

Ⅰ．①子… Ⅱ．①赵… Ⅲ．①中篇小说－作品集
－中国－当代 Ⅳ．①I247.5

中国版本图书馆CIP数据核字(2014)第036953号

责任编辑：彭明榜 孙梦云

插图剪纸：宫林

书籍设计：孙初＋林业

中国青年出版社 出版 发行

社址：北京东四12条21号

邮政编码：100708

网址：www.cyp.com.cn

编辑部电话： （010）57350505

门市部电话： （010）57350370

北京楠萍印刷有限公司印刷　　新华书店经销

700mm×1000mm　1/16　20.5印张　229千字

2014年3月北京第1版　2014年3月第1次印刷

定价：35.00元

本书如有印装质量问题，请凭购书发票与质检部联系调换

联系电话： （010）57350337

目录

水 龟 / 001　　　冉老头撑着划子船，好像滑行在一面平
　　　　　　　　整的镜子上。

虱 哥 / 019　　　荷尔蒙的气息包裹着流氓，他的四周，
　　　　　　　　激荡着青春的朝气和甜蜜的恋情。

瘦 手 / 063　　　那时候，我还不知道小荣半年后会在来
　　　　　　　　信中跟我说："就是，我们已是两个世
　　　　　　　　界的人了。"

流 沙 / 121　　　老高从家里出来后就下了河，有在河里
　　　　　　　　洗澡的人看到老高领着女人跑到河中央
　　　　　　　　最高的一个桥墩上。

沸 水 / 169　　　她抓着一摞信坐到垃圾桶边，看一封撕
　　　　　　　　一封。那时的她多么清纯啊，第一次谈
　　　　　　　　恋爱找的就是张现金，而他不过是电视
　　　　　　　　台的一个穷摄像。

爱 妃 / 255　　　与紫云分开后多年里，每次听到《心太
　　　　　　　　软》，我的脑海中立即就闪现出第一次
　　　　　　　　见到她时的情境。

干燥花 / 297　　　麦若英脸上的羞红渐渐消退的时候，就
　　　　　　　　开始反刍起了心事。

后记 / 311

水
鼋

　　清冷的河面上没有一丝风，冉老头撑着划子船，好像滑行在一面平整的镜子上。镜子尽头的河岸上，散落着一滩滩大大小小的黑斑，那是顽劣的孩子烧荒后留下的痕迹。再远处，目力尽头的上游，是一片灰苍苍的树林，已失却了夏季的蓬勃碧绿，只剩下枯寂的枝杈，好似落了一层灰，没有一点生气。即使再贪嘴，白河两岸的渔民们也不会在这深秋季节下河捕鱼的，河水扎骨头凉，又清又瘦，是不会有大鱼的。不像夏天，动辄暴雨如注、河水汹涌，浑黄的泥巴汁水会将上游水库里的野生鱼裹挟下来，洪水退去，简直一河都是人，一扇又一扇甩出去的渔网，好似一朵朵快速绽放的黑牡丹，人人腰后的鱼篓里都是沉甸甸的。水清了，人们又下河洗澡祛暑，河下黑了白天不断人，热闹得像集市。然而一过霜降，河滩上最后一片柳叶飘落后，河里人毛也难见一个，就连平常最多的水蛇蛤蟆也钻进岸上枯黄的草地下冬眠了。刚才在岸边从自行车上卸下鸬鹚双体船后，他还专门试了试水温，凉气顺着手指尖沿着胳膊一直传导到心窝里。冉老头犹豫了一下，还是撅着屁股把小划子推下了水。

他转头望望，黑黑的自行车仍在那里，如同一匹安静低头吃草的马。蹲在岸边的时候，他清楚地看到了水底横七竖八躺着的柳叶，翠绿的叶子已成了暗灰色，接下来的整个冬天，它们都是这样，还可能被冰面覆盖或者冻进冰层里，明年春天冰凌融化，河水涨起来时，它们才会分解消散，变成柳树梢上的嫩芽，再长出来。河水清晰地映出冉老头凹陷的脸颊和额头深刻的皱纹，他将干枯的手指从河水里抽出来，呆呆地看着自己暗黑的影子，那个生机勃勃的少年，仿佛一转眼就成了个老朽的家伙。浑黄的眼珠又瞅向水深处，一层落叶之上是一块积满灰沙的石头，没有绿苔附着它，也没有草鱼苗儿警惕地摆着尾巴在旁边游来游去，下面自然也不会藏着小蟹。一层忧虑袭上心头，他担忧，这么清的水，恐怕很难有鱼。冉老头拄着篙停下小船，茫然地望着四周寂静的水面在寻找什么。突然，不远处平静的河面破了，钻出一个黑脑袋，继而整只鸬鹚就坐在了水面上，兴奋地东张西望，尖嘴巴下的嗉袋里鼓囊囊的，它昂起头，急切地想把喉咙里的东西咽下去，可扎在脖子上的红绳子阻挡了它。距离它四五米外，又冒出一只尖嘴巴的鸬鹚，头顶一绺白绒毛，嗉子却是瘪的，它只是出来透口气，屁股撅起又一头钻进水里。冉老头心里甜甜的，他抽起竹篙，淌着水的长篙有节奏地敲击着船帮，一圈白胡子茬的嘴巴里发出连续的噜噜声，那只脖子一圈白毛的鸬鹚不情愿地潜进水里，再露头时已近在眼前。冉老头将竹篙伸向鸬鹚，它两只肥厚有力的脚蹼攀着竹篙便站在上面，冉老头握紧长篙，用力将它端到小船上，竟累得气喘吁吁。他将竹篙使劲别在船底的河沙里，蹲了下来，这个饥肠辘辘长嘴巴的家伙一次次仰脖，想将嘴里的东西吞下去，急得脖颈都憋粗了。冉老头摸着它湿漉漉的头安抚说："急什么，'马汉'，一会儿有你们吃的，都是你们的！"说着握定它的脖子用力一挤，鸬鹚张大了嘴巴，一条小孩手掌大小、红眼睛的鱼和一只长白条滑落到船舱里，冉老头瞧着一动不动死在舱底的两条小鱼说："还以为啥呢，这东西叫'眼药瓶'，味道苦得很，以前逮到了都要扔掉的。""闲了一年多，这吃饭的本事有些生疏啊，再下去看看吧，你瞅人家'王朝'，一点都不偷懒！"他自言自语和鸬鹚聊了会儿天，便用竹篙尖频繁点着水面，掀起雪白的浪花，"马汉"如同得了将令，扑扇两下翅膀，蛇着脖子跳下小船，就见一个黑影直直钻进青暗的河底不见了。

天空湛蓝湛蓝的，断断续续漂着几朵扯稀了棉絮一样的云彩，太阳不知哪里去了，清净的河面上是高天里白云没有颜色的倒影，冉老头眯起眼睛望望天，又看看脚下的水面，似乎有些头晕，他连忙盯着对岸陡峭如断崖的沙河堤看了一会儿，才止住眩晕。两年前大病一场后，他落下不少后遗症，平白无故两只手就会颤抖，还添了抽烟湿烟嘴的毛病，好像口水不断的婴儿，他索性戒了烟。远处那立陡的护堤年年坍塌，堤坝上的一片开阔地要被河水吞噬完了。小时候，那片平整的草地一到春天就开满五颜六色的野花，每逢春上四月，他便与小伙伴过河去那里剜黄黄苗和抽茅芽。黄黄苗的根熬茶能够去火，茅芽尖可以生吃。形似细长毛笔尖的茅芽极易与草叶混淆，需弯腰仔细辨认，找准了轻轻一抽即拔出来，剥开皮，里面包裹的叶肉嚼起来滑腻爽口，过了那个时节，茅芽抽穗开花便老了，此时再吃，如同柴草一般难以下咽了。如今，那片记忆中常常盛开着鲜花的草坡已经后退成空荡荡的河面，但冉老头知道，悬崖下那片泛着亮亮白光的水面是块野游的人都不敢去的深水区。前几年，趁着两岸修公路管理混乱，柴油机在那里嗵嗵响了半年多，伸到河底深处的传送带，吸出了大颗粒的粗砂，人们榨干了白河的最后一滴油。那些地洞一般的沙坑深处温暖的水里，说不定藏着大鱼。

冉老头决心去那里碰碰运气，他弓腰奋力撑了几篙，小划子船在水面上轻盈地滑翔，"王朝""马汉"追逐着小船，脖颈上细腻的羽毛闪耀着锦绣的光。当鸬鹚船驶过河中央浅水里的一截黑影时，冉老头明白他又经过了那个与他一样受熬的旧木桩。这根似乎永远也沤不烂的松树干立在河底，不知刮破过多少打鱼人的网，有人说它是"定河神针"，但冉老头清楚，它其实是早年的一尊老桥墩。在钢筋混凝土的白河大桥修筑起来之前，河上只有一架贴水而建的矮木桥，传说还是红军搭造的，桥身结实异常，深埋河底的桥墩全是两人合抱粗的松树干，桥面铺满废弃的枕木。站在这瓷实的枕木桥上，可以看到透亮的河水里净是扫帚那般长的野生大鱼，游来游去，悠闲地如同现在公园假山池里的锦鲤。那时人们似乎不爱吃鱼，也许是缺乏捕鱼工具，但冉老头的爹就用锋利的铁锹砍中过一条。那是个七八斤重的草鱼，伤口在头上，半只鳃盖都掉了，也许是昏了，泛着白肚漂在水面上。爹跳下河将大草鱼扔上了炙脚的木桥，又攀着吸满螺蛳的光滑桥墩爬上来传授经验说："只要看见河里有黑影子，像一团会动的水草，忽东忽西，忽左忽右，那准是鱼群！""叉鱼时要略偏一点，对准就砍不中了！""为啥啊？"他看着那失了鳃壳子，里面层层叠叠红鳃一张一合的草鱼问。"记住就中了，话恁多！"爹有些不耐烦，他还要"好事成双"再砍一条，就让儿子把鱼运回家养在洗澡盆里，明日集上可以卖个好价钱。幼小的冉老头脱下身上的线衣裹着草鱼，吃力地抱在胸前，不防半路上昏厥的草鱼苏醒了，一个弹腾，尾巴扫着脸，他一个趔趄扔了它，脱了手的草鱼在沙土地上弹腾着，拍得地面山响，眼见就要滚到河里了，他赶忙扑上前去，用身体压住了生命力顽强的草鱼，鱼肚子里仿佛装了一根力道强劲的粗大弹簧，撞击得他胸口生疼。气歪了鼻子的小冉老头将沉重的草鱼在沙地上翻滚起来，忍不住还踢了两脚，地上散落不少指甲盖大小的鳞甲，草鱼身上裹满沙土，它终于服帖了，精疲力竭地躺在地上。他扛起这条半死不活的大草鱼回家去，就像肩上压着半扇软乎乎的猪肉。爹以后每次提起这件事就会说："他竟然把那条草欢给踢死了！哈哈。"爹一共说过几十遍。

　　一弯干枯的芦苇孤零零露出水面，好像一支伸出来求救的手。冉老头转身向后望望，高高的冲沙闸还在那里，闸下的水面波澜不惊，如同冰冻了一般，那里就是一个深潭，每年都要淹死人，他还是孩子时就亲眼见过。那一年爹带他下河洗澡，他和几个孩子肚子洗饥了，就爬上岸，站在一块半截埋在土里的巨石上，一边拍着屁股一边跳脚大声唱："拍，拍麻杆，你的不干我的干！"这时，他无意中瞥见潭水中央人少的地方，一个黑脑袋好像钓鱼的浮标一样，一会儿没入水中，猛又露出水面，接着又沉了下去。他心中疑惑，这是什么凫水姿势呢？没过多久，一个赤身挺着大肚子的中年男子肩膀上搭条毛巾就开始四下呼唤他的儿子，很快声音里就带了哭腔，好心的人们也都帮着找，不一会儿就有人从河底摸出了一具软绵绵的尸体。那个父亲扑上去嚎啕大哭，一大堆人都不洗澡了，裸着身子围成半圆看那人徒劳地为已经死去的儿子人工呼吸。边上有人注意到，那溺水小孩子的脚脖上箍着四条淤青印儿，好似被手使劲儿攥过一样，有人就压抑着嗓音神秘地说，莫不是遇上水里的东西了，这潭窝从来就没干过。众人面面相觑，便没人再吭声。幼小的冉老头却抱着爹的腿仰头说："我刚才看见有人在潭窝中间头一出一进，还以为在潜水呢。"爹瞪了他一眼训斥说："就你那话多！以后敢挨挨这潭窝的边儿，腿给你打断！"一年后上学时，爹就给他取了个大名叫冉游子，老师却说，游子游子，那你以后可难指望他守在身边。爹却说，我不是那个意思，那就叫冉游回吧。他却知道爹的心意，"游子"其实是白河里司空见惯的水黾的土名儿，在蚊虫飞舞的臭水塘里，在发大水的河渠里，冉游回都见过这种不起眼的小虫子。他还羡慕过生得像大蚊子一般的水黾，在打着漩涡的湍急水面上，洪水冲下的水草、树叶一转眼就被暗流吞没，而生着头发丝般纤细六条腿的水黾却如履平地，在河面上自由畅快飞奔，有时还率性地逆流而上，一眨眼就越过数个水漩，仿佛脚上套着一排轱辘的溜冰鞋。有一回爹在河边石头上洗衣服时，盯着眼前热闹闹的水黾群，瞅了很久，然后若有所思地说："这东西好，咋也不会沉底。"冉游回长大了以后果然水性好，两公里宽的白河，他横渡个来回仍然活蹦乱跳，和小伙伴们比赛憋气，别人把头埋在水里，他一个猛子扎到水底，抱块石头在河底打坐，时间长得大家以为他淹毙了，七手八脚将他拽上来，他却一摸拉脸大声叫喊着："你们耍赖！"有一次冲沙闸放水，四五米宽的水流汹涌而下，与水泥槽相撞，激起滔滔浪花，一个同伴的游泳圈不注意随水漂走，被裹进滚滚波涛中，人们都说这好好的游泳圈可惜了，冉游回二话没说，转身冲进激流里顺水而下，枯水时人们都见过，冲沙槽里全是嶙峋的尖石，令人不寒而栗。就见冉游回在怪石上方的白浪间若隐若现，一直被冲到下游，才追上那只轮胎改造的游泳圈。他扛着黑轮胎兴冲冲回来时，人们脸上目瞪口呆的表情仍未褪尽。

冉老头冲着划子船，在心里笑了，有时他觉得自己的小船就像只水凫。如果能在船尾加个快艇上常见的马达，就更完美了。这种学名鸬鹚双体船的小划子很简陋，看起来似乎很容易撑，其实颇有技巧。不少人好奇，看他冲得轻松悠闲，于是借他竹篙跳上船，结果无一例外是原地打转，随即失去平衡，一头扎进水里，好像他的鱼鹰一样。身子胖大的还会把小船都带翻了，人被捂在船下，灌了一肚子水，呛得发誓再不碰这小划船了。冉老头是熟能生巧，撑了快十年后，这鸬鹚双体船就像他脚上的两只鞋一样妥帖自然，几日不冲，还有些念想。但冉老头并未丢弃使渔网的看家本事，爹在世时渔网用得极好，不管多重的网，从他手里出去，都是又远又圆，不少人下河就跟在他屁股后看撒网。家里房檐下墙上，从断指眼到大眼网，挂了三四扇，好似开展览会。脾气倔强的爹极其鄙薄使用炸药、电捕鱼，也包括鸬鹚，他一辈子只用渔网，"逮鱼得有个逮鱼的样儿，使炸药崩那叫逮鱼？！"他无数次愤愤不平地骂道。冉老头也是年岁大了才买回鸬鹚，他不敢忘了撒网的传统。在他划子船的后舱里就放着一扇整饬一新的一指眼，花了两个月，他一针一线将它缝补好，用新鲜的猪血浸染，再蒸干，缀上八斤铅角，网眼韧，入水利，这是拿鱼的好手。远处就是那片诱人的深水，冉老头卖力冲着小船，"王朝""马汉"护卫在两边，不用回头他都知道，崭新的一指眼静静地躺在身后的船舱里，不声不响，一路飘荡着刚出蒸锅时那种热烘烘腥臭的香气。

太阳毒辣地晒着，这是秋日里难得的好天气，院子里水泥地上的半盆猪血正在慢慢凝固，猩红的血块间偶尔冒上来一个透亮的气泡，升到水面上也不破，蛤蟆眼睛一样鼓在了那里。一只毛色驳杂的柴母鸡蹑手蹑脚地走过来，探头朝盆子里瞅了一眼，转而慌慌张张跑开去，屁股后落下一滩青白的汤鸡屎。冉老头赤脚穿着一双黄胶鞋，大步从厨房走出来，手里攥着一把干爽的麦秸。那束秸秆被他略微有些颤抖的大手揉成一团，摁到了血盆里，他蹲在边上，用力揉搓起来，青筋暴突的大手上很快沾满鲜血。猪血块抓上去滑腻腻的，似乎还带着温度，如同稀软的嫩豆腐一般，血豆腐被捏碎了，一股腥气钻进鼻孔里，他仔细捞着猪血里的血筋，皱了皱鼻子，这盆血是他从街上卖猪肉的张大牙那里破着老脸磨了好久才要来的。张屠户生着一对硕大的板牙，中间还隔一条细缝，合着嘴巴不说话也会露出半截，冉老头有一次对旁人开玩笑说："卖肉老张那一对大牙好啃瓜皮的料儿。"说完有节奏地学起了早年听来的一句戏文："狼猪牙，赛钢枪，先咬柜子后咬箱，最后咬你那花衣裳！"众人哈哈大笑，但不知谁嘴快就学给了张屠户，冉老头再去买肉，张大牙看他的眼神就怪怪的，脸上像下了霜，还把一对大牙艰难地藏到了厚厚的下嘴唇里。他想把自家的旧渔网血一血，央求了四五次，张屠户才冷冷施舍了他半盆猪血。冉老头仔细翻弄着麦秸团，红血浆成了黏稠的汤汁，秸秆间挂了不少血块絮絮。他取出麦秸放在盆边，嗓子里发出一声沉重的呼吸，站起身去取房檐下挂着的那扇旧渔网，褐色的网身上补了四五个白色补丁，远远望去显得格外刺眼。

　　沉重的铅角儿接触铝盆底发出一声沉闷的钝响，暗红的血液洇湿了尼龙渔网，太阳照得冉老头背上暖洋洋的，他一只手卡着网腰，另一只手抄到盆底托着冰凉的铅角和丝丝缕缕的网兜绳，将渔网翻过来，让网眼均匀地沾上猪血，冉老头突然觉得这好像蒸面条在拌汤菜，和卤面条一样，血过的渔网晒干后也要放到蒸锅里蒸过，这样血出来的渔网才更结实耐用。腥气在院子里扩散，眼前大门边的柿子树上，"王朝""马汉"一高一低卧在树杈上，无精打采地好像睡着了。它们的头顶，是一个个红灯笼似的熟柿子，柿树上的鸬鹚似乎闻到了浓烈的血腥味儿，头顶一簇白毛的"王朝"醒了，翠绿的眼睛盯着冉老头，那玉石一般的眼珠中央，一点漆黑的小眼仁在慢慢变大，它张开黄色的角质长喙，像是打了个大哈欠，然后开始用带钩的尖嘴轻轻啄着面前破了一个小口的涩柿子，啄下来一块儿，又转头甩掉，再将长嘴在硬柿子上蹭来蹭去，似乎要将它磨得更利。它的斜下方，困乏的"马汉"将颀长的脖子转个大弯盘到背上，埋进双翅当中兀自昏睡，一双黝黑的三指脚蹼紧紧抓着脚下的粗树枝。冉老头不记得它们多久没吃过鱼了，以前还隔三差五从集市上买几尾鲫鱼给它们，后来生病躺倒后便无力负担，只能他吃什么，便喂"王朝""马汉"什么，饿极了，它们连馒头、面条也吞得下去。冉老头吃饭时，它们就在桌下钻来钻去，捡拾他扔下的饭菜，在水里捕鱼如此英武的鸬鹚，跟着他过着又当鸡又当狗的日子。有一次，他从鱼市上捡回几坨鱼内脏和两个鱼头，"王朝""马汉"激动地嘎嘎乱叫，平素向来和睦相处的兄弟俩，竟为抢食咬起架来，"马汉"饿得用那尖利的长嘴叼起拳头大的鱼头，硬生生囫囵吞了下去。冉老头想起来就一阵心酸，不禁加快了手中的活计。

　　绑着网绳的小砖头越过柿子树的高杈又坠落到地上，两只鱼鹰受了惊吓，也只是疲乏不堪地换了两个枝桠，又一动不动了。冉老头取下砖头，用网绳架起渔网，另一头绷紧绑在旁边低矮的苹果树上，淋漓着鲜血的一指眼就呈扇形晾晒在绳子上。一些网眼间还篷着薄薄的血膜，好似一扇扇小玻璃窗，透出五彩的绚丽阳光，迅疾又破裂了，血水顺着网线越流越小，消失在网眼间。他捡起那团血麦秸，甩手扔到墙根任它沤粪，五六只眼尖的小柴鸡却蜂拥而至，两只鸬鹚也呼扇着宽大的翅膀，如同两团黑影降落下来，混进鸡群去抢食，它们一定认为冉老头在抛鱼肚肠了。一团麦秸被扯得四分五裂，一只鸡分到一根麦秸，各自踩在脚爪下用力刨着，两只鸬鹚在那里认真地啄吃那些黑血絮。柿子树下的院墙角是一方小水池，水泥沿儿上满是白色的粪便痕迹，浑浊不堪的池水上漂浮着几片黑绒毛，冉老头握着一把铁锹，声音刺耳地将干了的鸟粪刮下来，扔到柿树根处。水池旁边靠墙立着一只桐黄油亮的鸬鹚双体船，当地人称它为"划子船"，上面也干着不少鸬鹚便迹。早年在河下承包的苹果园因为修观光路被占以后，冉老头就用补偿的钱买了这架小划船和两只鱼鹰，他有渔网，也有惹子，可用鸬鹚更省力，有时碰上鱼群，才会站在划子船上甩两网。当子午镇上的渔民在浅水里吃力地一网一网扔时，他撑着鸬鹚船，徜徉在波光粼粼的河上游，驱赶着"王朝""马汉"捉鱼，这就好像别人还在拉架子车，他却开上了手扶拖拉机，那些一身泥水的熟人们不无嫉妒地说："老冉头这跟拾鱼一样！"那时他一日最少也能捕到十几斤杂鱼，卖到镇中心市场上，转手就是一沓钞票，天天有进项，老婆子、混混儿子见他也眉开眼笑。老婆子活着时嘴碎，日日唠叨，自己恨不得拿渔网线给她缝上，可她一死，偌大的院子倒显得空落落的，住在镇西头的儿子不来搜刮东西是不会轻易上门的，冉老头孤恓地说话人也没有，只有十只鸡和两只鸬鹚陪着他。有时出门，"王朝""马汉"就在后面一摇三晃地跟着，路人见了好奇地问："这是鹰……鸭……鸬鹚啊！"邻居们看着便眉开眼笑地奉承他："冉老头，你比市长还风光！"

可自从家里人不让他下河后，这两只鸬鹚都是张嘴的活物，天天离不得腥荤，只好去集市买，冉老头觉得自己把当年打回的鱼、挣来的钱，又一一还回去了。儿子让他把鸬鹚送给市里的动物园，他扳死不依，闲来就给划子船刷上一层又一层透亮的桐油，或者戴上老花镜坐在房檐下的太阳地里，仔细补那扇破了人头大窟窿的旧渔网，他相信自己一定会让"王朝""马汉"再吃上喷香的大鲫鱼的。冉老头正摸着那渐渐干燥的一指眼，捡掉一半个挂在网结上的血凝块时，大门咕咚被撞开了，卖苹果的儿子冉小鳅冲了进来，他胡子拉碴，穿着一件破旧的皮夹克，由于年代悠久，假皮子鼓起大大小小的包，不少地方破了，露出里面的灰色夹层，好似一件掉色的迷彩服。他一边摸着鼻子贼溜溜地四下探寻，一边大声嚷嚷："咋啦，怎腥？饿得狼掏一样，有没有吃的？"两只鸬鹚热情地迎上去，被他一脚踢开："滚一边去，老子都饿得前胸贴后背了，还顾上你们？"冉老头懒得应声，厨房里叮咣一阵响，冉小鳅手里握个凉馍，嘴里嚼着蒜瓣已经出来了。鸡子、鱼鹰都围过来眼巴巴望着他，看看连掉馍屑的可能性也没有，又散去了。冉小鳅如同领导一样在院中的水泥甬道上来回踱步，盯着两只上半身像鹰、下半身像鸭子的鸬鹚说："这都电打鱼了，谁还养这个？只吃不进，不行送人或者卖了算啦，兴许能值个三五百块钱？""那叫卸磨杀驴，能挣钱时你咋不说卖的话？"冉老头瞪了他一眼没好气地说。儿子嘴里塞满了馒头，腮帮子鼓老高，噎得直伸脖子，好不容易咽下去后说："再不，杀吃算了，这畜生不吃稻谷不吃糠，也不知味儿胜不胜鸭子？""吃？吃你娘的脚！"冉老头气得涨红了面皮，手就摸向脚上的解放鞋，冉小鳅一看事不对，转身就往大门口跑，那被大脚趾头顶破了个洞的黄胶鞋，很快就追上了他的屁股，冉小鳅扑打着裤子、火烧火燎地向外逃，直吓得鸬鹚们赶忙跳到脏水池里，一只正在下蛋的母鸡从鸡窝里跑出来，扑棱棱飞到院墙上，一边小心抬脚躲避着墙头插的玻璃碴，一边抖动着脖子，连声咯咯哒惊叫着。"王朝""马汉"在污水里空啄了一阵，又萎靡不振地跳上池沿儿，并排挺胸昂头用绿幽幽的小眼睛望着他，冉老头心想，实在养不下去了，也不害那性命，就放生它们到白河里去吧。

　　冉老头转身瞥了瞥放在后舱的一指眼，它蓬松地卧在那里，吸足了猪血，经过大锅的蒸烤，已经变得筋骨强健，如同一张新网，张开的网眼仿佛在大呼小叫、跃跃欲试，等着入水一显身手，四十八枚沉甸甸的铅角趴在舱底板上，冲着船他都可以感受到它们的分量。这是那无二混的儿子送给他的。有一日，他正在给院里的苹果树打尖，冉小鳅抱着一块沉重的铁疙瘩进来了，笑眯眯地连声说："爹，爹，瞧我给你弄了个啥？"冉老头停下手中的剪刀，疑惑地望着那块灰头土脸的东西，儿子眉飞色舞地炫耀："街上碰见个拉架子车收废品的，估计是个新手，收了一堆旧零件，到摊上买苹果时，我无心扫了一眼就发现了这个稀罕物，用五斤苹果换下它，掂掂这分量就知铁定是铅，想着弄回来给你铸网角用。"冉老头"好"字还没说出口，冉小鳅就说："我娘老了以后留下那金镏子还在不在，我请了尊菩萨，想给她包个金身。"冉老头知道儿子的德行，但他已无所谓，黄土已经涌到了下巴颏，这院子里的一根椽子一片瓦最终都要留给他，想到这里，他便转身进屋拉开抽屉，拣出了那只暗淡了的戒指，儿子便欢天喜地地去了。冉老头用长篙划着水，小船缓缓向对岸移动，他环顾四周，突然觉得有些凄凉，不由念起了早殁的大儿子冉小鲢。如果把两个儿子放在天平上，他内心深处是偏向大儿子的，虽然人们都说他脑子不太灵光。大儿子生着高高的个头，却每日只会憨憨地站在马路边，嘴角的涎水拖了半尺长，看到有汽车或者拖拉机开过来，便兴奋地鼓掌，口里乌拉着谁也听不懂的话，好像悲伤哭泣的声音。那些年路上跑车的司机都知道，子午镇东头有个傻子，日不错影天天守在公路边，比警察还应时。他们看到"大个"总会摁响喇叭，有的是打招呼，有的是警告他不要到路中央乱跑。碰到熟识的车，冉小鲢还会追上一段"送行"。他也不怕冷，一年四季只是一件单衣，脚上趿拉着一双后跟磨平了的泡沫拖鞋，每天都是很快乐的模样。只有吃饭时，家人才能将他从马路边拽回来。冉小鲢很听话，让回家就回家，尤其是他从河里捕鱼回来，大儿子便安静地蹲在水盆边，看那鲤鱼、鲢鱼、鲶鱼翻着白肚或游来游去。炖鱼时，他甚至知道用肮脏的食指和拇指从罐子里捏一点盐，漏斗一样零零星星放到沸腾的鱼汤里。冉老头不认为大儿子傻，他只是醒事晚、不开窍而已。他呆呆地看着浮游在水面上的"王朝""马汉"，在心里盘算着，大儿子活着今年该整五十了。可那一年冬天，东北风飘雪花，连日有些烦躁的冉小鲢不知怎的半夜偷跑出家门，第二日清晨，早起贩菜的邻居在马路边的水沟里发现了他血肉模糊的尸体，肇事的车辆早已不知所踪。冉老头突然生出一丝懊悔，醒悟是不是名字妨害了儿子，可不？鲢鱼出水就死，而泥鳅生命力却异常顽强，小儿子果然就成了滚刀肉。他觉得有些胸闷，好像那块铅疙瘩压在了心头，忍不住想大喝一声，却只是清了清嗓子，用力将竹篙打向水面，冷水四溅，"王朝""马汉"扑腾着黑翅膀翻身钻到了水下。

　　自行车成了一团模糊的黑影，冉老头收住篙，觉得有些燥热，毛衣似乎刺破了稀薄的秋衣，有些扎痒，他解开缺了一粒扣子的蓝上衣，退下一只袖子，再换下另一只，提着衣领扔在了前舱里。微微的河风吹透了毛衣，似乎有些寒意，冉老头却觉得清爽多了。竹篙溅起的水花飞落到裤管下一截枯瘦的小腿上，冰凉彻骨，那腿干已经没有多少肌肉，只剩下皱皱的黄皮包着骨头，前几年照顾生病的老婆子耗去了他不少精力。早年大儿子的死，老婆子受了刺激，有时突然就会对着空气自言自语，一会儿又好了，到老便有些痴呆的迹象。做好了饭喂她，老婆子吃进嘴里又噗噗吐出来，疾言厉色地说："不吃，不吃，你们想毒死我！"到了半晌，又吵着饿。大小便也不讲究了，羊屎蛋一样的粪便拉得床上、堂屋到处都是。有一次刚为她换上新床单就又拉在上面，冉老头抱她下床清洗，老婆子拼命挣扎，那枯萎的身躯里藏着惊人的能量，他抱着老婆子跟跟跄跄一屁股坐在地上，气愤之下，便硬拖着她去院中洗澡。儿子来家时，老婆子便告状说，你爹昨儿个在地上拖我。冉老头气得发昏："说你糊涂，谁信？！"去年老伴下世前，他也病倒了，儿子将他接到西院住，奄奄一息的冉老头躺在病床上听到东边传来哀乐和鞭炮声，叫声我也早点死了吧，他悲嚎一声便不再进食，儿子与媳妇在堂屋商议说："这事要早作准备，兴许能冲一冲！"谁知靠着点滴，冉老头竟然渐渐康复，他搬回老院却发现东屋里停放着一口漆黑锃亮的棺材，知道是为自己准备的，也不忌讳，便用它来盛装粮食，然而他的精力又和以前一样旺了。门口的邻居看见他从镇上的粮油店里，扛了一袋五十斤重的面粉大步流星走回来，还瞧见他挑着两桶水，晃晃悠悠出门去给菜园浇地，街边卖烤红薯的老女人瞪大了眼睛惊呼："老冉头，你是铁打的？！"隔壁家的胖媳妇挑着高腔训斥自己老公公时说："一顿饭吃俩馍四个荷包蛋还说没劲儿，到我老冉伯那岁数，还得八抬大轿抬你呢！"

冉老头无声地笑了，使劲儿撑上两篙，划子船便轻快地冲到了青黑的水面上，那好像熟悉的冲沙闸下潭窝的颜色，不知为何，冉老头的心中漾出一丝甜蜜，这股兴奋渐渐扩展，一直上升到后脑勺，又涌到额头，最后流到眼眶和鼻腔里。他用脚趾头抓紧甲板，用力前后晃动身体，划子船便前后起伏，船舱激起水花，发出嚯嘟嚯嘟声，好似两军交战时擂响的战鼓一般，"王朝""马汉"听到这久违的激越号令，翻身就潜入了深水。冉老头四下追寻着它们的踪迹，他眯起眼睛，竟然吃惊地发现，远处冲沙闸正上方的天空里，高挂着一弯细细的月牙，那么通透，那么皎洁，他正有些疑惑，这到底是白日还是月夜呢，一只鸬鹚已经从暗暗的水里突出，几乎跃出了水面，雪白的浪花间可以看到，它锋利的嘴巴里叼着一条筷子长的鲫鱼，鱼儿拼命挣扎着，透明的尾鳍奋力张开，肥硕的身体弹腾得鸬鹚不得不连连用力，试图尽快将它吞下。冉老头立时浑身充满力量，他努力挥篙划水想靠近，另一只鸬鹚也钻了出来，口里也卡着一条大鱼，鱼鹰细长的嘴巴几乎控制不住它，冉老头看不清是什么鱼，好似小鲤鱼，又像极大鲫鱼，只见一片眼花缭乱、激动人心的水花。也许是"马汉"，也许是"王朝"，吞不下那条鱼，便着急地用力一甩，毫不惋惜地抛弃它，滚身再次下潜，冉老头可惜着，一转眼，它又在七八米外露出头，口里又是一条鳞甲闪闪的鱼，这次看清了，大鲫鱼的嘴巴拍打着鸬鹚的黄喙，好像在扇它嘴巴。冉老头有些心慌意乱，不知何时便弃了竹篙，弯腰拎起船尾那虚松的一团。这是碰上鱼群了！将网绳一圈一圈在手脖上缠绕时，他颤抖着手想起了小时候父亲说的移动的黑影。脚下是一大片暗黑，似乎看不到边际，他兴奋地计算着那么多的鲫鱼可以养在水池里，供"王朝""马汉"吃上三个月，不必再吞那难以下咽的芝麻叶面条，多的可以卖到鱼市上，或者用沸腾的油炸得焦黄喷香，他的嘴巴里渗出一汪口水，似乎已经看到了鲫鱼们在网兜里跳跃欢腾的场景，手不禁抖得更厉害了。冉老头控制好心跳，睁大双眼，终于分开了网，双手提起，深吸一口气，朝着那片最黑的区域，左手送，右手拉，用尽全力扔了过去。这个动作他一辈子做过几万次，根本不用想，那团蓬松的渔网在水面上方尽情舒展开来，圆得如同一个巨大的簸箕，又好像小孙女用圆规画出的一个标准圆。沉重的铅角牵着渔网快速入水时，溅起一层细密的小水珠，伴着一声动听悦耳的"哗"，冉老头仿佛看到水下鱼儿们没头苍蝇般东躲西藏，或者已经在从天而降的大网中挣扎了，脚下鸬鹚船的六个船舱已经被白花花的大鱼堆满，他几乎无处下脚。河底的秋风吹得他畅快无比，冉老头似乎嗅到了河岸上茅芽尖的清香，然而他的胳膊却分明感到一股强大的力量，如同失控的绞绳机，网绳不停抖开，绷紧的渔网急遽下坠，鲫鱼还在鱼鹰嘴边挣扎，他一下就失去了重心，身不由己向前冲，如同一根轻飘飘的柴禾棍，他看到了晃动的划子船，漂在水中细长橙黄的竹篙，黑色的蓝天白云，以及自己巨大的身影，他觉得冰凉刺骨，心里生出一丝绝望，脑海里掠过那条七八斤重的胖草鱼，还有那个脚脖青紫的小孩，一声"哎"还没喊完，听起来有些像"啊"，天就黑了。

一串水泡从幽深的水底缓缓升起，在水面上次第绽开三朵白莲花。与鲫鱼搏斗了一会儿后，"王朝"扒着竹篙，借力跳上小船，左顾右盼了两下，伸长脖子将鱼吐到船舱内。"马汉"看到了，像一只从水面上起飞的老鹰，腹下的脚蹼好似没有收起的飞机起落架，在河面上点起朵朵浪花，它扑扇着翅膀落到鸬鹚船头，系在脖颈中间的红绳却松懈了，脱落到水里，"马汉"一仰脖，将那只硕大的鲫鱼顺着湿淋淋的脖子，吞到羽毛覆盖的肚中。"王朝"张开一双宽大的翅膀，用力呼扇了几下，不知谁发出一声暗哑的"噶"，羽翼上抖飞的水珠落到初冬的白河上，好似绵密的雨滴，在冷冷的水面上砸出一圈圈涟漪，很快便恢复了平静。

虱哥

我是看着流氓长大的，因为他是我弟弟。晃荡了十几年后，在宛城黑社会里，流氓也算小有名头，街上的混混们都叫他虱哥。有一年春节，那时流氓还没结婚，与一帮狐朋狗友关系仍然很铁，我回老家过年，大小混混们听说了聚集到一起给我接风。不知说到什么，他嘲笑自己的兄弟们："你们一帮大老粗，没文化，以后出门别与我走一块，这个路上瞅见个招牌'涮羊肉'，大声说，'哟，刷羊肉'。那个八百年不看报纸，好不容易读一回，问我，'虱哥，小邹是啥意思？'我一瞅，简直笑掉我的大腿！'小雏'认成了'小邹（小舟）'，你还军舰哩！"几个兄弟不服气了，有人反唇相讥道："你行，你可别写'黑不囤吞的大白猪'，叫老师给你当病句站在讲台上念念。"流氓急了，捏起一粒花生米砸过去，辩解说："你狼腿拉到猪胯上，那是我说别人的事，硬安到我头上。我没事还看看书，像你们，就知道搬个录像机，东躲西藏看三级片。"我笑着问："你看啥书啊？""《金瓶梅》！《金瓶梅》！"几个兄弟急忙替他回答。"都给我夹紧点儿，"流氓皱着眉头，一本正经地说："我爱看历史方面的书，拿破仑、刘邦、朱元璋的传记我都读过，《水浒传》也翻过，搁古代，我早就拉一帮人替天行道了，娘那脚，生错了时候，现在到处都是人，也没地方落草为寇！"大家哄笑着举杯敬酒、猜枚，很快就把流氓的话淹没了。

其实，小的时候，流氓与我常常尿不到一个壶里。小孩子总归是顽劣泼皮的，母亲气急了就会失心疯地嚷道："歪好死一个，也剔剔苗儿！"那时，我在院子里种下两棵向日葵，流氓就会栽上三株指甲草，其实，男孩子并不需要它的花瓣来染指甲，他也许就是为了显示与我不同。但不知什么时候，流氓就偷偷掐去向日葵的顶，当左邻右舍院中的葵花开得灿烂如笑脸，引得蜜蜂乱舞时，我家的两株枝繁叶茂，却像小杨树一般静悄悄的，一朵花盘也不见。我喜欢集邮票，他就搜集香烟纸，只要相中了，荒地里别人拉野屎揩过屁股的烟皮，他也不嫌弃，翘着小手指拎到河边，洗净晾干还举着到处炫耀。但因为读书成绩不好，流氓一直生活在我的阴影里，父母明显偏心，有一个鸡蛋，肯定是我吃，有两个苹果，也是他吃小的。

"算命打卦都说他百事不成。"母亲不止一次这样摇头说。初中没上完，流氓就被学校开除了。无所事事几年后，他干过保安、酒吧领班、洗浴中心服务生，当过婚庆司仪，跑过长途车，倒卖过二手汽车，养过猪，中间还在棉纺厂当过几个月锅炉工，有些活儿我也不晓得，但这些都是副业，他的主业其实就是小混混。因为常年在外读书，弟弟的生活对我来说，就像谜一样，我知道的都是片段。大学毕业后，我在北京一家小报当个社会新闻记者，火灾车祸、凶杀抢劫，让我疲于奔命的就是这样的事情。有时，当我挎着采访包汗流浃背地流窜在大街小巷时，我常常想，这和弟弟的生活似乎没有太大区别。但不知哪一天起，流氓突然就对我尊敬起来，还带着骄傲的口吻对他的小弟们说："噫，俺老大在北京哩，可当事！"他很少给我打电话，少有的几次，一种是三更半夜，打电话来叫我给他的兄弟训话，听筒里是嘈杂的、震耳欲聋的音乐声，好像是在舞厅里，一个又一个小弟轮番说着恭维话，我支支吾吾说了句莫名其妙的"好好干"。另一种电话是突然打来，显然他受了委屈，也不等我说话便气呼呼地吼着："老大，某某黑得很！你回来给他曝光曝光！"还没等我回话，电话已经挂了。

去年夏天，趁着出差采访的机会，我拐到宛城家里，专门请流氓到河边的饭店里吃了顿饭。没想到，那竟然是我最后一次见他。餐馆的包间临着白河，毒辣的太阳照得河面上明晃晃的，室内的空调吐出徐徐的凉风，让人惬意无比。流氓满头大汗地进来后，手机还响个不停，他大声训斥着："堵你个路，就亮水果刀，真是个二球！还扎人家了？小伤也动刀了啊！这年头拿刀都是唬人，谁还真砍啊。行了，行了，俺老大回来了，兄弟俩说会儿话。回头我找找人，你先给人家赔礼道歉，态度好点！"从中午到晚上，流氓喝下一瓶又一瓶啤酒，我点下一桌鸡鸭鱼肉，他却只夹了几筷子，我以为不合口味，他却摆摆手说："天天坐酒场儿，天上飞的，地上爬的，土里钻的，水里游的，都吃遍了，啥也不稀罕。一万多的洋酒喝过，几毛钱的烧酒也喝，大中华吸过，一块钱的白河桥也不离手，现在白河桥停产了，在家抽两块一包的红梅，出门口袋里装盒十块的帝豪。见天在酒里泡着，胃不行了，啥都不想吃。"桌上的菜渐渐失去热气，锅仔下面酒精炉里的火苗忽闪忽闪终也熄了。流氓划着火柴，点燃口中叼着的烟卷，眼看着长长的火柴棒由红变黑烧成碳棒才扔了它，深吸了一口，香烟上的红线迅速向嘴巴逼近一大截，白烟像灭火器释放干粉一样喷射出来，笼罩在烟雾里，流氓哑着嗓子疲惫地说："我都三十五了，老了，打不动了。"

一

　　流氓的坏从小在子午镇上就出了名儿。哪家门口栽下一株漂亮的月季、菊花或者秋海棠，没过两天，准定出现在我家院子的小花坛里。时间长了，邻居们只要种花总要多栽几棵，见到流氓就叮嘱："只准起一棵啊！""不准动菊花，俺娃儿还得用它参加秋天学校的菊展呢。"镇上年龄相仿的孩子多，尽管流氓常常欺辱他们，大家还是爱追着他的屁股玩儿。流氓会悄悄在沙堆里拉一泡屎，盖好后叫大家过来玩"寻宝游戏"，小伙伴们你争我抢地用力掏进去，只觉什么东西又热又粘，抠出来一看，黄呼呼臭不可闻，流氓在一边乐不可支，美得像吃了糖果一般，那些被捉弄的小孩只好摊着两只沾满大便的手，哭着回家了。他还喜欢将大门离个小缝，顶上坐一个烧过的干煤球，流氓会找各种理由引诱小伙伴去推门，然后站在边上美滋滋地看着别人狼狈地掉一头煤渣。镇上有个绰号"小疙瘩"的孩子个头矮矮的，鼻孔老是拖着两条鼻涕，又被称为"粉条厂厂长"，流氓最爱捉弄他。有一次，远远看到"小疙瘩"拿着两毛钱去街上买盐，流氓躲在墙拐角，听到橐橐的脚步近了，"哇——"一声猛然跳将出来，吓得"小疙瘩"一激灵，手中绿绿的两毛钱都掉落在地上。流氓的恶作剧也有失手的时候。有一次，他正准备戏弄邻居家一个不爱搭理他的小女孩，没想到父亲下班回来，大踏步走在了前面，流氓酝酿得足足的，突然跳出来，唬得父亲浑身一抖，他顿时傻眼了。正碰上父亲心情不好，揪着他的耳朵来到家门口，一声"跪下"如同晴天霹雳，流氓老老实实跪在院子里的青砖地上，父亲从屋内抄出轻便的黑塑料底儿布鞋，那是他早就使顺手的。我趴在里屋的缝纫机上写作业，大气儿不敢出，就听到鞋底击打面颊，发出清脆的啪啪声。流氓脸蛋上红红的鞋印儿好几天下不去，但还没等菱形的鞋底图案消退，他又跟从前一样了。

在报社上班以后，工作繁忙，老家的事也无法让人舒心，因此宛城常常一年也回去不了一次，母亲在电话中抱怨，流氓干的都是让人不能省心的事，但具体做什么，她也讲不清楚。那天中午在白河边吃饭，喝了点酒以后，我问流氓："你平时三天两头不落屋，日理万机什么呢？"流氓想了想说："还不是老样子，要账，看场子。"做记者的，都是好奇心重的人，我说："咋个要法？"流氓笑了："这社会，猫有猫行，狗有狗道。没人管你死活，咱也不能饿死啊。你们接触的都是社会阳光的一面，那阴暗面你们很难看到，我们就生活在这黑影里。比如讨高利贷，那跟电影上演的可像，有些人生意赔了，借的高利贷还不起，耍死狗，你拿他也没办法，这时候就轮到我们上场了。"流氓拿手指顶顶鼻子，捋起两边的袖子说："前不久，我干了个大活。一个茶楼女老板，我们叫五姐的，牌友借她五万高利贷，两年不还，那人的塑钢窗生意赔了，女人也离婚跑了，鳖孙领着娃儿躲到乡下老家不露头，五姐央烦我们去追账。问准地址，叫辆面包车，我带几个兄弟就往石桥去了。到邻近庄边的镇上一问，谁谁是不是住前面第一个庄，街上人说，有这个人。开着车到村里却扑了空，大门锁着，趴门缝上往里瞅，院里空落落的,但门口扎个摩托,一摸发动机还热着,心想这鳖孙也没地,能干啥去,会不会街上那人与他熟络,给他通风报信了。几个人一商量,让车开走,兄弟们在这儿死等。我们寻个僻静处躲在那儿吸烟,没一个钟头,鳖孙果然领着妮儿回来了,开开门兄弟几个就把他堵在院里,我那流氓相就出来了。"说到这里,流氓离了座位,兴奋地站在包间的空地里学着当时的摸样。他将外扎腰的衬衣拉出来,仰着身子,眉毛蹙成八字形,鼻子拧着,螃蟹一样在房间内踱来踱去,清着嗓子,"咔"地一声吐在地上。那人一看这架势就吓酥了,让女儿上楼去,自己愁眉苦脸地坐在堂屋的椅子上说:"兄弟,我真没钱,要账的天天堵着门,我急得想当裤子,你们把我杀杀卖肉吃也不中!"流氓压着怒火,仰头四下打量着说:"哟,这房子盖得不错嘛,怎么着也得十斤炸药。"旁边的小弟忙帮腔说:"虱哥,我看还是十五斤足些。"只听得那人抱着头长吁短叹,流氓手插口袋里,晃悠着看到墙上的几张奖状,又朗声说:"呦,妮儿学习不错,是在石桥二小,三年级五班啊!这天天都得有人接送吧,不然多不安全。""你得学会临场发挥才中,"流氓笑着对我说,"秃孙已经死猪不怕开水烫了,你得拿他七寸才行。一听这话,他软了。"流氓抓起酒杯,一扬脖干了,心满意足地坐回到木椅子里,翘着二郎腿说:"不出三星期,交了三万,没两天又凑齐剩下的两万。利息也不说了,碰上这种赖孙,不赔本就佛祖保佑了。五姐在这河里的游船上摆了一桌,谢了我们五千块钱,几个兄弟分两千,我独落三千。这是比较顺利的。""也有要不过来的?"我笑着问。"当然有,不要脸的滚刀肉多的是,"流氓脸上的得意褪却不少,"那只能他不要脸,咱比他更不要脸。半夜去他家砸他玻璃,隔墙往院里扔炮仗,门口给他放上花圈,有时候板刀把脸拍得啪啪响,欠债人吓得直尿裤子。但总体上，要不回来的还是多些。"

"看场子这活儿也不轻省吧？"我给他面前的空杯子斟满啤酒，流氓转着圈吸去了溢出的泡沫，神秘地说："这工作相对轻松点儿。这几年咱这儿基建工程多，房地产开发、老厂子拆建、酒店装修，哪个工程都不是你想干就能干的，黑社会维持不好，根本没办法动工，不然开工了也给你骚扰得干不成，这就需要一帮自己人来看场子。平时也没啥事，吃住在工地，推推牌九，打打麻将，遇到事就替人家出头。一个月七八百块钱，强似闲着，撑不着也饿不死。""会碰上啥事？"我问。流氓说："俗话说强龙不压地头蛇，你这工程在我地盘上，我没好处你就别想施工，黑老大下面的兄弟三天两头来戳事儿，我们就负责保护工地。碰上这样的，两帮人也都重义气，约好地方摆开阵势，一声令下，就像古代两军对垒一样开打。"我心里一紧："打群架多危险啊。"流氓满不在乎地说："你别看一亮家伙又是砍刀又是斧头，亮闪闪一片，真正厮杀到一块，都是用木棍或者皮带，谁也不想真出人命，为那一月几百块钱坐班房值吗。就是杀红眼，也就对着屁股砍两刀，没人往死里整。"流氓笑了说："有一回，我们看一个场子，跟附近村上的地头蛇呛上了，约好在白河滩里较量，到时间我们去了二十多个，没想到庄上人心齐，一下来了百十号人，还带着土枪。一看阵势不对，大家冲到一半又折回来，真是兵败如山倒，你挤我扛，看谁跑得快。打败了一个个还都挺乐呵，一个怪一个。这个说，虱哥你是头儿，你咋还跑。我说，你他娘的胳膊上纹的又是龙又是虎，你咋还跑。"我听得笑出了声儿。

不知道为什么，流氓那天酒量很不济，我们两人还没喝到一件啤酒，他就上头得脸脖通红，我记得他平素不是这样的，经常还自诩为酒缸，十瓶八瓶只能算漱漱口，喝到醉眼迷离时，流氓少有地给我讲起了自己爱恋的第一个女孩子。那时他上初三，在镇上酒厂的子弟学校待不下去了，父母托朋友将他转到几十公里外的一所农村中学。流氓衣着时髦、身量高大，是这所学校里唯一的城市孩子，自然吸引了众人的目光。学校条件很艰苦，孩子们睡的是麦秸铺就的大通铺，一天三顿馒头咸菜，永远不会变化。但缺乏营养的恶劣环境并不影响流氓很快注意到班上一个穿着红色风衣的短发女孩。那女生有一双清澈的大眼睛和一口洁白的牙齿。吃完早饭，流氓常常可以看到，女孩苗条地站在女生宿舍门前的水沟边刷牙刷得一嘴泡沫，乌黑蓬松的头发随之甩来荡去，美丽得如同一株婀娜多姿的小柳树。

女孩会用一种带有甜甜香味的面霜，或者是流氓不清楚的其他护肤品，每天早上来到教室，还会增加一股茉莉花的清香，流氓后来见过这种味道的香皂，但他还是最喜欢萦绕在身边的这种沁人心脾的甜香。多年以后，他闻过各种刺鼻的、淡淡的香水，也曾让自己的老婆买来各种香味的护肤品，但都没有那种刻骨铭心的甜味好闻。气急败坏的流氓训斥老婆说："这些庸脂俗粉的味道真让人恶心！"他干脆禁止自己老婆擦任何香水。只有一次，在大街上熙来攘往的人流中，流氓突然嗅到那种熟悉的味道飘过，急忙回头去找，都是匆匆的背影，他无法追上去，拉着每一个女人都凑近闻一闻，尽管他是流氓。

凭着厚脸皮以及借钢笔、讲笑话等小伎俩，流氓和女孩很快熟悉了。一天晚自习的时候，流氓将练了三遍才写工整的约会字条夹在课堂笔记中交给女孩。女生看上去若无其事。没发现？不同意？鄙视我？流氓的心中翻江倒海、忐忑不安，下课铃一响就逃出教室，一头扎进了五月的夜色中。学校在一座村庄边上，周围遍地麦田，地里的麦子已经有膝盖高，顶着一层黑黢黢的麦穗。流氓顺手扯了一支麦秆，几步爬上学校西边的水渠，一边撕扯麦芒，一边心事重重地走到约定的小桃林。空气中弥漫着青草的气息，春末的夜风轻抚着麦田、桃枝和堤埂上百无聊赖的流氓。学校的方向，是一片昏黄的光，矮矮的堤埂笔直地伸向那片亮光。就在那一片朦胧中，隐隐走来一个人影，流氓一阵激动，心脏怦怦跳得都要跃出胸腔了。在短暂人生的后半段，流氓再也没有这样的心跳，即使被别的流氓用雪亮的砍刀追杀时，被警车在身后哇呜着赶撵时，或者搂着更漂亮的女人时。月光将来人包裹成一团模糊的影子，黑影越来越近，越来越清楚，走到跟前，是带着几分羞涩、笑意盈盈的红衣女孩。

流氓已经记不清那天聊了些什么，只记得自己使出平生绝学，给女孩唱了一支小虎队的歌，那时正流行这些，又表演一段简单的霹雳舞，剩下的就是那氤氲在四周挥之不去的香气。第二次约会，流氓才鼓足勇气牵起女孩的手，她的手修长而瘦，仿佛只剩下骨头，女孩说，你的手倒比我的还软和些。流氓如愿以偿地把头埋进女孩的秀发里，尽情地呼吸着那带着体味的甜香。女孩的舌头很小，凉凉的，也有一种淡淡的甜味儿。可惜，五月还没有过完，流氓在买饭时插队，与后面一个同学发生冲突，进而大打出手，现场顿时筷子、瓷碗乱飞，两人撞翻了卖饭师傅面前满满一缸热面条，流氓打架从来不吃亏，下手也不知轻重，他将同学的半张脸浸到热面条里，又把人家的头连续撞向地面，造成轻微脑震荡，第二天就收拾书本走了，从此再没登过学校的门儿。他没脸和女孩说再见。

在社会上游荡四五年后，流氓有一次和一个绰号叫易拉罐的哥们儿在市里闲逛，不想竟然在街头碰到那个女孩，她已经不穿红色风衣了，而是套着一身夏天灯上落的蛾子一样花纹的连衣裙，头发也烫了，黄黄的盘在脑后。女孩初中毕业没考上高中就下学了，城里有个亲戚开花店，她就过来帮忙。流氓突然觉得她很土气，脸上多了麻子，屁股也显得胖大了。邂逅的地方不远处就是一家电影院，正放映着《大决战》，电影已经开演了，三人进去找空位坐下，就听易拉罐哎呀一声，在座位上摸了一把放到鼻子前一闻，忍不住响亮地骂起来，可能是小孩把屎拉在座椅里，他一屁股正好坐上了。易拉罐起身嚷着回家换衣服，刚好剩下流氓和女孩。可不知为什么，黑暗中，两人都把电影看进去了。灯光亮起时，流氓舒展着被炮火轰炸得僵硬的身子，不经意瞥见女孩的眼眶中闪烁着一丝泪光。出了电影院门，女孩往北，流氓往南，他苦笑一下，朝女孩挥挥手，头也不回地走了。流氓依旧没有和女孩说再见。

"就这么完了？"我惋惜地问。"还能怎样，我一个乳臭未干的小屁孩，能给人家什么承诺？"流氓说着，一气饮了半杯啤酒，"可我再也没有亲过那样干净的嘴，"流氓尴尬地笑了，摇着头说，"那时还纯情，哪像现在，见面脱了裤子就是干。"

二

其实，我一直都觉得流氓比我聪明，笨人当不了坏人。上小学时，孩子们中间正流行玻璃弹珠，流氓的技术尤其高超，常常只带三五枚，不出两小时就能赢得几十个。有一天下午放学碰到他，流氓旷课去玩玻璃球了，照例鼓囊囊赢了一口袋，坠得翘翘着身子，走路哗哗直响。里面还有一枚鸡蛋大小、五彩斑斓的巨无霸玻璃球，他叫它"老母"。摩挲着"老母"，走到学校边的拱桥上，眼尖的弟弟早就瞥见河水小了，露出岸边一层鹅卵石。"下去抓几只螃蟹，回家炒炒吃！"不容分说，他就朝河下奔去。河边石头虽多，可早被更馋的家伙翻了个遍，我沮丧地捡起一块扁石头，贴着水面俯身掷出去，没想石子却一个猛子扎进水里，冒着亮亮的水泡沉到水底。弟弟带着嘲弄的笑容，捡起一块鹅卵石，轻轻一撇，石片贴着水面，优美地打出七八个水花，一直飞到河对岸。我不服气，就提议比比看。分头各自找到中意的鹅卵石后，高喊一二三，两人一齐用力撇出。如同掠水飞行的小燕子，石片不停轻点水面，擦出漂亮的一串水花，两枚鹅卵石的飞行路线中间还交叉在一起，到末尾竟然高高跃起，轨迹的尽头，是一个白上衣蓝裤子的小男孩，正跪在岸边捞水草。小男孩随即捂着额头咧嘴哭起来，一看砸到人了，我俩攀着野草爬上岸拔腿就跑。风在耳边呼啸，弟弟口袋里的玻璃球讨厌地响着，我们跑过拥挤的电子游戏室，野蛮拍击按键的啪啪声依旧不停传出，经过丁字路口撑着遮阳伞的小卖部时，我忘了自己曾在那里买过一袋生了蛆的葡萄干，穿过镇上的主干道独山大街时，疾驰而过的大卡车排气管喷出味道诱人的蓝色尾烟也顾不上闻。我们口干舌燥地跑到家中，惊魂未定的我先到厨房一气饮了一瓢凉水，就听弟弟在另一个房间大声叫道："呀！玻璃球只剩三个了！'老母'也没了！"

那一天，我们都很老实，趴在桌子上写作业也没有抢对方的自动铅笔，吃饭时苞谷糁都没剩下，母亲表扬说："这兄弟俩可算有一次没剩饭根儿，碗干净得狗舔过一样！"第二天上午课间操时，我是在第四套广播体操的跳跃运动时，跳着跳着发现眼前多了一个头上包着纱布的小孩，还有怒目而视的徐校长。弟弟是在伸展运动时被认出来的。当别的同学都在认真听课或者齐声朗读课文时，你置身事外是一种很奇怪的体验。"立正！稍息——"徐校长坐在办公室的藤椅上，眼睛瞪得仿佛甲亢了一般。第一次见到这样的阵势，我们吓坏了，笨拙地做着动作。

徐老师目眦尽裂地上下打量着我们俩，仿佛用X光机在扫描我们龌龊的灵魂。“只差一厘米，”他用拇指和被香烟熏黄的食指比出一厘米的长度，“就打到太阳穴了，多危险啊！这是杀人啊！”他咆哮的腔调吓得我直打哆嗦，现在我一紧张小腿就会抽筋，估计就是那时落下的毛病。检查写过三遍，总算过了关。当我重新回到教室的座位上，和大家一样被抄手听课时感觉真好。弟弟没有这种体会，他根本没有回教室，径直又出去野了。过了一段时间，他还偷偷砸破了徐校长办公室的玻璃，老校长用报纸糊了好多天，才装上新玻璃。

父亲把这口气一直忍到期末考试开完家长会，他阴沉着脸回来，看我们的眼神令人不寒而栗，显然是丢尽了颜面。我俩早早就把家里的鞋子、扫帚、鸡毛掸子都藏起来，但父亲还有双手，他那双小时挥过羊鞭子，后来抓过摩托车把、手扶拖拉机车把、嘎斯车方向盘，生着厚厚老茧的大手，抄过一把竹椅，坐在当院里，低吼一声：“都给我过来！”我俩并排磨蹭着过去，屁股上的肉已经开始痉挛，仿佛医生打针前用凉凉的酒精棉消毒的阶段。父亲好像鸡贩子抓鸡一样，突然出手，扯过一个，担在腿上，这时我们都已经开始干嚎了。父亲熟练地扒下裤子，巴掌就响亮地落下来，一边打一边骂：“舍不得吃舍不得穿，供你们上学，就会戳祸，考那分数，对得起谁？语文五十八，数学五十九，吃那饭上哪儿去了？一对造粪机器！”打完一个，跪在一边，再换另一个。我觉得父亲好像走街串巷磨剪子锵菜刀的师傅，正在磨石上认真地磨刀，又像是门口的修鞋匠在用力修补两只张嘴的皮鞋。母亲是不敢劝的，按照往常的经验，越劝打的时间越长，她只好待在厨房里，一边骂骂咧咧：“我招你惹你了，连我也骂上。秃孙东西，有能耐，外面使去！用在俩娃身上，算啥本事！”一边把手边的案板剁得哐哐响。

　　流氓渐渐长大后，出去跑的时间越来越长，有时一去就是一两个星期，音信全无。他的几个初中同学也先后辍学，几个人的大名都记不清了，绰号倒是琅琅上口，白猪、大比、赖毛、易拉罐、三产，加上流氓，这就是"白河六怪"。那是流氓与自己几个兄弟关系最好的时候，当时电视里正播放香港版《射雕英雄传》，里面有个武侠组合"江南七怪"，流氓们想再找一个，凑够七个，可那时游手好闲的人有限，只好留下遗憾。

　　去年夏天，我请流氓在白河边吃饭时，问过他："谁给你起这个外号，也不叫个好听点儿的？"流氓一时有些尴尬，涨红了脸说："都是乱叫的，也不知谁先叫开的，后来改也改不了。再说了，咱草木之人，还能叫啥，难不成到算命起名那儿，掏十块钱再取一个？"我笑了。流氓不止一次讲过他们兄弟结拜的过程。六怪喜欢在我家聚会，山地车常常停了一院子。有一次，趁父母上班走的空档，六怪决心结拜，于是用菜刀剁了家里一只鸡的脑袋，学着香港电影里的场景，将鸡血滴到六只倒好白酒的小碗里，众人跪在院子里，忍着恶心，将结拜酒一饮而尽。但没敢摔碗，因为怕回来挨打。煞有介事地宣誓完"不求同年同月生，只求同年同月死"之后，"白河六怪"各个激动不已，精力无处发泄，于是决定下河去洗澡。跑到河坝冲沙闸下面的潭窝里，几人又是相互泼水又是抓沙子对掷，搅得四下鳖翻潭了一样。仍觉不尽兴，不知是谁提议，从冲沙闸上往下跳水，其他人顿时附和。六怪赤着身子跑上岸，排着队，远远一个助跑，到潭边凌空跃起，像重磅炸弹一样落入河中，水花四溅，白浪翻滚，不一会儿远处露出一个兴奋的脑袋。六人接二连三蹦入水中，搅得其他人也无法安静洗澡了。一个二十多岁的光头男子提出抗议："别蹦了，反了一样，不能安生会儿吗。"六怪一听，言辞不善，"咋，想找事？"流氓立在水里顶上了火，其他五怪一听，脸上水一抹，围聚过来。那人倒噤了声，上岸去对一个小孩窃窃私语两句，不一会儿，跑过来七八个年轻人，那光头男子岸上衣服一掀，露出胳膊长闪着寒光的砍刀，伸手一指："就是这几个小鸡巴娃儿！"那群年轻人也亮出各色刀子，六怪一看形势不妙，上岸抓起衣服撒腿就跑。白猪好面子，一边跑一边穿裤衩，差点被砍中屁股，吓得直叫"妈呀"。六怪狂奔到白河下游，才逃脱"追杀"。

劫后余生，六人一边回顾着"谁最狼狈"，一边打闹着去白猪家玩儿。白猪的父母常年在外做生意，家里的两层小楼空着，成了六怪戏耍的好场所。白猪兄弟三个，他是老么，父母本想要个女儿，没想还是儿子，因此从小就把他当女儿养，他生得高高大大，皮肤白嫩，却有些娘娘腔，但厨艺众人中最佳。六怪走到半路，满腔郁闷无处抒发，发现麦地里一群土鸡正在觅食，一数碰巧六只，正好一人一只，于是一商量，决定将六怪结义后第一次行动命名为"猎鸡行动"。几个人从路边捡起砖头，悄悄围过去，突然发动袭击，流氓、白猪、易拉罐，一人砸中一只，众人赶上去，又是一阵砖头，鸡毛乱飞，流氓心疼得嚷嚷："别砸了，都扁了，还有没有人性啊。"另外三只鸡却惊叫着逃走了，六怪复又捡起砖头，吹掉鸡毛，追了一里多地，最终把剩下的三只鸡也"猎杀"了。六只鸡煮了满满一大锅，白猪拿出家里珍藏的葡萄酒，六怪喝着红酒，啃着鸡腿，商议着今后混社会的计划。酒从中午一直喝到晚上，鸡骨头扔了一地，六怪又觉得肚子饥了。深更半夜哪里找吃的，还是流氓听到房顶咕咕的叫声，原来白猪家养着鸽子。做了半天工作，白猪终于同意大义灭亲，忍痛让流氓从二楼的鸽子窝里掏出三只鸽子，交由赖毛杀后红烧了，白猪拒绝吃鸽子肉。流氓每次得意洋洋地讲起这件事时，总会点评说："嗯，鸽子肉比鸡肉好吃，嗯，赖毛的手艺其实比白猪好！"

六怪事后总结，第一架失利的主要原因是没有功夫，"要有李连杰的武功，别说六怪，一怪就打得他们屁滚尿流"。于是众人密谋着去少林寺学武，但家里肯定不同意，因此只能私奔。上到高一才下学的易拉罐说，私奔是男的领着女的跑，咱这只能算离家出走。流氓看不过这种卖弄学问的行为，忿忿地说："少在那儿给我猪吃麦苗——装羊。一毛五一斤苹果，两斤半多少钱？你站人家摊前嘴唇哆哆嗦嗦半天没喃出来，这会儿给我装羊蛋……后天下午白河滩里碰头，带好行李，谁不来了肏他娘！"到那一天，六怪齐了，易拉罐的爸妈也来了。原来他给家里留的信被提前发现，上少林寺的计划失败了，可流氓总是主意多："去不了少林寺，咱就自己练，回去都找找拳谱，自学也能成才！"再一次聚会，六怪吃惊地发现，竟然集齐了少林拳法、武当剑、太极拳、八卦掌等武功秘笈，于是分配流氓、大比练正宗的少林拳，白猪、三产个子大，练拳击，赖毛、易拉罐练武当剑，太极拳太慢，还有太极三年不打人的说法，六怪等不了那么久，于是就弃而不练了。六怪约好，每天下午都必须来河滩里练功，规矩还是：谁不来了肏他娘！

那时我周末从学校回家，经常看到六怪鼻青脸肿地回来，那都是练功的成果。多年以后，我在给流氓收拾遗物时，还发现了影集里六怪喜笑颜开地光着上身、绷着胳膊挤出干巴巴胸肌的照片，那是六怪的快乐时光。除了练武，六怪那时也谈恋爱，与流氓关系最好的易拉罐跟我说过，流氓曾和一个家是他们药厂的女孩谈过恋爱。女生是他们的同班同学，上学时也没注意人家，六怪一次到药厂玩时，流氓突然发现，这个和自己坐过同桌的女生，已经出落得亭亭玉立，于是不停跟人家打电话，涎皮赖脸死缠烂打。两人去白河边一个长满竹子的公园约会，正在竹林里亲嘴呢，外面传来了公园看门老头的声音："走了，走了，要关门了！"老头一边催促，一边用木棍不停敲击着林子最外面的竹竿。流氓只好搂着女同学极不情愿地出来，老头瞅着两人，脸上似笑非笑的。流氓第二天就拿家里的老鼠药拌在馒头里，扔到老头门口，将那只有人没人总汪汪叫的黄狗毒死了。

六怪在一块儿，干的都不是什么好事。流氓给我讲过，有一回，六怪走在马路上，看见一个驴拉的西瓜车，大家突然就口渴想吃西瓜了，几人一合计就大摇大摆朝驴车走去。卖瓜的老汉热情地招呼，流氓先搭话："大伯，瓜咋卖啊？""一毛五，包沙包甜，不甜不要钱！"老汉说。"咋样啊，新鲜不新鲜？"流氓抱起一个西瓜说。"咦，昨天才摘的，看看瓜秧都没蔫呢。"老汉说。流氓举起西瓜对着太阳，突然惊奇地说："咦——大伯，你这瓜熟过了吧，咋还透亮儿的？"老汉吃了一惊，凑过来昂着头看："没有啊！"那边，其他几人一人抱起一个西瓜已经跑了，流氓举着西瓜转了一圈，又装作很老道的样子放在耳边用力挤了挤，听听声音，撇撇嘴说："我看有点熟过头了，我再转转吧。"把瓜递给老汉转身走了。老汉疑惑地接过来，一只手轻轻地拍着瓜皮，听着清脆的嘭嘭声，自言自语说："刚刚好啊。"等他发现好像丢了瓜，那边六怪已经把它们啃得只剩下西瓜皮了。

但六怪也并非总是嚣张跋扈。有一次，赖毛家新买了一辆五羊本田大摩托，夜里骑出来，载着流氓兜风。两人加大油门，从白河桥北头冲到南头，再从南头飞驰回北头，乐得哈哈大笑。没想到夜里摩托声传出老远，把执勤的交警引来了，一看见警灯闪烁，两人就怵了，赖毛把油门拧到底，流氓耳朵边净是呼呼的风声，头发吹得向后倒，穿过十字路口时遇上红灯也不敢减速，就看到一辆白色面包车"吱——"紧急刹车，车屁股都甩在一边，差点撞到他们。"啊呀，就跟那电影上演的一样！"流氓心有余悸地说。警车最后把他们堵在一条半截路上，两个警察从车里下来，二话不说，掏出电警棍劈头盖脸就摔，两人知趣地抱头蹲下去，让警官们打累了，才起身揉着胳膊仔细解释，警察原来以为他们是偷的车，临走还训斥："急着投胎去啊！再开怎快，车给你收了！"两人忙说"再不了"，点头哈腰，然后乐呵呵地又把摩托慢慢骑回来。

有一年暑期放假回家，流氓正好在家，却在屋里躺着睡觉。我去看他，他闭着眼睛，似乎睡得正香，但额头上青了一块，脸上有条小伤口，嘴角也有血。我以为又与人打架了，母亲却悄悄地说："几个不要脸偷了一辆电动车，他负责销赃。现在坏人多，不知谁举报了，把他摁进去，吃了不少打。那几个孩儿没两天都交钱放出来，咱这家谁去扒他？人家关了半月，看看没人赎他，天天供他吃喝，反成了赔本买卖，就给他放了。这回来，连睡三天，起来上个厕所倒头还是睡。我问他想吃啥不，翻了个身也不理我。"我听了有些生气地说："再怎样，也不能偷人家啊。有手有脚，干啥不行呢。"母亲却说："说得容易，就是商场站柜台，如今也要个初中毕业，人家还只要女的。活儿是那么好找的？你现在看不上他了，偷东西？你读高中时一月五十块钱生活费从哪里来的？都没有给你说过，老东西不进一个钱，没门了，东边面粉厂有个废品仓库，有一段时间，你弟弟黑了就翻大门进去，把能搬动的铁块、铜丝扔出来，我拿去卖了换钱供你读书。有一回，他进去一个多钟头没出来，我担心是不是机器倒了砸着他了，黑灯瞎火趴在门口'小娃''小娃'地喊，过了一会儿，他溜溜过来了说'妈，我发现个电机，正卸呢，这个值钱啊'。我一颗心落了地。这也是偷啊。"我张了张嘴，却再也说不出话来。

去年夏天，在白河边吃饭时，这些旧事从流氓嘴里说出来，都成了好玩的趣事。现在想来，流氓那天的表现好像有些像医学上的回光返照，他的兴致很高，滔滔不绝地似乎要把所有的话都讲完，还跟我回忆起童年的很多事，这些都是他平日不屑于提的。流氓竟然遗憾自己没把书读好，但说着说着，很快就转移到对老师的戏谑上。初中毕业，我考上市里的中学，弟弟一直在酒厂子弟学校混着。这里的孩子出路就是高中毕业后，免试进入车间翻酒糟子或者贴酒瓶标签。弟弟说过，他就是要饭，也不想重复父母的生活，后来没等到他接班，酒厂就知趣地倒闭了。弟弟一直不喜欢老师，那些老师自然不待见这个调皮捣蛋的学生。初三那年，一次上英语课，坐在最后一排的弟弟和同桌趴在书本后面窃窃私语，聊得兴起竟然吃吃笑起来，英语老师袁天增一怒之下把两人赶出去，下课后又叫到办公室训斥说，我看你俩一身都是贱骨头贱肉，不让你们肉疼不会长记性，一人罚款五元，到放寒假前表现好了，就可以领回去。那时，五元钱可以买二十包方便面，或者两支自来水钢笔。看在钱的份上，弟弟终于安生了一个多月，期末考试刚结束，弟弟和同桌就去找袁天增要钱，同桌的钱答应返还，但弟弟的仍被扣着。嘴唇上已经生出绒毛的流氓不依不饶地质问："凭什么？"袁天增说："上我课你看武侠小说，以为我不知道，懒得管你！"弟弟忍不住说了句粗话："你管天管地还管我屙屎放屁！"袁老师也生气了，从裤带上解下一串钥匙，打开办公桌抽屉，拿出五元钱递给弟弟同桌，没想流氓一把抢过，转身就跑。我怀疑那时弟弟已经下定决心不上学了，袁老师追出去喊着："你回来，把钱给别人，你的钱也还你！"弟弟信以为真又折回来，但袁天增提出新条件："你去把后操场的男女厕所都打扫了，我检查合格，就还你5元钱。"弟弟只好借来铁锹、扫帚和水管，把操场角上两个大厕所，里里外外打扫干净，又仔细冲洗一遍，直冲得厕所的墙角都挂起了彩虹。用铁锹铲除的那些色彩斑斓的粪便，给弟弟留下难以磨灭的印象，想起来就要干呕吐酸水，以至于两天都没怎么吃饭。那也是弟弟唯一一次进女厕所，他发现，除了没有小便池，女厕所一样又骚又臭。成年以后，提起这次屈辱的经历，流氓仍要破口大骂袁天增八辈祖宗，但实际上，他后来也报了仇。

领回五元钱后，弟弟变得有恃无恐。寒假的校园里静悄悄的，流氓翻墙进去，撬开了袁天增的办公室，里面空荡荡的，没多少可以破坏的东西，流氓在他的水瓶里撒了一泡热尿，想想仍不过瘾，于是提着水壶来到后操场男厕所。尿池里的陈尿经过长时间发酵，变得奇骚无比，流氓捏着鼻子跪在池边，灌了满满一瓶黄尿，盖上瓶塞放回袁老师的办公室。干起坏事来，流氓的脑瓜变得异常好使。看到桌上有一盒彩色粉笔，他抽出一支绿色的，在墙上画了一只硕大的王八，写上袁老师的名字，然后把能想到的骂人话写了满满一墙，有些字不会写，还专门注上拼音。临走时，又把办公室前后窗的玻璃打个稀烂。过年的时候，流氓仍惦记着袁老师。那时过节流行送果盒，四角或者六角的包装盒，里面盛上糕点、糖果就是不错的礼品。流氓找来一个红色的精美包装盒，专门去百货商店请教了包装方法，然后到僻静处，往里面拉了一泡臭屎。"饼干"在果盒内移动会发出响声，流氓就又撒了一把干煤渣，然后包装好，打听到袁老师的住处，蹬上自行车就赶过去。袁老师家是一排平房中间的一户，流氓蹑手蹑脚到门前，听听里面有电视响，于是轻轻将盒子放在门口，使劲敲敲门，赶紧跑到远处拐角躲好。一会儿，就见袁天增出门来，看到一个礼盒放在脚下，显然吃了一惊，转头左右看了一下，面露喜色地提着进去了。没过两分钟，就见木门突然打开，包装盒跟着就飞了出来，煤球渣在空中拉出一溜漂亮的白烟。躲在墙角的流氓笑得坐在了地上。骑车回家的路上，想着袁老师满怀希望地解开层层绑缚的红盒子，迫不及待地揭开盒盖，只见一坨宝塔型的大便冷冷地坐在眼前时那惊愕的表情，流氓乐得直拍车把，持续不断拨打着欢快的铃铛，路上的行人看到这个傻乐不止、疯狂摁车铃的小孩，肯定觉得这孩子疯了。据说，寒假过完开学第一天，校园里就张贴出通知，开除了流氓。但他们没机会了，流氓根本没去报到，在弟弟看来，他早就把学校开除了。

三

我曾经问过流氓，到底爱过多少女人。流氓想了想说，无法精确到个位，但反正一嘎斯车拉不完。"那时年轻自信，对这也不在乎，一个不中了再换一个，就跟那脱衣裳一样，从来没想过天长地久，谈不了仨月就絮烦了。"流氓把"妻子如衣服"翻译成了白话文。母亲也跟我抱怨过："那小不要脸今儿带回来一个，我看不错，见我还笑笑地叫姨，第二天又领回来一个，我一看，又不是昨儿那个了。换恁勤，也没个长法。我这黄土都埋到胸口了，啥时能叫我见见媳妇。"其实，流氓也谈过一个女朋友，超过了三个月。那是他在附近棉纺厂的锅炉上干临时工时，认识的一个同车间叫姜小凤的女生，这是唯一一个在家里人记忆中留下名字的流氓女友。平心而论，流氓年轻时排面不错，生着一米七八的个头，五官棱角分明，而我却比他矮三厘米，小眼睛，塌鼻梁，连头发都是卷的。我常常心怀嫉妒地说："你这副硬件，干流氓实在太可惜了。"但姜小凤就爱他眉毛和左脸上打架留下的两条伤疤，还有那常常似笑非笑一脸淫荡的流氓相。两人认识没多久，姜小凤就常住我家，这种长久的同居给母亲很大的心理安慰，她开始做起奶奶梦，甚至一度想把院中的两棵长了十年的桐树伐掉给流氓做家具。"不行！这两棵树啥时也不能动！"流氓没等她说完就一声断喝。

两棵桐树是院子刚盖好时栽下的，当时为种什么树，还发生争执。父亲想种杨树，母亲说杨树有飞絮，还招虫子。我说，干脆种几株果树，苹果啊、桃树之类的，果实累累多好看。父亲说，那可让四周的小孩惦记，你就别指望它们能长成熟。最后母亲说，那就种桐树吧，成材快，还能遮阴。后来就买了两株桐树苗栽下，这两棵桐树果然争气，没几年就直直蹿了十几米高，蒲扇似的大叶子将院里遮得雨都落不下来。有一年，老家会算命的瘸子舅舅来，看到院里长势喜人的桐树说："这两棵树真好哇，就跟家里的两娃儿一样，都成材了。"母亲听了说："好啥好，没听人说，两娃四个蛋，争着不管饭。"嘴上这么说，我知道母亲心里是很高兴的。第二天，她就让流氓用钳子铰断绑在桐树上的晾衣铁丝，把嵌进树干内的绣铁丝也小心剜出来。没过几日，流氓不知从哪儿扛回两袋化肥来，要给院里的两棵桐树增加营养。流氓还特意叮嘱母亲，别上多了，会把树烧死。多年里，院子中总有一股蜇眼睛、刺鼻子的化肥味儿，那就是流氓珍藏的桐树肥料。后来我猜，母亲选择种桐树莫不是有"栽下梧桐树，引来金凤凰"之意，可惜飞来的凤凰都留不住，包括这个名字中有凤的姜小凤。

姜小凤适不适合流氓，不好判断，但她至少是个泼辣女人。平日与流氓甜蜜起来，给他端饭、打洗脚水，但一言不合吵起架来，洗脚盆、饭碗都摔了，说她是泼妇也不为过。不止一次，两人吵起架来，流氓上去几个耳光，姜小凤自然打不过，捂着红红的脸，冲到厨房抱出一摞碗来，扔到当院里，哗啷一声摔得稀烂。流氓赶上去就是几脚，姜小凤坐在地上就嚎开了，流氓听得烦躁，捂着嘴，任她呜呜挣扎着拖到屋里。母亲躲在屋内等没动静了，就出来收拾一地狼藉。正发愁中午做饭没碗用时，门开了，姜小凤傍着流氓的胳膊笑嘻嘻的，两人收拾齐整，准备出门了。母亲看得目瞪口呆。有时"功夫片"会在夜里上演，先是啪啪地打耳光，而后"哗啦"一声什么东西被扫到地上，紧接着谩骂、哀嚎夹杂着肢体冲撞声，通过地板和空气传来，远比电视中的武打片惊悚。父亲和母亲已经习惯，于是调大了电视音量，蒙头睡去。第二天早晨，流氓起来时，脸上有指甲的划痕。姜小凤睡了一天都没起床，母亲去看时，她头发凌乱，眼睛红肿，身上青一块紫一块，母亲心疼地骂："妈那屄，下手这么重，仇人也不过如此。"姜小凤转过脑袋说："阿姨，你骂着自己了。"母亲一下乐了，起身去给姜小凤熬鸡蛋茶，一口气打了六个鸡蛋。

棉纺厂的活儿没干几个月，流氓就受不了三班倒的约束，他也不把车间班长放在眼里，动不动就恶语相向要"修理"人家，工友们都说他是黑社会，不敢惹他，流氓自己也觉没意思，就辞了工作，跟一帮无业地痞混在一起。姜小凤仍是不离不弃。有一次，流氓骑摩托带着她在河滩里飙车，沙土地一凸一凹，把姜小凤颠得上蹿下跳，兴奋地直叫。过一会儿，流氓觉得突然安静了，回头一看，女朋友没在车座上，再一瞧，她正坐在老远的土路中央哭呢。流氓赶紧掉头回去，姜小凤一边哭一边骂："王八蛋，只顾跑，把我颠下来都不知道，小心一头扎沙坑里栽死你！"流氓充满歉意地陪着笑脸："好，栽死我，栽死我。"姜小凤却突然不哭了，低头看去，裤子上已经被血染红了，流氓抱她到摩托上，骑着就往医院送。母亲后来说起这件事就心疼不已，到医院一检查，姜小凤小产了，已经四个月大，两人都不知道，还是一对双胞胎男孩。母亲仿佛看到一对白白胖胖的孙子在眼前嬉戏，一转眼没了，气得把流氓骂个臭死。流氓也充满内疚，让姜小凤请假在家休息半月，自己史无前例一周没出门。母亲就下决心催促他们成亲，看下好日子，姜小凤娘家还提前送来彩电、冰箱、音响和组合家具，母亲连着做了八床新被子，就在演草纸上开列计划请的亲友名单。姜小凤身体养好后，两人又恢复充满硝烟的生活，但奇怪的是再听不到姜小凤的哭号，只剩下詈骂。母亲后来才知道，家里放着如花似玉的女友，流氓在外面仍然沾花惹草，姜小凤可以容忍自己脸上挨耳光，头被墙撞，祖宗八代的女人被流氓口头日遍，但无法忍受流氓的鸡巴真的出去串门。忽有一日，流氓出门几天未归，姜小凤来了，还跟着一辆货车，对母亲说："阿姨，我们还是出去租房子吧，省得天天吵架，惹得你们鸡犬不宁。"母亲一听也是，帮着人家把电视、冰箱、组合家具以及八床棉被都装上车，看着姜小凤头也不回走了。流氓回来发现屋里空荡荡的，听母亲说完，才吃惊地说："啊？俺俩已经分手了！"母亲打电话过去，姜小凤冷冷地说："阿姨，我们就是结了婚也得离婚，在家我爸妈舍不得动我一根指头，在你家说打就打，我受不了。"母亲哑口无言。后来每次说都忍不住骂流氓，想起还跑前跑后帮着装车，后悔得直扇自己脸："八床丝绵被子啊，藏了多少年，被面还是我结婚时买的，一直没舍得用，八床啊！"

没有了女朋友，流氓并不难过，他相信，女人今天没有，明天就会有，最迟不会超过后天，更何况，他还有那么多混混朋友。那年冬天，六怪到火车站买玉器，人群里白猪被两个黄毛小青年挤了一下，一摸就发现钱包没了，里面倒也没有什么东西。"皮夹不是东西吗？敢惹'白河六怪'，不想混了！"流氓不依不饶。六人在车站广场转了一圈又一圈，终于发现那俩小孩在出站口的栏杆上坐着。白猪沉不住气，老远就开始跑了。两个小孩一看被发现了，翻过栏杆就往广场开阔地带逃。前面没命跑，后面是六怪大呼小叫追，引得路人纷纷避让。六人跑到广场尽头，就发现四个警察在那里等着他们，估计是有人报了警，两个黄毛不见了。六怪看到穿警服的人，掉头就往回跑。流氓本来跑在前面，不想鞋子松了，踩着鞋带一跟头绊倒在雪地里，上来就被甩了两警棍，也不问话，拷上手铐带回派出所。审讯室已经满了，警察把流氓带到二楼的一个小厨房，顺手拷在煤气罐上。忙起来，人家就把他忘了，到了晚上，流氓冻得受不了，扯着手铐向后窗外看，是一片菜地。流氓一思忖，把煤气罐拧紧，拔了管子，自己抱着铁罐，打开窗户，下面是白乎乎一地积雪，流氓算算高度，心一横，抱着煤气罐跳了下去。二楼似乎没有意料的高，但雪地比想象中硬，煤气罐铁柄直直戳在流氓胸口，他咳了半天才缓过劲儿来。隔着窗户，流氓清晰地听到警察大声盘问着新抓的两个妓女，小姐的回答让流氓忍不住脸红，他心想，还是道行不够，我这么流氓，都说不出这样的脏话来。流氓挣扎着从雪地里起身，叫辆三轮车逃离了派出所。赶到白猪家，众人果然在那里商议如何营救他，一看流氓回来了，又惊又喜，白猪用铁钳夹断了手铐，流氓添油加醋叙述了逃跑过程，众人唏嘘不已，白猪敬佩地说："虱哥，还是你有种！二楼我净人都不敢跳！"流氓不吃这一套："少拍马屁，还不是为了你这只猪！有啥吃的，饿死我了。"白猪一摇煤气罐，满的，直接接到煤气灶上，众人围着吃起热腾腾的火锅来。

　　每次我回老家，六怪知晓了都要过来借机聚一聚，他们挺喜欢和我聊天。"文化人说话就是和俺这大老粗不一样。"易拉罐曾说。我怀疑，那只是因为我有足够的耐心，听他们天南海北地吹牛皮。在六怪中，赖毛的家境最好，父母花钱将他安排到市政协上班，他是六人中唯一有正式工作的。流氓不止一次羡慕地说，我做梦都想像赖毛一样，皮鞋擦得照见人影，裤子熨得不倒折，骑个摩托，屁股后面冒着小烟儿，去那有门卫站岗的大院里上班，然后坐在宽敞明亮的办公室里，大腿翘到二腿上，喝个茶看个报，一月定打不饶两千多，过着天堂一样的生活。可赖毛并不觉得大腿翘到二腿上有多好，他更喜欢下了班穿上警服到处晃，一会儿对人说他是公安局的，碰上公安局的，就对人家说他是检察院的，皮带上还挎个明晃晃的手铐，专门去勾搭那些单身的有钱女人。一次骗上个万把块，就找个年轻女子，带出去旅游一圈，钱挥霍完了就回来。终有一日，被人告发，摁进牢里，公务员工作也丢了。流氓充满惋惜地说："那活儿，给我多好。谁叫咱祖坟头上不冒烟，没那个命啊。"

　　六怪没少诈骗，却极讨厌别人骗他们。去年夏天，坐在煞凉的空调房里，流氓充满鄙夷地说："有一回，在家门口的街上，碰到一个假尼姑，缠着非要把一个玉石观音十块钱卖给我，还说，施主，这个开过光，能保佑你发大财。赖毛家就在火车站开玉器店，没吃过猪肉，还能没见过猪走，一眼就看出那是假玉石。我接过来说，哎呀，最近有点背，刚好需要这个冲冲，十块钱便宜。正拿着仔细端详，突然捂着肚子说，哎呦，肚子疼，叫我赶紧上个厕所，回来多买几个。攥着玉石起来跑了，叫你等去吧。"流氓说完将烟蒂扔在烟灰缸中，往里倒一口啤酒，煴着的几只烟头哧一声就没了生气。他笑嘻嘻地继续说，有一次，突然接到个电话，是个女人声音，操着蹩脚的南方普通话说："先生，恭喜您的手机号中了我公司十周年店庆抽奖一等奖，奖金五万元，但先生您需要先汇来2000元，办理兑奖手续……"没等人家说完，流氓张口就骂："我肏你妈！"电话那头愣住了，忘记播报，然后礼貌地问："对不起，先生您说什么？"流氓也撇着普通话一字一顿地说："我肏你妈，就是用我的生殖器捅你妈的生殖器啦！"那边电话啪就挂上了，再没打过。流氓一脸严肃，忿忿不平地说："他妈的，骗到我头上来了，不知道老子是骗人的祖宗！"

四

流氓应接不暇的恋情占去我的桃花运，一直工作到三十出头，我才和报社一个实习生相恋，后来结了婚。带回家去，父母自然高兴，那时他们已经退休，父亲沉溺于喝酒和垂钓。有一次去白河边钓鱼，半夜也没回来。母亲一边嘟囔着："淹死他鳖孙才省事哩！"一边打着手电去找。父亲如一尊雕塑一样，正坐在河边酣睡，身旁是一个输液用的瓶子，他常用那种结实的玻璃瓶买散酒喝，脚下鱼竿上的铃铛被钩中的鱼扯得叮叮作响，父亲被叫醒时还兀自说："咋，天还没亮呢？"清醒了一会儿，惊喜地去收杆，拽上来一条半斤重的鲫鱼，乐得哼着小曲儿回家。然而，我却发现，院子里冷冷清清的，五怪很少来了。母亲说，流氓平日话头言语不注意，处事霸道，把几个兄弟都得罪遍了。再说，岁数大了，成家的成家，忙工作的要上班，哪还像以前一样，整天闲混？！末了感叹，有那老儿就有那小儿，一家两个不要脸，作什么孽了。母亲这样说，我是有感触的。流氓百事不成，却喜欢摆弄山地车。那辆六百元买回的自行车是流氓最值钱的家当，每次骑回来，总要用水把车子冲洗干净，连轮胎花纹里的泥巴也不放过，然后扛到平房顶上晾干。母亲说，就是对你亲娘亲老子也没这么上心。没事时，流氓就在地上铺一层报纸，把山地车翻个两轮朝天，扳子、起子摆一地，三下两下就把单车拆得只剩个架子，又是上油、又是换零件，一会儿又组装起来，让我想起学过的课文《庖丁解牛》。五怪的自行车也跟着享受到这种待遇，白猪有一回说："虱哥，你这手艺，出去摆个修车摊，一天再不挣，十来块稳当当的，也有个活便烟钱。"流氓没听完就眼一瞪："夹住，你个尿不净的。这是人干的活儿？我看你像个老娘们儿，你怎么不割了鸡巴变变性卖屄去，火车站那鸡子妮儿，哪一天不挣个百儿八十，还能发家致富哩！"白猪羞得满面通红，忍了半天终是把怨气咽下去了。

因为眼高手低，流氓手头一直很紧，他曾抱怨过，真是憋得水不流，要是手头有个三五千块钱，哪儿都敢去。据母亲说，流氓真的去马路边修过车子，怕碰到熟人不好意思，还跑到城北郊区的十字路口支个摊，但还是碰上了认识的人，只好摊着两手油假装道："车胎漏气，过来修修。这修车的师傅说上个厕所，一去半天，掉茅厕里了。嘿嘿。"从那后，流氓宁肯饿死，也舍不下面子干这活儿了。工作以后，每次回家，我总要给父母留五百元钱，给流氓撅二百元，怕他不好意思，就让母亲找理由给他。这次带着媳妇回去，我发现流氓突然出手阔绰起来，抽的烟变成红塔山，买了一辆白色电动车，主动割了二斤肉回来。但他依旧不落屋，一到晚上就不见人影。我以为家里新添一口人，流氓不自然，母亲却叹一口气说："小鳖孙干的全是见不得光的活儿，人没本事了劲气大啊。这半年多，他不知怎的攀上一个大无赖，那人专门开赌场，他在人家手下当个小头目。这地下赌场可不是电视上放的那样，有个固定地方，热热闹闹的，这是违法的事儿。一群人开着车，带着桌椅板凳，今儿在南召，明天就到新野，后天说不定又跑到邓县，赌一晚上就走了，天天到处流窜。""什么人在赌啊，这么大动静？"我问。母亲说："小秃孙回来说，外地人多，来得大，一晚上输赢都是几十万，钱堆得小山一样，从来没见过那么多钱。有的来家运气背，一晚上能输一套房子，看得人心惊肉跳。""十赌九输，他有钱换和这？"我说。母亲笑了："小秃孙穷得出门口袋里装不了100块钱，他哪敢来赌，他就管放个哨。你不知人家那分工多细，有开车的，有赌家，有看门的。听说放哨一直放到派出所门口，那边一有动静，这边电话就响了，立即收拾东西走人。值一晚上班，人家给二百，也不下力，我说，小秃孙，你这钱来得容易，好好攒着，过两年娶媳妇也有个彩礼钱，指望俺们的退休金，猴年马月也不够置办酒席。谁知道这小秃孙就是个活阎王，好不容易攒下一千块，眼气人家赚钱简单，他说我也试试手气。还没敢上正桌，就跟人家那司机们推了会儿牌九，不到半个钟头，输得精光，给我气的，一千块啊，鸡蛋三块五一斤，你算算能买多少，老鳖孙买酒一回两块，一千块买的酒能淹死他！"我想了想解劝母亲说："你也不心疼它，顾着他嘴，不问你要钱就行了。""那钱是好挣的，"母亲忍不住说，"就是两月前，有一黑，不知咋回事，放哨的睡着了还是怎的，他们在一个家属区的三楼赌，警察来到院门口才发现，赌家钱都不要先跑了，小秃孙看着那么多钱，衣裳一脱包起来，抓赌的就到门口了，一着急，他直接从三楼跳下来，摔得大小便失禁，好在皮糙肉厚，没摔死他，还是跑了。过后，人家感谢他抢出钱，凑了一万块给他住院，住上一个星期医院，花去四千多，剩下的钱给我五百，自己又买辆电动车，骑着到处跑。"我听了，半天没言语。

第二日清晨，流氓回来了，提着一兜瓜子、话梅、果冻零食，也不好意思叫嫂子，直说："你吃，我昨天在城里大超市买的。"老婆不懂事地说："我不爱吃零食，你自己吃吧。"我赶紧接过来，撕开瓜子袋说："你尝尝吧，这个味道挺不错。"老婆低声咕哝着："我没有早上吃零食的习惯。"我抓出一把塞进她手里，瞪了一眼说："吃坏你了，我负责！"老婆不情愿地嗑起来。不一会儿，母亲叫着吃早饭了，她将剩下的瓜子抛在地上，赶紧起身去帮着盛饭。我坐在椅子上，将地上散落的瓜子，一粒一粒都捡了起来。

六怪很久没碰头了，反倒因为我回来，又聚在一起，而独独少了还在服刑的赖毛。和兄弟们在一块，流氓很快就找到感觉："桌上那钱垛一尺多高，足有三四十万，不到俩钟头，下去一多半。那老板是开玉器厂的，打个电话，手下送个密码箱过来，比咱以前抢过的大一倍，打开一看，全是新崭崭的一百的，玉石老板要求换换位子，没想还是输。过了十二点，这才转运了，跟前成板儿钱，越摆越高，到天明，人家提俩密码箱走了。"众人听得目瞪口呆，流氓眉飞色舞地继续说："有一黑，到乡下一个村子赌，几十号人坐了十几辆车，大灯一开，照得一个村子亮堂堂的，村上人以为发生啥事了，吓得门都不敢开，连狗都不叫啦！"大家哈哈大笑。"一个煤老板是常客，赢钱高兴了，请大家吃饭，随便点，完了再去洗个澡，全由他埋单。那秃孙还吸毒，这一行弄这个的不少，一个月光这毒品都得一万多。"我打断了流氓的话说："你可别沾这东西，吸上人就完了！"流氓笑笑说："放心吧，老大，我心里有数，是多大鱼，摆多大洄，我不会碰这个，咱吸得起？我也不会掂刀去砍人，进去了咱家有钱扒我？你放一百条心吧。"吹起自己的经历，流氓就像吃了兴奋剂一样："有一回，一个关系好的哥们让我支烟说，虱哥，好东西，你尝尝。我吸了几口，苦苦的味儿，没啥感觉。他说，咦，虱哥，你可糟蹋好东西，这一根烟一百多，够你精神半天。我一巴掌打过去，以后少挨这玩意儿，挣多少糟钱，烧毛得厉害！""这宛城黑社会有名的豹哥，手底下饭店、洗浴中心、KTV，生意几十个，开着奔驰车，小蜜才十八岁，可赏识我，有一回说，虱子，你来给我开车吧。我说，豹哥，我那技术不中，好车给你刮个道儿，我赔不起。实际上，咱哪儿会开车啊，手扶拖拉机都开不走，啥时出个奔驰自行车我开开还差不多。"五怪嘎嘎笑成一片。

虽然不再像以前那样，整日厮混在一起，但六怪的义气仍在，遇事喊一声，仍是会丢下一切过来帮忙。有一次，流氓在家门口碰上了事。院中的两棵桐树长大后，繁茂的枝叶为我家遮了阴，却也伸展到前面一家人的平房上，几乎遮盖严实整个房顶，那家人几次对周围邻居抱怨，树枝影响他家晾晒东西，晚上乘凉都没地方坐。终有一日，前院的小男人禁不过自家媳妇唠叨，提上一把斧子，气汹汹来到平房顶上要修剪桐树枝。母亲看到就急了，手忙脚乱地爬到平房上说："不行，不行，不能砍啊！"小个子男人瞪圆眼睛问："为啥不能砍，你这树也太嚣张了，盖了我平房不说，都伸到我院子里来了，这叫侵犯领空懂不懂？这么多年，一直长，还没完没了了！"母亲哀求说："过院的你把尖削了，别砍这枝干，小赖孙回来，还不得跟你没完啊。再说，留着它，也能给你家遮个阴凉，屋里也没那么热不是？"小男人折去几个细枝杈说："我屋里要风扇有风扇，要空调有空调，稀罕这个？平时不吭声显得我老鳖一是咋，你们混黑社会，不算啥，俺们黑社会也有，公安局也有，谁怕谁呀！"说着，抡起斧子在粗枝干上砸出一道道白茬，木屑纷飞，母亲揪着心，一刀刀仿佛都砍在她心上。

　　流氓是在小男人正砍第二根粗树枝时回来的，他甚至没等五怪聚齐，就冲上房顶，借着楼梯，又跳到前院的平房上。悄悄走近了，趁其不备，一脚把小男人蹬坐在地上，流氓从来没有这么生气过，他捡起那柄生锈的斧子，高高举起，小男人的眼睛越瞪越大，斧子越来越近，一下凿在他腿边的水泥地上，一声钝响，蹦出一堆火星，水泥屑四溅，小男人的眼睛眨了一下，挡掉一粒飞溅过来的沙砾。流氓瞪着血红的眼珠一字一句地说："你再砍一下试试？"母亲站在平房上担忧地喊："小娃，算了，算了，以后不砍就行了。"流氓指着小男人惊恐的脸说："不想活了，你就再砍，你摘一片叶子，我拔你一撮毛，你砍一根树枝，我要你一条胳膊——老少爷们作证！"他突然提高音量，对巷道里看热闹的邻居们说。流氓一把将斧头甩到自家院内，笨拙的斧头如同他儿时玩耍的飞镖，打了几个转，钉在院里的地砖缝间。流氓将平房上小男人砍的粗树干抱着扔到院内，小树枝也扔下来，最后连叶子也不留。小男人默默注视着这一切，临下房子，流氓俯视着他，轻蔑地说："树的事，少操心，先把自家老婆看好，房顶绿了，好办，头上绿了，难办！"看热闹的邻居中有人憋不住笑出声来，小男人脸蛋上的两块肌肉抖动几下，突然左右开弓扇了自己两个耳光，出人意料地哀嚎起来，那声音瘆人不已，围观的人群立即四下散了。也不知是看到扔在院中的树枝心疼，还是被小男人的哭声吓着了，母亲下楼时忽然出不来气，她伸着脖子，大张着嘴，额头血管凸出，用力捶自己的胸口，接着就软瘫在地上。流氓跑来扶起母亲，用力掐着人中，她才呼吸艰难地醒来。五怪终于到了，白猪背起母亲，出门就拦车。临走，流氓还对着坐在房顶，伤心得像个小孩一样的小男人吼道："把我妈气死了，咱都别过了！"

到医院急诊室一检查，才发现，母亲是严重的冠心病。母亲后来才说，这其实不是她第一次昏倒了。一个多月前，有一天她骑车去买菜，上车就觉得两腿没力，气不够使，蹬不动车子。赶紧下来，把单车推回院里，没走到床前，就晕倒了。不知多久，醒来了，发现自己正仰八叉躺在冰凉的卧室地上，客厅的自鸣钟"铛"敲了一下，不知是几点半了，母亲心想，这还活着没死。"那你怎么不早说？"流氓责怪道。母亲说："这算啥毛病啊，人岁数大了，这儿疼那儿痒，不是很正常吗。再说了，你今儿这太过分了，这么欺负邻居不好，我这晕倒可跟人家没关系。""怎么没关系？就是他气的，树长得好好的，砍它干啥，有本事来砍我胳膊！"正说着，医生进来了，讲解完母亲病情的严重性，建议做心脏搭桥手术，"技术很成熟，做完就不会上不来气儿了，到时你找个上坡试试，一口气上去都没问题。"大夫展示了术后美好的前景，母亲仍是不同意，流氓知道她心疼钱，考虑良久，看着母亲花白的头发、憔悴的脸色，他下定决心说："大夫，做！"

忙着母亲手术的间隙，流氓还不忘用白石灰在前排邻居家大门两侧，一边写下个拆，一边写个杀，再各自画上一个圈，这些字，直到流氓死后，才有人敢用红漆涂抹掉。母亲躺在病床上，我才觉得养儿防老这句话有些过时。远隔千里，我只能寄了两万元钱回去，每天打电话询问进展情况。"手术非常成功！"流氓转述医生的话说，母亲似乎也没遭受多大痛苦，从昏迷中醒来时，还朝流氓笑了笑，我顿时放下心。住院还没到半月，母亲就嚷着出院。在家休养了两个月，有一天母亲到白河滩散步，看到河下上桥的高坡，她酝酿半天，攒足劲儿快步往上冲。没到一半，一头栽在地上不省人事。凑巧路过的行人救了母亲一命，流氓赶到河边的小医院时，母亲哭得泪人一样："没有用，没有用，还是出不来气！"抢救母亲的小医院略作检查，就发现手术失败了。我得知消息，几乎要崩溃，让弟弟赶紧带母亲去大医院检查，随后的医疗事故鉴定证明，手术是事故无误，支架质量不过关，没有顺利在血管内张开。弟弟把母亲送回家，叫上一帮二十多个兄弟，赶到原来的医院，揪着手术主刀医生，用冰凉的砍刀把大夫的左右脸颊都拍紫了，那人的眼镜跌到地上，被他一脚跺得粉碎。他又带人去找院长，一帮流氓把院长从一楼追到六楼，又从六楼撵到一楼，院长慌忙报了警，他们却不见了踪影。流氓也打了电话，但不是出警电话，而是新闻热线，母亲的医疗事故很快被曝光，医生受到停职处分，医院希望赔偿二十五万私了，父亲一听说这么多钱，忙说可以。我和流氓商量后，也同意了。但没过半年，母亲还是死了。

很少有人知道，母亲是自杀死的。医院已经承诺找最好的医生，重新做手术，但母亲一直拖着不肯做，其实，那时她的幻听症已经很严重。和父亲外遇作斗争的几年，严重损害了母亲的精神健康，母亲不会用"婚外恋""出轨"这样专业的名词，她只会咬牙切齿地说："出去混女人的不要脸，不得好死！"那噩梦般的几年里，每次父亲出门，母亲都要特务搜身一般，翻遍父亲的口袋、帽子夹层、鞋垫下面，以防他有钱出去鬼混，因为在这些地方，她都找出过钱。母亲会精确计算父亲从出门到回家所需的时间，误差超过十分钟，就会审问不止。父亲说，途中遇到个老同事，闲谈几句耽搁了。母亲会立即蹬上自行车，找到父亲的同事核对一番。后来，当父亲不再出去厮混时，母亲反倒不适应。她已经习惯忧心忡忡、痛苦不堪的日子，于是只好将这种疑神疑鬼转移到别人身上，对门邻居的岳母见面为何不打招呼，还瞪我一眼？几个老妇人围在巷口窃窃私语，莫不是在议论我？只有焦虑不安母亲才是快乐的。她又开始怀疑自己生了病，脚上有一根筋又麻又痒，像有只蚂蚁在爬一样，去医院又检查不出毛病。流氓说，人闲生是非，你干脆去街上卖馒头，挣个油盐酱醋钱吧。母亲同意了。可她仍是整夜失眠，一到白天，别人忙活时，她坐在馒头摊前，酣然入睡。流氓后来说，他有一天夜里看见母亲独自一人上了房顶，站在房檐边上，凝望着白河的方向。他悄悄过去拦下她，母亲似乎恍然醒悟，如同一个孩子般说："有个声音在叫我跳下去。"那一段时间，母亲还爱拉着流氓聊天，老说："没事别老往外跑，多陪陪我。"这样流露情感的话，不像是母亲说的。她还三次给流氓讲过一个电视上看来的故事：一个老父亲到城里儿子家住，结果媳妇嫌弃，两口子老吵架，父亲想想，得让儿子过好一家人啊，也没地方去，干脆死了干净。可又怕吓着小孙子，就自己悄悄到卫生间吊死了。母亲讲这个故事，像是在给自己下定决心，有一天晚上，睡觉前母亲偷偷吃了半瓶安眠药，半夜，在父亲如雷的鼾声中，她渐渐解脱了。

在母亲去世前几个月，流氓其实正经历着一场幸福的恋情。女孩是一个银行职员，长相甜美，按流氓的话说，"跟酒井法子一个模子刻出来的"。她的家庭条件很好，父亲是政府官员，母亲在做生意，这让流氓心中很没底。女孩要来家里，流氓敷衍说："我那要饭吃家里，有啥好看。"女孩就要带他给父母看，流氓也严辞拒绝。终有一次，还是硬着头皮去了。流氓感觉像进了宫殿，分不清东南西北，自己也算见过世面，女孩家里的富丽堂皇，还是让他觉得像进了城一样。坐在沙发上，浑身不自在。女孩的父亲打个照面就进了书房，她贵妇一般的母亲，给流氓打开一听饮料，坐下礼节性地问："在哪儿上班啊？"流氓一下就被噎住了，只好老实说，没有正式职业。如果陪聊算是一份工作，流氓倒是很胜任。常人会起鸡皮疙瘩的肉麻话，他张嘴就来。不一会儿，他的好听话就说得贵妇人心花怒放。流氓心想，这老女人血盆大口里的黄牙，跟白猪家养的狼狗一样，这要成了，还不得三天两头看这黄板牙。没想到笑归笑，临了最后，贵妇人抿抿红嘴巴，淡淡地说："孩子还小，算命的都说她婚姻不透。再说了，俺们还是想给孩子找个稳当的依靠，这样也才放心啊。"流氓心想，说了半天，就是不行嘛，也失去闲聊的兴致，倒想上厕所了。于是进入她家宽敞的卫生间，美美屙了一泡小山一样的臭屎，边上的卫生纸散发着幽香，流氓心想，我们擦嘴都舍不得用这么好的，干脆扯上半卷下次再用。临出门，又用她家毛巾揩了揩皮鞋。贵妇人要留他吃饭，流氓装作很有风度地说："不了，我们还是出去吃吧。"出门带着女孩直奔家中，把两人反锁在屋里。事后，流氓点上一支烟说，我看咱俩还是算了吧，我是个无二混，跟我也不会幸福，你还是找个有前途的依靠吧。女孩的眼泪已经流到下巴上，直勾勾盯得他不敢对视，随后用尽力气给了流氓一个嘴巴。她提上牛仔裤，穿上皮鞋，用力在地上跺了跺脚，仿佛那鞋子有些小，又好似用这代替了再见两个字。木门被狠狠关上时，气浪把后窗都推开了。"妮儿，走啊。"母亲在院中说。"走了，姨。"这是流氓听女孩说的最后一句话。流氓把烟掐灭在床头的易拉罐内，用被子蒙上头。一觉醒来，流氓觉得又渴又饿，晾了一碗白开水，到厨房狼吞虎咽吃下一个凉馍。母亲卖馒头回来，三轮车推到院中，将零钱摊在地上，一张一张认真数着。流氓一口气喝完瓷碗里的水，将一点残根儿倾在地上，那水汪里淹了一只蚂蚁，在水面上拼命挣扎，如果是一个人，他肯定在呼喊救命，但流氓不想救它。他抬了眼，迎着后晌午的阳光，对正在数钱的老太太说：

"妈，我想结婚了。"

五

用医院赔偿母亲的钱，流氓将家里的平房接盖了两层，自己住在三楼，父亲守着一层，二楼连门窗也没安，因为钱花完了。去年夏天，我在白河边请他吃饭时，流氓醉醺醺地说，这房子是用咱妈的血肉盖成的，活着时，她把我生下来，死了，我还活在她的血肉里。她为什么要把我生下来，让我受这么多苦。我没吭声，只是一个劲儿喝酒。流氓经常会带女人回来，有时一个，有时两个，有时三个，挣了点钱，他全花在这上面，但也许他也不用花钱。心情好、口袋不瘪时，他会从街上的烧鸡店里，买只卤得油汪汪的烧鸡回来，自己关在屋内一口气啃得只剩下一堆骨头和一个毛没拔净的鸡屁股。有时也会买两只，送给老头子一只下酒，老先生一顿吃不完，冻在冰箱里，喝醉就忘了，流氓肚子饥了，就悄悄偷吃掉，等老头子想起来去找时，早已踪迹全无。父亲岁数大了，没了教训孩子的权威和力气，只好一边抿酒一边用唱歌一样的腔调，坐在桐树底下骂流氓偷吃了他的鸡腿。流氓听得心烦，就将音响开到最大，放上劲爆的舞曲，父亲咒骂的声音就一点听不见了。

赌场的生意，流氓也没干多久，就遇上严打，风声一紧，这一行就萧条了，赌客们转移到外地。流氓自己在家开设赌局，想收个场地费，可是没有人来。他气得指天骂地，用菜刀把麻将、牌九剁个稀烂，刀片也砍卷了刃，流氓彻底失业了。直到那天，在白河边流氓才讲起那段艰难的日子，父亲可怜的退休金每月买了米面就不剩下什么，三十多了还让父亲养着，流氓也觉颜面无光。天黑以后，他去菜市场捡过烂菜叶子，拾人家丢掉的猪皮，回来焙油炒菜吃。我责怪，为什么不对我说？流氓说，你买房子家里支持不了一毛钱，已经欠人家一屁股债，怎好再增加你负担。窘迫之下，流氓只好搭上两个平日根本瞧不上的混混，干起抢劫的买卖。“我们只抢有钱人，全是那些肥头大耳，提着密码箱的人。”流氓辩解着。我说：“那也是抢劫。”流氓的第一单“生意”就栽了。三人在火车站盯上一个带着粗大金项链、拖着行李箱的外地人，当他们迫不及待围上去时，没想到远处人家还有四五个人来接站，一个干瘦的家伙还从腰里掏出一把手枪，朝天放了一枪，流氓说，我吓得差点尿在裤裆里。三人被拖到偏僻的黑影里，一阵拳打脚踢。流氓在与数只尖头、圆头皮鞋的撞击中，听到关于自己命运的讨论：“弄死这仨货算了？”“一个地面的，犯不上，一人留个记号吧。”他就觉头上一热，嘣一声响，什么也不知道了。三人互相搀扶着到医院时，血肉模糊的样子，把医生护士都吓坏了。好在就是头上被砍破一条长口子，没有什么大碍。流氓剃掉半个脑壳的头发，缝了十二针就回去了。

闯荡江湖十多年，这是流氓伤势最重的一次，他也因此结识了后来的老婆。此前半月，流氓被亲戚安排着又相了次亲。女方杜子鹃是医院妇产科的护士，流氓看见她第一眼就想撤退，这恐怕是他认识的女人中，最难看的一个。但出于礼貌，强忍厌恶围着白河闷闷转了一个小时，杜子鹃惜字如金，流氓也懒得应付，时间简直比他拷在派出所里都难熬。他甚至没想过请别人吃顿饭，哪怕是路边摊上五块钱一碗的凉皮。分别时女孩突然问：“啥时再见？”流氓看着她壮如柱子的大腿，以及骇人的银盆大脸，胆战心惊地说：“再联系吧。”他连人家电话都没问过。当流氓躺在家里，一天三顿芝麻叶面条，营养少得连伤口愈合都不够时，杜子鹃来了，见到流氓被纱布包得严严实实的样子，心疼得直掉泪。她去饭店给流氓打包回四个可口的热菜，一声不吭洗了流氓的脏衣服。一连两周，杜子鹃每天下了班再来家里上班，照顾流氓。看着她忙前忙后的贤惠模样，流氓心中也有些感动，还没有人这么踏踏实实地对待他。养好伤，流氓的生日到了。小时到了这一天，母亲都是煮个鸡蛋就算庆贺了，长大后再没提过生日的事。杜子鹃不知从哪里知道了，为流氓订了生日蛋糕，还送上一块精致的手表给他。流氓的女友们个个花枝招展、风情万种，但似乎没有谁这样关心他。杜子鹃话不多，但有她在，空荡荡的院子里似乎有了家的氛围。然而，流氓只要一看到那锅盖一般大小的脸，就忍不住哀叹："老天爷呀，怎么不让我瞎了啊！"

　　流氓最终决定和杜子鹃结婚。十多年前，刚下学不久，"白河六怪"围坐在一起聊天时，流氓带着吹牛皮的口吻说："我将来肯定要旅行结婚，全国各地名山大川转个遍，最后一站是首都北京，带着老婆到天安门广场照个像，就心满意足啦！"真正结婚那天，流氓骑着落满灰尘的二八自行车，载着杜子鹃到市中心最热闹的广场上转了一圈，给她买个廉价的玉石手镯，就算结了婚。因为骑车带人，还被警察训了一顿。电话中，我听说消息后，主张还是办场酒席，人生大事，对人家杜子鹃也算有个交代，当即寄回去五千元钱。流氓也是好面子的人，立时通知亲朋好友，日子定在国庆节。自从母亲去世后，小院里从来没有这么热闹过。老家亲戚、父母同事、流氓的哥们兄弟，楼上楼下整整摆了二十桌。百鸟朝凤的喜乐奏着，"五魁首""六六顺"的划拳声夹杂其间，五怪也都到齐了，轮番变着花样向流氓敬酒。流氓很快就进入状态，一会儿搂着兄弟们，回忆当年结拜的壮举，一会儿又去别的桌，跟老亲旧邻称兄道弟，挨个连干三杯。喜庆的气氛随着流氓的放肆与粗俗，不断高涨，而流氓独独把老婆忘了。

结婚第二天，流氓就开始夜不归宿。杜子鹃一个人坐在空荡荡的客厅里，守着大红的喜字挨过一个又一个夜晚。流氓好不容易回家了，杜子鹃阴沉着脸问："这几天上哪儿了？招呼不打就走，结婚才几天就不落屋？"流氓不正眼看她，只是没好气地说："几个兄弟下县办点事，你是市长，还是县长，啥事都给你汇报汇报，我不出去，家里吃风喝沫啊！"杜子鹃去给流氓端来洗脚水，重重地墩在他面前，盆里的水飞溅到地上，流氓毫不领情地起脚将脚盆踢飞了，水撒一客厅，脚盆吭当当响成一片，将杜子鹃吓一跳。流氓骂道："少在老子面前黑丧着脸，跟死了几口子人似的，敲锣打鼓娶来的是媳妇，不是丧门星！"杜子鹃一听红了眼："你也知道我是你媳妇，结婚不到三天，你就晾我一个人在家里，上大街上挨门挨户打听打听，有几家这样？""不想在这儿你可以滚！"流氓不耐烦地说着，拿起外套起身又走了。

有时，流氓呼朋引伴在家里喝酒，杜子鹃下班回来，有兄弟客气地说："哟，嫂子回来了！虱哥，让嫂子给俺们倒个酒。"流氓抽着烟有一搭没一搭地说："她狗肉上不了宴席，叫她弄啥。"杜子鹃就知趣地进屋关了门，再无一点声息。有一天，流氓晚上回家了，杜子鹃赶忙上前伺候换衣服。拿衣服去洗时，却闻到一股异样的香水味儿，捡起衣服凑近使劲嗅一嗅，熏得人反胃恶心。她心事重重地质问："我也不用香水，你也不用，这衣服上的香味哪来的？"流氓抬脸回答："小姐身上的，怎么啦？男人出去就没个应酬？"杜子鹃只觉得血往头上涌，挣扎着要扑过来。不用她上前，流氓过去就是两个嘴巴，打得杜子鹃晕头转向，厉声骂道："也不撒泡尿照照自己，我的东西以后不准动，我的事你也少管！"杜子鹃扔了衣服，嚎哭着疯跑出去了。没有人会去找她，半夜，她又失魂落魄地自己回来。和兄弟酒酣耳热之际，流氓不止一次炫耀："这女人啊，就跟那树一样，你得不停修剪，才能保证她不长乱了。"得意忘形了，还要绘声绘色地描述自己的声色经历，卧室的门紧闭着，杜子鹃也许已经睡着了。就像一个幽灵一样，杜子鹃生活在这个院落里。仅有的几次碰面，她总是脸色苍白、精神不振的样子。去年夏天回家，我与她寒暄了两句说："辛苦了，这个家，你多担待。"没想到杜子鹃眼泪涌出眼眶，嘴唇抖动几下，艰难地说："大哥，你是文化人，你说说，我上辈子造什么孽了。这不要脸的，结婚这么长时间都不碰我一下，我想给他要个孩子，都要不了。"我很震惊，以至于惊慌失措地说："我回头说说他……我……说说他。"然后慌不择路走开了。白河边的饭店里，我也觉得难以启齿，只好隐晦地劝流氓："你岁数不小了，也该要个孩子，子鹃也有个伴儿，省得你天天在外面鬼混，人家一个人害孤恓。"流氓叹了口气说："我一看见她，不吃都饱了。你看吧，我这个婚姻，就是咱爸妈的翻版。"流氓却把话题转到小时候，兴致明显高起来，很认真地问："你说，咱上小学时砸破那个小孩的头，是你的石头砸中的，还是我的？"我想了想说："我觉得是我的石头砸到的。"流氓哈哈大笑："我也是这么认为的。"

那次离开的时候，我给父亲留下二百元钱，父亲口中说着："我有钱，我有钱。"却摩挲着把钱塞进上衣口袋。他的眼睛红红的，看人都是胆怯的眼神，走路常常勾着头，溜着墙根走。远远看着父亲，一阵悲哀袭上心头，我想不明白，小时那个严厉起来，打得我们屁股开花，亲切起来让我们骑在脖子上的父亲，怎么会变成如此猥琐模样。流氓还发现，闲着没事，父亲总在河边晃悠，看到那些拾废品的老太太，他就拣个空饮料瓶递过去，跟人家搭讪。人家走，他也走，别人停，他也停。

有时殷勤地帮老女人翻垃圾桶，有时还厚着脸皮向行人索要手中的矿泉水瓶。老妇人坐着休息时，他蹲在人家旁边窃窃私语，那脸都快碰着人家鼻尖了。有一天，流氓醉醺醺地回来，看到屋檐下坐着一个头发乱蓬蓬的中年疯女人，护着脚边鼓囊囊的蛇皮袋，父亲正给她喂馒头，撕一块馍塞进她嘴里，抚摸一下人家脏兮兮的手。流氓喷着酒气大声问："这谁啊？"疯女人挣脱了父亲，抓紧自己的垃圾袋，父亲起身轰一群小鸡一样说："走，走，吃饱了赶紧走吧，这院没有垃圾。"疯女人盯着流氓，惊恐地往门口走，"再敢踏进这门，腿给你打断！"流氓一声断喝，疯女人背着蛇皮袋，霍嗵嗵跑走了。"你这是弄啥啊？"流氓怒目而视父亲。他低下头，嗫嗫呐呐地说："我，我想你妈了么！"流氓仰天长叹一口气："算了吧，我妈活着时，也没见你对她有多好！"说完一脚踢开挡路的矮板凳，跌跌撞撞上了楼，父亲愣愣地坐在院里。流氓突然从屋内冲出，趴在三楼的栏杆上，扯着嗓子向下喊："真他妈想用个煤气罐，把这三层楼给端啦！"

杜子鹃后来信奉观音菩萨，还专门从医圣祠请回一尊，放在客厅里，天天烧香磕头。吵架时，她无数次骂流氓"赖孙，不得好死"，她的诅咒应了验。流氓死在去年阴历八月十五前一天。夏天的时候，流氓就说，最近看一个房地产场子，待遇不错，一月发一条烟，还给一千五，比上班强。宛城那时的保安临时工，一月也就千把块钱。那是一片烂尾楼，开发商房子建到一半，资金链断裂就跑了，雇下十几个地痞看守工地。流氓们吃住在这四下透风的楼内，闲来就是打麻将、玩扑克，没事带着电警棍，在七八栋还立着脚手架的半拉子楼里，巡逻一遍，日子倒也闲适。有一天，突然开来两辆卡车，下来二三十个年轻小伙，也不答话，上来就捡工地上值钱的钢管、钢筋往车上装，流氓们闻声下来，撕扯中才隐约得知，房地产老板借了一个朋友上千万，还不上也不露面，人家来搬东西当利息。地痞们的任务是保护场子，当然不让动，流氓又是咋呼最厉害的，争执中就动起手来，别人人多势众，打得一帮混混抱头鼠窜。流氓被四五个人追到一栋楼房的六层楼顶，还没封顶的工地上钢筋林立，满地砖头，被堵在角落里无处可逃，流氓撇了手中的钢管，给人跪下了："都是出来混口饭吃，大哥们，我不拦了，你们爱搬啥就搬啥吧。"五六个黑社会的人上来就是一阵拳脚，打得流氓缩成一团。等人群散去，浑身酸疼的流氓才发现，自己身下一滩血。他的肚子上，三个刀口在向外汩汩冒血。

送往医院的路上，流氓渴得嚷着要喝路边沟里的污水，过白河桥时，又挣扎着要下去喝河水。几个兄弟知道这样要不得，拼命抱住了他。流氓的血湿透了衣服，一路从工地滴到医院。抢救了半天，医生发现其中一刀扎破脾脏，这是致命的。放弃救治后，面色苍白的流氓有过短暂清醒。一个小兄弟趴在嘴边，听他虚弱地交代了两件事：我刚才吐的血，收着，浇到我家院子里的桐树根下。你嫂子，叫她改嫁，就说我对不起她。得到消息，我连夜坐飞机赶回家里，仍是没见上流氓最后一面。医院停尸间里，一条洁白无瑕的单子盖着流氓，我不太习惯如此安静的他。流氓的脸上还有一片灰迹，我用纸巾轻轻帮他揩掉，又捡去他乱蓬蓬头发里的一根麦秸。流氓是爱干净的人，出门总要把头发吹齐整，皮鞋擦出亮光。夏天的时候，他还摸着自己的脸惋惜地说："刚下学那会儿，这脸瓷光瓷光的，现如今，一照镜子，老皮老脸，抹多少雪花膏都不管用了！"那天他喝醉了，扶他上出租车时，流氓扯着我的胳膊说："哥，你是看着我长大的啊……"这么多年，那是流氓第一次叫我"哥"。

　　白河桥北头的火葬场冒出一股烟，流氓就成了一罐灰。火化那天晚上，杜子鹃捧着流氓的遗像，在屋内放声大哭，哭了整整一晚上，那凄厉的恸哭声，我一辈子都忘不了。母亲去世时，父亲没有掉一滴泪，流氓走了，父亲竟然老泪纵横。我第一次步入神秘的火葬场，捧着棕黑色的骨灰坛，它暖暖的，仿佛还带着流氓的体温，我实在无法接受弟弟由一个生龙活虎的小伙子，变成一抔灰白色的粉末。行凶的主犯逃亡在外，一直未能缉捕归案，几个从犯被判了年数不等的刑期，并赔偿家里十几万块钱。流氓的兄弟中间，有人传说当天的打手中，有前院小男人的远房亲戚，我反复打听，没有人能证实。小男人一家早就卖了房，搬得不知去向，如今的院中，住的是一户说普通话的外地人。杜子鹃没多久就回娘家了，我相信，随便找个男人嫁了，都会比和流氓在一起幸福。

　　用那十几万块钱，父亲将三层楼改造成由二十多个小房间组成的家庭旅馆，简单装修一遍，出租给附近宛城大学的学生们，邻近好多人家都做起这样的生意。招租广告没贴多久，楼上就被那些年轻的情侣们住满了。小院里从来没有这么热闹过，总是人来人往，川流不息。有了租金收入，父亲的日子也滋润起来，每天都有一只鸡腿或者一只猪蹄伴他下酒。天气晴好的日子，院内晾衣绳上、栏杆上，搭满各色的外衣、内裤、胸罩，如同船上挂的满旗一般，父亲就弯腰穿过这些内衣的丛林，一层楼一层楼打扫卫生。吃饭时间，情侣们都回来了，有的房间传出炒菜的声音，有的依靠在栏杆上打情骂俏，有的房门关上就再无声息。然而，不管白天或者晚上，总有房间传出嗯嗯呀呀的呻吟，有的是在电脑上放光碟，有的是真人发出的，父亲总忍不住要骂人。二层楼中间的一个房间，常年紧闭着，锁都结了黄锈，玻璃也用报纸糊得严严实实。空荡荡的房间内，只有一张床和一个桌子，这是父亲留给我回来住的，可我从未住过。屋内的三屉桌上，摆放着流氓的骨灰坛和他的遗像。照片上，流氓浅浅地笑着，胖乎乎的脸上还透露出稚气。荷尔蒙的气息包裹着流氓，他的四周，激荡着青春的朝气和甜蜜的恋情，这里没有饥饿，没有打杀。我想，流氓一定很喜欢这里了。

瘦手

一

好大一片麦田啊。在剧烈的心跳和上气不接下气的喘息间隙，缩在角落里的盖就是忍不住感叹。子弹拨开空气飞速前行的哨声在头顶不时响起，轨迹不同的呼啸证明着，敌人正从四面八方，向麦浪中间这个孤岛似的破房子包围而来。为什么要在麦地中心修建这么一座烂房子？一粒流弹击中门洞边缘，溅起的砖屑弹在脸上，打断了思考。没这几间残垣断壁自己可能早就被打死了，跑了半天才找到这里啊，腿肚子似乎还有些酸，鞋也不见了，光脚板被地上黄澄澄的子弹壳硌得生疼，眼睛的余光似乎瞥到了人影，都是一袭黑衣！举起手中的突击步枪时他想，也顾不上瞄准了！伸到门框外的冲锋枪并没有发出意料中的脆响——又没子弹了，为什么总没子弹呢。地上横七竖八一地子弹壳，就没一个是我打空的。盖就是气愤地一回头，曲折幽深迷宫一般的房子里不见一个人，就剩我一个了？撤退也不叫我，他一把丢开手中的步枪，轻飘飘的，似乎没有重量。不能在这里躲了，黑咕隆咚，八卦阵一样。盖就是俯身从房间的后门冲出，一下跃进了浩瀚的麦地。好深的麦子啊，阳光透过麦穗间的缝隙，晃花了眼睛，他不顾一切地狂奔，麦芒刺在脸上针扎一样，胳膊、腿上的肉仿佛一片一片被割去了，这像是玉米地啊，苞谷茬儿会扎脚，那东西锋利得跟暗器一样，想着脚底板上就觉刺痛，是不是已经被扎穿了，盖就是顾不上看，依旧没命地跑着，一转眼到了一片高岗上，太阳没了，枪声歇了，晴空万里，眼前是一片油画般碧绿的麦毯，却为什么到处都是艾草的香味儿，越来越浓……盖就是醒了，紧绷的身体立时松散下来，一股舒服的快意传遍全身。灰白的光线穿过布帘射在立柜的穿衣镜上，映得屋内一片朦胧，看着天色，他估计六点半了。脚头的黑影里，躺着老婆白繁荣和四岁的儿子，屋内弥漫着艾蒿味儿，哦，今天是端午节，盖就是逐渐清醒的脑子在黑暗里突然意识到。

　　远处谁家房顶的老公鸡"咯咯咯"长叫了一声，引得又有数家的公鸡应和着一阵更响亮的啼鸣。盖就是一动，白繁荣就醒了，用脚踢了踢他，这种脚趾甲的刺痛有时会将他从美梦中惊醒，以为又该起床出车了，其实是他的呼噜吵得白繁荣心烦，提醒他翻身不要仰天睡，这令人厌恶的动作已在盖就是心里投下阴影。"起来吧，药。"白繁荣咕哝了一声，把脚缩进毛巾被里，就再无声息。盖就是机械地应了一声"唔"便翻身下床，赤着脊背穿条大裤衩弓腰坐在床帮上。六月的清晨依旧有些凉意，盖就是努力隐忍着，还是打了一个闷闷的喷嚏，身上起了一层鸡皮疙瘩，寒毛都竖了起来。他在身后的薄被上摸索一阵，触到了那件皱巴巴的灰衬衫，拉来套在身上，那是白繁荣从批发市场买的，一次批了十件，他就整天只有老气横秋的灰衣服穿。盖就是也抱怨过："你就不会多挑几个颜色，全是灰突突的。"白繁荣铜铃般的大眼挤成三角形："也不看看自己干的啥活儿，穿蟒袍玉带可花哨，以为自己只有十八呢？远近都穿啥了？隔壁的手帕，女人连个布头儿都没给他买过。"一起下白河拉沙的老友们开他玩笑："就是，你一年四季就这一件灰布衫，里面穿了外面穿，也不换换。"他也懒怠解释，讪笑了说："晚上回家一把水的事儿，第二天还是干净衣裳。"其实他想说，家里还有七八件呢，要穿到棺材壳里去了，估计还会是件新崭崭的。盖就是抬起头，脖颈里一阵酸痛，于是习惯性地转动两圈，颈椎发出两声碎响。儿子盖三午翻了个身，吧唧着小嘴巴，他赶紧起身，趿起拖鞋向外走，目光扫到组合家具上的一排书，似乎又少了一截，估计是白繁荣又拿自己的金庸小说当厕纸了。他抱怨过："有卫生纸为啥不用，好坏那也是书，摆着也像个样子。"白繁荣却讥讽说："上厕所看个带字的东西时间也好过些，不然看蚂蚁打架。什么家世，还充当书香门第。"这白繁荣啊，嘴上从来不会吃半点亏，盖就是感慨着拉开门，走到了堂屋的光亮里。

客厅里的艾香更浓郁，却有些清冷，插在门框上的两捧艾已经枯萎，无精打采地垂耷着脑袋。挂在墙壁高处的一座老钟嗒嗒走着，在空荡荡的房间里显得格外响亮，时针和分针快重合了，六点半多一点，盖就是有一丝得意，长久以来，他觉得自己有一种天赋，看天色估计的时间往往与钟表或者电视上的时刻相差无几，也许别人也这样吧，他没问过，宁愿保留着这样的小秘密。刺鼻的艾枝味儿中还夹杂着一丝苹果的甜香，推开西屋门，缝纫机上放着一兜红苹果和一把黄爽爽的香蕉，盖就是约摸这是为了今天给儿子过生日买的，还需订一个蛋糕。上午得把拖拉机修好，刹车一直不好使，路上都不敢甩开劲儿跑，看见人群就害怕，也歇了三四天了，问问有新工地没，几件事都得办完，就在今天，盖就是搔着锈在一起的头发心里想。

　　东天里的太阳还未露头，只是白亮亮的一片，仿佛地上铺了一面反光的镜子。远处的半空里似乎有蒙蒙的雾霭，院子里或许也有，只是近了瞧不真切，但盖就是还是在四轮拖拉机方向盘上发现了它们的踪迹。雾气在方向盘上凝结成一层细密的水珠，好像一圈透明的蜂窝。乌黑的方向盘被盖就是一双大手攥得花纹都磨平了，他的手掌上也生出厚厚的黄茧，儿子盖三午最喜欢这双手为他挠痒痒，每天晚上只有在爸爸大手的摩挲下，才能悄悄睡去，三午也只有在那时才最安生。盖就是伸手一把将方向盘上密匝匝的露珠捋在手掌中，立即感受到橡胶上那熟悉的细腻感觉，只是比平日冰凉一些，小水珠汇聚成大的，湿漉漉的，他顺势把露水涂抹到额头和脸颊上，凉凉的。在宛地，流传着这样的风俗，端午节早上的露珠和河水都是药，用它们洗脸或者沐浴，可以杀菌祛病。盖就是又在院中甬道边，长得黑嘟嘟茂盛如麦苗一般的草丛里，来回搅了两趟，手上沾满端午节早晨的露水，他用力在脸上抹拉两把，洗了脸，似乎还有些兰花淡香，立时清醒了。这些蓬勃如韭菜的绿化草，是盖就是用半车沙子从一处苗圃换来的，那主人当时说了个名字，他转身就忘了，好似叫什么兰。因为它根系发达，最宜绿化使用，盖就是沿水泥甬道栽下两溜，不上半年，原来的一小棵就发出郁郁葱葱一大捧，茂盛异常，夏秋两季，还会开出白色的小花，香甜沁脾。甬道东侧是一片小花园，栽了几株月季、牡丹、菊花，以及十几杆笔挺的向日葵，旁边贴地是两畦收拾整齐的油白菜和蒜苗。一起拉车的朋友曾给过他两只罂粟壳，盖就是撒在空地里，没想不多久就生机勃勃长出小白菜一样的嫩苗，剔除一些下锅，鲜嫩可口。没几个月，小苗就生得芝麻一般高，顶个棉桃似的骨朵，开出五颜六色绚丽的花。原本想收获几颗，晾干了可以熬汤治拉肚子，没想就有人暗中举报，穿制服的警察来到家里，凶神恶煞一般，风卷残云拔得一地狼藉，还惩罚说，念你初犯，一株罚款十元。他乖乖交了近五百元钱，以后老老实实种蔬菜，谁也无话可说。

院子里空气清冽，盖就是张牙舞爪地做着扩胸运动，舒展浑身僵硬的筋骨。前院升腾起一股浓白的烟雾，这是早起的人家用烧艾来熏房子了。他活动着手腕脚脖，踱到院东的厨房里，拔开炉子，一股煤烟味儿冲到鼻腔，几乎让他咳出来。灶台上是只中药罐，他往里添瓢凉水，坐在煤炉上。案板上放着白繁荣包好的粽子和几头剪过的蒜，盖就是将案板下隐蔽角落里的一只土罐移出来，手伸进去，小心翼翼接连掏出六个裹着黄泥的咸蛋，洗净了连同粽子、蒜瓣一起放到地灶的大铁锅中。厨房里有些阴冷，盖就是坐在灶前，将一把麦秸塞进冰凉的灶膛内，脚下扔着半册书，他拿起来侧身应着亮光扫了一段，发现是本《神雕侠侣》，犹豫了一下，还是扯掉几页，折成一条用火机点着，引燃了膛内的麦秸。火苗旺起来，映得小房子里红堂堂的，盖就是从身后摸过几根木条，轻轻压在秸秆上，火苗缩回去一下，随即又腾起来，吞没木条充满了灶膛，一直窜出膛口，将灶口壁上的一层烟灰也烧得星星点点泛着红光。盖就是又加了几根柴禾，一任火苗不停探着脑袋，起身提起门口的一支红桶，出了大门。铁门轻轻被带上了，门后不起眼处悬挂的一对铜铃铛，兀自在他身后叮叮当当响了半天。

　　粽子的香味混进院子里的艾叶气中，白繁荣穿着一件红睡衣，盘着乱糟糟的黄头发立在月季花边刷得一嘴白沫，门上的牛铃铛又响了，盖就是从房后的白河里提了满满一桶河水，一摇三晃地回来了。白繁荣看见他口中就呜拉："唔唔凉水呜噜……"一副皱眉埋怨的神情，就是把水桶放在房檐下，惊魂未定的河水溅了出来，白繁荣跳着脚躲开了，挪到远处的向日葵边，嘴里又呜噜了一遍，白沫子顺着嘴角往下掉。"怎么啦？"盖就是踢掉又湿又滑的拖鞋问道，他把沾水的手在稀薄的衬衫上揩干了，肋骨上一阵凉丝丝的不舒服。白繁荣喝了一口水，仰脖嗷嗷半天，盖就是难受地生怕她咽下去，她却一口喷在向日葵上，腾出嘴来说："跟你交代多少次了，中药需用温水熬，又用凉水，炉子上火苗蹿老高，它跟睡着了一样，一会儿就得上班走。冷水炖药效也不好，这都喝半月了，脸上痘痘也不见好转。"盖就是说："开水你昨晚洗脚用完了不是，我赶早去河里提水，就没顾上烧，你用这河水洗脸吧，还温着哪！一河的人，又是桶又是盆，咱去的都不早，有人干脆在河里洗澡，下饺子一样，难得这么热闹，你也该去看看。"白繁荣的嘴上围了一圈牙膏沫，撇了一下说："那么浑，我才不洗呢，把我脸上疙瘩也感染了。年轻时也没长，姐妹们都眼气我，如今人家不长了，我这么大岁数却开始出了。看来是福不是祸，是祸躲不过啊。"说着，对着墙上的一面小圆镜研究自己的脸。

　　"三午还没醒么，抱他出来洗露水澡吧，再晚太阳一出，露水就没了。"盖就是说着往屋里走。白繁荣依旧对着镜子，难过地看着高颧骨上四五颗红肿的青春痘。"起床啦，三午，太阳晒着屁股啦。"窗户缝里传出盖就是的声音，一转眼，他用毛巾被裹着睡意朦胧的儿子就出来了。盖三午双手攀着他的脖子，睡眼惺忪地揉着眼睛。盖就是蹲在草丛边，手在草叶间捋了两把，将露水抹在儿子的光臂膊上，"唔——"凉飕飕的感觉让盖三午哭起来。"三午不哭，今儿的露水都是药，洗个药澡不会得感冒，不用打针扎屁股，也不喝苦巴巴的药，蚊子也不叮。"盖就是一边哄着一边加快了涂抹，但安慰抵不过凉意，盖三午哇哇大哭起来。"露水凉，还是用河水洗吧。"白繁荣的脸离了镜子，取过一条毛巾，扔在水桶里说。"好，咱用河水洗，三午不是最爱下河洗澡吗，洗完澡咱就吃咸鸡蛋，香喷喷的流油啊。"盖就是用手指试了试桶里的水，仍是温的，他用砂纸一样的大手在儿子身上用力搓着，直到发了热，然后预告似的说："三午爱洗澡，对不对——"盖三午的哭声证明着，他并不喜欢在六月的清晨洗冷水澡，胡乱踢腾的脚趾撞到桶沿儿，哭得更厉害了。白繁荣看不下去了："老一辈的习惯，意思一下就行了。"走过来又恶狠狠地说："别哭了！今天过生不许哭，就你那眼泪不值钱，再哭让狼巴子叼走算了！"说着从桶里捞出毛巾，拧了几把，在儿子脸上用力揸着，盖三午被擦得嘴眼歪斜，五官都变了形，却不哭了，只剩下空洞的抽泣。擦完全身，白繁荣拿来小衣裳给儿子穿上，盖三午坐在她腿上，眼泪丝丝地说："妈妈，我要吃蛋糕。"白繁荣忙活着说："好，蛋糕晚上吃，先吃粽子，还要涂雄黄，不然晚上睡觉，小虫子会爬到耳朵眼儿里。"盖就是从堂屋拿来五彩丝线和小香囊，又将一只小瓷碗放在白繁荣脚边，里面是酒化的雄黄。白繁荣手指蘸着白瓷碗里的黄汤，涂抹在儿子耳廓里和鼻孔下，雄黄酒味儿刺激得盖三午又开始挣扎，白繁荣威胁说："想让小蜈蚣钻进你的鼻窟窿吗？"盖三午果然不动了，鼻子下的人中处和耳朵里给涂得黄黄的。盖就是在厨房里忙碌着，白繁荣进屋梳头了，盖三午一人坐在门口的小板凳上，拿起胸前的香囊放在鼻下轻轻嗅着，偶尔忍不住，又来一下轻轻的抽噎。

　　盖就是把小方桌在房檐下摆定，端上热气腾腾的鸡蛋、粽子和大蒜，炉子上的药罐嘟嘟冒着水泡，到处是苦苦的中药味儿。太阳升起来了，雾气已经散去，盖三午像冬眠后苏醒的小动物一样活跃起来，他跑到菜地边，瞄准一棵蒜苗，尿了一泡长长的热尿，看着一汪泛着啤酒泡沫一样的肥料，乐呵呵地笑了。那泡尿的四周，几乎每一棵蒜苗，都有尿击的痕迹。一转身，他又爬上了大门边的压水井台，站在水泥池沿儿上盯着旁边一个硕大的水缸，黑黑的水面看不见底，他嘿嘿大声跺脚叫着，水面上只有天空和他笑嘻嘻的倒影。盖三午笨拙地吐了一口痰，碎唾沫落在水面上，一圈圈水纹荡开去，他的倒影模糊了。"爸爸，我要吃鱼——"他盯着水缸大声喊，盖就是循声望去，吓了一跳："快下来，恁泼皮胆大，小心掉缸里！"他冲过去，抓着儿子的两只胳膊将他提下来，盖三午顽皮地荡秋千一样，曲着腿双脚不着地，"爸爸，我想吃红烧鱼！""好，晚上吃，早上先吃粽子，今儿是端午节，家家都要吃粽子，谁不吃，将来下河洗澡，鱼啊、蛇啊一闻味儿，这个小孩没吃过粽子，要咬屁股的。""我不下河洗澡，我要吃流油鸡蛋！""好，都是流油的。"盖就是把儿子摁在桌前的板凳上。白繁荣已经打扮出来了，穿了一身紫色连衣裙，脸上涂得白乎乎，脚上是一双新凉鞋，一阵浓郁的香气袭来，盖就是木然坐下，磕了一只鸡蛋给儿子说："你们药店单位，又不是电视台，还需化妆么。"白繁荣收了裙摆坐在桌边说："收拾一下心情好啊。再说这是防晒的，你没见过店里的胖姐和苏经理，脸上像批了一层批灰一样，那才叫化妆。你不知现在的小姑娘多时髦，见我都叫阿姨了，谁叫我老了呢，我要十八，肯定不抹这些东西……三午，吃粽子！""妈，我要吃枣！"三午嘴巴吮吸着鸡蛋壳上的黄油，眼巴巴望着白繁荣正在剥的粽子。"你今日在家干啥？"白繁荣问。"刹车线漏油了，车底下洇了一滩，我说路上三脚都刹不住，今儿个修修。"盖就是将一瓣软蒜挤进嘴里说。"都歇了快一个星期了，还没找到工地？""工地不少，三五个车别人看不上眼，想去给人家送沙，还得找工头送礼，活儿越来越不好干了，我今儿再问问。"白繁荣咬了一口粽子，将红枣吐出来塞进儿子嘴里说："拉一车沙六十，卖给工地一百，再给人家进进贡，还剩几个钱？一天到晚忙下来，算是给狗剃个头。我说那饭店生意你再琢磨琢磨，做酒席也可以，一门独，比如饺子、烩面都中，你没听人家说，生意做遍，不如卖饭。我这个药店的临时工也干够了，一月一千二，三午生场病就没了。""开饭店，本钱扎得大，也没合适位置……"盖就是还没说完就被打断了："又这般说，前怕狼后怕虎，啥也别干了，谁生来就是那富贵命，白河里的沙子都让你拉，一车赚四十，一万车能挣多少？！"盖就是不说话，只闷闷地剥蒜头，递向儿子说："三午，来吃点蒜，败毒。"盖三午撅着屁股嘴里发出"呜——呜——"的声响，一手握个啃了一半的粽子，一手摁着一辆红色玩具小汽车在水泥地上使劲开来开去，车轮跳出一道道黑印儿。"这孩子，跟鬼火一样，三午，快来吃，要迟到了……药。"白繁荣大声训斥着儿子，盖就是忙去厨房倒出快熬干的中药，封了炉子，将半碗墨汁一般的药汤凉在压井池的水盆里。"我不想上幼儿园！"盖三午举着红色小汽车抗议说。白繁荣眼皮也不抬地一边剥鸡蛋一边说："我还不想上班呢，别人家孩子三岁就能背古诗，你几岁了，连一百个数都查不全。再给我数一遍看看。""一、二、三、四、五、六、八……"盖三午一边玩汽车一边心不在焉地数着。"错了！"白繁荣生气地瞪着儿子。盖三午却扔了小汽车，跑到水缸边，从粽子上抠下几粒米，仰头抛到鱼缸里，唱儿歌似的说："大鱼吃小鱼，小鱼吃蚂虾，蚂虾吃土垃。"盖就是无声地笑了，走到桌边说："幼儿园嘛，那么较真干啥？我上小学一年级还数不全一百个数，也不耽误我后来年年考第一。看这俗话，我教他两遍即会了。"白繁荣翻一翻大眼，不耐烦地说："乱七八糟的东西倒学得快，你还想他老子卖葱儿卖蒜哪！"盖就是有些生气，挑高了腔说："卖葱卖蒜也是正当职业，一不偷二不抢，光明正大挣钱也不丢人，强似那偷鸡摸狗赚钱，半夜睡不着觉。"白繁荣一脸不屑，低声嘟哝了一句起身进了屋。盖三午又拖着沉重的大铁锹去铲草木灰为菜园施肥，盖就是过去夺了过来靠在墙上，将他按在桌边吃完半只粽子。白繁荣推出自行车说："你今天别忘了给三午买个蛋糕。"盖就是应了一声，半天又抬头说："你再给我一百元，还需买些青菜，火花塞又该换了。"白繁荣从兜里掏了半天，抽出一张钱放在桌上，去水池边的盆子里取出药碗，吹了吹，闭上眼睛一口气喝干了，才发现上面的药热得烫嘴，下面却是凉凉的。盖就是把儿子抱进自行车后座里，白繁荣载着儿子出了门，盖三午一边拍打着车座，一边扯着脖子叫嚷："大鱼吃小鱼，小鱼吃蚂虾，蚂虾吃——"大门关上了，又是一阵悦耳的铃铛声。房檐下的木桌上，老婆和儿子的座位前是小山一样的碎鸡蛋皮和粘着米粒的粽子叶，自己的面前却是一堆透亮的大蒜皮，盖就是觉得心里一阵翻腾地恶心，像吃了一肚子稠乎乎的腥泥巴。

　　太阳应该升到半天里了，却始终被高高的疙瘩云掩映着，云彩被烧红了，露出一条绮丽的边，好像铁皮上水迹干涸后的锈痕。白繁荣取药时溢出的水，还在下水道里缓慢地滴答，菜地里向日葵蒲扇似的大叶片上，雾珠已不见了，只留下一点儿肮脏的斑迹。半空里似乎没有风，前院高出房檐一截的黑烟囱吐出的轻烟，直直上了天。隔壁袁手帕家平房上的鸽子习惯性地咕咕叫着，突然受到了什么惊吓，扑棱棱直射向大门高处，划一个优美的弧度，大角度拉起，围着房子盘旋起来。手帕老婆尖利的咒骂已经炸响："滚一边去，活够月了，人没沾边你先动嘴了，一刀给你头剁了！"几只鸭子嘎嘎扇着翅子，惊叫着跑开了。手帕暗哑的声音传过来："畜生东西，算了，外面皮儿剥了一样吃。"盖就是正把右脚板在水泥棱上摩擦着，脚心源源不断释放出舒服的快意，就瞥见了拖拉机车厢下的一滩油迹，几天就漏了这么一大片，前日还只有几滴油印儿呢。他佝偻着麻杆儿一样的身子，进屋取出一架红漆斑驳的千斤顶和一个工具盒，这都是父亲留下的。那个浅绿色的工具盒中，装着一套从指甲盖大小到胳膊那么粗的卡槽，第一次看到那排列整齐的阵势时，他吃了一惊。蹲在旁边看父亲修车时，他只有三午那般大小，盖就是已经爱上了拖拉机，一天到晚吵着要跟车。父亲去邓县送砖卖沙，重车时他就坐在驾驶座边，父亲一手揽着他，一手抓着方向盘。"娃，怕吗？""不怕！"在拖拉机嗵嗵的噪音中，他大声地说。相反，他倒喜欢上了风吹过来的灰烟味儿，有一股胜过饭菜的香。不知何时，他就困乏地倚在父亲肩上睡着了，父亲把他揽在怀里，用一件外套将儿子和自己绑在一起，打个紧紧的死结。睡梦中，他还能感受到父亲胳膊左右打方向盘，以及两脚踩离合器和刹车的力道。空车时，他就抓着车帮，站在车厢最前面，头发被风吹得左倾右倒，一脸的灰，父亲过一会儿就朝后看一眼，向他笑一笑提醒说："抓紧了！"盖就是颠得五脏六腑都要掉了，大声说的"知道啦"出口就被风刮到后面去了。他不明白有的司机为什么戴风镜，直到他落下迎风流泪的毛病。母亲不让他再坐车了，可父亲出门前一问他："娃，跟车不？"他立即就往外跑，一边跑一边说："等等我，我来摇车！"

千斤顶将地面砸出一个不规则的方形坑儿，盖就是用扳手使劲敲着车厢，把松散的沙子尽量都震下来，省得迷了眼睛。他把千斤顶支在车厢后梁上，插进扳手，用力压起来，一只轮子离了地，车下的空间大起来。盖就是将一条油迹斑斑的麻袋铺在车下，躺在地上仔细检查刹车油管，果然是接口处在漏油，从小他就看父亲修理这种细铜管，那时他常常盼望的是红铜管早点报废，可以去废品收购站卖钱，一堆纸板卖不了一元钱，可拳头大小的一块红铜却能卖四五元。父亲像他这样躺在地上修车时，他圪蹴在边上问，皮带咋转那么快？火花塞石着了是咋回事？父亲却说："娃，写作业去！这是要饭吃活儿，咱不学，好好读书，将来干那风不刮、雨不淋的工作。"每学期捧回三好学生奖状时，父亲总要奖他五块钱，他就年年考前三名，可盖就是依然喜欢拖拉机。那时白河的沙子堆天涌地，有几十米高，人们觉得可以拉上一百年。盖就是一放假就去看父亲拉沙。有一次在河滩装沙的间隙，父亲和几个哥们玩性顿起，卸了车厢，让师傅们装着，三四个人开着车头绕了半天上到沙滩上比赛。盖就是和大人们一起，拽着芦苇攀上沙滩，笑嘻嘻地看着大人们的拖拉机赛。父亲赢了一盒白河桥烟，拆开了散给大家抽。盖就是却跟父亲说，我想学学开拖拉机。父亲看看一望无垠的沙海，似乎没有危险，于是就同意了，给他讲了油门、刹车、离合器的功用。盖就是紧张地坐在铺着海绵垫子的驾驶位上，烟囱里冒着黑烟，皮带轮子转得看不见踪影，水箱里的水冒出焦躁的水蒸汽，盖就是感受着发动机转动传导来的震颤，觉得自己坐了一只刨着蹄子的野马身上。他轻轻松开离合器，"野马"就蹿了出去。远处的河水明晃晃的，闪着碎银的光彩，面一般的细沙遥望无际，铺满人们的脚印，偶尔的黑点是羊屎，盖就是感觉自己与拖拉机很快融为一体，这个气势汹汹的钢铁家伙听话地在他手中加速、减速、调头，他好似骑在一只驯服的小兽身上。盖就是一踩油门，烟囱里吐出阵阵快活的轻烟，拖拉机驰骋起来，在人群面前，他猛打方向，调了一个漂亮的头，后轮扬起一波白沙。众人发出一阵赞叹："老子英雄儿好汉！""这小子门里出身，脚还够不着刹车就开这么好！"父亲露出惊喜的眼神，人群散去时还有人说："门里出身就是不一样！"

盖就是在刹车管接头的螺纹上缠了几圈白胶布，然后用扳手拧紧，又不敢太过力，怕把螺丝拧滑了。他放下车轮收起千斤顶，钻出车底摇着了车，院子里嗵嗵回荡着四轮拖拉机的响声，手帕家的鸽子又被惊飞了。盖就是上了车，倒后几米，一踩油门，忙点刹车，刹住了，后轮在地上趿出尺余沙痕。不算大毛病，刹车瓦看来还没磨薄，盖就是心想。他熄了火，从坐垫下掏出一块油布，开始细细擦拭车头上的油路，糊满油灰的管路露出了黄亮的塑料管本色。墙根处响起垒砖头的声音，不一会儿，手帕的亮脑门就在院墙头的仙人掌丛中出现了。"盖儿，盖儿——"照例是急促的语调，"你这是要出车吗？"盖就是转身对着墙头上的手帕粗鲁地说："出个家私，没联系好工地，往鸡巴上拉啊！"手帕嘿嘿笑了："我说，有活儿能不叫上我。现在人心不古啊，我叫兑钱去工地送礼，没人凑腔，狼上狗不上的，我自己提两瓶酒去了，人家工头都没正眼瞧我，说不喝酒，那鳖孙天天晚上坐酒场还说不喝酒，那是看不上我的便宜货啊！"盖就是说："你再去了叫上我，咱送他两瓶五粮液，叫咱多拉几天活儿不就出来了。"手帕却突然神秘地说："你知道不，检查站的黑老张死了！"盖就是吃了一惊："啊，咋死的？""东乡的兄弟俩，开个手扶拖拉机，一个开一个坐，黑老张又在十字路口查车，也不知是刹车失灵还是之前结过仇，人家朝他直直撞过去，重车，你知道黑老张大肚子，跟个怀孕的母鲫鱼一样，轧过去就没气了，听说肠子肚子涂一地。刚开过追悼会，多少人送啊。你可秉公执法，有啥好下场。"说完，亮亮的脑门就下去了。盖就是心中五味杂陈，他很小的时候，黑老张就在白河桥头的十字路口查车了，他也许并不黑，可是天天在太阳下晒，自然就黑了。而黑老张在司机们中间名头大，还因为他执法严，不讲情面，即便自己的亲戚也不行。他的身边，总可以看到一些拿着证件、哭丧着脸的司机，黑老张黑着脸，看也不看，因此得罪了很多人。一些司机只要听说黑老张当班，宁肯绕路也不走白河桥。盖就是的父亲却与黑老张关系很好，有时养路费买晚了，补上就行，也不罚款。盖就是和父亲一样，按时买养路费、年检驾驶证，手帕看他手续齐全还嘲笑他："你啥都买了，还能剩个毬毛！"但黑老张只要看见盖就是的车，总是冷酷地手一摆，面无表情地做出一个通过的手势。盖就是心里一时空落落的，再也看不到大太阳下，那个让很多司机望风而逃的胖老头了，不知多少人暗地里高兴，父亲这一辈人越来越少了，父亲也是打路上走的。那是他高考失利没多久的一天晚上，父亲跑夜路，可能是瞌睡了，拖拉机冲进路边的水塘里，父亲被压在车下。母亲不让盖就是去看，他见到父亲就是在最后的丧礼上，父亲穿了一身陌生的西装，怪怪的，像睡着了一样，只是不再打呼噜。夜里守灵时，父亲的嘴角流出了一线亮亮的水印儿，他用自己的白孝布帮父亲轻轻把水迹擦去了。

手帕家的鸽子又开始咕咕叫了，他媳妇长了一个瘊子的嘴唇也发出咕咕的声音，那是她在朝地上撒麦子，召唤鸽子和鸡群来吃食了。大门口的水缸里突然哗啦一声响，接着好似啪啪的鼓掌声，盖就是看见又是那条一尺长的红鲤鱼跳出来了，落到泥地里，欢腾地弹跳着，像一朵盛开的粉牡丹。鲤鱼一会儿就粘了一身泥土，带胡须的嘴巴一张一合，几片鳞甲粘在泥地上，与它的身体分了家。盖就是赶过去扣着它的鳃，又扔回水缸里，红鲤鱼亮了一会儿白肚子，忽然一翻身，游进了水缸深处。父亲去世后，有一阵子盖就是常下河钓鱼，见人迟钝地爱理不理，整日也不见笑脸，邻居都说，这孩子，受刺激了。白河里的水越来越少，他只能在冲沙闸下的潭窝里钓，有认识他的人劝说："娃，你这能钓几个，你使网啊，你爸那网扔出去可圆了，都是六斤铅角，入水快，最机灵的沙骨碌都跑不了！"盖就是盯着浮漂一声不吭，人家说得无趣就走了。他钓的鱼都养着，家里来客人做了鱼，他也不吃。结婚以后，盖就是仍然闲来就去河里钓鱼，戴个草帽，如同老翁一般。有一天，盖三午不知何时悄悄蹲在他旁边，头上也顶着一个新草帽，一刻也闲不下的儿子，那时竟然安生生的，河面有些晃动，一颗泪在眼眶里打转，盖就是还是忍住了。水缸里又是一声哗啦，鱼尾巴掀起一个大滚浪，转身又游到缸底了。水面荡漾不已，云彩缝里漏出一绺黄色阳光，映在水纹里，一尺见方的水面显得波光粼粼，盖就是扭头往屋里走，他开始盘算着晚上要做什么菜了。

压水井池里红鲤鱼图案的搪瓷盆中，半盆浅红的血水左右摇晃不止，带得盆底几片亮闪闪的鱼鳞也不由自主地晃来晃去，下水道里的水滴叭叭急促响着，水池角上，搁浅着一只乳白色的两节鱼鳔。鱼腥味儿混进暴雨后清爽的艾叶香中，菜地里的蒜苗叶上，挂着晶莹的雨珠，草木灰被雨水拍打得失了虚松，渗透进黄土里，盖就是带着腥味儿的大手伸向这棵嫩绿的蒜苗，截留的雨滴回归到泥土里，蒜苗一绺白线似的根须被拔离了松软的泥土，盖就是连拔了四五棵蒜苗，长方形的菜畦就缺下一个角。他熟练地掐去菜根，剥掉几片枯叶，案板梆梆欢快地响了起来，锋利的菜刀将蒜苗斩成数段，刀面抄底一铲，蒜段被倾到锃亮的小铁盆内，一条筷子长的鲫鱼软软地躺在里面，头和尾巴伸出铁盆，盆底积了一汪血水。案板上还整齐地摆放着一包熟鸭子、一碟花生米、一盘切好的肉丝、一捧洗净的小白菜和一碗泡涨的黑木耳。

天色黯淡下来，太阳早落下去了，只剩下半天里一片红彤彤的火烧云，像远处的白河边着了大火，映红了天际。盖就是压了一盆清水，洗了洗手，在半空甩干了，掏出一支烟噙在嘴上，水还是把烟洇湿了一截。院墙外一群鸭子嘎嘎叫着跑开，自行车条的声音停在门口，铁门上的铃铛响了，白繁荣用自行车前轮撞开大门，后座上的盖三午木虎着面皮，脸上的泪痕还未干。盖就是连忙把烟夹在耳朵上，过去接了车子问："今儿咋回来晚了？"他将车子推到房檐下扎好，抱下软绵绵的盖三午。"问你那好娃，今天又给我脸上长光了！"白繁荣扔了包在桌上，踢掉脚上的凉鞋，套上一双拖鞋说。盖三午下了车就直奔蒜苗地边，弓着腰，布着小鸡鸡，又开始尿尿。"咋啦？"盖就是问。"小徒孙，就是个活阎王啊！雨停了我去幼儿园接他，人家一个个孩子欢天喜地都叫家长接走了，不见他出来，我就预感不妙。一进门，果然看到他撅个嘴站在操场的滑梯边，那是罚站呢。"盖三午一边听着，一边低头认真浇灌一株蒜。白繁荣继续说："我问老师，这是咋了？阿姨跟我说，一天时间，你们家三午犯了三铺事儿。今天好些孩子拿鸡蛋去幼儿园，撞鸡蛋玩儿，他吃了鸡蛋，把壳里藏个石头，给人家鸭蛋、鹅蛋都撞烂了，孩子们都去老师那儿告状说，盖三午作弊。"盖就是乐呵呵笑了。盖三午收了鸡鸡，从地上抓起一把沙子，一点一点往鱼缸里撒。"这还没完，"白繁荣理了一下头发说，"老师还说，你们家三午可大方。我还没听出味儿来。老师说，他把自己的香布袋送给一个漂亮的小姑娘，借着往人家脖子里挂的机会，搂着小女孩在脸上亲了一口，旁边的小朋友瞎起哄，小女孩委屈地哭了。下午考试背诗，骆宾王的《鹅》，教了半月了，孩子们都能背下来，只有盖三午，还是只会背'鹅鹅鹅'一句，我只好罚他站，不给他大红花。那阿姨又说，你们家儿子是不是有多动症啊，一天到晚没一分钟闲着，违反纪律最在门儿。说得我脸上一阵红一阵白挂不住。起小看大，三岁至老，那没出息样儿已经显现出来了！" "胡扯！小娃们，谁个不猴翻，一动不动那是老年痴呆！"盖就是气愤地说。盖三午似乎听到了，转过身来朝着他喊："爸，我要吃鱼！" "算了，娃今儿过生儿，不说这了。菜都切好了，我烧锅，你炒吧。"盖就是说着向厨房走去。盖三午已经溜到那里，看到案板上腌的鱼，立着脚尖，在鱼头上轻轻摁了一下，怕咬着似的手又缩了回来。"娃，去看电视，这会儿动画片开始了，菜好了就吃饭！"盖就是说。"爸，我想吃蛋糕！"盖三午仰脸说。"鹅鹅鹅都不会，光记住吃，饿死鬼脱成的！"白繁荣一边系围裙一边余气未消地说。"不说吧，才四岁，他知道个啥。"

　　火烧云没了，只剩下灰白的天，和黎明时分有些相似。一阵诱人的炖鸡香味从手帕家厨房飘来，盖就是想起手帕女人傍晚抓鸡子追得鸡群满院咯咯乱叫的声音，还有那尖利的让手帕用开水烫鸡毛的呼唤。白繁荣显然也闻到了，皱皱鼻子，一边切姜丝一边说："看看，如今家家生活都不错。"炉火映红了盖就是的脸庞，他往灶内扔了一把麦秸沫儿，没好气地说："那咋，我让你吃糠咽菜了。"白繁荣将姜末、葱段扔进锅里，糊葱花的味道四散开来，嗤啦一声，生肉丝入了热油锅。白繁荣在油烟里一边翻炒一边说："那我跟你还享多大福了，口气大得腰缠万贯一般。"盖就是不吭声了，灶火舔着锅底，锅底上面是渐渐变熟的肉丝和蒜薹。"结婚五六年了，咱添啥东西了，这院里没多个砖头头儿。"白繁荣把铁锅炒得当当响，炉膛内的火苗都吓矮了。盖就是往里添了两根木棍，佝着身子说："有拖拉机，娃也日日大了，你买啥添啥我从不拦挡，有啥好说的。"白繁荣盛出热腾腾的肉丝说："养娃不就锅里添瓢水的事儿，能花几个钱，你黑了睡床上就没算过，拖拉机两万买的，三年了，你还不够回本，挣个钱不是给娃看病就是修车了，我算得可准，但凡能攒下个千儿八百，车非坏一回，换换零件，掏掏维修费，就不剩个啥。你再坐两回牌场，输几个，给你填填窟窿，整日圆吃圆。"盖就是也不答话，从灶膛里抽出一根细木棍，取下耳朵上的香烟，对着烧得通红的柴禾，用力吸上两口点着了。锅里又冒起油烟，一直冲到房顶上，鲫鱼下锅了，一滴油星子溅到盖就是脑门上，他满不在乎地摸了一下，抹去了。白繁荣盖了锅盖，厨房里登时安静了，她说："没事就知道下河钓鱼，有那时间，你出去结交个三朋四友，看看人家忙啥，咱也学个生意，不图你当多大官了，咱发个小财，拖拉机换个汽车开开总行吧，家里也装修装修，灯都换成一百瓦的，不省那电，到哪儿都跟点个萤火虫一样。你看手帕家院里那大灯，黑了一开，院里亮堂堂跟白天一般。"盖就是接了话说："那你跟手帕过去呀，他那光头更亮。"正在往鱼里加糖和醋的白繁荣笑了："他那武大郎的个儿，也叫男人，一说正事你就打岔。"盖就是听得不耐烦，抛了烟头起身说："你那嘴片子要是铁做的，早就磨薄了！"白繁荣还想说什么，盖就是已经出门去了。

　　天彻底黑下来，少有的日子夜空竟然如此清澈，星星缀满天幕，低低地闪亮着，似乎伸手就可以够到。白繁荣端着两盘菜走进堂屋时，盖三午正仰脸看着动画片，盖就是倚在沙发上打起了盹，突然扯出一串响亮的呼噜，气得白繁荣大声说："老的、小的，捣饭！黑了做贼去了，恁困乏！"盖就是幡然惊醒，忙起身接了板鸭和鱼，放在茶几上，盖三午不看动画片了，直勾勾盯着油汪汪的板鸭。盖就是捡只鸭腿递给儿子，盖三午抱着一边啃去了。饭菜摆了一桌，白繁荣肚子饥了，先剥了一个粽子吃着，儿子抛了未吃完的鸭腿，抠着油油的小手说："我要吃蛋糕！"盖就是拆了蛋糕的包装，端放到茶几中央，将一个寿星小帽围在儿子头上。盖三午脑袋大，只箍了个头顶，他不自在地总去摸。盖就是插了四支蜡烛，将儿子拉到主座上说："三午生日快乐！许个愿，咱就吃蛋糕！"盖三午扭捏了一会儿说："我想吃——"白繁荣迅即打断说："在心里许，说出来就不灵了。"盖三午将桌上的菜浏览一遍，愣在了那里。"许完愿了？"白繁荣问。"嗯。"儿子哼唧说。"唱生日歌吗？"她又问。"不唱了，咱直接吹蜡烛吧。"盖就是建议。两人在边上鼓起腮帮子，没等儿子动嘴就帮忙吹灭了两支，盖三午踢腾着脚哭闹起来："我吹，我吹吗——""好，好——爸爸妈妈太心急了。"盖就是忙赔礼道歉，用火机重新点上，盖三午一口气全吹灭，这才开心起来。

　　吃完一块蛋糕，盖三午就坐不住了，围着桌子跑来跑去，伸手捏一粒黄生米放入口中，或者将一个糯米粽子剥开，敞口扔在那里，又将王冠似的纸帽子，一会儿戴在盖就是头上，又爬山一样踩着腿上去取下来，跑去再给白繁荣套头上，又摘下来斜戴在自己脑袋上。白繁荣说：

"今天值班，又逮到一个偷药的妇女，一看穿着就是农村的，她以为没人看见，一出门，警报器就哇哇叫起来。"盖三午低头摆弄着帽子，不忘学话说："哇哇叫起来。""胖姐过去一搜，果然把一盒眼药水塞在小孩裤裆里了。"盖三午说："塞在小孩裤裆里了，嘻嘻。""几乎天天都有这样的人，有的还掖腰里，有时监控器里就看到了，傻得可以。"盖三午接着说："傻得可以。"白繁荣不耐烦了说："你这孩子这么讨厌，老实坐着吃饭，屁股上扎钉子了一样！"儿子跑一边玩去了，盖就是一边吃蛋糕一边说："还不是穷，稀罕东西，补了钱就算了。"白繁荣挑着鱼刺冷笑一声说："有钱人又怎样，现在的药店什么都卖，跟超市一样，有一天一个女的推了一车吃食和药，那肯定是能报销的，结完帐苏经理见她手里攥个提兜，主动拽过来说，我帮你装，一摸里面藏了三盒风湿膏，弄个大红脸。再有钱也贪那小便宜。"白繁荣将鲫鱼头掐断了，一边放在嘴边呒一边说："没事你也出去转转，考察一下我说的饭店生意，我以前干过，知道这中间利润大。咱开不了大饭店，弄间门面总行吧，牛肉汤、烩面、胡辣汤，都可以。我当年的一个小姐妹，开了个夫妻店，给我说不赚钱不赚钱一年也有两三万净钱，这么说，应该能赚五六万，那才多大的铺面。"盖就是夹着菜说："那是容易的？盘个店起码得扎本四五万，咱有那本钱？再说，夫妻店哪是人干的活儿，起早贪黑驴一样，你吃得了那苦？站个柜台你就叫嚷着腰疼，自己一身懒肉，光叫别人腿勤快！"白繁荣厌恶地说："真是死狗推不上墙，早晚与你商量不成事！三午后年就上小学了，有花的钱呢！现在的学校都是恶刀客，到哪儿都割你肉。我一年也舍不得添件衣裳，你看远近各家，二层楼都起来了，就咱还是平房，风水都挡着了！"盖就是撇撇嘴，夹了一片黑嘟嘟的木耳在嘴巴里响亮地嚼着："咱这儿低，风水都往咱这儿跑，再说了，手帕家不也没起二层吗？"白繁荣立直身子圆睁着眼睛说："你大门不出、二门不迈，知道啥？手帕老婆有一回悄悄跟我炫耀，他们打算在白河北边的小区买新房，那是有水有电的楼房，这就住到城里了！人家都是闷声发财，你就会在家翻本，看书能当饭吃么？多大人了，还看武侠小说。再见收破烂的来，我五分钱一斤卖了它！"盖就是一把将筷子拍在桌上，厉声说："你敢？卖个试试，嫌我穷，你去找有钱家儿，啥时寻着了告诉我一声儿，我买挂万字头的鞭在门口放放送你！"就听嚯嘟一声，什么东西伴着盖就是的高腔碎了。盖三午又一次嚎哭起来，白繁荣和盖就是都吓了一跳，转头看去，儿子正踩在椅子上，哭成泪人。堂屋条案上放着一座盖就是的石膏头像，不知何时就有了，塑得倒是惟妙惟肖，还刷了一层金黄的油漆，乍一看，好似铜像一般。盖三午踩着凳子将寿星帽儿戴到头像上，发觉很好看，又想取下来自己戴，用力一拉，头像就倒了，骨碌到案几下，眼睁睁看着碎成一堆石膏块儿，露出白森森的茬儿。盖就是忙将儿子抱下来，白繁荣上前去用手掌为儿子拭去泪，拍着后背说："三午不哭，吓着了吗？哦，魂回来，魂回来。"盖就是看着自己的脑袋摔破在地上，耳朵少了一只，鼻子断了，下巴也没了，忍不住皱眉说："这孩子，一刻也不让省心，好好的石膏像给摔坏了！"盖三午本已不哭，听到责怪又干嚎起来。白繁荣瞪了他一眼，盖就是只好蹲下来赔着笑脸哄儿子说："三午不哭了，男子汉不能随便掉金豆。爸的头像又不是佛头，不值钱。它吓着三午了，坏家伙，看我们怎么收拾它。"盖就是从案几下柜子里取出一把锤子，塞在盖三午手中，自己握着儿子的小拳头，用力砸着破碎的石膏块儿。"叫你吓我家三午，让你粉身碎骨！"盖就是的鼻子、耳朵、眼睛，还有卷头发，都在锤子下，变成了粉末。

盖三午终于呵呵乐了，笑得一脸泪花。

潮气下来了，院子里艾叶味儿冷冷的。白繁荣在水井台上摸黑刷碗，盖就是用铁钳正给炉子续上新煤球，长身板挡在门口，堵住了唯一的光源，院子里黑洞洞的，手帕急促的声音又在墙头响起来："就是，就是，三缺一，就差你了，今儿个手气背得很，靠你来转运了！"盖就是应了一声，白繁荣却压低嗓子说："不许去！"盖就是说："你先睡吧，我去赢盒明儿的烟钱。"转而高声说："马上来，尿泡尿！"他去屋里拿外套，却见儿子躺在沙发上已睡着了，一条腿高跷在沙发背上，头上戴着生日帽，一只手里还握着遥控器，电视开着，动画片早已演完了。盖就是轻轻取下遥控器，将儿子抱到里屋床上，脱了衣服，盖上单子，自己披件外套出了大门。手帕家院子里灯火通明，房檐下三个男人光着脊背坐在那里，不知谁说："尿黄河哩，那么长时间！"盖就是笑了，桌上扔着凌乱的扑克牌，脚下一地烟头，他找了空位入席。手帕一边洗牌一边说："换了两拨了，刚才前院的凉粉坐你位子，他媳妇下了班就在边上哼唧，要他回家，缠不过，他就回去了。黑皮又续上，我们还没打三圈，凉粉穿个花洋布裤衩就上了平房顶，远远看了看问，没散场吧，还有我位儿没？黑皮大声说，怎么着，这么快就完事了。凉粉骂了句狗日的就下去了！"说完，四人又粗俗地嘎嘎笑了。

白繁荣看了会儿电视，觉得眼皮沉重，就去睡了。刚开始还能听到男人们兴奋的大呼小叫："快出牌，一把牌捏出水了！""摸鳖一样！""四个炸，都缴枪，都缴枪！"后来就睡着了。夜已深，星星还在头顶眨着眼睛，男人们打牌的喊声弱了下去，夜色愈加浓重，手帕家院子里的灯光也没那么亮了，就听到房顶的鸽子窝里，睡梦中的鸽子零星的咕咕叫声，还有院角鸡笼里，黑暗中挤作一团的鸡们，偶尔踩着脚了似的一阵骚动，如同一声呓语。

二

中午热了两只粽子和一个咸蛋吃了，看看天色愈发阴沉得厉害，院子里有了风，吹得龙门头上吊下的丝瓜晃来晃去，院子里的向日葵也摇曳起来，这是平日里少见的。我得上街去给三午买个蛋糕，这孩子越来越爱吃甜食了，早上一睁眼就是："爸爸，我想吃荷包蛋，要加冰糖。"他的牙已经被蛀空了两个，有时任性地玉米糁也要放糖才肯吃，三天两头捂着腮帮子坐在门口的小板凳上，愁眉苦脸地叫唤着牙疼，只有那时他才是安静的。这孩子，从下地会走路开始就四处跑不停，可干的尽是坏事，变形金刚被他扭断了胳膊、腿，玩具刀剑和步枪，到他手里都全活不了一个星期，捉到蝉的幼虫，别的孩子可能扣在碗里等它脱壳，三午竟然将它的脚一只只扯下来，泡在水里看它死去。有一阵子，他迷上了玩蟾蜍，不知从哪里跑来的一只癞蛤蟆被他抓到了，于是用尼龙绳绑着大腿拴在牡丹花上，当宠物玩。后来手指和胳膊上都生了蟾蜍背上那种恶心的疙瘩，我带他去卫生所，涂了两管药膏才治好。幼儿园的阿姨说他有多动症，我从未听说过，后来一次看电视碰巧听到上面一个专家说，多动症孩子的病因是家庭不和睦。我心里一沉，继而愤怒起来，什么狗屁理由，手帕和他媳妇三天一小吵、五天一大吵，他媳妇地蛤蟆，嗓门亮，一嚷嚷起来，院里的鸡鸭、远近的狗都不敢叫了，他儿子铁虎为什么没有多动症。当时气得我把遥控器都摔了，电池蹦到沙发底下，扒出来再装上，面板上的红灯却不亮了，没办法只好去电器城再配一个。三午长到四岁时，越发生得像白繁荣，牛一样的灯泡眼，高高的颧骨，深刻的双眼皮，有种目眦尽裂的感觉。有人说高鼻子像我，其实那更像白繁荣，鼻梁中间一个凸起，跟他妈一模一样，还有一口驴一样的板牙，母亲有一次来东院时突然大发感慨："这三午跟那白繁荣简直是'活脱壳'！"白繁荣的同事胖姐的狗嘴里从没吐出过象牙，一次她扭动着蚕一样的身子，用鼻涕一般的声音说："这盖三午一看就知道是小白的娃儿，简直跟克隆的一没四样！"我听了觉得阴阳怪气的，这跟指着我的鼻子说，盖三午没你的份儿，是白繁荣一个人的功劳一样。我有时也觉得白繁荣干枯的身体像块瘠薄的盐碱地，仿佛扔进去一粒熟瓜子，竟然就长出了向日葵，让我措手不及。我曾经想过去做个亲子鉴定，却立即被这个可怕的念头吓坏了，这都是电视剧里的事儿，三午毕竟是我儿子呢，我得去给他订蛋糕了，要是晚上回来看不到香喷喷的蛋糕，他肯定会坐在地上踢腾腿，把嗓子都哭哑了。

　　风大了，夹杂着一股土腥味儿，推车出门的时候，我看到河北边阴得愈发重，夏天的雨说来就来的。邻居手帕家的鸽群在平房顶紧张地咕咕叫，激动地走来走去，他的儿子小铁虎赤着身子，蹑手蹑脚接近了鸽子，不想鸽群轰然掠起，飞远了一点旋即翩然落下，小家伙猛冲过去，鸽子群像溅起的水花，四散飞起，扑棱了两下翅膀又在他身边落下。也许是熟稔了，鸽子们根本不怕他，只顾埋头啄着什么。小铁虎玩腻了，于是抬头望着远处黑黑的云彩，一边跳一边啪啪拍着自己的光屁股，大声唱着："风来了，雨来了，老鳖背个鼓来了！风来了，雨来了，老鳖背个鼓来了！"

　　车子骑到白河边，视线豁然开朗，呼吸也顺畅起来，沿河一排老柳树平日婀娜多姿的枝条此时在风中乱摆，好像群魔乱舞一般。自行车被风推着，轻得如同风筝。子午镇与宛市城区只有一河之隔，却有些土气，镇上的生日蛋糕又松又涩，好似加了糖精，甜得不纯正，奶油也像空虚的泡沫，劣质得让人恶心。我还是决定到城里给三午订个蛋糕，他爱吃那种夹了胡桃、猕猴桃块儿水果味儿的。过了白河桥进入市区，路上行人多了，却从远处突然疾驶而来两辆摩托。前面一辆车身上加装了个音箱，响亮地放着庸俗的流行歌曲，飞驰经过时，澎湃的音乐震撼着路人的心脏，好像一个流动的草台班子。后面一辆摩托故意摘了排气管，一路放着响屁狂奔，带出滚滚一条黑烟，好似一架失事的飞机。路边有人吃了尾烟，大声地骂着："真是俩圣人蛋！"激昂的音乐声远去，我的自行车链子盒学着嘶哑地叫起来，下了车，将铁盒用力向外掰一掰，沾了一手铁锈。刚一蹁上车，又叫起来，这次是嗒嗒的声响，好像在抗拒前行。我气急败坏地跳下来，绕过车子，朝着链子盒猛踹两脚，铁皮凹进去一块，这下连推着走都叫了。一发蛮力，干脆将链子盖扯下来，丢在前篓里，车子终于安静了。滑步上车，却感觉怪怪的，低头看看，下面空荡荡的，颇不习惯，好似街上的陌生人都在朝我的脚下看。

在这种惭愧的折磨中，我踏进了香甜的蛋糕店内，宽大的橱窗里展示着多款新出炉的蛋糕，旁边供人参观的透明玻璃房内，白衣白口罩的糕点师傅正在大块往蛋糕胚上涂奶油，那眼熟的动作好似我在打零工时，往砖头上抹泥灰一样。花式繁多的蛋糕看得我眼花缭乱，紧张无措中，我挑选了一款九十八元的"松鹤延年"。戴白帽的女服务员麻利地将蛋糕装进包装盒，捆扎好，又在尼龙绳下塞进一套餐具和一支生日王冠帽。按照玻璃门上"推"字的指示，我用胳膊肘顶开门，走出烘热的蛋糕店，来到车水马龙的街道上，大口呼吸着端午节下午一点多钟凉爽的空气。眼前这条被法国梧桐夹道的马路，是我上高中时常走的，街两边的梧桐有十几米高，枝干于头顶交织在一起，大太阳的日子也晒不着。这个季节梧桐的叶子嫩黄透亮，如果阳光灿烂就更好看了。几个穿着红白相间校服的女孩子，并排骑着单车叽叽喳喳谈笑着上学去，其中一个扎马尾辫的女生，头上别着粉色发卡，扭头时明眸皓齿、笑靥如花，我突然心慌意乱，一下子又想起了小荣。

十多年前，小荣也穿着红白相间的校服，骑一辆绿色公主车，飞快地穿行在林荫大道斑驳的树影里，好像一只矫健的小鹿。因为到了城里读书，父母给我买了一辆红色的自行车，轻盈异常，我为它取名叫"小红马"，那是《射雕英雄传》中郭靖的坐骑。骑着"小红马"，我喜欢远远地跟在小荣后面。快到过河的白河桥时，她会拐弯，用力蹬几下，冲上一座高坡，穿过坡上那座废弃的老城门楼，人影就看不见了，里面是一条布满药店、绸缎庄的老街，她家就在那条满是老字号的旧街上。这样的追逐生活持续了半年多，我才知道她的名字叫荣已，一天见不到那个辫子油亮、腰杆笔直的身影，我的心里就空落落的，怅然若失。上课时，穿过同学们脑袋的缝隙，我看到小荣的头上总是别着四只天蓝色的卡通发卡。没想到有一天我可以亲手将它们一个一个取下来，捧在手里嗅一嗅，和小荣身上一样，有股淡淡的麝香味儿。等到那一年的暮春，接着调换座位的机会，我就和小荣认识了。放学后，我们并排骑车在生着繁茂法国梧桐的大道上，马路上的车辆、人行道上的路人、周围的建筑物似乎都不存在了。小荣穿着白球鞋，蓝色牛仔裤，上身是一件粉色短袖T恤，显得楚楚动人，我仿佛漂浮在春日暖暖的空气中，眉开眼笑地对小荣说："我很喜欢这条路，去年秋天，没有风，行人也寥寥，不知怎么回事，我一眼望去，就见树上的叶子像动画片里的慢镜头一样，簌簌下落，路上也是满地黄叶，我惊呆了，一下就想起'无边落木萧萧下'——当年杜甫看到的就是这个场景吧。"荣已莞尔一笑说：
"那你见过'不尽长江滚滚来'吗？"我拍了拍车铃豪气十足地说：
"没见过，不过白河发大水时，也有那种滚滚而来的气势。"她抿嘴笑
了。我使劲儿拨了拨铃铛，小荣也回应地拨了两下，一阵银铃似的脆
响，我真愿意世界在那一刻毁灭。

　　风明显大了，跨河而卧的白河桥上骑行艰难，我弓着腰，灰布衫里
灌了风，背上一会儿鼓起个大包，像驼背一样，一会儿又瘪了下去，河
风在耳边呼啸，似乎失去了听力。三午喜欢吃鸭子，晚上得有盘鸭肉，
我一边费力蹬车一边在戗风中想。过了河，风力突然减弱，听力又恢
复了。街边的菜市场依旧闹哄哄的，好似无数人在说话，却又听不清在
说什么。穿过腐烂的葱味儿、甜香的哈密瓜味儿、腥冷的死鱼味儿，我
来到香气诱人的熟食区，一切是这么熟悉。老母亲身体好时，在这里卖
了十二年熟食，我时常睡觉还梦到自己穿着校服，站在母亲的卤肉摊
边，捧着一条刚炸出锅的黄辣丁在啃，高高的个子几乎顶到防雨的帆布
伞。母亲的摊前挤满人头，有人要猪耳朵，有人买板鸭，有人翻捡着酱
猪蹄，母亲忙得满头大汗，我像根木头一样低着眼睛在边上嚼着细腻的
黄辣丁。醒来后却觉得很奇怪，母亲的熟食铺并不卖黄辣丁，只有一指
长的大白条，炸得焦香，入口即化，而黄辣丁嘴角有尖利的刺，不小心
踩着会钻心地疼，白河里倒有不少。母亲那时累，但心情愉快，看到我
的成绩单她会欣慰地说："感谢子午镇的父老乡亲，是你们用一毛钱、
一块钱兑起来供养我家儿子读书。"可我没考上大学后，她就再也不讲
了，常常暗自垂泪，后来又为我的婚事愁白了头，经常试试摸摸地说：
"前院刘姨又给介绍了一个，要不你见见？"母亲肯定后悔过，那时她
曾系着油腻的围裙跟左右卖猪头肉的、烤羊肉串的、同样炸小鱼的炫耀

说："俺家就是，只专一学习，从不招惹那些妮片子们！"他们也知我学习好，于是羡慕地点头附和说："就是，急啥，三条腿的蛤蟆难找，两条腿的女人可不缺，将来随便挑！"可我还是无可救药地爱上了小荣。

还没到家，雨点就落下了，先是在地上砸出点点湿湿的印痕，接着头顶、胳膊、后背上都感觉到雨星，隔着衬衫一阵凉意随即就热了。雨点越来越密，黑云已经到了头顶，载着买好的半只鸭子和二两花生米，我骑上车左冲右突往家奔，赶到家里，雨已经下大了，半空里还扯起闷闷的雷，在雨幕中打出一个又一个树枝状的闪电，照亮了堂屋墙上镜框里的照片，那里面有三午的满月照、白繁荣的艺术相片，还有我们的结婚照，其中最大的一张是我的高中毕业合影，上面用烫金的字写着"宛城中学945班毕业留念"。第二排左首第四个，小荣站在那里，浅浅地笑着，我站在末一排最左边，一贯地眉头紧锁、神情悒郁。照片中有几个头像被涂成墨团，那是白繁荣的杰作。最初看到这张照片时，她醋心大发地说："呀，你们班美女这么多啊。"后来不知何时，就把几个看上去很漂亮的脑袋涂黑了，却单单漏过了小荣。

一个炸雷从头顶滚过，让人头皮发麻，好像天要裂开了，又好似一列火车从房顶开过，听着它轰隆隆渐驶渐远，心才落下来。小荣的爸爸是老年得女，对她十分宠爱，她喜欢画画，本想考美术学院，可家里人觉得这条路太窄，成才的希望微乎其微，坚持让她读一般大学。高考结束后无事了，小荣便借口去学雕塑，隔三差五逃出来与我相会。有一日，她约我到上雕塑课的文化宫碰面，那天小荣把头发盘在脑后扎个髻，穿了一件印着卡通图案的红色T恤，一条牛仔短裤，露出细长的光腿，脚上是一双红色凉拖，我没想到小荣还有这样时髦的美，看得如痴如醉。到了上课的地方，那里就是一间没有课桌的教室，学生只有五六个，小荣随意与他们打着招呼，显然很熟悉了，教室里摆放着各形各色的石膏雕塑，有头发卷曲的外国人头像，也有断臂的维纳斯，还有一些裸体的男女雕像，我一时不知眼睛该看向哪里。小荣大方地跟人家介绍说："这是我同学盖就是，我们班的美男子，今天受邀供大家免费观摩，欢迎批评指正。"老师和几个学生一起鼓掌，我心里乐滋滋的，但很快担心不用脱衣服吧。长头发的中年老师似乎看出我的顾虑，笑着说："只需坐在中间的椅子上即可，你五官棱角分明，适合塑头像，回去练练肌肉，下次掏钱请你做人体模特。"我一下释然了，放心地说："还是免费好，免费好。"众人笑了，我坐在教室中央的藤椅上，长头发老师搬胳膊挪腿地给我摆好一个姿势，学生们一人一个工作台，围着我玩起泥巴来。小荣在我的侧面，眼睛的余光正好可以瞥到她伸出的小脚，白白的，五指短齐，好似洗干净的猪蹄。耳边是啪啪的拍泥巴声，不时有人过来上下左右研究一番，看得我心中发毛，直恨来之前没再认真洗洗脸，又怕眼睛、鼻子生得不好，经不起打量。小荣过来时，我忍不住吃吃乐了，她却假装板起脸说："美什么美，再乐就改人体模特课了！"笑声稀稀拉拉的，这近似调情的玩笑却让我徜徉在幸福里。

那时候，我还不知道小荣半年后会在来信中跟我说："就是，我们已是两个世界的人了。"也不会明白耍小性子有那么严重的后果——熟悉了以后，我屡次向小荣表示亲近，她却笑而装作不懂，郁闷之下，干脆赌气不理她了。大惑不解的小荣请我送她回家，就是在那条老街的城门边，我第一次握住了小荣的手，瘦瘦的，冰凉而修长，有一种说不出的异样感觉。但接下来，小荣和我高考那三天都没睡着觉。有时候我会禁不住痴痴地想，假如没在高考前一天向小荣说出那番话，我们就还会像好朋友一样自然地相处，她会心安理得地向我请教问题，我也可以大大方方地一边讲解，一边数她油亮的眉毛有多少根，或者观察她红润的嘴唇，继而联想到一瓣甜甜的蜜桔。那时候课间，小荣喜欢拿出一盘《射雕英雄传》的专辑来听，我看到了说："没想到你与我一样，都是怀旧派，小时播'射雕'，我们一个大院就一台电视，搬到院当中放电影一般，天天晚上盼，那是真的万人空巷。结果没想到中药厂的锅炉工也迷上了，只顾看电视，锅炉烧干了也不知，差点出大事，电视台就停播了，这成了童年的一大憾事。"小荣点点头说："我也听说过。"我接着说："这金庸的小说像大烟一样上瘾，捧上就丢不了，简直茶饭不思，我试过几次，一部小说总要看两三天，才知什么叫手不释卷，真正写得好。"荣已收了磁带若有所思地说："是啊，将来一定要买一整套放在家里。"小荣无意的话却印在我心中，从南方打工几年回来后，我买了一箱《金庸小说全集》，后来认识了白繁荣，她来到家里见了说："你又不是开租书店的，浪费钱买这些武侠小说做什么，不当吃不当喝的。"我说："这不是武侠小说。"她扑棱棱地翻着说："这怎么不是武侠小说，我上初中时学校里可流行，还有古龙、琼瑶，一毛钱看一天，闲着没事干的人才看这个。"我眼翻一翻她，终是没说什么。有了三午以后，她还常拿那小说给儿子揩屁股，我说："不有卫生纸吗，孩子屁股那么嫩，也不干净。"她就不擦了，只用它来引火，一次也就只需两三张，以至于几年才烧掉一套《鹿鼎记》。白繁荣自己却喜欢看《知音》和韩剧，有时感动得泪眼婆娑，有时却被剧情气得睡不着觉，躺在床上需平复半天，我反而觉得她那时倒流露出几分可爱之处。但很多时候，白繁荣更像个明察秋毫、冷酷无情的警察。无论将家里的存折藏匿在什么地方，她都能很快把它找出来。银行卡的密码是"0228"，她会满腹狐疑地问："这是谁的生日？"我只好老实说："这是我的幸运数字。"有一次，不由自主在纸上随手写下"荣已"两个字，转身出门就忘了。回来时，白繁荣突然郑重其事地问我："荣已是谁？"我一愣，有种潜伏特工暴露身份的感觉，几乎是本能地满不在乎说："哦，一个新认识的砖厂头儿，怕忘记就记了下来。"这个谎不算圆，但好在白繁荣未深究下去，我却吓出一身冷汗，心脏咚咚跳了半天。因此，与白繁荣订婚后，我就将小荣写给我的所有纸条、信件带到白河中央的沙洲上，那一晚的月色并不好，打火机窜出的火苗引燃了情书，那叠带着香味儿的信件和上面刻骨铭心的字句很快被火焰吞噬，萎缩得只剩下星星点点的红光，风一吹，火星也熄了，河滩里陷入沉沉的黑暗，和小荣的信烧完后灰烬的颜色一模一样。

屋外的雨声哗哗响成一片，分不清哪一声哗是哪一滴雨砸出来的。镜框里的照片上，小荣穿着白色衬衫，露出饱满的额头，妩媚地笑着。等待高考结果的日子，甜蜜而不安。有一日，我带小荣到白河下游人少的河滩上钓鱼。傍晚的阳光已失了毒辣，她突然有些伤感地说："盖哥，要是我考不上大学怎么办？"我眼睛盯着浮漂，目不转睛地说："那我也不去上了，在家陪你，等你满二十岁，就把你娶过门。"小荣很久没吭声，我转过头，却发现她一脸泪水，红着眼睛说："你说话算数，将来不能不要我。"夕阳渐渐落下，远处的城市变成了一片灯火，沿河而栽的路灯一路向东，勾勒出白河蜿蜒的曲线。河风轻送，夹带着热烘烘水藻的腥味儿，小荣倚在我的肩头，似乎睡着了，我挪动一下发酸的腿，她便醒了，天色完全暗下来，草丛里蛐蛐嚯嚯鸣叫着。我说："热得慌，想下去洗澡，你来不？"黑暗中，小荣假装诧异地说："大流氓，我可要叫警察了？现在白河洗澡可是要罚款的。"我一副无赖相："你要不说，我还不知自己是个流氓哪！"小荣呵呵笑着挣脱跑开了，我一边唱着"我要从南走到北，又要从北走到黑，我要人们都认识我啊……"一边脱衣服，然后呜呜大叫着扑到河里，一个来回就游了四五百米，累了就用最省力的仰泳漂在水面上看星星，河水倒灌进耳朵，世界一下失去了喧嚣。我突然发现小荣从岸边试探着下了水，忙立脚踩着河底站起身，脚下细沙绵绵，一片漆黑中，我依然可以将小荣苗条的身体与黑暗分别开来。她静静地一步一步走到跟前，我浑身淌着水缓缓将她搂住，怀中是一个温热发抖的身体，耳朵里一股热流涌出，蛐蛐又开始欢叫，似乎远处还有蝉鸣，小荣细长的手指如同钢钎刺进我的后背，她抱紧我说："你可不能将来不要我。"

　　屋内的自鸣钟铛的响了一下，估计是四点半了，我心烦意乱地起身进屋去，果然还有半个钟头五点，白繁荣快回来了。雷声依旧在轰响，可似乎已经精疲力竭，只剩下空洞的轰鸣，院子里明晃晃的，乌云消散，亮堂堂的大太阳出来了，院子里的拖拉机、月季、向日葵都被涂上一层金粉，这雨是下不长的，我在心里暗自嘀咕。于是走进卧室，从书架下的柜子里抱出一台录音机，这是白繁荣的嫁妆，多年未用了。拂去上面的积灰，通上电，两边的彩灯循环着闪亮起来，从抽屉里翻出一盘《铁血丹心》磁带，放进录音机里，耳边似乎已经响起熟悉的旋律。满怀期待地摁下播放键，悄无声息了几秒钟，音箱里突然传出叽里咕噜好似快放的怪叫，赶紧关掉录音机，果然卡带了，久未听过的磁带像肠子流出来的死鱼一样，我气恼地拔掉电源，彩灯慢慢停止了闪烁。十二年都过去了，我以为已经将小荣彻底忘却，可她似乎依然无处不在。我几步迈到院子里，用力一甩，就像小时候在河上撒一枚扁圆的鹅卵石，磁带拖着长长的尾巴，在雨中飞行，越过院墙就不见了，接着听到啪啪两声，估计是它撞到前院后墙又跌落在地上。雨小了，太阳已经西落，余晖将院子笼罩在一片红光中，我走进这神奇的光辉里，细雨很快濡湿了头发，院墙角压水井边的鱼缸里，鱼儿们赶着雨天上来透气，不停吧嗒着嘴，好似久渴的人，大口喝着水，五六张嘴巴在水面上形成几个小水坑。雨滴落在水面上，砸出一个个小水纹，圆圈越来越大，直到和别的水纹相撞，成了褶皱。透过这些波纹，我依然可以辨出，这几张口中，有两条红鲤鱼、三条鲫鱼、一条草鱼。小荣说过，鲤鱼是有灵性的，不能杀生。我忍不住想，要是我也考上了大学，该多美好。鱼儿们一点不怕人，水面上是不停荡漾开去的波纹和五六张翕合不止的小口，我犹豫了一下，将手中的鱼钩，对准了那条半斤重的鲫鱼的嘴巴。

三

"小白，小白，慢点扫，狼烟动地的，噗吐灰都落到锅里啦！"胖姐甜腻腻的声音尖利地嚷起来。我停住手中的扫帚，直起腰，从窗户里斜射进的一抹光柱内，像有无数只小虫子在游动。"白繁荣，与你说了多少次了，先雾点水，地上的灰落到药盒上，还不得自己擦。"店长苏虹霓用力掼上收银台的抽屉，发出嗡嗡的铃响。我知道这是苏经理动气了，心情好亲近时，她就喊我小白，气不顺时就直呼白繁荣，虽然她比我还小一岁，可谁叫你嘴插人家锅里吃口饭，也只好忍气吞声。放下扫帚，我跑去库房端盆水，手攥着洒在药架间的走道里。苏经理怕吃灰，推门出了店，一边呼吸新鲜空气，一边做着扩胸运动，药店正在十字路口一角，对门超市的员工们穿着红色制服正列队做广播体操，经理跟着做起来，她抬头望天，双手高举，好像在祈雨一样，上身衣服也被吊起，露出腰间一圈圆鼓鼓的白肉。店内洒了水，就有些阴凉，阿胶味儿直窜鼻子，经过胖姐时，她一边捣着电磁锅里冒泡的褐色阿胶，一边哼着小曲，我用手指蘸了一点水弹向胖姐，压低嗓音说："叫得猫抓屎了一样，低声吵吵不行啊。"这是胖姐放在嘴边的话，我也学去了。胖姐向后一仰躲过了，眼睛眯成色色的模样，大声说："叫声响，男人才喜欢，你家小盖不是吗？"我赶紧直身四下望望，巡视一圈，好在时间还早，货架间也没顾客，不敢招惹她了。玻璃门外，对面超市门口，做广播操的姑娘们直着双腿，低头两手努力伸向脚面，有的头发垂得挨着地，门外的苏经理也矮了一半，却黑裤子紧绷，一个硕大的屁股异常显眼，盖就是嫌恶地说过，最讨厌大屁股了。我自己偷偷去穿衣镜前照一照，也算大屁股，路上注意观察，除了上学的小姑娘，哪个不是大屁股，回来再看看自己的，有时觉得大，有时又觉得小，可比比经理的，我当然算小的。对面的音乐剧烈起来，小姑娘们做完广播操，又开始跳起迪斯科，苏经理又着腰歇了歇，转身结束晨练，圆圆的脸蛋都累红了，我忙抄起扫帚，俯身扫起地来。

店门口是一只秤，和买药的顾客一样，经理果然又站上去。我似乎听到小秤发出一声沉重的喘息，接着就是经理雀跃的声音："哈，又少了一斤！这针灸果然管用，五妮儿，你称了没有？"五妮儿是胖姐的乳名，一般人不敢叫，只有经理有这特权。胖姐没情绪地说："我的苏大经理，你就别打击我脆弱的小心灵了，我现在是喝水都长肉，儿子跟我说，妈妈，你天天不吃不喝，是不是学会植物光合作用了？我说，儿子，学以致用好！可天天喝酸奶，我眼睛都饿绿了，你和小白注意到没，那天我在这儿熬阿胶的手都是抖的，那个脸瘦得刀条一样，明显没高潮的女人，还在边上不停催促快点。回家坐到沙发上直冒虚汗，心一横，老娘不受这冤枉罪了，一家人跑到火锅店，一顿胡吃海塞，回去一称，全回来了。我直埋怨我老公，好不容易坚持一个星期，又被你破了神功。"我和苏经理都笑了，胖姐又说："孩儿他爹说，要不咱试试减肥内衣，花了五百八买一套，那什么内衣啊，简直就是刑具嘛，把人箍得粽子一般……对了，我给你和小白一人带了一盒粽子，孩他爹单位发的，政府部门就是好，什么都发，就差分配老婆了。"我和苏经理接着小竹篓装的粽子，表示了谢意。老苏说："五妮儿你试试我的法儿，一个美容师跟我推荐的，每天三只苹果，一周针灸两次，扎完针果然什么都不想吃，一个月我就瘦了五斤，你也试试！"胖姐撇撇嘴说："那玩意儿是钱砸出来的，有那钱我还想多啃俩猪蹄呢。再说扎一身针，跟刺猬似的，多吓人。俺那口子老嫌我磨叽，动不动就吼我，尻刺猬呢！这下真成刺猬了！"苏经理笑成一团："你那嘴啊。"我也笑着走开了。

经理拿了一把塑料小锤梆梆敲起大腿外侧，这小锤是店里买药超过二百元就免费赠送的，据说敲打腿部经络有利于排毒。我拾起柜台上那本翻皱的医师考试用书，坐在药店的落地玻璃窗前，一边看书，一边也用拳头砸胆经，一会儿腿上就麻酥酥的。朝阳穿过玻璃窗照在身上，暖洋洋的，这红彤彤的阳光也照着店外街道上的行人，十字路口南街两侧摆满小摊，地上堆着萝卜、茄子、西红柿、白菜，人们推着车左顾右盼，有人立在肉架边翘着小指挑剔地观察猪肉的成色，有人蹲在地摊前，捡着胡萝卜往伸过来的秤盘里扔，摊贩中间，突然夹了一户卖鞋的，用空鞋盒摆成台阶，将乌黑锃亮的廉价皮鞋展示在上面，旁边支个小喇叭，里面一个男声响亮地喊着："走过路过不要错过！大减价，真皮皮鞋，五十元一双，八十元两双！"一年三百六十五天，这里都是乱哄哄的。药店斜对面，占据十字路口另一角的是一家牛肉汤锅，清早的生意正好。宛城里的早点，便宜的就是豆腐脑、胡辣汤配油条，条件好的即喝这牛肉汤，十元钱牛肉，加五元烙饼，骨汤免费。牛肉用硕大的板刀切成薄片，铺在海碗里，肉案不远处是一口能装下整头牛的大锅，下面炉火炙人，上面白浪翻滚，伙计站在高处，接过客人递来的大碗，一勺膏汤熟练地倾在碗内，离沿二指，端着走路准洒不出来。油腻腻的露天餐桌上，凌乱地摆放着油盐、辣子和香菜，多少全凭自取。有的店家为了显示牛肉正宗，就在店门前现场杀牛，附带卖鲜牛肉。对面那家汤铺门前，杀牛的师傅正在做着收尾工作，一柄锋利的小弯刀在肉架的油布上揩抹两下，麻利地插进别在腰间的牛皮鞘内，脚边是一张温软的牛皮，叠成方形，好似一床暗色毛毯，水泥地上还扔着一个圆睁眼睛的牛头，一股血迹沿着地面爬到不远处的下水道口。一个老干部模样的人，走上前来问话，似乎要买肉，头顶有些微秃的杀牛师傅嘴里叼着烟灰老长的烟卷，懒散地摆摆手，傲慢的眼睛也不抬，只顾用抹布上下擦着架上的牛肉，是怕跑了水分吗？牛肉汤店内已不够坐了，门口的凉棚下也满是人，有的埋头捞着碗里的牛肉，就着碗沿儿响亮地喝汤，有人鼓着腮帮子，茫然地抬头猛嚼。我的舌下也渗出口水，苏经理曾经站在玻璃窗前，艳羡又嫉妒地说："这王记牛肉汤一天能卖一头牛，一家生意顶一条街，鳖孙发了大财了！"汤锅前有人吃饱了，用力清清嗓子，一口浓痰吐在煤渣地里，心满意足地啧着油乎乎的嘴巴离开，也有人急匆匆赶来，饥肠辘辘地扎好车子去摸兜掏钱。添汤的大锅前排起了长队，高炉上冒浪大烟，还有人提着钢精锅，估计是往家端的，当年老黄也这么待我，那时我也常吃这牛肉汤。

有人进来买了两块雄黄又走了，经理有节律敲打大腿的声音有些刺耳，她一手握塑料小锤，一手拿着鸡毛掸子挨个货架拂灰，我忙跑过去抢拂尘，经理却挡着了说："小白，你看书看书，赶紧过了资格考试，咱就不怕检查了，秃孙们黑着呢，一刀不割你三百五百，决不罢休，你考过了试，狗日的下次再来耍不要脸，咱把证书摔他们那屁脸上。"我坐回窗前的阳光里，落地玻璃窗外，一个老太太推辆三轮车，东张西望一番，将摊子支在药店外，慢慢搭起一个木架，从蓝布提兜内倒出几十个香布袋，一个一个挂在架子上，估计是老人家自己做的，有简单的鸡心，也有复杂的三连坠，还有一些人物，不知是八仙，还是《西游记》里的唐僧师徒，架子中间又扯了一条绳，将一些七彩线系在上面。老太太又掀开三轮车的塑料纸，是一大捆割得整整齐齐的艾草。经理很快发现了，推门出去与老婆婆交涉起来，苏经理红嘴白牙咄咄逼人，老大娘可怜地辩解着，两人就像表演哑剧，最后还是老人家软下来，伸出干枯的手，抓住苏经理的白臂膊，将她拉到架子前，指指点点，经理连选了三个，老奶奶面有难色，她又抄了一把艾叶，才心满意足地回来了，将艾条别在门上，推门时还唠叨不止："哪有挡人家门口做生意的……五妮、小白，一人一个！"说着分我一个鸡心形香囊，上面还用绿丝线绣了一个粽子。窗外的老奶奶取出小板凳坐下，抽出一枝艾叶来回挥舞，赶着并不存在的飞蝇，我嗅了嗅布袋的香气，将它系在脖子里，却摸到颈上那条金项链，那也是老黄送我的。

其实扪心自问，老黄待我不薄，我从新野来到宛城，举目无亲，在白河边浪荡时，看到一家酒店招聘服务员，于是进去应聘，老板简单问了年龄身高、识字不识字，就说可以上班了。老板姓黄，脖子里挂条栓狗粗的金链子，胖手指上箍着硕大的板戒，生得五大三粗。领班带着作身旗袍，我就干起了迎宾。这个活儿不动胳膊不动腿，练的是站功。没客人时我们就东倒西歪，揉着脚脖子叫苦叫累。那个松松垮垮穿得伪军一般的保安是个退伍兵，凑过来嬉皮笑脸地套近乎说："你们这算啥，我们在部队，一站就是四五个钟头，稳如钟，立如松！"我将红嘴唇一绷，杏眼圆睁，张口就是："滚！"他就讪讪退下了。远处几个保安嘻嘻地笑着。每天，无数客人进门出门，我们都要一遍又一遍地鞠躬说："欢迎光临！""欢迎下次光临！"这两句话，在五岳酒楼一年多的时间内，我起码说了两万遍。后来，听到别人说"欢迎光临"，我浑身都发麻。有些客人借酒发疯，出门时伸手就去摸你的脸。有一次我正要发作，黄老板黑塔一样的身体挡在了中间，架住那个喷着酒气、满面通红的家伙，他用力一拨，将我挤在一边，算是救了我，胳膊却把我的胸部挤得生疼。送走客人回来，我还在那里用湿纸巾揩脸，恨不得跑去卫生间，搁水龙头下冲一冲。黄老板有股威严劲儿，站在大厅里中气十足地朝我们几个迎宾训话："摸个脸怎么啦，不掉皮不掉肉的。但这话说回来，摸你们脸就是摸我脸，这帮王八蛋，恨不得出门让车撞死他们，拉到火葬场直接烧了，再在骨灰上撒泡尿。但咱们做的是生意，图的是钱，对不对？咱们的工作就是让他们吃好，顺利把钱掏了，摸个脸怎么了？我容易吗，天天坐酒场，陪完张三陪李四，陪完李四还有王二麻子，陪吃、陪喝……陪睡由你们老板娘去！"大家都笑了。老板朗声说："以后再碰到这样情况，算工伤，摸一次饭店补贴一百！"我们几个迎宾鼓掌欢呼起来。后来有一月，我因此多发了八百元，老板见了我们无奈地说："你们也可以躲一躲嘛！"大家咯咯笑了。

那时候，小伍也会来找我，就是他把我带到宛城的。可没两天，他跟一个理发的老女人勾搭上了，那老娘们风韵犹存，浑身散发着一股骚劲儿。我想还是那女人有钱，还可以把他的脑袋剃得跟足球一样圆吧。小伍迷得神魂颠倒，都不正眼看我，任我又哭又闹，还是把我赶出了租住的房子。半年后，老女人续上新欢，把他丢在一边，小伍又跑来找我。他开始不敢近前，只远远看着，我一抬眼，就瞅见他立在河边的柳树下，刮个劳改释放犯似的青瓢，心里就瞧不上他，他依旧是那个百事不成的小混混，灰头土脸的模样。有一次，小伍忍不住了，装作客人大摇大摆走进门来，其他几个姑娘机器人一样照例弯腰，只我没动。小伍有些陌生地看着我，没说几句，就争吵起来，黄老板正在吧台算账，闻声而来，问："怎么啦，小白？""老板，这人骚扰我！"我告状说。黄老板看小伍的厌恶眼神就像瞅见案板上的一只蟑螂，皱了皱鼻子，粗鄙地说："小鸡巴娃儿，你从哪个窟窿里钻出来的？"小伍正想支架，黄老板一把锁住他的喉咙，几步将小伍推到大门外。保安们吃惊地愣住了，赶紧围上来，老板厉声骂道："养你们几个吃干饭的，架起来扔远点。认清了，这鸡巴东西以后敢靠近咱酒楼，见一次打一次！"几个保安用胳膊把小伍五花大绑抬走了，他瘦小得好似一堆凌乱的柴禾，我几乎不忍心去看他的窘迫相。

这些年，我在梦里还会梦到小伍，却没出现过老黄，也没有赖毛，我简直不愿想到这个名字。盖就是却出现了很多次，那多半是与他生气闹别扭后。按照电视上那些让人牙寒齿冷的说法，小伍算是我的初恋情人。那时他是远近几个村子的一害，响当当的名头可谓妇孺皆知，尤其是方圆十几里地的妇女们。小伍将我家养的鸽子用气枪打吃完后，就把我追到了手。因为和他谈恋爱，我到高三就再没心思读书，索性下学回家。因为没有说好婆家，家里也就任我逛荡。小伍有一把气枪，如果当兵，他肯定是一位神枪手，可惜他没那个命。和他好了以后，小到麻雀、鸽子，大到野兔、狼狗，我家锅里顿顿不离腥荤，不出半年，周围村子的鸡狗都绝迹了。和小伍感情最好时，他在胳膊上用针扎了个

"荣"字，然后倒上蓝墨水，就洇下一个墨疙瘩组成的"荣"字，永远也去不掉，这也成为他没验上兵的重要原因。我怕疼，小伍就先把我胳膊拍麻了，用钢笔划个"英"字，再用针轻轻点，我的左胳膊上就留下一个隐约的"英"字，那是小伍名字中间一个字。盖就是后来问过我，为什么纹个"英"字，我撒谎说，这是小名儿，父母怕小时被人抱走卖了刻下的，左邻右舍家孩子都有这种纹身，方才遮掩过去。小伍常跟我说，不在乎天长地久，只在乎曾经拥有，什么青春是用来挥霍的，估计都是从电视上或者那些黄色小说中学来的，我怀疑他连"挥霍"两字怎么写都不知道。所以，小伍把我踹了以后，我也并没多痛心，只是心有不甘而已。他嘴上油腔滑调，实际上对我也算死心塌地，叫他往东他不敢往西。因为都知道我跟这么个无赖相好，就没人上门提亲。母亲死得早，父亲见小伍虽然泼皮，但对我也倒实心，渐渐就默认了。胡混两三年后，我也二十一了，便和小伍商议着结婚。他骑个自行车把我带到宛城，找个宾馆住了一晚上，就算结了婚，我们也没想过要领个结婚证。我也曾抱怨，这婚结得太草率，小伍傻愣愣地说，我也琢磨其实好赖该骑个摩托进城才像样。我爹背地里请路过村上的算命先生为我俩掐过，人家说我们属相不合，我觉得挺准。小伍与我好起来如同一个头，吵起架来，摔碟子掼碗，恨不得房子都点了，最终常常以我掉几绺头发，小伍脸上留下几道指甲血印儿结束。后来，小伍因为倒卖别人偷来的摩托，被人告发，抓进去关了半年，放出来觉得颜面无光，便带我到宛城闯荡。我帮别人卖水果，他学理发，没想到不几天他就与离婚的理发店老板娘鬼混上了，对我也没了以前的低声下气。分手时，我依旧在他脸上挠下三道指甲印儿，血滴像断了线的珠子一样往下落，我吓得哭着落荒而逃。

酒楼的工作让我安顿下来。这店里服务员、厨师上百号人，也是小社会，忙完了饭点三五成群就围坐在一起闲磕牙。据说走到哪儿都香气扑鼻、脸上糊着厚厚白粉的老板娘结过三次婚，黄老板也是二婚。人们还传说老板娘与厨师长有一腿，我直咋舌，收银的小姑娘笑我少见多怪，她轻描淡写地说，黄老板在外也没闲着啊，反正钱多得花不完，留着沤粪啊。有一次，我竟然看见黄老板与老板娘的前夫在楼上包间坐一桌搓麻将，倒水出来后惊诧不已。但黄老板待我也挺好，他请人吃饭或者打牌，总让我去服务，提起别的服务员总说，一个个都是大木刀，没一点眼见活儿。牌场结束，老板总要塞给我二百元小费，慷慨地说，拿去买件衣服。饭店里的女服务员，长得再歪瓜裂枣，都有男朋友，有的是老家的相好，有的就近找店里的男服务生。也有几个涎皮赖脸贴过来，这个说小白，下班我请你看电影。那个说，小白，你饿不饿，我让后厨给你下碗鸡丝面，我一概懒得搭理，于是就有人说风凉话，呦，抱上粗腿了。这流言不知什么时候就传开了，以至于黄老板银色的雷克萨斯还没到门口，保安娃儿们跑动起来，扎着架势准备开车门时，对面站的两个女孩就朝我挤眼睛、斜嘴巴，我只能装聋作哑，又不能见人就上去说，我和黄老板没搅茬儿。可那些以前苍蝇一样的年轻厨子们，如今见我也冷淡多了，眼神里没了兴奋的亮光，只剩下怀疑和嘲笑。好人担个赖名声儿，说也说不清。有一次，老板娘出门旅游，黄老板一晚上陪了三桌，醉得一塌糊涂，我给他沏了一壶茶醒酒。他让我坐下，说了一会儿闲话，老黄竟然像个孩子一样鼻涕一把泪一把抽泣起来，平日英气逼人的老板在我面前竟没了气焰，反让我动了恻隐之心，他借机抓住了我的手，我便没再挣扎。

我搬离了原来和酒楼女同事合租的小房子，老黄在城西卧龙岗上的小区里，租了一套两居室，配齐了家具电器，一笔付清两年房租，让我安心住在那里。他隔三差五才来，每次都烂醉如泥。我说，你喝那玩意儿有瘾吗。他说，谁的胃也不是铁做的，喝下去都难受，但这社会，酒喝好了才能办事，这是我的工作。老黄沾床就着，呼噜打得震天响，我推他翻身说，黄老板，你转转身。他却腾地坐起来，郑重其事地声明，私下不许叫我黄老板，叫我老黄，下不为例，否则听到一次罚款一千，作为我的精神损失费，躺下又鼾声四起。就像人们传说的，老黄为人仗义，每个月他总撒下三千五千，有时钱没花完他就说，没钱了自己去皮夹里拿。他的大皮夹里总是塞着厚厚一摞钱，足有上万元，我每次只抽一千。那时我的皮鞋就有几十双，有的买回来又看不顺眼，就再未穿过，有时一盒粉底的价格就超过我一月工资。饭店的女服务员们都说我变漂亮了，那些风言风语也不见了，老板不让我去给他端茶倒水，也不与我调笑，那时他是黄老板。回到家里，他才是老黄。老黄爱喝牛肉汤，早上起来，总要到小区附近的牛肉汤锅吃上一大碗，再用小锅给我端一碗回来，我吵着要和他一起去，他总不让。后来经不住生气缠磨，总算答应，我挽着他的胳膊下楼，就像他带我去洛阳赏牡丹、去西安看兵马俑一样开心。可老黄却有些不自然，三口两口吞了肉便走了，全不顾我哎哎叫唤他。事实证明是我太任性了，人多眼杂，就有风声传出去，有一日晚上，老黄刚到我这里，一根烟还未抽完，就传来咚咚敲门声，几乎要将门砸烂，我以为是公安局的，紧张得忐忑不安。老黄镇定地去开门，冲进来的却是他老婆，就见一团黑影裹着一张白脸风一般冲到眼前，来不及抵挡我的脸上已经挨了两巴掌，"不要脸、烂婊子"的詈骂就起来了。老黄挡在中间，理直气壮地训斥："发什么疯！"说着推了老板娘一把，他老婆像折了一样直直坐在地上，努力挣扎着要起来，老黄拽着胳膊将她拖出门，用力关上房门，就听"找人杀了你，奸夫淫妇"的叫骂越来越远。第二天我就搬了家，老黄后来找到我，塞了一个纸袋，里面装了五万元现金，抱歉地说："小白，再找份工吧，自己做生意也行，遇到困难来找我。"我也没再联系过老黄，这五万元钱成了我的小秘密，盖就是也不知。过一阵子，我就去银行自动取款机上看一看，仔细数一数五后面那些零就让我很快乐，我也不喜欢喝牛肉汤了，五万元可以喝多少碗啊。我正想着，药店出口的警报器突然响起来。一转身，看见苏经理拦住一个抱小孩的老妇人，女人像是乡里进城的，一脸紧张。我和胖姐围过去，苏经理委婉地说："大婶，是不是有药忘记结账了？"老大妈惊慌失措地说："俺啥也没买啊！""你再想想？"我接口说。胖姐帮着抱过小孩，却从孩子裤裆里掉下一盒眼药水。"你这小东西，啥时摸了盒眼药水，稀罕东西！"老女人伸手要打小孩，我给拦住了说："孩子不懂事，你要不要嘛？"那老女人抢过孩子气愤愤地说："我要那干啥，眼不聋，耳不花的，一年也不吃个药子儿！"我们都笑了。她朝孩子屁股上拧了一把，孩子唧哇哭了。老女人骂骂咧咧出了门："小时偷针，长大偷金，明儿就把你卖给买娃儿的！"孩子被吓得哭声更加响亮，女人快步走远了。胖姐拾起那盒药，放到货架上，我又坐回板凳上，路对面牛肉汤锅人依旧多，只是没了排队加汤的，我在心里继续着刚才没完的算术：五万元可以喝五千次牛肉汤，一年三百六十五天，五千除以三百六十五等于十几，十几年来着……我真想手边有一张废演草纸可以清楚地算一算。

药店的生意就像女人的脾气，不知什么时候好，什么时候坏。闲了一上午，人毛都没一个，眼见中午了，接连进来四五拨人，忙乱一阵，收了三四百元钱，今日的房租、工资都有了，苏经理脸色才活泛起来，骑着女式摩托，屁股后面冒着小烟儿回家吃饭了。胖姐照例去隔壁叫两碗面条我俩吃，店里的伙计与她调笑惯了，端饭送来时，收了四元钱就趴在玻璃柜台上，盯着里面一根晾干的鹿鞭研究半天说："哎哟，胖姐，这啥东西呀，这么贵，值五百六十八哪！""毬毛！"伙计吓了一跳，胖姐用筷子挑着烩面翻腾了个来去大声说："你这也叫烩锅面，只有面条和白菜，这也叫肉丝，毬毛也比它粗！"伙计咧开嘴笑了："胖姐，知足吧，卖别人五块一碗，卖你们只要两块，本儿都包不住，全是烘个人气，你要掏五块，别说肉丝，要毬毛也敢下！"胖姐要用筷子敲伙计的头，小伙儿连蹦带跳逃走了。

　　胖姐趴在柜台上，一边吸溜面条，一边从抽屉里摸出几瓣蒜，让给我说："小白，你吃？"我忙摆手说："不吃，盖就是闻见我吃蒜，非把我蹬下床不可。"胖姐咔嚓响亮地咬了一口蒜说："我就不信，年纪轻轻的小夫妻，他就离得了你？"我笑了说："他谁都离不了，就离得了我。哪像你老公，天天车接车送，我连个自行车接送的待遇都没，哪日要是闹一闹，他那驴脸一板，恨咧咧地说，你没长腿？想听他说句好话，用你那话说，白求恩他哥——白毬想！"胖姐秃噜秃噜吃着面条，喝了一口汤，晃晃小胖手说："驴屎蛋儿，外面光，谁也别眼气谁。我最羡慕你那婆子，一百成好人，哪像俺家的，看我跟见了仇人一样，从结婚到现在，没给过我好脸。她上回门，我就得跟迎接太后娘娘一样，里外打扫一遍，低声小气地迎驾，那也不中，老婆子进门就是房东的把式，挑三拣四，一会儿说厨房东西摆得乱，一会儿说阳台上脏，我就当耳朵里塞了驴毛，听不见。我跟她娃儿说，你妈那更年期一更十多年，也没有好的希望了。他鳖一样不吭声儿。昨天老东西又去了，给俺妮儿送了一个香布袋，唠唠叨叨又说我不会作这个，连个针线活儿也不拿手，说急了我也没了顾忌，呛她说，那东西是鸡巴头上拨签子——细致活儿，现在几个人会。再说了，出门掏钱就能买来，你要多少？有人会做就行了！一气给她冲哑火了，甩上门我走了，气得我直想跳白河。回家前我花五十块钱买了十个香布袋，老家伙已走了，真想扔到她眼前，这一堆俺妮儿她妮儿生出来也够使了。今儿这老苏又给了一个，要那么多煮吃它么？"

我吃完面，放了筷子说："可你家老张有本事啊，公家上着班，私活又不耽误，手底下大货车有四五辆吧，那是大老板，要我是你，早大腿翘到二腿上，在家享清福了，还出来给人家卖力气。像我家三午他爸，只会下死力，心眼也不活泛，敲打他了，只会说，有智吃智，无智吃力。胆量有你家老张一半就好了。"胖姐抹嘴过来笑着说："那么，咱俩要不换换？"她满嘴的蒜气喷得我闪开了。胖姐说："别身在福中不知福，小盖不出去花天酒地，婆婆对你又好，儿子眼看上小学，你掉福窝里了，好日子在后头呢。你要再抱怨，纯属嫁个人还嫌人家毬粗！"胖姐层出不穷的俚语让我招架不住，佯装去理药架了。不过凭良心说，盖就是的妈妈待我的确不错，她一人寡居在旧宅里，叫她一起来住，她不肯，只说："人老了，是个累赘，再说我也清气惯了。"就是的母亲一周过来一次，帮着洗衣做饭照顾三午，老人家连我的内衣也帮着洗。胖姐一次气呼呼地说，她婆子来家，将她的衣服挑出来，只洗自己儿子的衣服。可我觉得，老太太迁就我们是怕他儿子过不成一家人。结婚后一次聊天，老太太说，荣儿啊，你凡事多担待就是一点儿，他性格不全。我好奇地问，啥叫性格不全？他妈妈才说，就是是给上学害了。他从小学习就好，一直考班里前三名，谁知正经上考场却没考好，受了打击，后来不服气，虎汹汹说再复习一年，要上北大，这二番身又去复读，结果没几个月身体就垮了，精神压力大，头发一把一把掉，也睡不着觉，吃了几十副中药，人瘦得只剩一把骨头。紧接着他爹又出了那个事，就是受刺激，其实也没钱供他读书了。他收拾书本回家，上北大也成了笑谈，就是一把火烧了课本，大哭一场，南下广州打工。这一去四五年，攒了一疙瘩钱回来，人还是愣愣的，啥都不感兴趣，这真是读书读傻了。要说出门打工也见了世面，可他回来每天都是窝在家里，一不找同学，二不会朋友，就是钓钓鱼，看看武侠小说，把这当营生。我也不敢说重话，就操心给他在近处买块地皮，枝权起这栋房子，想着将来媳妇进门，也有个独门独院啊。老太太握着我的手说，就是那时眼看二十五六了，不少亲戚朋友给他介绍对象，禁不住我唠叨，他也去见，就只一面，回来从没好气，不是说个头像土行孙一样，就是说老扎得四十了一般，直到遇见你，回家难得露出笑脸说，妈，这个还行，算是佛祖保佑哇。

　　一个小姑娘推门进来，转了一圈儿，看遍几条货架好像也没找到要买的药。胖姐出门去和卖香布袋的老大妈聊起天，一个白色薄塑料袋围着她和老大娘来回转，看来外面起了风，天似乎也阴沉了。小姑娘又朝着玻璃柜台看去，紧张地攥着拳，眼睛探照灯似的胡乱扫射着。我走过去问："需要什么药？"小女生没抬眼皮脸却红了，憋了一会儿，结结巴巴地说："有紧急避孕的药吗？"我没吭声，手伸进柜台里面拿了一种。她急急付完钱，长出一口气，如释重负地走了，我好像一下看到了当年的自己。

　　离开五岳酒楼后有半年多时间，我游荡到一个美发店干活，盖就是那时应该还在广州打工吧，或者已经过上了钓鱼、看小说的闲散生活。理发店的工作，如今都是男的剪头发，女的只能洗头或者按摩，全是力气活儿，我也干得乏味。一个男客人绰号赖毛的，性格活泼，言辞戏谑，跟谁都爱开玩笑，他一来店里就分外热闹，很快也与我相熟了。赖毛衣着时髦，皮鞋擦得照见人影，裤子不倒折，头发打着发胶，湿漉漉的，根根驯服，我本不喜欢这种流里流气的小地痞，可经不住他死缠烂打，那架势，任何一个女的都是招架不住的。赖毛是个公务员，家道也不错，出手阔绰，他在宾馆里包了间房，我们就常住那里，一日就需二三百，吃喝也一律叫外卖。我索性辞了美发店工作，赖毛说的有道理，凭你挣那仨核桃俩枣也不当什么，说出去还引人误解，也不知道你真理发还是假理发。赖毛朋友多，他是爱面子的人，我就闲下来，白天他上班，我在宾馆睡觉看电视，或者出去逛街，晚上陪他会朋友喝酒，有时去迪厅跳舞。有一次，酒喝多了，一个染着黄毛的小子对赖毛说："毛哥，还是你有艳福，家里红旗不倒，家外红旗飘飘，兄弟有你一半手段，也算没白活！"赖毛没吭声。边上一个人说："你也不撒泡尿照照自己，猪八戒背捆烂套子，人没人货没货，你凭啥？夹紧点吧，想坏人好事么？"我却字字都听在耳中，回去逼问起来，赖毛爽快地承认自己有家室，孩子都上小学了。我登时大闹起来，原本以为他会愧疚，没想他本就是无赖，言语中毫无歉意。我发疯似的将桌上一个茶杯掷过去，他闪开了，杯子落在地上碎成几瓣。赖毛恼羞成怒，端起手边一杯热茶就泼过来，我毫无防备，慌忙起身躲避，开水还是溅到左手腕上，一阵灼痛，我抱着手脖哭叫起来。赖毛也觉出手太重，拖我去水龙头下冲，我挣扎着躲开，坐在床上嚎啕大哭。赖毛就窝在椅子里，面无表情地不停抽烟，直到屋顶的烟雾报警器鸣叫起来，服务台打来电话询问，他解释后开了窗子透气。虚惊一场过后我也止住哭泣，赖毛厚着脸皮过来道歉，扒开手脖一看，已经破皮了。他数了一千元钱搁在床头，让我去包扎，又说了一堆甜言蜜语，我就心软了，赌气让他跪着挨罚。他真个跪下，打了自己两个嘴巴，又说要与老婆离婚，和我在一起，然后就拉我出去吃饭逛街。我竟然相信他，顺从地去了，可见我实在无可救药。烫破的伤口忘了抹药，落下伤疤，我后来才发现。

赖毛和我的争吵越来越多，后来就升级为干仗，可吃亏的总是我。我骂他母亲，他会捎上我家祖宗八辈的女人。我搧他一巴掌，自己肯定挨回两耳光。他也越来越小气，只肯叫两份盖饭来吃，再也不出去吃饭店，宾馆的前台也屡次催缴房费，赖毛似乎故意躲着，后来干脆不见人影，我却发现自己怀孕了。赖毛的手机也打不通了，六神无主之下，我找到他一个哥们询问，才吃惊地得知，赖毛因为诈骗，两天前被抓起来了。那人对我有些好感，说了实话，赖毛每次骗得万儿八千，就找个姑娘混一阵子，吃干抹净了再去行骗，这次不知怎的犯事了，你还是离他远点，少招惹这样的人。我连宾馆都没敢回，反正那里除了几件破衣服什么也没有，自己跑到白河边哭了一场，咬牙悄悄去医院做了手术。

没过多久，父亲又去世了，我回新野处理完丧事，歇了大半年。无事可做，终又返回市里，找了一间药店干着临时工，店里一位热心的女同事受人之托，辗转介绍我认识了盖就是。药房的位置有些偏僻，房租还高，没多久就歇了业。同事好心介绍我到河南岸子午镇上现在的药店上班，这边距离就是家更近了，我也喜欢这里，隔了一条河，仿佛把过往都抛在城里一般。就是的妈妈喜欢我，去到家里就拉着我聊天，一边问这问那，一边笑眯眯地端详我，看得我都不好意思了。老太太摩挲着我的手说："女人手大能挣钱。"我说："可算命的人说，手大骨架大没福气。"他妈妈却慈祥地说："福气都是自己干出来的。"每次去，老人家都兴师动众，总要杀鸡炖汤，估计是我跟就是说过，小时候妈妈死得早，吃穿都凑合。有一日中午，隔壁邻居端碗鸡汤蹲在门前的大磨盘上吃得正香，我凑上前眼馋地问："你吃的那是啥啊？"人家一翻白眼说："吃的屎！"正巧父亲犁地回来听到了，扭着我的胳膊往回拽，我死撑着不肯走，嘴里嚷着："我要吃鸡嘛，我要吃鸡嘛！"父亲挟着我回家关上门打了一顿。家里条件好些后，父亲每次过年杀鸡都会念叨这件事。就是回去大概与他母亲讲了，后来我都不敢去得太频繁，老人家养来下蛋的鸡，都要被我吃光了。

外面起风了，天也阴下来，苏经理骑着车子到门口，脚踩着地下了车，将自行车靠在门口的墙边，双手理着头发，嘴里呸呸吐着沙子进门来，一股凉风跟着进来，没刮到货架就失了动力。苏经理使劲搜刮着嗓子里的灰尘，用力咳在地上，拿鞋底蹭了蹭。"好好的天，说变就变了！"她大声嚷嚷着。"预报的就有雨，没见早上那云彩，耀眼得瘆人。再说端午节，老天爷也流泪了。"我说。"这雨也是药，今年总是无缘无故这儿疼那儿痒，真想出去淋个冷水澡。"胖姐有意无意地说。苏经理乐了："五妮儿，裸奔是个好主意啊，我原想一下雨后晌又歇了，你这一跑，咱药店管火三天。"胖姐想起了什么却认真说："真有这事，俺以前院里有一家，夫妻俩总是吵架，男的包养了个小姐，女人知道气神经了，跑到马路上，突然敞开怀，露出一对白浓浓的大奶子，疯了一样说，老少爷们，都来瞅啊、都来看啊！"我们眼前立即出现了那个场景，继而摇摇头，似乎不敢信，胖姐瞪大眼睛看着我说："真的。"经理去换白外套，她又赶上去说："真的，真的！"我们都笑了。

　　药店外，卖香布袋的老奶奶正手忙脚乱地收摊子，架子上的香囊被风刮得上下翻飞，顾不上一个一个取，她将支架扳倒在三轮车上，收了板凳，吃力地蹬上走了。大风将远处市场里摊位上的帆布棚刮得凸起来又凹进去，摊主忙着系紧绳子。十字路口的空地里，起了一股小旋风，尘土、纸片、树叶、塑料袋被裹挟其中，形成一个巨大的螺旋，不时有尘土被吸进去，又有树叶被抛出来，龙卷风向菜市场快速移动，却越来越小，突然没了速度，树叶、纸片颓然落下，一只黑塑料袋就糊在了一辆旧自行车后轮上。骑车人的背影很熟悉，我仔细一看，吓了一跳，正是盖就是，他夸张地后仰腿下了车，车座上夹着给三午买的蛋糕，扶着车把蹲下来，扯去缠在后轮上的塑料袋，一扬手，黑袋子灌了风，灯笼一样迅疾飞远了。就是停在一个围了不少人的熟食摊前，风吹着衣服紧贴在身上，露出两条细腿的形状，他头发氅着，好似一只翻毛鸡。我正想着，推门进来一个顾客，要买治脚气的药，经理让我带着去挑，那人比较半天，看看价签又嫌贵，转身走了，我赶紧再去找盖就是，他已经不在那里了。眼前的玻璃上落下几个柳叶一样的水印儿，"柳叶"越来越多，没多久，大雨终于落下了，马路上、市场里的人转眼就不见了。菜摊上包裹着红的、绿的、白的各色雨布，七八个没带伞的人堵在超市门口，笑嘻嘻裤腿挽得老高在那里避雨。胖姐和苏经理坐在柜台里，头扎在一处窃窃私语，不时传出偷笑声，我也懒得去凑热闹。就是刚才的狼狈模样却在我眼前不停闪回，他缩着脖子，已经有些老相了，我心里一阵酸楚。老太太曾劝慰我说，荣儿啊，别与他计较，这孩子被学校坑了，从小因为学习好，家里大小事不让他干，回来就是读书，属于油瓶倒了都不扶的人。上初中有一年，他看见炉子上锅里水冒烟，就跑过来说，妈呀，水乱翻花，咋回事。十四五了，连锅滚都不知，读书读傻了，全不知那人情冷暖屁香臭，你凡事让他点儿。也许盖就是对谁都如此吧，从认识到结婚，他没正经八百地说，小白，你做我女朋友吧！小白，嫁给我吧！要不是他母亲催促，我们也许会这样不冷不热一直谈恋爱下去。有一次与胖姐聊天，我开玩笑说，我们家三午他爸没钱也没权，就剩下不出去鬼混这个优点了，可放在他身上，却显出几分窝囊。胖姐却叹了一句，小白，你还年轻啊。可就是真是这样"一百成好人"吗？

那是还没三午时。有一天下了班我先拐到老太太院里，她正戴着顶针纳巴掌大的小鞋底，鼻梁上架着眼镜，缝上两针就在头发里蘸蘸油。我说："妈，别费那眼睛了，商场里小孩儿用的东西什么没有？"老太太摘了眼镜，把针扎在鞋底上，扔在脚下的针线筐里说："那可不一样，自己做的鞋，还是穿着舒服。你爹活着的时候，最爱穿手工布鞋，吵吵多少天，我一年也给他做不了一双，那时也没空闲，现在有时间，人没了。"老太太说着红了眼睛，起身去拿暖水瓶，我把她摁住了说："您歇会儿吧，我们有手有脚，让您伺候我们。"倒水时，我瞥见客厅条几上放着一封信，便问："妈，这谁的信啊？"我已看清上面写着"盖就是收"，下面没有落款。老太太似乎恍然大悟地说："今天上午送来的，你拿给就是吧，我还奇怪呢，这年头，还有谁会写信呢？"我摸摸信，估计也就一页纸，但信封上的字迹明显是个女孩写的，想都没想就撕开了，看了两行血就往上涌，紧张地喝口水，烫得我赶紧放下了。可手里的信纸更烫，我缓了缓神，不动声色地对老太太说："妈，又是乱寄的医疗广告，咋会知道咱的地址，扔了吧。"老太太说："好害也是字纸，能垫个桌子啥的。"我正色道："这都是骗人的，报纸上受骗的老年人多了，你要啥药跟我说，咱守着药房还要它这个！"出门装作扔到垃圾堆上，我将信小心折好，揣进口袋里进了屋。老太太说："荣儿啊，晚上想吃啥，妈给你们做。"我心里驴踢一般，言辞闪烁地拒绝说："家里还有剩菜，再不吃就得倒了，明天我买了菜，妈你过来做。"老太太说："那也行，又攒了二十多个新鲜鸡蛋，也一并带过去。"我答应着，提起包心急火燎地离了西院。

家里静悄悄的，反插上大门，不及进屋我就急切将那页粉红的信纸重新展开，信并不长："就是：别来无恙，一晃十年过去了，你还好吗……我很想念你……我会于七月六日（还记得这个日子吗），在白河桥上等你，直到你来为止……小荣 六月十五日。"我感到天地在旋转，是因为手帕家的鸽子在头顶盘旋的缘故吗。七月六日发生了什么事？十年前盖就是还在上高中，我几乎是跌跌撞撞地踩着凳子取下灰尘四漫的镜框，颤抖着手打开后板，取出那张毕业合影，却失望地发现背后并没有一一对应的名字。我的眼里几乎冒出火，将照片上的女生看了几百遍，眼睛都花了，似乎每个笑嘻嘻的圆脸都有嫌疑，恨不得盖就是马上滚到我面前，撬开他的嘴，告诉我谁是小荣，这个竟敢与我名字一样的女人！我翻出一只水笔，将那些笑咪咪看上去像"小荣"的女人都涂黑了，盯着这张充满墨团的丑陋照片，我逐渐冷静下来，本想迫不及待等盖就是回来审问一番，突然打了个激灵，我决心把这件事烂在肚里。

算算距离七月六日还有半月，我盼望那一天早些过去，惴惴不安中，好似度日如年，按胖姐的话说，"心里毬戳一般"。临近那一天，我的好奇心却占了上风，转而迫不及待想去看看小荣到底是谁。一旦产生这个念头，就再也无法遏制，连结婚也没有这般激动过。前一晚，我还失眠了。那天是个星期五，我请了假说有朋友结婚，要去吃顿高价饭，苏经理深明大义地同意了。下午三点，太阳正大，白河桥上虽然有风，仍是蒸得站不住人，我骑到桥北头的广场上，将车放在柳树阴凉里。河面上漂着几艘小游船，谈恋爱时，盖就是与我也划过，可现在想来，一点乐趣也没了，那么热，划个什么劲儿呢。站在桥头的柳荫里，我想着来得太早了，谁会这么毒的太阳，傻傻在这儿等人。于是将遮阳帽垫在路阶上，坐了下来。脚下几只蚂蚁排成一队左顾右盼地跑着，顺着踪迹寻去，不远处有一堆细细的沙土，不少蚂蚁在那里钻进钻出，那儿就是它们的巢穴吧。这里是不安全的，一下雨不就冲了吗，蚂蚁们听不懂人话，依旧像小拖拉机一样，在洞口开进开出，一片繁忙景象。昨夜心烦意乱地睡不踏实，午间就有些困乏，我疲倦地趴在膝盖上，枕着胳膊竟然迷瞪着了。直到一阵悦耳的声响将我惊醒，一抬头，远处一辆洒水车响着音乐，嘴角喷出两股水开过来，路上行人纷纷避让。我手脚僵麻，一瘸一拐站上马路牙子，觉得自己脸上一定有红红的印儿，因为胳膊上就有折痕和口水，说不定眼角还有眼屎，想下河去洗洗，又觉水不干净，洒水车的水让我就着洗洗就好了。这荒唐的念头只是一闪而过，看看表，已经五点多，太阳都西斜了，心里想着去洗脸，岸边太陡水又脏，还惦记着上桥去看看，也许眼角有眼屎，这些念头折磨得我头都疼了。

　　转出柳树荫，就看到一个穿绿色紧身连衣裙的女人趴在离桥头不远的栏杆上，打把淡绿色的小阳伞，显出曼妙的腰肢，好像栽在桥上的一株小柳树。我一下愣住了，这个就是小荣吗。盖就是今日本有些感冒，想在家里歇歇，我怕横生枝节，还是让他出车去了。也许认错人了呢，我戴上帽子，半遮着脸上了桥，知了在岸边的柳树上不知疲倦地叫着，彩虹一样的白河桥上，行人多了起来，自行车来来往往，卖向日葵的、贩大蒜的，推着沉重的三轮车缓缓而行，一边走一边叫卖。我转头看见那女人小腿细细的，穿了一双高跟凉鞋，也不怕崴脚。桥中间，几个贪嘴的中年男人，支着钓竿在那里钓鱼。回头望望，那细细的腰肢仍在，只是面朝白河，阳伞遮住了头。上游里，几只大鹅形状的游船浮在河面上，一动也不动。几个人紧跟在背后，仿佛押着我走一样，后背有些紧，颇不自在。我索性停住脚步，趴在白漆斑驳的栏杆上，河风轻拂着，燥热少了一些，我摸摸裤子口袋，鼓鼓的，那封信确切还在。身后的一家人走远了，我才又闲步往前溜达。桥南头对面，有一个穿白裤子的高个女人倚在栏杆上，长长的头发，也打把阳伞，可惜看不清模样，这是小荣吗？我决定大胆从桥东边人行道上再走一趟，却看见一个打扮如赖毛一般流气的年轻男子，手里举着两只冰激凌，凑到白裤子女人身边，女人欢天喜地地接着了。经过那对男女时我才发现，两人在黑伞背后，一边喂冰激凌，一边表演接吻，心中立时一阵恶心，赶紧快步走开。桥栏杆上贴着各色广告，几年前我和盖就是散步从这里走过时，那些广告似乎就在，他开玩笑说，你看这些千奇百怪的病，咱都没得，不就是幸福吗？我对这种奇谈怪论不屑一顾。盖就是早年跟我提过，在广东打工时，认识过一个女孩，可谈了没多久性格不合就分手了。从盖就是的表情上看，他并不喜欢那女的，也许就是小荣呢。我心里突然升起一股轻松的释然，可绿绿的裙子又出现在眼前。那女子浅棕色高跟凉鞋里十个脚趾头都涂上了粉红色指甲油，颇为恶俗，裙子似乎是绸制的，风吹得下摆扑腾不止，耳朵上吊个晶莹的坠子。正如我所盼，她不经意转过头，那是一张可以说是俏丽的脸，瓜子面，大额头，精致的五官，好似电视上的舞蹈演员，头发挽在脑后，扎个直直的短鬏，我的释然灰飞烟灭，嫉妒和仇恨轰然而起，几乎要绝望了，我是男的也会喜欢上这样的女人，盖就是可以抵挡这种诱惑吗。姑娘似乎有些焦急，抬腕看看手表，向左盯了一会儿，又瞅向右边，于是发现桥上过往的行人几乎都在向她看，不好意思地转身又朝向河，拿阳伞遮了自己。河风吹向下游，其实远处的白河二桥下，波光粼粼的尽头，几十辆拖拉机嗵嗵冒着黑烟，热火朝天地在装沙子，一眼望去，还能看见光脊背的人影在晃动，那其中就有盖就是。热风也许会把小荣的香味带到那里，而盖就是脑子里此刻琢磨的是，如何加班加点，一天拉上四车，除去沙钱、油费，净赚一百六十元。傍晚的暑气蒸得我有些恍惚。"大爷，我有些低血糖，借你板凳坐会儿。"我说着，坐到了桥头卖冰棍老头的阳伞下，递上五角钱买根雪糕。他谦让了一下，终是收着了，递过来一根绿豆冰糕说："现在的冰棍高级，又是牛奶又是绿豆红豆，哪像过去，全是白开水加糖精，就那五分钱一根都舍不得吃，现在人啊，啥福都享了。"冰绿豆将嘴巴到胃里一条线的温度都降下来了，借着短暂的凉意，我试着去回忆小伍、老黄或者其他人，可那些事都显得苍白无力、不合时宜。也许走动着好些吧，我谢过老大爷，又上了桥，踱到南头又折回来。无论我从哪个角度，一抬眼准能发现那抹刺眼的绿色，它好像一片翳，牢牢地生在了我的眼角膜上。

太阳落到了白河二桥上方，映得白河里像着了火，水面一片红晃晃。路上接孩子的人多了，穿着校服的男女学生三三两两，嬉闹着骑车回家，正是无忧无虑的年龄。距离绿衣服越来越近了，她却是收了伞，依靠在生锈的栏杆上，神情落寞，那些小毛孩偶尔也会向她瞟来一眼，女人好似一尊雕塑，失魂落魄地定在那里。我正无所顾忌地盯着她看，不料女人突然转头瞅了我一眼，让人猝不及防。她是觉察了吗？我赶紧低头，匆匆走过去。我想，更疑惑的可能是卖冰棍的老大爷，看着一个神经病似的女人，一下午在桥上不停地走了一圈又一圈。我去看看自行车，灰头土脸的仍在那里，这种破烂货，不上锁贼也不会去偷的。柳荫下的蚂蚁窝果然被毁了，但仍有小蚂蚁进出，我坐回马路边，硬棍一般的双腿放松下来。马路对面停了一辆马拉的西瓜车，满车绿皮大西瓜，路边的夜市摊也开始向外摆桌椅板凳了，下班的人们骑着自行车、电动车、摩托车来往穿梭，我起身望望，绿衣服仍在，她是小荣无疑了。马车边的人群时少时多，来了又散，车上的西瓜堆陷下去一个大坑，那些绿花纹的西瓜分散到千家万户，有的冰在凉水里，有的被切开了，露出鲜红的瓤，有的已经进入人们腹中，只剩下一堆光秃秃的皮。马车上的农妇人少时就拉开斜挎在胸前的皮包，掏出钱来数一阵，把粉红色的百元钞叠好，塞进裤子口袋里。昏黄的路灯亮了，照着她低头数钱的身影，我起身又看了一下，卖冰棍的冰箱上也支起个灯泡，不远处的栏杆边，似乎仍是一个瘦瘦的黑影。我重新回到桥上，连衣裙还在，夜里乘凉的人多了，附近河边吃罢晚饭的人们都出来散步了，栏杆边趴了不少人。我大胆地隐藏在女人对面的黑影里，女人似乎有些焦躁，没了下午的优雅，攥着阳伞紧盯着南来北往每一个人的脸孔，努力辨认着。要我早眼睛看花了，站了一下午，就没挪过步，也不嫌累，我心里想。逆着人流，我漫无目的地走向桥南。河边的路灯下，人们搬来桌子、凳子，凑在那里打牌、下棋，也有的铺领席子，一家人坐在上面逗弄孩子玩，头顶的路灯上，裹着一团上下翻飞的蚊虫，好似一个蜂巢。借着暗黄的灯光，我看看表，已八点多了，盖就是可能已经回到家里，估计正捧着捞面条碗，吃得满头大汗，或者啃个凉馍，已经坐到谁家的牌场上，那是他如今最大的乐趣了。顺着人行道走回桥北，到头才突然发现小荣不见了，贸然走回去看看，她站的地方空荡荡的，边上是两个看夜游船的年轻人。我站在小荣的位置上，心脏怦怦直跳，栏杆上热热的，似乎还带着她的体温。向东面朝河，黑黢黢的是水面，远处一团灯火闪亮，是一处游乐场，转过身，桥上依旧人流涌动，到处是汗津津的脸。我四下张望，拨开那些挡路的黏糊糊身体，找了一圈，在小荣对面又站了半个小时，这才最终确认，小荣真的走了。我摸出那封被汗浸软的信件，用力撕扯成碎末，手都撕痛了，朝着河面用力一洒，纸片像一群蝴蝶，在路灯光影里一闪，就扑向水面，没了踪影。带着些许残余的兴奋，我到路灯下的马车边，大方买了一个花皮西瓜，困乏地回了家。

暴雨透过未合严的门缝飞溅到脚背上，一只蝇子悄悄降落在腿面，爬得痒痒的，我轻轻拿过苍蝇拍，偷袭般去扑打，它却已经溜走了，直打得腿上生疼。屋顶突然一阵轰响，落地玻璃上洒水车经过一般，就看见对面超市的铁皮招牌被风掀起一角，咣当一声，接着门口轰隆一下，还有铃铛的袅袅余音，我看着门前"24小时售药"的灯箱直直倒下，铃铛声估计是苏经理的自行车倒了。提起脚边的一把长雨伞，我推开门毫不犹豫地钻到雨地里，外面的倾盆大雨把胖姐"小白，穿个雨衣"的声音盖住，什么也听不见了。雨伞根本不管用，冷雨打到身上，禁不住起了一身鸡皮疙瘩，倒地的自行车后轮还在兀自转个不停，我一只手将车子扶起，重新靠在药店边的墙上，雨水在脚下汇成一条河，上面浮着碎树叶、黄烟蒂漫过脚面，好像被人轻轻抚摸着，身后的衣服全湿了，裤子也冷冷贴在腿上。雨滴砸得灯箱嗡嗡响，我把灯箱立直，从污水里摸出两块砖头压在底座上，直起腰，看到对面牛肉汤锅的伙计们，坐在凉棚下悠闲地抽着烟，一支紫茄子泡在十字路口中央的积水里，被暴雨打得油光发亮。有只小麻雀落在路边的电线上，淋透了，缩着脑袋在雨中一动不动，手帕家的鸽子估计也是这般模样吧，也不知盖就是车修好了没，三午得早点去接了，这雨会下到何时呢。我撑着伞转过身，胖姐和苏经理并排立在落地玻璃窗后看着我，雨水从房顶顺着玻璃潺潺而下，远远望去，那好像两张哭泣的脸。

流沙

一

老高直起了腰，双手叉在一起，对搓着手上的泥巴，那黄泥土便簌簌地落下去了。远处的河滩里，太阳照得白花花一片，刺得眼睛生痛。他咧咧嘴，甩掉了一滴从额头顺着脸颊一直痒到下巴的汗珠。昨夜的一场雨让这片菜地有些泥泞，他其实是不愿意这个时候来收拾它的，可是那新撒的两畦油白菜苗儿太挤了，不及时剔掉一些都会长得跟线似的。再说，不来这里，他也没有别的事情可以做。拖鞋被他撂在了地头，这片沙地掺上黄土改良后，种什么都长得黑嘟嘟的，但黄土落雨后粘脚，下了地拖鞋一会儿就粘得跟副脚镣似的，拖都拖不动，老高一扬脚，拖鞋就笨重地滚到了地头，再一踢，另一只也飞了过去，却是倒扣着，底下糊的泥巴足有三指厚。赤脚干起活来利索多了，泥土松软，他那宽大的脚掌在地里踩出一个个凹陷不平的脚印。老高喜欢赤脚接触黄土的感觉，他常对那些生长脚气的人说，到农村去，光脚干上一个月活儿，自然就能治好你们的脚气毛病。桥头的几株冬青树上，知了撕心裂肺地叫着，那几颗结的籽儿会把衣服染蓝的树，老高小时候就在那里，几十年过去了，好像吃了铁一样，还是那么点粗。老高赤脚跳出菜地，地头粗壮的杨树干上，挂着一上一下两个透亮的蝉蜕，地下是几个指头粗的小洞，老高抬头看看，估计是早上刚爬上去的，他伸手取下知了壳抛在菜地里，却发现指甲盖上还锈着一片泥巴，于是使劲儿抠了下来，左手的两个指头捻磨着泥土。"还是有沙。"老高对着空旷的河滩兀自嘀咕了一句。

河底吹来一阵凉爽的风，他扯着贴在身上的湿汗衫抖搂起来，一阵阵的河风直扑到胸口，顺着汗衣又灌到后背，也只是片刻的惬意。大太阳炙烤着河床，好像蒸笼一般，老高有些花白的头发里也是白亮亮一片，好像下了油。"狗日的真到暑伏天了。"站在地头欣赏着菜园，他在心里念叨了一句。这块地只有四五分大小，原先不过是白河桥头下的一片杂草丛，还堆着两车建筑垃圾，老高把它清理出来，拉来七八架子车黄土，浇上人粪尿，撒下各色蔬菜种子。如今，两畦西红柿结得枝条坠到地上，每天都能摘出七八个红的，他不得不找来竹竿将它们架起来。边上的两排豆角架，三天就可以采一茬，细细的豆角出得有河里的黄鳝一般长，也不生虫子。地里还有两架黄瓜、半分香菜、半分白菜、一分胡萝卜、一分芋头。他还扔了两把丝瓜籽在地头的杨树下，那丝瓜的生命力真是顽强，顺着树干就攀爬上去，但却只是不断开花落花，不见结丝瓜。他有时生气想索性将它拔扔了，难道都是公丝瓜？老高为自己的想法笑了，长着就长着吧，开开花也是个景致。地头的田埂上还有两棵西瓜秧，那是放羊的老肚皮送他的半个瓜，吃完籽就吐在那里。那些粒大饱满的黑籽着地就发芽长出叶子，一直爬了两托长，结出几个小西瓜，有锤头大小，刚开始还有西瓜的花纹，后来越长越糙，就如同住在桥墩上要饭的王癞头那丑陋的脑袋一样。

菜地边上的白河桥是连接宛城与子午镇的通道，绕城而过的白河原本是护城河，后来水面越来越开阔，便修了这桥，连接起城内和城外。桥头是一个酒厂，隔着院墙一年四季散发出酒糟的香气，酒厂院墙外就是老高的菜地和白河滩。前些年，满河都是白花花的细沙，好像打面机里磨出来的玉米面儿。河沙是绝好的建筑材料，那些冒着黑烟、装得冒尖的四轮、手扶都来白河里拉沙，如同成群的蚂蚁在蚕食一头壮牛，河里的沙子断断续续卖了十几年，终于被拉空了。河滩里仿佛荒芜的坟地，长满杂草，遍布着深深浅浅的沙坑，也再难见往日宽阔的水面，只剩下两条雪亮的支流，绕着河道中间一片瘦沙洲缓缓流动。但在老高眼里，这白河仍然充满生机，河道里依然有小鱼，河滩上那片十几亩的芦苇丛依旧在，他年轻时还在那里打过兔子，但里面有蛇至今仍是少有人敢进去，下游的河岸上被开辟出一个苹果园，果子成熟时又脆又甜。这河并不贫瘠，随便扔个东西就能发芽，他的菜园子就是这么来的。虽说菜地无人看守，但老高并不担心地里的东西被偷，常在河下活动的人他都认识。放羊的老肚皮跟他是多年的交情，要饭的王癞头就住在地边上，远近来河里逮鱼的人就那些，他们也常常过来与他聊天，渴了摘个番茄、黄瓜吃那是不能算偷的。要是哪天他不在，有陌生人靠近这菜地，河里的人不拘谁睃见了都会扯着嗓子吼，干啥哩？那些贪吃的家伙就被吓走了。只可惜王癞头不久前死了，这让老高心里难过了很久。王癞头出来讨饭多年，传说他老婆跟人跑了，三个儿子都不养活他，他提把菜刀跑到自家的坟地里抹脖子自杀，脖梗子都割断一半想着肯定要死了，不想却被人发现，送到城里抢救了几天又活过来。他也没钱付药费，趁人不备就从医院跑了，从此开始在城边流浪，后来把家安在这河下第一个桥墩上。桥墩离地面不到一尺，王癞头用鹅卵石搭起一个小灶台，上面放着凸凹不平的小铝锅，一领烂席子铺在水泥桥墩上就是床，脏兮兮露着棉絮的被子扔在脚头，枕头就是用报纸裹着的几本书，这些东西都是从垃圾堆里捡来的。癞头常常白天要出去讨一天饭，顺带拾废品，天黑了才会回来。他很守规矩，从来不会趁没人去老高的菜园子里摸东西，反倒常常帮老高看园子。吃饱了要来的饭又不困的时候，癞头就扯开嗓子唱《李豁子离婚》或者《卷席筒》，都是很悲的曲目，那沙哑的嗓音穿过一座座桥墩、掠过平静的河水，回荡在整个白河上。老高有时整完菜地回家时，就摘两根黄瓜或者几只番茄放在癞头的枕头边，用废报纸盖上。心情好的时候，王癞头也会去河滩上抓鱼改善生活，因为没有渔网，抓到的机会很少，偶尔碰到翻白肚的死鱼被水冲到岸边，他便立即捡了来，煮好了还请老高来吃。老高看看他那和锅底一样黑的手笑着说：你不知道逮鱼不吃鱼，这东西我早就吃够了，再说，你看看你那爪子，谁吃得下，下次你别逮鱼了，把你的黑爪子到河里洗洗兴许就把鱼毒死了。王癞头知道是开玩笑，从来不怪，双手抱定死鱼吃得汤水淋漓，一片鱼鳞沾到他的嘴角，随着油漉漉的嘴巴上下蠕动，怎么也掉不下来。

就在半月前的一天早上，老高下河时看到王癞头没有出去拾废品，躺在桥墩上一动不动，走近了才发现他已经死了，那干瘪的身体僵硬得如同一根风干的木棍，嘴巴大张着，花白的胡须在河风中像野草一样晃动。王癞头是在睡觉中死去的，床头放着他前一天讨来的半个馒头和一捧烂桔子，身边黑乎乎的铝锅里还有一个煮熟未吃的鸡头。王癞头火化后骨灰就被洒到了白河里，活着时他吃这河里的鱼，死了就让河里的鱼吃他。老高把他的被子、席子、脸盆都扔到河里，顺水漂走了。从此，老高失去了一个能说话的老友。后来好几次，他似乎又看到王癞头佝偻细腰、赤着排骨一样的上身坐在桥墩上朝他笑，但定睛一看却是幻觉。

老高悄然叹了一口气，感觉有些渴，便到黄瓜架下扫了一圈，看准一根长黄瓜，扯着把儿一扭就断了，新鲜的汁液濡湿了他的手指。那大手仿佛一张砂纸，上下来回一捋，黄瓜刺儿就被抹掉了，他把黄瓜蒂上萎缩的黄花摘扔了，伸手去捡拖鞋准备到河里把泥巴搓掉。弯腰的时候，透过黄瓜架下稀疏的枯叶，老高瞥见不远处桥墩下一抹红红的，过桥的人扔下来的一块红布吧，他心想。回身往河边走的时候，老高才注意到，那不是一块红布，就在王癞头睡觉的第一个桥墩上，坐着一个穿鲜红上衣的女人。她仿佛是被河风吹来的，无声无息地落在那里。老高熟悉白河里的每一块石头、每一片草地、每一个沙坑，竟然没有发现这个女人的到来。他一手攥着黄瓜、一手卡着拖鞋，大脚片子踩着满地的疙疤草，沿着废弃的拉沙路往河边走。那女人看样子有三十多岁，神情呆滞，如同水泥浇铸的一般怔怔望着远处的河水。她是要轻生么，还是个老疯子？老高思想着，土路上硬梆梆的大砂砾硌疼了脚也没在意。

老高常常怀念前些年的白河，水流哪有这样细缓，每年的夏天涨水时都是满满一河水，从南岸到北岸，浩浩荡荡，水退了就露出一河绵绵细沙，走在上面一步一个坑，凉爽温顺。河里的流水清澈见底，逮鱼的人渴了就直接喝那河水，那时鱼也多，草鱼、鲢子、鲤鱼、鲫鱼、白条、黄辣丁、鳖、蛤蟆都常见，两岸的居民都有渔网。老高最喜欢白河的鲫鱼，一般都有巴掌大小，逮回去炸了，焦黄清香。邻居们曾多次问过他，你那两儿子咋都长得跟船标一样？他说就是从小吃这河里的鲫鱼吃出来的。那时人们都用一指眼以上的网，捞到小鱼就扔回河里，大的才留下。这些年逮鱼的人比鱼还多，河里没了沙子，只剩下石头和土坑，也存不住鱼，很多人甩半晌网，逮的鱼连鱼篓底都盖不住。近两年又兴起电打鱼，背个电瓶，挂俩"烧火棍"，嗡嗡响，老高一见就要骂，还要不要鱼活，指头肚儿粗的小鱼都给捞走了，这不是害性命吗。

拉沙路断了就到了河边，老高跳下去，惊起一只蚂蚱箭一样射到了远处的草窠里，一只趴在水边的蛤蟆笨拙地扒动着两条后腿，躲到一块石头下的阴影里。河水静静的，近了似乎看不出在流动，蹲在水边，老高把两只沾满泥巴的拖鞋对着在河里搓，附近的水很快浑浊了。几块顽固的泥巴还附在鞋底的花纹里，他拾起一块扁平的鹅卵石对着跐了跐，洗干净的拖鞋被扔到岸边。他直起上身，使劲将那片鹅卵石撇了出去，水面上连着溅起四朵水花，鹅卵石就飞到河中间的沙洲上。老高笑了，这是他们小时候在河里的乐趣之一，那时他常和同伴们比赛玩，最多时撇出过十五个水花，鹅卵石飞了足有几十米远。老高又往上游走了几步，把黄瓜浸到水里涮了涮，然后趿着拖鞋上了岸。那个红红的"雕塑"依然在，一动不动地望着远处的水坝，身边还放着一个提包。这女人难道是离家出走的？老高结实的板牙清脆地截下一段黄瓜，一股青涩的香气洋溢在口齿间，嘴巴里立时湿津津了。拖鞋扬起的沙子不时落到腿肚子上，雨后的拉沙路地皮已经晒干，一些沙坑内湿气还未散尽，蚂蚱不停从老高脚边的草地上起飞，溅落到远处的草丛里。走到路边一棵孤独的老柳树下，老高嚼了黄瓜，昂头伸手去折了一节柳枝。红衣服的女子转头向这边瞅了一下，又转了回去。捏着柳枝，老高三口两口吞下黄瓜，却不想柳汁沾到了黄瓜上，苦涩的味道让他不停地向外吐口水。用柳枝绑了一把小白菜，老高就准备回家去。他得经过桥底下，绕到桥头的另一面，沿着一个陡坡上桥去。

桥下飘荡着刺鼻的膻骚味儿，一地的蹄子印儿和羊屎，老肚皮经常赶着他的羊从这里经过，到下游河滩去放牧，有时羊群也会在桥下避雨，王癞头、老高和他就凑到一起抽支烟聊聊天。拖鞋扬起的沙子钻进老高的脚底，还混着两粒硬硬的羊屎蛋儿，老高停下脚，立起拖鞋让羊粪掉下来。他转头看看那女的，仍是只有一个背影，女人的头发混乱地盘在脑后，河风吹着红色的上衣紧贴在身上，似乎可以看出内衣勒着肉的痕迹，下面是一条黑裤子，桥底风吹开上衣的下摆，露出一小片白肉，老高立时把眼睛挪开了。女人的脚边放着一个鼓囊囊的灰提包，拉链似乎坏了，露出里面的衣服和一个搪瓷杯子。走出桥底的阴凉，老高又来到了毒辣的太阳下，远处的水坝正翻着琐碎的浪花，身后的影子接着他的脚变得短粗，杨树上的知了尿落在脖子里，冰凉凉的。绕过几棵白杨树和一个垃圾堆就是立陡的上桥的坡，斜坡已经被上下桥的人踩得溜滑瓷实，老高把脚往前伸了伸，将拖鞋撑紧，攒足一把劲儿，就开始往上冲。大脚板子通过拖鞋抓着地，双臂摆开走着之字形的路线，躲过路上的玻璃渣，踩着留有摩托车轮胎黑印儿的砖头，老高离桥头的路面越来越近，就在冲上桥的一霎那，桥墩上的那块红布在他眼角一闪而过，仿佛一团燃烧的火焰。

二

桥头左右两边各有一棵冬青树，长到两米多高便没了主干，枝丫胡乱伸展开去，形成一个半圆的坑，有小孩就坐在里面玩儿，数着来往的汽车。在老高的记忆里，这两株冬青树他小的时候就在，几十年来如同睡着了一样，几乎没有什么变化。倒是有些年份还生了虫害，树根处落下一个锥形木屑堆，树干上流出蜂蜜一样黏稠的黄汁，那年冬青树就枯死了。公路段的工人给树围刷上白石灰，隔年黑铸铁一般的枝干又重新郁郁葱葱起来。

马路两侧冬青树边各有一根比桥墩还要粗的方形柱子，柱高五六米，顶端伸出的钢筋圆拱在柏油路上空交汇，将两根镇桥柱连接起来，拱上悬着四个大字——白河大桥，中间是一个涂着红漆凸起的五角星。上桥往南沿路走上一公里，老高这中间要经过酒厂、公路段、一家修车铺、一间凉茶店、五金交店、化肥库和一个土产日杂店，就到了自家饭店的门口。

"上啊，上！咬它，咬——"扯面馆门前的空地上，两只斗鸡周围簇拥了一圈人，随着两只斗鸡的展转腾挪那圆圈也跟着转移，老高远远就看到大儿子肥硕的大屁股明显占了两个人的空间，开饭馆的高文赤着肉都要流下来的上身，气急败坏地弯腰盯着自家的斗鸡。一圈人一律蛇着脖子，但又要保持距离，防止斗鸡伤到自己。两只昂头红眼睛仿佛小鸵鸟一样的斗鸡正相持不下，高文那只脖子没毛的斗鸡突然凌空跃起，提着锐利的爪子准备落到头顶一撮白毛的对手背上，不想那鸡冠流血的白毛斗鸡灵活一闪，偏头伸脖结结实实啄了高文的斗鸡一口，没毛斗鸡一个趔趄摔倒在地，短促的翅子扑棱起一地的灰尘，脖子上的血珠子扑簌簌落下来，高文心疼地立即抱起自家的斗鸡搂在怀里，围成一圈的人群发出一阵遗憾的低呼就散了。"老大，我说让你喂点蚂蚁吧，你不听，那玩意儿就是兴奋剂，一上场直往死里啄！"一个尖利的声音从人堆里传出，老高这才发现开日杂店的小儿子高武也丢了生意围在那儿看。"败家子儿！"他低声骂了一句，穿过人群进到饭店里。一股烘热的扯面味儿，混合着蒜气、汗臭扑面而来。还没到正午，店里客人还不多，几个司机光着上身围着油腻腻的桌面满头大汗地吃着扯面，四个绿色的大吊扇在房顶上缓慢地转动，吹得顶篷上的黑絮摇摇欲坠。老高的大儿媳妇儿胖得如同气球一般，坐在柜台后，她仿佛这店里的抽油烟机，将厨房的油气都吸到了自家身上。老高知道柜台后放着一个小电视，或者还有一面镜子，因为胖媳妇正在那张惨白的脸上画着血红的嘴唇，一缕湿漉漉的头发打着卷弯坠落到腮帮子上，老高不明白这有什么好看的。一个小服务员抱着一摞大海碗搬去后院冲洗，老高看到了顺手帮着推开弹簧门，小姑娘翻着眼睛感激地说："回来了啊，老高伯！"老高点了点头，一松手门就弹了回去，后院顿时安静了，只有厨房高高的烟囱还冒着若有若无的轻烟，让这逼仄的院子显得更热。后院并排六间平房，老高住在最西头一间，院子西北角是红砖头垒起的鸡圈，边上是一堆用塑料纸盖着的煤，院墙边一株石榴树下放着一个汽油桶改装的拉水车，自行车内胎改成的水管用一个大夹子钳着，却在地上漏了一汪水，两只杂毛鸭子撅着屁股在水洼里用自己的扁嘴巴来回找吃的。

老高顺手将提着的小白菜扔到鸡圈里，那只在太阳地里来回散步的大白公鸡立即带头奔了过来，躲在阴凉里热得蔫不拉叽的母鸡们也纷纷赶来，一捆小白菜很快被拽散了。大白公鸡却闪到母鸡们身后，昂头左右警惕地看护着，一任身上涂了红色标记的母鸡们把白菜叶子抛得到处飞。老高在房檐下的竹椅上坐下来，褪了拖鞋，脚底板儿贴着水泥地，凉气透过脚心上升到两条腿上。院子里一片明晃晃的黄光，食堂里嘈杂的声响透过弹簧门的开合漏进后院，沾了水气的青菜入油锅的刺啦声伴着油烟飘出后窗，鼓风机间或发出呼呼的声响，可以想到那后厨的大师傅们只穿一个大裤衩站在火苗四窜的灶边，一边揩抹着身上的汗，一边翻炒着锅里酱色的肉菜，通红的灶火炙烤着他们红红的脸膛。老高顿时觉得心烦意乱，起身走到平房东头的压水井边，抄起烫手的铁井杆儿，使劲压了几下，皮圈密封着井壁发出沉闷的呜咽，很快水就上来了。开始的水照例是热的，老高足足压满了一大盆水，这才把左手堵在压井口，右手连着压了三下，水槽便满了，这水是冰凉冰凉的，老高埋头咕嘟咕嘟饮了两气，一股凉森森的感觉从喉咙一直流到小腹。他手一松，双手在下面接了一捧水，扬起浇到头上，浑身顿时抖了个激灵。他摩挲着有些微微凸起的肚子，忍不住打了一个长长的水嗝，又坐回了椅子。

　　一阵油烟飘来，老高似乎闻出了糊葱花的香味儿，他常常觉得自己的嗅觉不行了，天天在这食堂环境里，油烟已经把鼻子都糊住了。老高的这个扯面馆曾经有一个好师傅，和他年龄相仿。那人是小学徒出身，做得一手好扯面。老高前些年开拖拉机到方城送砖时认识了他，两人一聊很是投机，老高就撇了送砖生计，和那人合伙开了这家扯面馆。老师傅的扯面筋道、有味儿，远近几家餐馆都比不过，那些饭店生意冷清要么只好关门要么改了饺子馆。有人就说，你这汤里是不是放了大烟壳啊，吃了还想吃。老师傅就煮一锅真正放了罂粟壳的扯面让大家尝，味道异常鲜美，再吃以前的扯面就觉没味道了，于是自家人吃饭时才会用那放了大烟壳的汤。扯面馆经营了几年，孩子大了，老高就将饭馆生意交给大儿子高文。但老师傅和高文搁不住，老人家手艺好，更讲究个生意之道，三块钱一碗的扯面，每次都是大海碗盛得密流撒沿儿，煮汤的鸡和牛肉都要最新鲜的，中药调料包需固定半月换一次。高文做了老板不免马马虎虎凑合了事，甚至还从农村收来病死的柴鸡下锅，老师傅免不了与高文争执，生气之下几次要走，最后还是老高再三解劝，并让高文郑重道歉，人家才未离去。生意好有钱了，高文染上赌博习惯，再就是养斗鸡，每日不是坐在酒场上，就是到处去与人斗鸡。去年冬至，老人借口年岁大了，身体不好，要回家养老。老高再三劝不住，这才封了一笔养老钱，送老搭档回到方城老家。离了老师傅，来吃扯面的人都说口味不似从前，高文就让这些年轻师傅往汤料里悄悄加罂粟壳，借此吸引一些回头客。老高想来不觉叹了一口气。那二儿子高武也不能让他省心。高武从小读书不错，一直上到高三，不想高考发挥失常，不甘心回去又复读一年，成绩仍是不错，可一上考场就不行，结果考分还不如上年，精神受了刺激，整天神神道道。邻居劝说，别让上了，再考你这儿子就废了。老高觉得有理，就在饭店边上支了间门面，让高武开个日杂店，来吃饭的司机、过路人就近到他那里买些烟酒、汽水、冰棍，每日也有几十元现钱收入。让老高欣慰的是那高武家媳妇儿，老二是傻人有傻福气，小儿媳妇文静贤惠，高中下学后在附近纱厂买了个工，三班倒回来了还在店里卖东西。高武说起来也是读过书的人，对老婆却是说打就打，吃饱饭了就知道去租武侠小说来看，没事还练气功。同样是儿媳妇，老大的和老二的简直一个天上一个地下，大儿媳妇天天跟个门神一样坐在家里，与高文吵架更是家常便饭。好在两个儿子都孝顺他，吃饭先给他端，见月给钱不误。只有想起小儿媳妇叫着"爹，爹，吃饭了"，老高心里才好受一点儿。

　　店里忙得差不多，已是下午两点。灶上做了一大锅捞面条，菜是西红柿鸡蛋和芹菜肉末，伙计们都是年轻小伙儿，长筷子挑着凉水湃过的粗面条，吐噜吐噜吃得一片响声。服务员先给老高端了一碗，他并不觉得肚饥，嚼了两块鸡蛋有些木渣渣的，就将厨房里的扯面浇汤舀了一大勺，搅糊一下成了汤面，这才吃出点味道来。伙计们一阵风便吃完了饭，过来说："老高伯，你那象棋呢，借我们玩两盘。""在屋里三屉桌下扔着，你们自己取去。"老高说。伙计们提了象棋便到饭店门口的小石板上玩去了。那石板平时立着靠在墙边，玩时平放于地，垫上两块砖，铺上老高帆布蓬画成的棋盘就成了棋桌。象棋是老高平日里除了下河以外最大的乐趣，这店里的伙计们也都跟着学起来，有的农村小伙儿刚来时连"马走日象走田"都不知，如今都开始研究起棋谱了。但在他们眼里，老高的棋艺是深不可测的，因为老高平日里让他们一个车他们最后还赢不了。有人问他那棋谱咋不管用，老高不客气地说："那中毬用，写到书上的招儿谁不知道，还是得多用这个！"他指着自己头发短得露着头皮的脑袋说。一个伙计用帆布蓬兜着棋子走到门外，已有人摆放好了水泥板，两个伙计搬来砖头坐下，便啪啪用力摆着棋子。老高吃毕饭出来，嘴里叼着一支牙签，暗红的嘴巴上油亮亮的。正吹着牛的伙计们立马站起来讪笑着说："老高伯，您来！"老高举着牙签摆了摆手，含混不清地说："你们来，我吃了饭晃晃。对了，少个车！"那小伙儿指着地上一块从马路边捡来的石头说，已经找东西代下了。伙计们脑袋聚拢在棋盘上，一会儿就热闹起来，这个说应该炮卧底，那个说要拱卒，一人一个主意，手都要伸到了棋盘上，下棋的伙计恼了，一摆棋子啪往地上一拍，抬头说："都给我夹紧点儿！我下还是你们下？老子输了这包烟你们兑钱出！"伙计们哄的一声笑了，一个小伙从背后将下棋伙计耳朵上夹的一支烟伸手抄走了。老高看着摇了摇头，打了个哈欠往后院走去。

平房东头三间是伙计们的集体宿舍，边上一间住着高文夫妇，老高的边上是一间杂物仓库，与儿子的房间隔开。高文夫妇去年曾想给老高装个空调，但他拒绝了，怕花钱不说也不习惯，高文只好给自己的屋子装了。老高进过儿子的卧房，大热天一进去煞凉煞凉的，就像有一年夏天他钻到酒厂院里的那个防空洞里一样。老高不喜欢这种感觉，夏天嘛，就得热，冬天就得冷，冬不冷夏不热，这不就乱了吗。老高宁可用一个吱吱响的摇头扇，这个破电扇他已经用了十多年，只修过一次。还是以前的东西质量好，想着，老高伸手摁了个三档，摇头扇慢吞吞地转起来。床上四根竹竿架起的蚊帐已经破了几个洞，二媳妇用布头都给缝上了，可惜颜色不对，好像在蚊帐上贴了几片膏药。床尾的墙上挂着老高的两张渔网和一副惹子，都已血好晾干，却好几年没动过了。床头边是一件三斗桌，上面放着一台电视机和一个收音机。墙上是幅大镜框，里面铺满了黑白照片——两个儿子从小到大的相片，自己年轻时的单人照，还有他与一个年轻女人的合影，那是他结婚时拍的，女人是他的老伴，去世十多年了。他有一次突然发现，结婚后俩人就没在一起合过影，老高似乎忽略这相框很久了，只有在往镜框后面的塑料袋里放钱时才会瞄上一眼。

摇头扇吹出的热风将蚊帐鼓荡得变了形，老高钻进去，将周边掖好，用一个小夹子封好口便躺下了。身下凉爽的竹席片让他舒服地哼了一声，挨着枕头老高就睡着了，却清楚地看见眼前明晃晃的大太阳，河坝上翻着二指厚的水花，坝池里的水有小腿肚深，这可是下河逮鱼的好机会。老高挽腿站在岸边的大柳树下，看到翻水坝上激起一道雪白的浪

花，一条鲫鱼露着青色的背鳍正往坝上顶，上到水坝中间水花突然消失
了，鲫鱼又被水流冲落到坝池里，过了一会儿，三四条水花几乎同时溅
起，这是一群鲫鱼啊。老高激动地喊叫起来，那是个鱼群！可是河里逮
鱼的几个老伙计好像根本听不到。这几个人在干啥呢？老高一着急就飞
到了水坝上方，却看到坝池里有两块绿幽幽的啤酒瓶茬儿，这不是要割
着人脚吗？他想提醒附近逮鱼的一个年轻人，那人却低头只顾拾网，似
乎要抬头和他说话了，却只是朝水里吐了一口唾沫。老高到了水里，看
到一条和沙子颜色差不多的沙咕噜伏在水底，尾巴轻轻地晃动，但老高
好像惊动了它，沙咕噜尾巴一摆扫起一阵沙雾就钻到沙子里不见了踪
影。两只小鲫鱼在海带一样的水草间嬉戏，嘴巴一开一合，像在说话，
哗一声水响，那是渔网入水的声音，两只鲫鱼一阵慌乱迅速下潜到水
底，一头扎进松软的沙子里，渔网才慢慢飘落下来。这是一个戴草帽嘴
里叼烟的胖子，他的秃头给草帽遮住了，胖子抖了抖渔网，溅起一阵水
雾。他开始收网，沉重的铅角在水底拉出一道道沙痕，两条小鲫鱼把最
容易刮到渔网的腮部都隐藏到沙里，渔网从它们光滑的鱼鳞上一下就拉
过去了，两只鲫鱼用力摇动尾巴，把自己从沙里拔出来，奋力一游，就
躲到石头缝儿里去了。老高恍然大悟，原来鲫鱼也是有智商的，怪不得
儿子们聪明，吃啥补啥。他想笑却呛了口水，突然发现自己竟然坐在了
大柳树的梢头，旁边一条柳枝上，一只晒得焦炭般黑亮的蝉开合着身子
下的两片黄铠甲，发出刺耳的鸣叫。树下的水潭里一个小孩在游泳，小
孩的头一出一进，手不停地舞蹈，似乎不是在踩水，不会凫水你敢到这
深潭里来！救人哪，有人要淹死了！老高奋力喊着。小孩的头沉下去半
天才浮起来，仔细一看却是自己的老婆子，因为老婆子嘴巴里的金牙闪
了一下，那是她花了几百元专门到市里医院的牙科镶的，为此还拔了半

颗坏死的黑牙根，吐了好几天红血水。头发几乎把老婆子的头颅全遮住了，再冒出水时却变成了河下那个红衣女子，她向老高伸出手，老高却怎么也跳不下去，正着急树枝却自己折了，他重重地摔在沙地上，嘴巴里吃了一口干沙，一直呛到嗓子眼儿。他不顾一切地向前爬，手都够到潭边的湿沙子了，却怎么也到不了水边，救人哪！老高的眼睛急红了，嗓子都哑了，腿也抽筋了，人都到哪里去了？红衣服女人的头在水平面上最后露了一下就不见了，水面上只剩下涟漪，仿佛一个空洞的靶子，没了靶心。那水纹一圈一圈荡漾开去，一直波及到老高手边，老高仔细一看却是一碗水，一个伙计正在给他倒水。"别动，老高伯，这可是开水，仔细烫着你！"一茶瓶水都倒完了，碗里却还是只有大半碗，真能盛，这到底是咋回事儿呢，老高想不明白。

三

第二日一早，饭店的门口已经停了一些大小的过往车辆，司机们蠕动着油亮亮的嘴巴，将小孩胳膊粗的油条就着雪白的豆浆、稠乎乎的糊辣汤塞进嘴里，老高的早饭照例是三个荷包蛋，他只吃了两个便捉着草帽下河了。

老高说不清揣着什么样的心情，几分急切，几分好奇，不然看到桥墩上只有王癞头留下的烟火痕迹，并没有那女子时，他也不会怅然若失。一膝盖高的桥墩上干净净的，连麦秸秆也被河风吹走了，只剩下一些新鲜的沙子。他绕过桥墩，女人昨天坐的地方就在那里，白凉鞋踩过的疙疤草也生机勃勃地昂着头，女人连一个脚印也没留下。他抬眼向北望去，桥下一个挨一个的桥墩仿佛一条幽深的隧道，越向北岸越小，空荡荡地没有一个人。老高长吁了一口气，转头却看见远处老肚皮举着一根带红绳的长鞭子大声吆喝着，晃晃悠悠如同喝醉了酒，赶着一群羊缓缓而来。他赶紧走到一边，从口袋里掏出一颗烟燃上了。

羊群走到桥下，老肚皮便不再赶，绵羊们于是四散开去啃草、撒尿和拉羊屎。老肚皮笑呵呵地凑过来，呲着一嘴黑黄的细牙说："咦，老高，今儿个恁早？"老高从大裤衩后面的口袋里摸出烟来递过去，老肚皮眯着一条缝似的亮晶晶的眼睛接过来，抽出两支，一支夹在耳朵上，一支放在鼻子底下狗一般地嗅着。老高说："我昨黑里梦见癞头了，哎呀，人生一世，草木一秋，连个啥也没有留下来。""嗨，这老东西可享福去了，再也不用要饭了，我他娘的还得伺候这几十只骚羊。"老肚皮说着扬起脚把一个试图在他边上拉屎的绵羊踢了一脚，老绵羊被迫向前一耸，笨拙地跑开了，那羊屎撒豆子般在屁股后面落了老远。

老肚皮点着了烟，把老高拉到一边，神秘地说："哎，你看到没有，这儿桥墩上昨天来了个女的，穿个红丢丢的短袖，鼓个大奶子，年纪挺轻的，坐了老长时间，我后晌看还在，八成是离家出走的。"老高故作吃惊地说："是吗，上哪儿去了，我咋没见人影啊。""唉，我哪里知道，我又不是大檐帽，还能铐住人家问半天不成。"老肚皮失望地说。老高笑了："莫不是你龟孙把人家拐走了啊，你这岁数，见了老母猪都眉清目秀的。""你狗日的才那样呢！我倒是想啊，咱哪有那福气啊，唉，我跟你说啊，"老肚皮水汪汪的眼睛愈发亮了，"我昨儿个专门从她面前赶羊过，那女的眉眼细看还真不赖，额头高高，小鼻子肉肉的，那小嘴巴，恨不能上去咬一口。奶子那么大，抓上去应该就像刚出蒸馍锅的馒头吧，比俺家那羊奶子感觉好多了。"老肚皮说得手里似乎正抓着馒头，树根一样的干爪子不停地聚拢着。老高哈哈笑了："你狗日的，口水都要流下来了。几十年连个媳妇也没寻下，咋这么有经验。"说着就往菜地里走。老肚皮赶在前面，跳到番茄地里摘了两个拳头大小的黄番茄，又去豆角架上扯了一根长豆角，噙在嘴里嚼得嘴角起了绿沫，停了一会儿便鼓动老高说："慌怎的，有的是时间收拾，这一亩三分地已经够齐整了。走，咱往下游看看，我前两天从一个沙坑过，看到有东西打混儿，八成是有鱼，你给咱整碗鱼汤喝。"

老高拾了根杨树枝帮着老肚皮赶羊，走到那一大片芦苇丛边上。几个小孩正提着铲子在挖黄花苗，老肚皮却不走了，任由羊群在沙坑边吃草，凑到了孩子们身边去，笑呵呵地说："娃们挖黄花苗熬茶喝啊，今儿咋不上学？"一个大点儿的孩子抬头鄙夷地说："不知道过星期么。"老肚皮讪笑了，坐在一块平坦的草皮上说："我知道那边有一块地长的都是黄花苗，开得一呼片花儿，叶子扑棱着，土还虚翻，那根儿能挖出一指长。"孩子们一听说立时提了篮子过来："在哪儿？在哪儿？带我们去吧。""但你们得给我讲个故事我才带你们去。"老肚皮说。老高把一支拖鞋垫到屁股底下坐了下来。"我们不会讲故事。"孩子们不耐烦地说。"那你们愿不愿意听故事。"老肚皮坏笑着。"想！"孩子们顿时安静下来。"那我给你们讲个故事，咱喘口气就过去。"老肚皮说着，一脸猥琐地讲开了：从前，有三个人闲着没事比屌长。一个人说，我那玩意儿最长，平日里拖拉着地，人送外号"三条腿"，累了支在地上就可歇脚。另一个男的听了不服气，谦虚地说，我的东西一般，长得碍事，只好盘在腰间当皮带使。第三个人听完，一脸不屑地说，那算啥，我那玩意儿要在腰间盘三圈，还能握着打枣吃！讲完老肚皮自己先嘎嘎笑了，孩子们却并不懂。老高骂道："你这老东西，没一点正经。"说着便站起身，却看到远处桥下，那红衣裳的女子出现了，手里还拿着一叠东西。老肚皮几乎同时看到了："咦，那女的回来了，走，老高，咱过去看看。"他腾地坐起来，双手扑打着屁股，沙子、草叶便纷纷落下。"你说了带我们去找黄花苗儿啊。"孩子们说。"就在那边苹果园边上，一地都是，自己去，别耽误我办正事儿。"老肚皮敷衍着说。孩子们哄的散去了，提着篮子，挥舞着铲子，叫喊着比赛看谁先到苹果园。老肚皮一任羊群在河滩里吃草，自己快步赶往桥底下。丰满的云飘在天上，阳光并不毒辣，却在桥下投射出大片的阴影，女人已经融入那黑暗中。老高迈开步还赶不上老肚皮的小短腿。"肚皮，你秃孙心焦火燎地跑那么快，是要去强抢民女啊。"老高在后面喊。老肚皮这才慢下来，回头咧着嘴说："热啊，咱也到桥底下凉快凉快，嘿嘿。"

　　女人原来将提包藏到了第二个桥墩背后，她将那一叠纸塞进包里，然后取出一个白瓷缸，到河里舀了一杯水，回来坐在桥墩上慢慢喝。老肚皮走近却失了刚才的勇敢，慢慢凑上去，犹豫了半天才捏着嗓子谄媚地说："姑娘，你咋一个人在这儿呢？嘿嘿。"女人抬头警惕地看了他一眼。"你不是这儿的人吧……"平时大大咧咧的老肚皮紧张地像个大姑娘。"我来找我娃儿。"女人冷冷地说着，扒开提包从那一厚摞纸中抽出一张来递给老肚皮。老肚皮并不识字，老高凑了过来，纸上是一则寻人启事，女人家看来是陕西的，儿子一年前走失了，上面印着小孩的相片和家里联系电话。"她孩子丢了。"老高说。"我知道！"老肚皮抢着说。"你们见过我娃儿没？"女人指着纸上的照片，茫然地说。老高这才看清，女人干瘦得厉害，模样还算周正，但是明显神情倦怠，裤子和脚上都是灰尘，看来走了不少路。"我可以帮你问问，现在的人坏得很，这儿也有孩子被拐走，大人一会儿没在边儿上，孩子跑远了，人贩子抱上就抱走了，找都没处找。"老肚皮说。"哦……"女人的眼中闪过一丝忧伤。老高碰了老肚皮一下说："那找到的也不少……这远近我们都熟，你那寻人启事多的话，我们也可以帮着散一些。""算了，我已经贴得够多了，再往城里贴一点儿我就走了。"女人委婉拒绝了，便再不吭声。两人站着也无趣，只好讪讪退回到菜园子里。老肚皮顺手拔了一棵细葱，两下剥干净，塞进嘴里嚼了起来，然后喷着辣气对老高说："你瞅见没有，我说得没错吧，那奶子鼓蓬蓬的。"老高往后趔了一步说："你狗日的也不嫌心里糙，想啥呢，人家娃儿都丢了。"老肚皮嘿嘿笑着说："又不是我把她孩子拐走了，要拐也先拐她，那大屁股，再生一个呗！"说着又要去拔葱。老高笑着推了他一下，他手便没捞着。老高说："你秃孙还上瘾了，当晌午饭吃呢。快去瞅瞅你那羊，当心跑散了啃到人家苹果树，让人家炖了羊羔子肉吃，到时你哭都来不及。"老肚皮抬头向远处一看，羊群果然在向苹果园边上慢慢移动，他手指放进口里响亮地吹出一个长哨，绵羊们便通通抬头看他。老肚皮一扬鞭子，在空中甩出一个脆响，然后日娘捣老子地骂着快步向羊群跑去。

　　女人似乎贴广告累了，靠在桥柱上一动不动。老高摘了三条长黄瓜、五六个红番茄，用帽子端着大步向桥墩走去。女子似乎睡着了，双手抱在胸前，老高咳了一声，清清嗓子，叫了一声："姑娘……"女人睁开了眼睛，他不好意思地说："姑娘，你看你一个人从陕西这么远一路找孩子到这儿，真是不容易，我老头子也有两娃，都结婚了，也明白那为人父母的心情，你不要太伤心……这些个瓜果都是地里出的，不值钱，天热，你渴了吃一个，强似喝那河里的水。这白河水早年干净，这些年没以往清亮，喝了保不准要肚子疼，你出门在外一个人，要是生个病受罪的可就是自己了。"女人面无表情地说了一声："谢谢！"他把黄瓜、番茄捡到水泥桥墩上，摸挈着草帽说："我和那放羊的老肚皮都常在这河底下，有事你尽管吱声。"那女人嗯了一声便再无话，眼睛中却生了警惕。老高也觉得有些套近乎，说声那你歇会儿，便走开了。回到菜园子里，他觉得完成了一件艰巨的任务，但又觉得结果似乎并不完满，又说不出不完满在哪里，只好用耙子一般长满老茧的手使劲儿挠了挠头皮。远处的河滩上，老肚皮正背对着他们，吆喝着羊群往水草茂盛的地方赶，贪嘴的羊们边走边吃，跳下沙坑，又笨拙地爬出来。老肚皮挥舞着鞭子，突然间高高抛起，在半天的晴空里用力一扯，甩出一个脆生生的响鞭，炮仗似的回响在空旷的白河滩上。

四

回家路上，老高在桥头的方柱子上、沿途的电线杆上都看到了女人张贴的寻人启事，和那些残破的治病、促销广告混在一起，并不醒目。一棵电线杆边，凉鞋踩过的脚印还是清晰的，前面明显凹进去，可以想见女人的白凉鞋踏在这里，踮着脚尖努力将纸张贴在高处，以防被人随手揭了去。回到扯面馆，老高在饭店门口的墙上也看到一张，女人显然来过这里，一定是匆匆忙忙地想要多贴几张，四个角都没来得及粘牢，已经被太阳晒得卷起了边。老高进屋拿瓶浆糊、一支破毛笔，出去将寻人启事的四个角仔细粘得平整妥贴。随后出来进去，总忍不住往这里看，希望南来北往的司机们都能注意到这张纸，又觉得这广告贴得太偏了，那些饿了半晌三五成群涌进扯面馆的人们，出来时要么被啤酒涨红了脸，要么满嘴油光、打着饱嗝，哪里会注意到这里。老高这么想着，午觉便没睡着，傍晚的棋也下得有些臭。

第二日，老高带着草帽下了陡坡还没走到桥下，就看到一个灰上衣的人掩映在菜地里。这么长时间了，还是第一次有人大白天敢来偷菜。老高虽然没有当过一官半职，却也是远近没人敢惹，见面都得敬烟的人，都知道这菜地是他的，远近的住户都交代过自家馋嘴的孩子，下河可以，一不能去洗澡，二不能偷人家的菜和苹果。"嗨！谁在地里哪！"老高的中气十足，喊声里透着愤怒。他大踏步走向菜地，塑料拖鞋响亮地拍打着长满茧子的脚底板儿，带起一溜沙尘。灰上衣听到了喊声，直起身子一回头，却是那女人。老高怔了一下，脚步不由得慢下来。女人赤着脚从菜地里出来，老高这才看清，她穿着一件男式的灰上衣，手上沾满泥土，攥着一把白菜苗儿。"哦，是你啊！"老高不好意思地笑了。"我看你这地里菜籽撒得太挤了，就忍不住想拾掇拾掇……你这园子侍弄得不错啊。"女人淡淡笑了一下，露出洁白整齐的牙齿，老高觉得好像和电视广告上的一样。他笑了说："嘿，没事全当解个闷儿，真正在家那时也没种过地，瞎弄。""谦虚呢，我看你像把好手，这垄有板有眼，土虽然是转来的，可见下了不少肥料，看这豆角、番茄结多少，一家人也吃不完。"女人的话仿佛一条清冽冽的山泉，让老高觉得神清气爽。"你歇着吧，咋能叫你干这活儿。"老高踢了拖鞋，下到地里。"看你说哩，在俺老家这活儿不都是我干，割麦、打麦、收玉米，这算是秀气活儿了。"女人转身又下到白菜畦里，顺手除去几棵细嫩的杂草。老高觉得今日的太阳特别毒，地里的潮气都被逼出来，直接喷涌到脸上。葱叶子晒软了拖在地上，番茄枝蔫巴巴的，蚂蚁沿着地里的小裂口爬上爬下，那一定是种翻山越岭的感觉，知了在树林里扯着嗓子叫成一片，树梢一动不动，证明着没有风，汗一会儿就顺着脊背流到裤腰处。一大串青白色的番茄坠满枝丫，枝条几乎挨着地，一个带着红晕的番茄被夹在中间。老高把番茄架子重新支好，那枝叶上的绒毛划得他胳膊上毛躁躁的。女人蹲在白菜地里，麻利地剔着苗儿，汗水很快在下巴上挂了一个小水滴。"日头毒起来了，咱歇会儿吧，摘两番茄洗洗吃。"老高说。女人抬头满脸汗珠地说："别摘了，昨天你给的还没吃完，我都洗干净晾好了，让枝上的再长长，刚有点黄气儿就摘了怪可惜的。"老高听从了女人的话，扇着草帽，跟她来到桥底下。

一阵河风吹来，汗衫离了脊背，老高顿时觉得凉爽异常。去洗手时发现女人的红上衣正平摊在草地上，显然是洗过了。提包仍放在第二个桥墩后，水泥墩上整齐地摆着牙刷缸、香皂盒，那牙刷用了多时毛翻夆着，粉红的肥皂盒里放着小半块白香皂。河边多了块平整干净的石头，估计是女人搬来洗衣服用的。老高洗了手回来，女人从包里掏出一个塑料袋，里面裹着两根黄瓜、三颗番茄。她捧着袋子递过来，老高捡了一个黄瓜，上面的刺已洗净，却失了水分，有些软。女人将袋子放在桥墩上去河里洗了脸，也不擦，一任风去吹干。老高将黄瓜放回去，从口袋里掏出烟点上。她拾了根黄瓜，一口咬掉一截，响亮地咀嚼着，伸手将额头的一缕湿头发拢到耳后。老高酝酿了很久，吐出一口烟，试探着问："姑娘，你是陕西啥地方的，孩子咋会丢的？"女人吃黄瓜的速度突然慢下来，眯着眼睛，沉默良久，老高开始后悔自己好奇心太重了，女人却长长出了一口气，绝望地说："其实，我的孩子不是被拐走的，而是被我卖了。"

老高吃惊地望着她，女人腮帮鼓着停顿了许久，才缓缓地说："其实是我那丧尽天良的男人卖的，但我也没有拦着，那不就等于也是我把他卖了吗。"女人哀伤地叹了口气："想着以前，总觉得就跟那在梦里

142

一样。"老高一时不知道该如何去解劝她。女人苦笑了一下说："我家在汉中农村，高中毕业没考上学就回到了家里，没多久就有人上门说媒。那家人有钱，咱祖宗八辈都是垄老三垄，人穷就没志气啊，家里非叫同意。处了两天就发现那娃儿有肝炎，眼珠子是黄的，浑身没一把劲儿，人家下地干活，他就在地头儿的沟里睡觉，那还咋过日子，就没成。后来认识了现在的男人，他模样周正，穿得排场嘴巴也甜，我一下就相中了。但时间一长发现他是个无二混，我也是鬼迷心窍，父母板死反对，是我上刀山下火海也非要跟着他。后来他又去当兵，我也等着他，好些人提亲，我瞅都没瞅，一心盼他回来成个家。当兵回来，谁知道部队也没改造好他，只是让他更有劲儿来打我，但我还是死心塌地跟他结了婚。他从不下地干活，整天到外面跑，还学会了来赌。家里催要小孩，我们才去医院看，吃了不知道多少药才最终怀上，农村哪有那么大岁数才生娃的，村上人都笑话死了。他却是一路往下坡出溜儿，打老婆、赌博，平时还好招惹那些村里的小媳妇。我总是睁一只眼闭一只眼，想着给他留有面子，没想到这是惯坏了他，死东西越来越无法无天。我挺着大肚子下地了，他把野女人领到家里鬼混。他力气大，我打不过，吵多就麻木了。有时候想干脆敌敌畏瓶盖一拧一气下去我就安生了，但想着肚子里的孩子还是个性命啊。也动过离婚的念头，可是想着再走一家还拖个油瓶，孩子跟着遭罪啊，眼看儿子一天天长大，也算有些盼头了。但却不知这死东西赌得越来越大，越输越想翻本，却越是输，人家说十赌九输，有几个靠这发财的。他输了钱回来就没好气，一句话说不对就动手，孩子小小年纪看见他就不敢哭了，可怜的娃儿啊。"

女人讲着眼泪就下来了，老高掐灭了烟头安慰她说："唉，家家都有一本难念的经。"女人用手背揩了眼泪又接着讲下去："我那时简直要被逼疯了，他回来就要钱，不给就打。结婚六七年哪里有什么钱攒下，上吊、喝药、跳井，能死的法儿我都想遍了，但一看见那嘴里呜呜拉拉想说话的孩子，我就死不了。后来有一日，他又喝酒回来，态度却突然变得很好，我一下还很不适应。死东西笑着说，现在城里有些人家缺男孩，一个不到两岁的男娃可以卖两万多，他一个朋友的朋友就干这个营生。我当时就骂了很难听的话，虎毒还不食子呢。我上辈子干了啥坏事，老天爷这般惩罚我。跟他结婚八九年了，家里没有一件像样的东西，要不是每年地里见点粮食，一家人还不给饿死了。家里的摩托、电视、立柜，但凡值点钱的东西都给人家要账的拿走了，每天回来他就唠叨着卖儿子。有一次喝了酒他又打我，用那扫帚把儿朝我天灵盖上摔，我披头散发的真给打疯了，哭喊着卖吧、卖吧，要这王八羔子干什么啊。我甚至开始恨儿子，要不是他，我早就可以死了解脱了，这是死东西的种，卖吧，卖吧，早走一天早清静。那时真是被打懵了啊，我那儿子胖乎乎的，已经会叫妈了。第二天黑了，他把我支到村西头的渠道梗上，听到庄上有几声狗叫、一阵嘈杂，再回去，家里空荡荡的，我的儿子没了。当时我就后悔了，哭喊着要去追，他一把推了我个坐蹲子，掏出两板儿钱甩到身上，'看看，两万啊，上哪儿弄这么多钱！没娃了咱再生一个不就行了！'我坐在床上嚎啕大哭，一连睡了半月，我把亲生儿子卖了！"

女人放声恸哭起来，双手捂着脸，指甲钳进了肉里。老高却没再劝她，哭了一会儿，声音渐渐低下来，最后只剩下抽泣。等女人手松开了，老高把口袋里一块带着烟丝味儿的灰色手绢递给女人。她接过来，抹了眼泪，眼睛已经红肿起来。老高说："女怕嫁错郎，遇上这样的白眼狼男人，奈何你是谁也没办法。"女人鼻子抽搐了几下，眼睛里布满血丝，"两万块钱死东西给了我一万，另外一万就挥霍了。我后来逼问他孩子卖到哪里了，他一开始说不知道，后来才松口说人贩子也转了几手，不知在哪里。我却越来越想我那娃儿，几个月以后，凑巧碰见一个跟他联络的人，一把揪住了他问我家娃儿卖哪儿了，不说就去派出所告发他，那人最后没法了说，别提了，你那娃儿到河南水土不服，后来就不中了。因为转手多他也不知道具体在哪儿。我不信，就拿了这一万块钱来河南，按地图一个市一个市连着跑，贴那寻人启事。半年多了，如今就剩宛城这一个地方，钱也快花完了，这一万块钱从娃儿身上来也要用到娃儿身上。半年来我从没住过旅社，渴了借人家一口自来水，得病了抗抗就过去了，印的寻人启事能装一汽车了。中间吃的苦，三天三夜都诉不完。"

"姑娘，你不容易啊！"老高转头说。女人却拿眼睛看了远处说："唉，刚开始谁问了我还给人家讲讲，后来就不说了。我的眼泪早就流干了。我想过，找完这里再找不着，我就寻个白河桥这样的地方一头栽下去死了，再不就出家算了，给孩子赎个罪，下一辈子老天爷看我吃恁些苦，投胎也给我托个好人家。"

"姑娘，你别伤心，"老高说，"人活一世，就是受苦哇。不瞒你说，我就是这白河边生的人。那一年建酒厂，占了我们的地，村里不少人就成了占地工，那时这可是个排场活儿，不用种地，还吃工资。我会个开车技术，厂里就让我送酒糟子，那时好些地方喂猪、养鱼都用这东西。工人是体面活儿啊，村里一个女的就说给了我，还比我大三岁，人家说'女大三，抱金砖'，咱不挑也不捡，见一面就订下了。抱的哪里是金砖啊，也是结婚后才发现她脾气不好，天天跟吃了火药一样。你还不知咋的呢，她就把气着下了，心胸小得像针眼，脾气却跟炮筒子一般，四十出头就打脑溢血上走了。两个孩子还得上学吃饭啊，我天天在外头跑车，别人一天送两趟，我一天送四趟。有一次送糟子到邓县，回来的路上车一下翻到沟里，那可不是一般的沟，足有几十米深，下面一展平阳全是麦地。好在是空车冲下去的，把我甩到了十几米开外，醒过来先摸头脚，身上零件还齐全就放心了。到医院一检查，肋骨断了三根，耳朵后缝了十二针，算是命不该绝吧。但汽车是给摔坏了，厂里也没让我赔，但不叫干司机了，让我下车间出酒糟。那活儿有啥意思，我也不生气，就办个停薪留职，自己买了拖拉机送砖、拉沙。那几年到处都在买房场盖房子，都稀罕这白河里的沙，颗粒均匀，和出来水泥结实，周边的新野、邓县、南召跑遍了。这孩子多，没个妈也不行，别人又张罗着介绍了一个酒厂的合同工。女的怪贤惠，对娃儿们也还行，可接过来没两年，有一回她上街，在路上让一个嘎斯车给轧死了。据说开始还没断气，那车又倒过来一回才轧死的。车也跑了，这路上一天过多少车，往哪里去找。咱没福气啊，从此心灰意冷，再不跑车了。拉沙送砖挣了些钱，就盖了个饭店，让孩子们干，自己就给自己退休了。五十多了，啥都看透了，还有人怂恿我再找个老伴儿，急了我就说，我这人克妻，娶一个死一个，我得积点儿德啊，人家就再不吭声了。我属牛，这一辈子把力气活都干下了，早年拉的砖和沙，盖起了千家万户的房子，这也是在积德啊。"

　　女人静静听着，老高讲完了自己脸上绽个短暂的笑容说："我好像昨天还光着腚在这河底下洗澡，今天就看到土都埋到我脖子这儿了。但我这五十年来自由自在，不受约束，活得痛快淋漓啊。"女人叹了一口气说："是啊，你也不容易，可惜你那媳妇儿都没福气。""是我没那福气啊。"老高笑了，顿时觉得和她近了许多，女人眼里也没了初见时惯带的警觉。"大哥，我咋称呼你呢？"女人问。"我比你大得多，你就叫我叔吧。"老高说。"那咋行，"她说，"你能比我大多少，顶多就是个老大哥，不兴把自己叫老了。"老高说："他们都叫我老高，你也这么叫吧，这样听着也顺耳点儿。你呢？"女人想了想说："你就叫我秀儿吧。"

五

后晌午，灰蒙蒙的云彩填满了天空，老高从床上起来出去看了一眼，这样的天只是闷却落不下雨的。他把鱼篓扎在腰间，取下墙上的渔网，背在肩上出了门。女人正侧躺在桥墩上，曲线起伏的身子下面是一块破旧的灰白条纹床单。她显然睡熟了，似乎还有细微的鼾声，老高的脚步轻下来，但却不免有些鬼鬼祟祟。他正犹豫着，女人却机警地转过头来："哦，是你啊。"她的脸上现出一个疲倦的微笑，又有些不好意思。那微笑的涟漪一直荡漾到老高心里，宽厚的胸膛里仿佛小时候喝了槐花蜜冲的蜂糖茶一样妥贴。"今儿下午没事，我上下游逮鱼，你可愿意去不？"他指了指河水一路西流的方向。女人翻身坐起，扬起头，双手拢了一下头发，对着老高顽皮地笑了一下说："好哇，我去洗个脸。"女人起身往河边走去。老高扔下渔网，那沉重的铅角着地发出悦耳的钝响，他走到菜地摘了四个红番茄放在鱼篓里。

回到桥墩时，女人已经回来了，正在那里梳头，已经有些枯黄的头发被她全部梳拢到脑后，挽了一个髻。女人眼眶深陷，鼻子高挺，额头凸出，脸上略有些麻点，老高这才真正看清女人的眉眼。"你这灰衣服好，跟我去逮鱼耐脏。你没听人说，逮鱼讲究个吃鱼不吃鱼，先弄一身泥。"老高走近了，鼻子里嗅到一股沁人心脾的桂花幽香，这是刚才女人身上没有的。他想了一下说："这是个苦差使，你跟着可是要受罪的。"女人眼睛明亮地笑了一下，昂头说："那怕啥，我倒是觉得挺有趣。"老高乐了："你这话算是说对了，你看这城边上到白河捕鱼的人，个个活大岁数。那常带鱼鹰冲船下河的冉老头，七十多岁了，还是一身的劲儿。我看他那腿细得跟棍儿一样，老担心他会从船上掉下来，可人家隔三差五还是来，全当锻炼身体了。逮鱼这活计，一来活动身体，二来吃鱼营养又健康，怎能不对身体好。你看城里坐办公室的干部，一到周末，全骑个自行车下河了，一甩开网啥烦心事儿都没了。"女人呵呵笑了："你们这儿的人啊，好吃人家鱼吧，理由还一套一套的。"老高被逗乐了："今儿不走河岸，咱走河道里的沙滩上，一路都不用穿鞋子，光脚舒服着呢。""听你的。"女人说着把脚上的凉鞋脱了，提着放在桥墩边的草地上。

河水只有膝盖深，河里的沙子被拉完后，白河的水流也一年比一年小，最后自然形成了两条小河并排流着，中间一条沙滩成了阻隔，河水大时水流漫过沙滩又成了一条河。老高先趟过河把渔网扔到沙滩上，然后又回到水中央对着女人说："来吧，河底有鹅卵石，小心着点儿。"女人将裤子挽到大腿上，试探着下了河。近河岸的地方生着稠密的水草，女人绕开一片绿乎乎的水藻，一脚下去却踏空了，她惊叫了一声，老高赶忙过来扶着了。"那地方是个转弯，水急把沙子都掏空了。"他拉着女人说。水湿了女人的裤子，再走却越来越浅。女人的手和老高一样粗糙有力，但却冰凉冰凉的。老高拉着女人几步上了河滩，水顺着女人的腿不停淌下来，老高说："把裤腿放下，这天气一会儿就干了。"

女人却没有放，说："没关系，走吧，前面的鱼还等着咱哪！"老高笑出了声，从沾满干燥鱼鳞甲的篓子里掏出两个番茄，在河里洗了递一个大的给女人，另一个揣在裤兜里，腿边就鼓起个大包。"你这地里的菜都很甜啊。"女人说。"那当然，"老高说着一使力将渔网甩到后背上，"还是这河养人啊！河两边没人用自来水，都是吃地下水，用惯地下水，再吃那自来水就觉得又苦又涩。这河两岸娃儿们考上大学的多得很，像你这样漂亮的姑娘也多。"说完老高又觉得有些唐突。女人却低了头，揶揄说："就说了你一句菜好，你连着把花鸟虫鱼、人物景致都自夸了一遍。"老高朗声笑了："这人老了，脸皮也跟着长厚了啊！"

两条小河之间的沙滩细密柔软，近水的湿沙上，拇指盖大小的贝张开硬壳吐出白嫩的细肉晒太阳，远处下游的沙滩上，两只长腿水鸟昂着头一前一后走着。再远处，一个消防车云梯模样的架子高举着，突突响了起来，红顶水鸟受到惊吓遽然起飞，盘旋在沙洲上空，久久不肯落下。"这些龟孙子们是要吸干这白河的最后一滴油啊，"老高嘟囔着骂了一句，"河两岸的人都在吃这条河，拉完了河里的沙，逮光了河里的鱼，现在又不知从哪儿弄来了抽沙机，向河底下抽沙。据说那玩意儿抽出来的沙坑有十几米深，每年夏天都要淹死人，作孽不是吗。"女人眺望着白河滩，却没有说什么。

一片水流稍急的地方，老高撂下网，将网绳头儿绑在右手上，熟练地将网撒成一个扇面，左手收了一把，右手拾起剩下的，两只手分开提着渔网走到水中，看准那打着漩涡的地方，双腿站定，运力转身双臂后甩再前送，十来斤重的渔网利索地出手，在空中逐渐张开、伸展，形成一个椭圆，溅起一片水雾爽然入水。老高习惯性地抖了抖网绳，看着惊魂未定的水面。"你的网撒得不错啊，像个好把式。"女人站在沙滩上说。"哈哈，不行了。时间长不玩，手都有些生了。"老高说着开始收网，网绳滴着水一截一截露出水面，暗红色的网眼儿上覆着水膜，出水不久便次第霍然破裂。手上的渔网越来越粗，老高手伸进水中用力一提，坠着铅角的渔网便全然出水，网兜里满是小鹅卵石、贝壳、海绵。他将网一把扔在沙滩上，眼见白光一闪，是条小鲫鱼。"哎呀，逮住一条！"女人惊叫起来。"是鲫鱼，太小了，害性命，也不好吃，还是让它再长长吧。"老高拾干净了网，将小鱼抬手扔到河里，小鲫鱼尾巴一摆就不见了。

"早五年头里，这白河鱼还是很多的，夏天涨水水落以后，一河都是人。几十扇网扑腾在这河里，我老高不是吹牛，每次一天下来，我不是第一就是第二。"老高说，"那时逮鱼哪用这种鱼篓，根本盛不下，都是用蛇皮袋，鲤鱼这么长，草鱼还有这么长的！"老高两只手在胸前左右开弓比划着长度。"就是冬天鱼少的时候，我也回回不叫空了鱼篓。酒厂一个叫老栓的，说话有点娘娘腔儿，眼气地说：'嗯——你那耙子就是上柴！'"老高学着他囊鼻子的声音说，女人乐得捂着嘴笑了。"这些年流行'电打鱼'，背个捕鱼器，一手一根竹竿，那玩意儿大小通吃，连蛤蟆都不放过，害人呢。儿子也送了我一个，我不用，咋也不能叫这白河里的鱼都断种吧。"

老高又连着扔了十几网，却只逮着一条半尺长的白条。一群孩子从下游玩着上来了，老高认出是那日听老肚皮讲笑话的几个。孩子们走近了就站在岸边看老高撒网，女人坐在了沙滩高处的干沙上。老高又往深水处用力扔出去一网，拉时却拉不动。"挂网了。"一个大点儿的孩子有经验地说。老高正准备趟到深水里把网提出来，一个晒得黝黑的孩子却麻利地褪下裤子跳下去，抢着说："让我来，我来帮你把石头搬开。"岸上的孩子们兴致勃勃地看着，水一下到了孩子的腰部，他先用脚探着石头，然后一个猛子扎下去，水面上冒了几个泡。老高担心地问："这娃儿的水性咋样？""他啊，中着哩，我们扎猛子比赛，回回他憋的时间最长。"孩子们笑着说。那男孩终于从水里露了头，头发齐整整地糊到头顶。"咋样？没事吧？"老高问。"再一下就行了，石头还不小……"说着，孩子吸了口气又潜回水里，这次却很快就出来了。"拉下试试！"那孩子湿淋淋地站在水里，得意地望着老高说。他一拉网就觉轻松了，笑着说："好了，娃儿的水性不错，今儿个要是逮到红尾巴的鲤鱼就给你们拿回家里养着！""好！"孩子们欢呼着，那下水的男孩却不着急上岸，走到岸边时突然低俯身子用掌击水，溅了岸上的伙伴们一身，众孩子立即抓起脚下的湿沙还击他，水性好的孩子寡不敌众，被沙子打得抱着头扒到浅水里，仿佛一条鳄鱼。"别闹了，别闹了，整我一头沙，你们也够本了，仔细把人家的鱼都赶跑了。"那个黝黑的孩子不停告饶。

这一网拉上来是不可能有鱼的，老高仔细检查了网，还好没有被挂破大洞。又扔了两网，仍是空荡荡的，便有些不好意思，望着弯弯曲曲的一线水面气愤地说："连个鱼毛都没有，这鱼都到哪儿去了！"女人坐在沙堆上笑盈盈地望着他。几个孩子等得不耐烦，就嚷着要去洗澡，老高听到了便说："可不要去下游，那里都是挖沙坑，水深得探不到底儿，要洗就去翻水坝，坝池里水浅。""可去不得那儿！"一个孩子惊叫起来，"那里有老肚皮！"老高疑惑了说："咋了？"大孩子便骂起来："前一日我们在那里洗澡戏耍，放羊的老肚皮看见了也去洗，那浑身的膻味儿简直要把我们熏坏了，大家都没嫌他。没想到这老东西专一往人堆里凑。我们洗着洗着不小心鸡鸡就被什么东西碰了一下，还以为是鱼哩！但一个人说啥东西在咬鸡鸡，大家都说被咬了，这才注意到是老杂毛混在人群里偷偷摸哩！这个老绝户头，我拿眼睛瞪着他，装作没事人儿一样，慢慢才浮远去了。回家告诉我们父母，昨儿个堵在他水坝上那两间狗窝门口骂了半晌，老龟孙躲在屋里鳖一样不吭声，羊都没敢出来放，这老萝头货！"老高听了便说："那你们就在这附近洗吧，正好把鱼给我轰过来。"孩子们一哄而散，甩着衣服，踢了鞋子，一群小鸭子一样下了河。

老高排齐又扔了十来网，仍是空的。远处的抽沙机轰鸣着，伸向河里的粗水管昂着头，喷出一股明晃晃的水流，落在地上便扇形铺开，沉淀出平整细密的河沙。难道鱼都藏到沙坑的深水里去了？老高想着便回头去看女人，秀儿在身边掏了一个沙坑，正捧着渗水的沙，在沙滩上滴沙雕。那好像是一条弯曲的龙，沙滴正好形成龙的鳞甲和眼睛。老高提了网走过去说："你是属龙的？"女人抬头说："不是的，我属猪。但我吃啥都不会胖，自从丢了这孩子，就再没睡过好觉，白属这猪了。"老高却想起了什么问："你晚上在这桥墩上睡得如何？早十几年前，那时还没空调，河边的人一到暑伏天晚上，早早吃了饭就来河下桥墩上乘凉，半夜冷得要盖被子，这两年人才渐渐少了，你在那儿怎样，前几日不熟，也不好问你的。"女人说："睡着还好，这半年多，为了省钱，啥地方没住过，这还算好的，凉快也没人赶。但是晚上醒了还是有些怕，昨天后半夜，突然听到一声'救命啊'，一个女的声音，就在河滩深处，吓得我上桥坐了半夜，早上去那里看看，是一大片草地，啥也没有，也不知咋回事儿。"老高却担心起来，想了一下说："老住桥下也不是个事儿。在河滩里放羊的老肚皮你注意到没，他在河岸高处有几间土坯草房，这人老没正经，但是心地还不错，你要不嫌弃，我跟他说一下，你先在他那间存干草的屋子里对付两天怎样？"女人头低了一会儿说："好啊。""那咱说去就去，你先安顿下来再说。"老高理好渔网，带着女人就往上游的冲沙闸走去。

老肚皮的房子在河岸高处，并排三间土坯草房，土墙圈起一个大院子，院中隔出一个大羊圈。房子往南是成片的住家户，边上的邻居是个看守冲沙闸的秃子，但那秃子整日把自己关在小院里，常常半夜偷偷关了水闸去捕鱼，连老肚皮也很少见到他。老高和女人赶到时，老肚皮正在院里铲羊屎，看见老高带着那女子，便停下手，把脚底的粪蛋儿在铁锹沿儿上剔了剔，立在那里神情怪异地说："你狗日的这么快就挂上勾了啊。""你秃孙东西说啥呢，人家可是大老远来找娃儿哩，你不也听见了，亏我刚才还在人家姑娘面前说你心肠好，你可别货郎担背个鳖——不是个东西！人家一个女的，出门在外不容易，你这儿不是闲着一间草房吗，让她好歹住上两天，估计也住不上三天两早上，等人家找到娃儿，还不第一个感谢你，到时还要买八色礼来看你这老东西哩。""我又不是她娃儿的爹？！"老肚皮高声调笑说，女人的脸却红了。他转而很快答应了说："行了，你狗日的开口了，我还能说啥？这西屋本来是冬天存干草的，夏天空着也是空着，就叫妹子睡这里吧。我在东屋，给你看门儿。"女人上前来说："那真是多谢了，你要是有啥活儿就吩咐我干，农村出来的，啥活儿都干得了。""说那啥话，你这细皮嫩肉的女子，舍得让你干这粗活儿，尽管住，没准儿时间长了你还舍不得走哪！"老肚皮呲着黄牙去收拾西屋了。草房的正屋里只有一张破旧的桌子，上面放着一台硕大的老式收音机，潮湿的屋子里弥漫着浓郁的羊骚味儿，土墙上一溜儿木撅儿，上面吊着羊皮子。老高说："肚皮啊，你这羊皮子啥时给我一张，冬天剪副羊毛坎肩肯定暖和。"老肚皮说："你狗日的一身火，还需要羊皮坎肩啊。"西屋门上只挂了一块的确良布帘子，上面的腊梅花图案已经被来回掀得油污不堪，里屋一地碎草沫儿，墙角处是一张小木床，上面堆放着几大包羊毛。老肚皮将羊毛扔到屋内的空地上，指着床说："姑娘，条件太差，就在这里凑合一下吧。"女人很感激地说："已经很好了。"

下午，老高陪着女人到城里贴光了包里的寻人启事，两人走遍了所有老高认为是重要的街道，累得两条腿灌了铅一般。老高叫辆三轮车，花五元钱两人回到白河桥。下了车，女人坐在冬青树边桥头的台阶上休息了一会儿，却嘤嘤哭起来。老高一时手足无措："你别难过，要是觉得不够，咱明天再去印，再去贴！"女人却红了眼睛望着老高说："我是觉得，快一年了，我也算尽心了。也许，娃儿真的就是那人贩子说的，已经早夭了。不然，我贴出去的广告堆天涌地，咋一点儿信儿都没有。"老高坐在一边双手捂着膝盖说："你也别太难过了，人还年轻，不行以后再要一个吧。"女人却放声大哭起来，头发披散下来，将头埋在里面，老高还没见过这般架势，一时不知如何是好，想去安慰她，手伸到肩膀处，又缩了回来。秀儿却突然止住了哭泣，满脸泪痕地用令人发愣的红眼睛瞪着老高说："大哥，你要是不嫌弃，让我以后伺候你。"老高吓了一跳，看着她披头散发的样子，没想到女人说出这样的话，嗫嚅着说："这……唉，我是个老头子，有啥好的……""就是好！"女人狠狠地说。

六

老高一夜没睡好，脑子里反复回响着女人的话，映着她哭泣的脸，一直到天蒙蒙亮，才迷糊了一会儿。可是没多久就醒了，昨日劳累的乏劲儿还没过去，双腿有些酸痛。他用井水洗过脸，擦了身子，活动一下腿脚，这才清醒过来。女人昨日的话让他吃了一惊，却也似一滴蜂蜜落到了白开水里。老高的心中漾溢着异样的兴奋，早上的三个荷包蛋也格外香甜，吃完撂下碗便匆匆赶往河下。天阴沉沉的，闷得人出不来气，但老高的心里却是快活的。女人是睡着未醒，还是在帮老肚皮烧火做饭？他的脑子里飞速运转着这些事情，然而桥头的陡坡下了一半，他就瞥见女人穿着那件鲜红的衣服坐在桥下，老高心里一阵甜蜜一阵惊惧，女人又要想不开吗？"唉——"他出声的一霎那就明白自己的担心完全是多余的，那桥下的河水根本不可能淹死人，这是昏了头了啊。可老高转念一想，小时候老辈人讲过，马蹄坑儿大小的水面也可以淹死人，如果一个跟头摔晕了，嘴巴恰好浸到马蹄坑儿里，照样是会死人的，想死还不容易。女人显然听到了老高的呼喊，转过头来直直看着他。老高瞅不清女人的表情，但脚下的步子却是越来越快，恨不得踢掉碍事的泡沫拖鞋，撒开大脚丫子奔跑起来。

女人的眼睛是红的，不知是刚哭过还是没睡好，但眼神中却是柔情万种，如同一汪深潭，老高情不自禁要被淹没其中。"你咋这么早就起来了，休息得可好？"他关切地问。"我再也不去老肚皮那里住了，宁肯睡在这桥墩上！"女人坚决地说着，指了指桥墩下的提包。"咋了？"老高一听急了。女人安慰他说："你别着急，他也没那胆子，但我还是不想去了。他一个男的，我一个女的，咋说也不方便。"

前一日傍晚，女人嚼了几片老高给她买的饼干就算吃了晚饭，然后就出来看看是否可以帮老肚皮烧锅，但他家的灶下是冷的，看得出好久未用了。老肚皮正在院里挤羊奶，抬头看到女人出来，便呲牙笑着说：

"妹子，一会儿尝尝这羊奶，鲜得很哪！"女人婉言谢绝了。羊肚子下面是一个搪瓷洗脸盆，老肚皮一手抓一个羊奶子，动作熟练地上下捋动，羊奶一股一股喷射到盆子中。天色渐渐暗下来，西天里的晚霞将半空映得着了火一般，桥上方的一块火烧云如同张着大嘴的老虎，连牙齿都看得出来，女人看得有些发呆。老肚皮端着一大盆羊奶，两个大拇指浸在奶水里，小心翼翼地运到堂屋的桌上，满满的羊奶几乎要摇晃出来，老肚皮俯身就着盆沿儿咪溜儿吸了一气儿，盆里的奶下去了半指。他用勺子给女人盛了一大碗端出来说："喝吧，妹子，强似好馍好饭！"女人说："谢谢你了，我饼干吃饱了，生就猪穷命，还不太习惯这羊奶味儿。"老肚皮说："你啊，不识货。半斤羊奶抵上七个碟子八个碗！"他返身将碗放回屋内桌上，从门后取出一条麻袋，摊在院子里，走进羊圈牵出一只半大奶羊，把奶子饱胀的羊赶上麻袋，然后动作麻利地出溜到奶羊身下，嘴里叼着一个奶头就吮吸起来，女人看到老肚皮凸起的喉结上下蠕动，发出响亮的吞咽声。母羊后腿蹬了一下，一堆新鲜的羊粪便簌簌落下来。老肚皮拔出嘴里的奶子，含混不清地骂了一句，然后又揪住另一只羊奶，张大了嘴巴，双手一紧一松地挤着，纯白的羊奶便溅射到老肚皮黑洞般的嘴巴里，一直到羊奶积满嘴巴。女人简直担心他要呛到了，老肚皮喉结一涌动，雪白的奶浆一下陷落到他的喉咙里。有些奶汁飞溅出来，老肚皮伸出鲜红的长舌头，左右一卷，带着吸溜声就把嘴巴周围的羊奶都裹到口里去了。表演着吸瘪了两只奶子，老肚皮才从奶羊身子底下心满意足地爬出来。进得屋去，端起原本盛给女人的羊奶，一仰脖，又一饮而尽。女人吃惊于他的食量，老肚皮似乎这才喝饱了，打了一个长长的嗝。干瘪的身子上，肚子突兀地圆鼓起来。女人好奇地问他："你饭量不小啊，咋还这么瘦？"老肚皮嘿嘿笑了，吧唧着嘴巴回味似的说："啥土养啥人，你看你，就是吃糠咽菜，还是这么红皮白嫩的，我就是天天大鱼大肉，还是黄皮寡瘦不会上膘。但这羊奶是好东西啊，歇口气还能来一碗。"女人看着那小盆子一样的瓷碗，说不出话来。

天一黑，她就去躺在了床上，屋里充斥着草的青气以及羊骚味儿，但是却也没有蚊子。老肚皮拉亮了堂屋的灯，如同一个硕大的萤火虫，黄黄地照着屋内。女人听到水桶响，老肚皮去河里挑来水，哗哗地在院里冲凉，羊群偶尔发出短促咩咩的叫声。他洗了澡又走回屋子，大口地喝着鲜奶，那贪婪的吞咽声刺激着女人的耳朵。她轻轻侧身坐起，嗅到了土墙上的一股儿霉味儿。隔着帘子，她清楚地看到，老肚皮赤裸身子，捧着大碗在门口走来走去。她屏住呼吸悄悄躺下，大睁着眼睛一动也不动，听觉变得异常发达，身子却僵成了一张绷紧的弓。老肚皮喝完羊奶，去院墙根儿撒了泡尿，这才进屋来灭了灯，去东屋木板床上躺下，来回翻了几下身子便再无声息，女人也挡不住困乏，不知什么时候便沉沉睡去。

她似乎看到了自己的家，依然是那么寒酸，门口却堵着一群羊，她轰开羊要进门去，不想却有一只羊过来咬了她一口，女人大叫起来："哎呀！""这是要打狂犬疫苗的，这里有狂犬疫苗吗？"边上有一个女的说，你以为这是哪里，打狂犬疫苗的多得很。女人一看原来眼前就是一个动物园，一只老虎、一只豹子正在里面散步，门口就是一个小诊所。她赶紧进去，看到各种药品从地面一直摆到屋顶，一个护士抓着她的手，用吸足了酒精的棉花在她胳膊上冰凉地擦着。她挣扎着问，你们的疫苗是真的吗？护士已经把一个尖细的针头刺进了她的动脉，针管里的药水越来越少，药水被打进皮肉间，胳膊弯里鼓起了一个大包，像气球一样膨胀起来，越来越大，还是透明的，就要炸了……女人被吓醒了，一睁眼就看到西屋布帘子掀着，一双眼睛闪着亮光在暗夜里。她一个激灵坐起，寒毛乍着失声叫着："妈啊，谁——"帘子很快落下，亮亮的眼睛不见了，传出老肚皮嘿嘿的干笑声。他重新掀了帘子进来两步，一股更浓郁的骚气冲进来，老肚皮说："妹子，我想起你半夜上厕所不方便，给你屋里放个尿盆。"说完嘿嘿两声就出去了。女人在黑暗里看到，老肚皮仍是光着身子，一根根肋骨似乎都清晰可见。她再没睡着，天一亮就提包逃了出来。出门时，老肚皮还倒在床上，兀自鼾声如雷。

"这狗日的那儿是不能住了，"老高说，"我今日附近寻找一下，不行你就搬到我那里，先跟那些女服务员挤一挤……没事，我也跟两个娃儿说一下。"女人没有吭声却将头依靠到老高肩上，老高粗壮的肩膀立时僵硬了。秀儿抓住了他粗糙的大手，老高觉得女人的手又凉又小，好像冬天房檐上垂下的一截冰凌，他用力攥着，却发现是暖和的。

在菜地里打发时间到下午两点，老高提着女人的布包，拉着她的手出了凉爽的白河。桥上依旧是闷，老高的手里一会儿就汗津津的，似乎要积水了。他松了手，女人悄无声息地跟在后面。走过酒厂门口时，老高与一个蹬三轮的旧同事打了个招呼，却发现那瘦高个脸上有股诡异的笑容，老高心里很不舒服，不由得加快脚步往家赶。早说早轻松，他心里想。食堂里已经过了忙的点儿，吃了午饭的伙计们照例围在门口的水泥台上下象棋，老高让女人在外面等着，便去院里找儿子。四下没寻着，他拉着一个伙计问，伙计说："老板上东边菜市场斗鸡去了，刚去没多久，昨儿个他运气好，还说今天要乘胜追击呢。"老高让女人坐到食堂里的风扇下，让一个伙计做一碗扯面给她吃。自己却没有肚饥的感觉，伙计们不明就里，嚷着非要老高来指导一盘，老高心不在焉地坐下了。第一盘很快和棋，第二盘却输了。女人吃完饭坐着无聊也出来围观，透过人缝老高抬头看见她，落落寡欢的样子。老高将一撂棋子撩在棋盘上，起身说声不玩儿了，就让一个伙计去叫儿子，说有急事找他。秀儿转身进屋坐到了角落里，眼睛盯着桌子中央的筷笼和几只蒜瓣儿。翠绿的大叶扇旋下的热风撩起她的头发，就是那缕头发刚才枕在了老高的肩膀上。老高坐在桌前，手指敲打着油腻腻的桌面，好像一个等得焦急的食客。

伙计在前面抱着黑公鸡，后面是满头大汗的儿子高文，再后面是小儿子高武和肥胖的大儿媳妇。高文进来先脱了上衣，身上肥腻腻的虚肉涌动着，胸口汪了一层细密的汗珠。"爹，叫我啥事儿，这么急，今儿我的'黑豹'表现很不错，眼看就要赢。"高文热得脸膛通红，站在风扇底下说着，眼睛已经睃见父亲身边的红衣女人。老高脸色凝重，迟疑了半天终于说："你们都坐下，我找你们是想和你们商量……说一下……"他看了一眼秀儿，女人抬头也看着他，老高仿佛被注入了能量，鼓足劲儿正要说。"爹——"高文却打断了他，"今儿上午河里的老肚皮碰见我，都跟我说了。爹，你多大岁数了，你是缺吃还是缺穿？！"老高的脸一下僵住了。"爹，俺们都多大了，你这是弄啥啊……"旁边站的高武重重地撂下一句话，扭头走了。"唉……"高文狠狠地叹下一口气，气恼地向后院走去，他使劲推开弹簧门，一脚踢飞了门口压在母鸡背上的大公鸡，白毛老公鸡急促地连声叫着飞跑了。肥胖的大媳妇阴骘地瞪着女人走去前台算账，大厅里只剩下老高和女人。房顶四个大风扇呼呼地飞快转着，地上的一片蒜瓣皮被风裹挟到高处又飘落下来，老高的手分明在颤抖，女人将细长的手搁在他手背上。过了好久，老高无声地滴下两颗泪，长长出了一口气，扶起女人提着她的包出了门，女人悄悄为老高抹去了泪痕。外面伙计们正下得热闹，老高让女人在外面路边等着，自己回到了屋里。过了一阵子，他走出食堂，马路对面面条铺的蛮子大嫂看到，老高左手提着一个包，右胳膊夹着一床毛毯。被高文踢中的公鸡飞到了房顶上，血红的冠子直竖着，惊魂未定地四下观望着，胖媳妇正对着收银台下面的镜子用力挤着生在鼻子尖儿的一颗粉刺，门口的伙计们伸长脖子、探头看着象棋正下到关键处。蛮子大婶后来回忆说，她清晰地记得老高的脸上似乎带着微笑，大踏步走向女人。在他的身后，一个下棋的伙计拨开众人的脑袋将一支"马"啪地拍在了棋盘上，扯着嗓子兴奋地喊道："卧槽将！"

七

雨是半夜下的。但老肚皮坚持说是在傍晚六点整滴的点，因为那时的天黑得就像冬天的后半夜一样，也因为那时他的收音机里一片呲拉声，连节目都收不到了。人们都知道这样的天肯定要下雨，因为太热了，热得老肚皮的羊都趴在门口懒得动一下。老高从家里出来后就下了河，有在河里洗澡的人看到老高领着女人跑到河中央最高的一个桥墩上，那里正好是河中心的沙洲，桥墩下全是细细的白沙，但是桥墩也特别高，老高搬来了几块石头叠着，才爬上桥墩，然后把女人也拉了上去。红衣女子帮着铺席子、收拾提包，老高还把地里的菜摘了一大堆放在桥墩上。洗澡的人当时还说，这都啥年月了，早就没人在桥墩上乘凉了，老高这是老了，开始念旧了。也有人看到老肚皮魂不守舍地抱着收音机蹲在河边，羊群四散跑开了也不管，下河洗澡的人经过与他斗嘴开玩笑，老肚皮理都没理，平素里他总是要呲着牙对骂上两句彼此才都开心。天从吃罢饭就黑下来，疙瘩云低低的，似乎挨着了房顶，很快风就起来了，卷得地上的冰棍纸倏忽就没了影。河里洗澡的人纷纷爬上岸，风扬起的沙子打在身上青疼，他们仓皇套上裤子，提着上衣就往家跑。有人看到老肚皮和他的羊都躲在桥下，放在桥墩上的收音机里呜呜拉拉不知响着什么。天很快黑得墨汁一样，老肚皮坐在第一个桥墩上，连第二个桥墩都看不到，他的羊群挤成一团，发出无助的叫声。桥下的风带着哨儿，似乎还有唱歌声、哭泣声、欢笑声，老肚皮俯着身子，也要像枯草一样被卷走了。看着四下漆黑的傍晚，他突然趴在桥墩上嚎啕大哭起来："妈呀——"他大声嚎着，忽然一声炸雷从桥顶掠过，沿着河面一直爆炸到水坝上游对岸的树林里，一个树根似的亮光在那里接了地，老肚皮大张着嘴巴忘记了嚎哭，却看到河对岸的树林里一颗树被雷击中着了火，但那明亮的火光只是一闪便熄灭，雨落下了。

老肚皮从来没有见过这么大的雨，似乎直接一盆盆水从天上浇下来，再没有第二个雷，有雷似乎也被雨覆盖住了。桥墩周围一会儿就没了干土，一条条小溪很快汇集成一片汪洋，黑暗里发着幽亮的光，不远处的树干上也是亮晶晶的，雨水顺着树不停流下来。老肚皮想起自己的土房子，他尝试着冲出去了一下很快又退了回来，雨水里仿佛夹着冰雹，打在身上疼痛难忍，雨水顺着头往下浇，连眼睛都睁不开。他躲到了桥墩背后，湿衣服贴在胸前，冰凉冰凉的，而背靠着水泥桥柱，却发现那柱子是暖和的。老肚皮瑟瑟发抖，却猛然冲到第一个桥墩的中央，望着黑洞似的桥洞，突然弯腰，奋力喊出了："老高——"但声音还在口里就被风顺着嘴角刮走了，他的耳朵里只有雨声和风通过桥底时悦耳的呼啸。老肚皮呜咽着，跑到了羊群中间蜷缩着取暖。也不知道过了多久，他感觉到脚下的地在震动，抬眼望去，黑暗的上游河道里隐约一条长长的白线翻卷而来，河里的水不知何时已经涨到脚边，雨声里夹杂着隆隆响，老肚皮惊得张大了嘴巴，他嘶哑着嗓子又喊了一声老高，很快便被暴雨吞没了。他赶着羊，不顾一切冲进雨里，雨水从天上、树顶、桥面汇成汹涌急流灌入白河，老肚皮哀嚎着，跌跌撞撞终于爬回了他位于高处的房子里，湿漉漉的羊群挤满了三间屋子，老肚皮又惊又累，一头栽在床上，昏昏睡去。

第二天醒来时，似乎已经是中午了，雨仍然在下，但小多了。他的屋里积起脚脖深的水，上面漂浮着一层羊粪，饥饿的羊们咩咩叫着，显得烦躁不安。老肚皮想起了什么，突然下床冲出了门，却腿一软，一头扎在地上。他艰难地撑起身子，挂个铁锹就往河边跑。眼前的白河让他惊呆了！昔日秀美温顺的白河一片汪洋！泥汁般的洪水一直涨到了桥头下坡的中间，高高的冲沙闸只露出一根用来调节水闸高度的钢筋，河下高高的杨树都只剩下了梢，繁茂的枝叶在洪水里无助地摇摆着。老肚皮一辈子没有见过白河发这般大的洪水，那水距离他的房子已经不远了。他两腿颤抖着挪到水边，那是他平日放羊必经的路，洪水将一些树叶子和白沫推到岸边，往远处看，浊浪翻滚，洪水滔天。"老高——"他用尽力气暗哑地叫了一声，桥下的桥柱子几乎都看不见了。老肚皮突然发疯似的绕路跑到桥上，那上坡已经走不通了，他一边喊一边跑，一直冲到桥中央栏杆上刻着"白河大桥"的地方，那里是桥的正中心，眼前浊浪滚滚，风似乎没有了，雨打在身上分外的凉。老肚皮低头一看，洪水距离桥面只有一尺，似乎伸胳膊就可以够到，湍急的水面上到处是漩涡，他觉得头晕眼花，不知是桥在摇还是他的身体在晃，他连呼喊的勇气也没有了。双腿打着弯儿，老肚皮走在桥的正中央还觉得不安全，却突然发现这长长的白河桥上竟然一个人都没有。他忍不住奔跑起来，到了桥头才止住步，于是攀着冬青树不停喘气。桥头围聚着一群看洪水的人，老肚皮急切地问："你们谁看到老高没？谁看到他了？！"一个打着花伞的女人说："早上他两个儿子刚来找过，说是昨天下河晚上就没回家，下雨时还有人看到他在河里，也不知道有事没事，说不定已经跑出来了。人家那两娃儿真孝顺，跑到桥上又哭又喊，那声音跟你一样。"

老肚皮听完失魂落魄地往家赶，不久桥头上的人们就看到他抓着一扇渔网，跑到水边，不停地向洪水里撒网，一边撒一边哭喊着："老高——"有人便去告诉了高家两兄弟。两人赶到时，老肚皮仍在向滚滚洪水里扔网，不过那网里已经塞满了枯枝水草，老肚皮也没了力气，扔出去的网越来越小，最后几乎就是拉上来又像炮弹一样地抛出去，溅起一片黄浊的浪花。兄弟二人拉着老肚皮，老肚皮失心疯了一般口中不停念叨着："老高，老高！"兄弟二人抱住他，痛哭着说："我爹八成是被大水冲走了，冲走了啊！肚皮叔，嗬嗬！"旁边有人说："这老肚皮也够仁义，不枉老高平日里和他相交一场。"也有人说："再等等，说不定老高早就跑出来了，到城里逛一圈，后半晌没准就回来了。"但很快又觉得不妥，不再吭声。老肚皮却趴在高文身上失了筋骨一般，瘫软在地上。高文一摸头说："他发烧了，烫得厉害。"几只饥饿的奶子羊从旁边挤了过去，伸嘴去吃水边的树叶，不远处冲来一大片花生叶，两只羊便凫水过去吃，一个浪打过来，那两只羊就到了水深处。"羊掉水里了，羊掉水里了！"人们喊着，却没有人敢去救，那羊昂着头咩咩叫着，越弹腾却越被吸到急流里，倏忽一个便不见了，另一个一直游到很远处，终于沉到了漩涡里。

老肚皮昏迷了三天，醒来就吃，吃完倒头就睡，醒来又吃，吃完又睡。高家兄弟的两个媳妇儿照顾着他，她们给老肚皮挤了羊奶，老肚皮却没有再喝，一直放到上面结了厚厚的痂，落了两只苍蝇，只好倒掉。高家兄弟让伙计们砍了附近的槐树叶子，抱来喂老肚皮的羊。烧退下去后，老肚皮一句话没有，常常呆坐在床上，直到第七日才下了床。他倚着门框，听到外面有鞭炮声，照顾他的胖媳妇却抽泣起来。"我爹今日出殡呢。"胖女人说。"你爹找到了？"老肚皮扭头问。胖媳妇用圆鼓鼓的手抹去腮边的泪水，摇了摇头说："哪里去找，用的是衣冠冢。"老肚皮从墙边抓起一根扫得只剩下头儿的扫帚，拄着出了门。送葬的队伍正走到桥的上坡处，房后的路上留下一长串带着圆孔的丧纸，队伍里一片哭声，走在林立的哭丧棒最前头的一个人用香烟不停点着一串串小鞭，扔到高处，鞭炮噼噼勃勃响着一直落到路边的草窠里。白河桥上站着黑压压的行人。这么多人来送老高啊，老肚皮心想。

洪水已经退了，路上泥黄的水印儿却还在。雨后的太阳更毒，地里的水气就这么被吸走了，过些日子又变成雨落下来，但老高却再也下不来了。送老高的队伍正在爬那上桥的陡坡，这对送葬的队伍是一个考验，果然中间一个抬棺的在半坡上就绊倒了，中间顿时矮下一片，人们大声呵斥着，几个人上前帮忙扶稳老高的黑棺材。走在前面一个头戴白孝布的年长者跑到坡下，用火机引燃了一摞草纸，然后跪下对着草纸磕了个头说："兄弟啊，今儿个送你，老老少少上百口，都是自家人，知道你走得屈，但是你也愿意咱这一大家平平安安不是，你保佑我们吧。"念叨完又添了一卷纸，大声喊着："已经跟他说了，加把劲儿咱一气儿赶上去。"前面的响器接着吹，送葬的队伍又动了，一鼓作气上了坡便转向桥北头走去。老肚皮拄着扫帚走到河下，却被眼前的景象迷惑了。洪水已经退得与桥墩一样平，但仍是浑浊不堪，翻水坝已经露出了头儿，沿着水坝，不停有鱼一跃而起，鳞甲银光一闪，很快落入水坝下的急流中。河边站满了围观的人，桥面的栏杆上也趴满了人。每次有鱼跃起，总能引起人们一阵惊呼声。水太大了，人们只能看着，谁也没有那胆量，冒着齐脖子的水去水坝那里捕鱼。"从哪儿来这么多鱼啊？这是咋回事？"老肚皮截住一个经常下河逮鱼的老头儿问。"嘻！"那人说，"肚皮你躺了几天是不知道，河里这几天跑的鱼够咱子午镇老少爷们吃十年！前几天不是下雨，上游据说已经下了几天，水太多了水库来不及泄洪，本想炸坝，没想一下就憋了，水库里养的鱼全跑了。咱这儿水大，听人家说，上游有些支流水浅，河里一层鱼脊背，俺家一个来城里卖鱼的亲戚说，那河边的村子里都是全庄人上阵，站了一河人，铁锨、叉、斧头都使上了，鱼撞得你站都站不稳，一网下去根本拉不动，好些家把手扶拖拉机开到河边装鱼，哪一家不逮上个几百斤。这两天城里菜市场的鱼掉到了一毛钱一斤。"老肚皮吃惊地听着，那人又说："前两天你是没见，水坝上鲤鱼跳龙门，就像下饺子一样，扑扑腾腾，跟那天上下鱼一样，但是可惜得很，水太大，根本没法逮，那场面真是活恁大没见过！"

　　那人看老肚皮精神恍惚，说得也没趣味，转身又去坝边看鱼。老肚皮踏着泥泞走到河边，水流依然很急，扶着一棵柳树，他仰头看到，柳树梢处洪水的痕迹依然明显，黑黢黢布满裂纹的树干上，挂着一团干了的水草，仍然保持着水流的姿势。远处上游，近河坝的冲沙闸边聚满了人，水坝与下游水面有着一尺高的落差，一条似乎是鲢鱼箭一般冲出了水面，身体在空中弯曲翻滚着，足足保持了五秒钟，人群欢呼起来，"呦——看！这个不小！"鲢鱼在空中飞出长长的距离，一头扎进水中，却没有溅起一点水花。老肚皮转身走向桥墩下，来到老高的菜地边，这里已经什么都没有了，看不出曾是一片菜地，洪水卷走了一切，包括老高辛苦运来的松软肥沃的泥土，如今这里反倒比周围低一点，汪着一洼浊水，成了个大泥坑。只有地头的杨树上还缠着一支粗壮的丝瓜秧，仅剩的几片叶子上留着泥水被晒干的痕迹。树干背后还吊着一支细细的丝瓜，同一个枝杈另一端，顽强地开出了一朵新鲜金黄的丝瓜花。老肚皮一屁股坐在地头，抽泣起来，头顶树枝上的蝉却扯开嗓子欢叫着，和以前一样吵。

半个月后，洪水彻底退去了，翻水坝上的水流还不如往日大，仍然只有腿肚子深，白河水渐渐开始变得清澈，仿佛这场洪水从来没有来过。老肚皮恢复了身体，依旧放羊。然而人们却惊奇地发现，这场洪水竟然冲来了满满一河黄沙，虽然比不上早年的规模，能与桥墩齐平，却也将河底铺满了，那些伤疤一样的河中草地都被覆盖了，太阳一晒，又是满河白花花一片。有人开始在水坝里撒网，城里人拖家带口来到河滩上，摊开一块布，放上吃的喝的，大人小孩在沙滩上玩耍。人们又开始在河里洗澡，五颜六色的游泳圈扔得到处都是。以前的两条水流如今只剩下桥北面的一条，水流似乎比以前大了点，但也没再走过去的河道。老肚皮将羊散放在岸边，夹了拖鞋来到沙滩上。这洪水冲下的沙明显比以前粗一些，但太阳晒干的地方依然烫脚，几个脚趾使劲儿钻下去，没几下就触到了湿沙，一阵舒服的阴凉。河滩上原来的拉沙坑、塑料垃圾、以及馒头似的土堆都不见了，只有白茫茫的沙子。桥中央下的阴凉里，一家人正在乘凉散心，两个孩子坐在沙滩上挖沙，大孩子玩起沙雕，一会儿就滴了一个房子，后面的小孩子看见了便蹑手蹑脚过去，从背后偷偷用手一捅，沙房子便倒了，大男孩儿起身就去追那小孩子，两人在沙滩上追逐起来。小孩子最后跑不过，便佯装跌倒，躺在沙地上再不起来。大孩子扑上来，两人倒在沙滩上嬉闹着，却突然看到了不远处的一片东西。"看，那是什么？"大孩子指着远处说。小男孩翻身坐起，沿着哥哥手指的方向看去。两人好奇地奔过去，低头仔细看着，大男孩用脚踢了踢，好像一块翻毛的破毡布。"这是什么啊，真恶心。"小孩子说。老肚皮夹着鞭子踱了过来，孩子的脚边是一块旧地毯一样的物件，埋在沙里，老肚皮慢慢蹲下身，用手摩挲着那皮革上稀落的毛，抚掉上面的沙子，抬头说："这是我的羊。"

沸水

看到莫望芝上楼来，站在玻璃门内穿旗袍的服务员立时收了一脸茫然，拉开门低了一下头躬身说："欢迎光临，小姐几位？"莫望芝扶了一下几乎要滑落肩头的皮包，站定喘口气，这才说："我订了位子，姓莫。"服务员忙低头查看手中的木夹子，在一排格子里找了一阵抬头说："莫小姐吧，要靠窗的位子，请跟我来。"莫望芝长吁一口气，抬脚走进了火锅店的喧闹里。

这家临河的火锅店生意正好，虽然它门面小，还在二楼，但因为口味地道，生意一年四季都不错，在这冬天尤甚。这在宛城是不易的，要

169

知道这里的人素来乏有耐性，什么事情都是一阵子。今年流行吃糖葫芦，满大街都是推着三轮车卖糖葫芦的，街头巷旮旯儿缝道里都充斥着冰糖葫芦的歌，听得人心烦。明年时兴洗脚，满街又都是足浴中心，过一年又一窝蜂地换了别的牌子，那招牌店的生意倒是一直很红火。这火锅店已经存在了五六年，实属难得了。异香的麻酱味儿弥散在湿热的空气中，莫望芝的眼镜片上很快蒙了一层白雾，走在前面的服务员看不见了。她脱下绒线手套，救命似的将眼镜在围巾上使劲儿蹭了又蹭，再架到鼻梁上，水雾成了纵横交错的小水珠，但总算清晰了。黑色的玻璃地面泛着毛糙的痕迹，隔一段就用红字贴着"小心地滑"，边上配一个卡通小人要跌倒的图画，莫望芝不由得放轻了脚步。临窗的位子高出玻璃地板一尺，仿佛坐在台子上展览一般，但那是红色沙发的包厢座位，低低的吊灯罩着，显得安静幽雅，而厅堂中间的位子仿佛在池子里一般，木制的椅子硬梆梆的，也要拥挤得多。还好，订了座位，莫望芝心里庆幸着，却看到前面那服务员的旗袍做工有些粗糙，后背料子上的金丝脱了线，让人忍不住想帮她扯出来。脚上是一双土气的黑襻布鞋，有些胖大的脚板将鞋撑得变了形，腿上糊着的厚厚肉色丝袜尤其刺眼。个子矮了还是穿旗袍不好看，莫望芝正思想着，却冷不防那服务员扭头过来问："小姐几位？"莫望芝仿佛一下被看穿了心思，不好意思地将眼光躲开，犹豫了一下轻声说："两位。"

留的位子在临窗一排座位的尽头，暗红的沙发看不出脏净，乌黑锃亮的桌台发散着冷光，餐具是鲜红的，整齐地摆放着四套，黄黄的吊灯垂放下来，一片热闹中，这里显出几分不协调的安静，莫望芝对这个座位很满意。今天的运气不错，她想。早晨出门时，她并没有轧到那个"凶"字——莫望芝家附近有一个十字路口，南北路中间用白漆写着

"转弯区"，她上班走东西路，路中央的"区"就变成了硕大的"凶"字，每次她都要故意避开那个触目惊心的字，哪天路上想心事不小心碾到了，立时觉得晦气不堪，一整天都不开心，待人处事都格外小心翼翼。今天她特意绕得远远的，这运气应该是好的吧。放了包，脱掉长羽绒服，绕下围巾，莫望芝坐在靠墙的位子上，这样她可以浏览整个餐厅，还可以望到门。一个瘦气娇小的服务员赶过来麻利地收走了两套餐具，摆上菜单，就站在边上等着点菜。莫望芝对着搓了搓手，温柔地对服务员说："还有个人没来，一会儿点菜我叫你好吗，请你先给我上壶白开水，不要茶叶的。"她抬腕看了一下表，六点二十七分，从楼下走上来只花了两分钟。瘦服务员去了一阵儿却只端来一杯水，杯口散着袅袅的白气。虽然并不冷，莫望芝还是习惯性的双手攥紧了茶杯，升腾的烟气熏热了她的面颊，却让鼻尖觉得异常冰凉。伸手抹去窗玻璃上的水哈气，莫望芝看到了玻璃中黑白的自己，额头上一缕头发现眼般地耷着，她赶紧伸手捋平了，却生出一丝愤怒。自己圆脸的后面是一张张热气腾腾的火锅桌，无一例外地翻腾着浪花，好似开了的油锅一般。用力穿过这镜子一样的玻璃，便看到了窗外。远处那一片黑暗就是夜的白河，清晰的是沿河两条路灯带，火龙一般延伸向远处。楼下的马路上行人还不少，骑自行车的人口里一律吐着白气，弯腰用力蹬着，摩托车却疾驶而过，后座上的人脑袋包得严严实实的。马路对面是个公交车站，三五个人立在那里等车，头不约而同向车来的方向偏着。一个提包的中年妇女等得焦急便向车站牌走去，昂着头看了良久。站台上竖着两个灯箱广告，一幅图画是三口之家坐在草地上，笑嘻嘻的，背后是一个城堡，另一幅是一对穿着夏天单衣的男女笑着蹦得老高，男的双臂高伸着，两目圆睁，表情夸张，女的双腿后屈，那咧开的嘴巴当中两颗门牙却被谁给涂黑了，好似一个年轻的老太太。车站边的路灯下，两辆三轮车头对头聊天般等在那里，它们的主人，两个裹得臃肿的中年人闲在边上，一个昂头一字一句认真读着路灯杆上的小广告，另一个头戴皮帽子穿着翻毛大头皮靴，不停跺着脚。

莫望芝从包里掏出手机，六点三十二分，已经过了两分钟了。她抬头望望门口，进来了一对男女，女的稚气未脱，却打扮入时，脸上化着和年龄不符的浓妆，及膝的高筒靴里充满诱惑的黑色丝袜延伸到短裙里。男的有四十多岁，老板模样，套着翻毛领子的皮衣，湿漉漉的头发后梳着。"苍蝇爬上去都打滑！"她记得男朋友张现金最讨厌这种发型，常常极其鄙夷地这么说，可他后来还不是这样？一个长条身材的服务员一路小跑引着两人到了一张靠墙的桌子，那中年男子浮肿的脸上泛着红光，好似在酒里浸泡了很长时间，肿胀的眼泡中间夹着一双细小的眼睛，疲倦地萎缩了一般。男子脱了皮衣，漫不经心地说着什么，小姑娘却花枝乱颤地笑了，撒娇似的扯着男子的手说着什么，高个服务员拿着衣服罩布尴尬地站在一边。莫望芝简直不愿再看下去，低头摁亮了手机，屏幕上是一张可爱的婴儿笑脸，好似结婚人家在屋内张贴的祝愿早生贵子的娃娃一样，那是她外甥女小渔的儿子，几个月前抓拍的，都说拍得好，她就设了手机屏幕。张现金那时说，我都把屏保设成你的照片，你干吗不放成我的。莫望芝笑着说，这个宝宝多可爱啊，我也想要一个。想生还不容易，张现金一脸坏笑地说，龇着被酒肉泡黑的牙齿凑过来，抽烟太多的嘴巴上起着褙皮，她一下跑开了。放下手机，莫望芝摩挲着硬硬的塑料杯子，白水已经变温。还是塑料杯子好，塑料杯子摔不坏，莫望芝心里想。

几个月前，莫望芝和男朋友张现金吵了最后一架。冷战进行了两个星期，或者说，莫望芝被晾了十四天。一个星期六的晚上，张现金一身酒气地回来了。莫望芝正躺在沙发上敷面膜看韩剧，右手握着遥控器，左手将身边的锅巴准确无误地塞进面膜开口下面的嘴巴里，然后放声地咀嚼着。沙发边的空地上横七竖八躺着五颜六色的袜子，自从吵架后两人冷战以来，她连将袜子扔进洗衣机的兴趣也没有了，甚至不愿花力气去脱袜子，进门脱鞋，右脚踩着左脚的袜子头儿，左脚用力扯，抽出赤脚来，再用同样的方法将右脚拔出来。一次用力过猛，竟然将一个底儿稀的袜子扯破了，她发疯似地撸下袜子，掀开窗户狠狠地抛出去，然后嚎啕大哭了一场。茶几上堆放着薯片、咸蚕豆、山楂片、小核桃的包装袋儿，地上散落着花生皮、核桃渣，桌边的垃圾桶堆得冒尖，底下散落着一圈酸奶杯、水果核儿、咖啡袋和眼膜。餐桌上的碗盘层层叠叠如杂耍般摆满了桌子，盘子里热的真空包装鸭子吃了一半，已经干枯在盘子上。方便面的汤汁变得黏稠，表层结着绸子一样的皮儿，临沿儿生出一圈灰绿色的绒毛，散发着难闻的馊味儿。张现金几乎是跳着脚才进的屋来，但那双手仍然插在口袋里，保持着神气的姿态。

莫望芝用耳朵发现了张现金的到来，她面膜下的眼珠子都没动一下，依旧目不转睛地盯着电视画面，连抓锅巴塞到嘴巴里的频率都没有发生变化。张现金进卧室兜了一圈又一声不吭地转出来，打开饮水机接了杯水，一口气喝干了。电视里的男女主角正经历生离死别，感人的剧情伴随着舒缓哀伤的音乐，饮水机上倒插的桶装水却翻起几个大水泡，发出嘟嘟的闷响。莫望芝的牙齿清脆地碾碎了锅巴，赤裸的双脚僵硬地搭在茶几的边沿上，屋里的空气如渐渐接近零度的水面似乎要凝固了。张现金打破沉闷，一反平常挽起袖子开始收拾起来。他寻着了一个莫望芝逛街买靴子送的大纸袋子，捧着垃圾桶扔了进去，然后又将垃圾桶捏出来，却发现了什么，于是从一堆垃圾中捡出几片碎纸看起来。莫望芝用眼角的余光知道那是她上学时写给他的信件，有一天翻东西时竟然从柜子底发现了，她抓着一摞信坐到垃圾桶边，看一封撕一封。那时的她多么清纯啊，第一次谈恋爱找的就是张现金，而他不过是电视台的一个穷摄像，几年过去了，他依然是电视台的摄像，只不过比过去更穷。莫望芝一封信接一封信地撕，对半撕了再叠在一起撕，一直到撕不动才甩到垃圾桶里。撕到最后一封时，感觉有什么东西硬硬的，她抽出一看，那是写给张现金的第一封信，中间夹着自己的照片。相片是高中一年级上独山春游时同学帮她拍的，满树盛开的桃花下，站着笑得如桃花一样灿烂的莫望芝。她伸手拈着一枝桃花，轻轻歪着头，圆嘟嘟的脸上现出两个小酒窝。那时也黑，已经开始有些胖了，但同学们说她黑得俊俏，那也不似现在这般胖，简直老母猪一样，莫望芝一气之下团了照片扔到垃圾桶里。但转念想想又捡了出来，一点点抖开了，用力摁在桌上展平，但那裙子上已经添了几道褶皱，一条可怕的折纹刀疤一样沿着酒窝斜穿了整张圆脸，她找出一本字典，将照片掼进书页里，狠狠合上了书。

张现金拿着那些撕成碎片的信件对起来看了足有一分钟，顺手又丢进纸袋里，鼻腔里发出一声短促而轻蔑的哼，莫望芝的心头一紧，响亮的咀嚼声就出现了些许中断，但很快就变得更加嘹亮并且明显加快了速度。张现金握着扫帚有条不紊地扫起来，先将袜子掠成一团，又开始将包装袋、花生壳、瓜子皮、苹果核扫成一堆，铲进纸袋子里。地板上还印着一块块的灰渍，那是莫望芝冲咖啡时溅落下来的，天长日久掺进灰就成了尘土块儿，清扫不掉，张现金就任它留在那儿了。莫望芝乜斜了一眼，心里冷笑着：平日里你几时摸过笤帚把儿，这会儿在我面前殷勤起来了，没用！这也算扫地了，猫盖屎！这么多年来，你张现金扫地的次数不用十个手指头，一把手都盘算得过来，王八蛋，一身刺鼻子的香水味儿，又上哪儿鬼混去了，吃喝嫖赌五毒俱全的无二混，警察们都瞎了眼，怎么不把你铐起来关上一百年！张现金听不见这些腹诽，仍是不慌不忙表演似的将垃圾一铲一铲倾到纸袋里，连最后的一小撮灰土也不放过，反复铲了几次。随后又开始收拾餐桌，将残汤折到一起，提着干鸭子的腿扔到垃圾袋里，随后将碗碟摞起抱到厨房开始清洗，似乎还在用清洁剂，因为莫望芝听到了洗涤液挤出瓶口时发出的噗哧声。

她再也躺不住了，揭下面膜，投进空荡荡的垃圾桶内，去洗了脸，碗盘撞击的咣铛声仍在继续，莫望芝一时觉得无事可做，虽然已经塞了一肚子零食，但仍是觉得胃里空落落的，于是从果篮里抓起一个人头大的苹果，去水龙头下冲了，又咔嚓咔嚓嚼起来。她已经厌恶自己的胖很久了，可减肥的决心几乎每天都要下一次，一旦吵架或者遇到同事聚餐，一切决心就化为乌有，她几乎没有勇气爬上自己为了减肥专门买回来的电子秤。苹果很大，但嚼起来却鲜有苹果味儿，满嘴木然的苹果沫和寡淡的汁水，吃这么大个苹果为什么呢，果真饿么，她一阵反胃，吐了嘴里的苹果肉，将啃了一半的苹果扔到果篮里，一屁股陷到沙发中，麻木地看着电视上连续剧结束后持续不断的字幕。这时，张现金甩着还未擦干的手出来了，脸上是一副似笑非笑的表情。

"谈谈吧。"张现金终于开口说了半月来的第一句话。莫望芝大眼一翻，阴鸷地瞪着他，恨不得眼中射出冷飕飕的毒镖，草船借箭一般命中张现金那光亮脑门。尽管那曾是她爱上他的可笑原因之一。莫望芝一声不吭，将眼翻回来，继续盯着字幕看。张现金距离她远远地坐下，掏出一颗烟来点上，两道白烟还没来得及从鼻孔中舒服地喷出，莫望芝就恨恨地说："要抽出去抽，我闻不惯这烟臭味儿！"张现金淡然一笑，将香烟扔到了自己刚刚扫净的地上，用明亮的鞋尖儿拧灭了。"火气还这么大，怒火伤肝啊。"张现金说。"你管我，死了都不关你的事儿！"莫望芝又是一声低吼。"好，好，不管，我早就不管了。"张现金往沙发背上一靠，拢着手爱惜地抚了抚自己油亮的头发。"哼，你这两个星期去哪里了？"莫望芝质问道。"在朋友家借住啊，这儿待不了我也不能露宿街头啊。"张现金说。"狗屁！哪个朋友，男的女的，叫什么，电话多少，你怎么证明？！"莫望芝双眼圆睁激动地说。"什么朋友你别管，你也不认识，再说，跟你有什么关系，我为什么要向你证明，你还没有向我证明你这两周干吗去了呢？"张现金说。"你无耻！别以为我不知道，你去找那个宛大的女学生了，老牛吃嫩草，也不撒泡尿照照自己，什么玩意儿！"莫望芝气呼呼地说。张现金反唇相讥："你闲着了吗，那个有钱的同事没约你啊，又是去吃美国大饼吧，你不用去吃都是一盘九寸美国大饼脸。我看几日不见，又浑圆了不少，生活很滋润嘛。""你混蛋！"莫望芝抄起一个小抱枕砸过去，张现金一趔身，枕头滚落到阳台上。"有话好好说，别动粗。做生意还讲究个买卖不成仁义在，既然相看两厌，咱也好聚好散。"张现金皮笑肉不笑地说。"散就散！谁不滚谁就不是人，是乌龟王八蛋养的，天诛地灭，出门被汽车撞死，坐屋里被房梁砸死，死到十八层地狱。"莫望芝詈骂着，眼泪却夺眶而出。"好，够毒的，我就一句话，谁不分谁不是亲娘养的。"张现金气鼓鼓地说。莫望芝却骂开了："王八蛋，自从跟了你，哪一天舒心畅快过。你算什么东西，流逛蛋！就那你妈还相不中我，我还不同意哩！大街上随便抓一个男的都比你强，谁都比你对我好！"莫望芝简直气疯了。张现金也终于失去了耐性，几乎是喊着说："好啊，好去吧你！"他抄起茶几上莫望芝草绿色的咖啡杯，一把摔到眼前的空地上，那塑料杯子点地即起，弹射到墙体高处擦着电视溅落到客厅中间，团团旋转着，如同张现金小时光着屁股卖力甩打的陀螺。张现金仍不解气，一跃而起冲过去，抬起皮鞋，张开胳膊助力，狠揣两脚，那塑料杯子如同车轮下的癞蛤蟆，四分五裂地扁在地上。还没等他回身，莫望芝就拉出了茶几下张现金一只落满灰尘积着茶垢的陶杯，奋力掷在客厅的地板上，那古朴的杯子结实异常，发出一声脆响，却只裂成了四五块，残破的瓦片一般趴在客厅中央。张现金一股火气直冲头顶，扒开柜子，抄起瓶白酒，一把甩在客厅墙上，那酒瓶直飞过去，好似一枚白色的手榴弹，触墙发出空洞的破碎声，瓶渣伴着酒浆四散飞溅，一点冰凉的东西溅落到莫望芝脸上，她吓了一跳，赶忙伸手去摸，却是一滴晶莹的白酒。辛辣的酒香四散开来，酒瓶将白色的墙体砸出一个瓶底印儿，以此为中心，溅射出一个扇形的湿痕，清亮的酒水顺着墙壁明晃晃而下，形成一条条水流。莫望芝悲鸣一声，弹跳起来，拔开张现金，伸手抓住了一瓶红酒，扬手高高举起，在头顶停顿片刻，伴随着一声清脆的炸响，酒瓶如一枚高空坠落的炸弹，在客厅中间开花，红色的酒浆如同鲜血爆裂开来。张现金低吼一声，如暴怒的野兽冲向厨房，抱起那摞刚刚洗好的碗盘，大喊一声："都摔了吧！"用力举起，掷在地上。碗碟颓然落地，发出轰然鸣响，如同荷叶上四散滑落的水珠，四分五裂成瓷片依着地面滑向客厅的墙角边。张现金自己也被这轰响吓了一跳，他已经昏了头了。莫望芝发出绝望的哀嚎，跳过满地的玻璃渣杀向厨房，张现金闪开道儿，心中忐忑不安，客厅中间，红酒浸泡着青色的玻璃碴儿、白色的瓷盘底儿，一片狼藉，好似杀人现场，他一时觉得有些恐怖，莫望芝已经举着明晃晃的菜刀冲出来了。张现金心中一紧，就近抓起一个抱枕，惊恐地避到卧室门口。莫望芝扬起雪亮的菜刀，目露凶光缓缓逼近，张现金身子一矮，那菜刀砍在了墙楞上，洁白瓷实的涂料碎了，落了张现金一脖子，他随即躲开。莫望芝似乎将那墙体当作了张现金，发疯似地朝着墙楞奋力挥刀，水泥、灰渣应声溅落，张现金一把冲过去，抱着了莫望芝，将菜刀夺过丢在地上，墙上已经留下清晰深刻的五条刀痕。莫望芝奋力挣脱了，冲到墙边双手扶墙，"啊——"的叫了一声，如捣蒜一般将自己的头用力撞向山墙，发出瘆人的咚咚声，张现金跳过去止住，莫望芝的头已经鼓起两个大包。张现金将她摁到沙发上，莫望芝嘴唇哆嗦双眼紧闭，奋力转身，右手用力一推，锋利的指甲扫过张现金脖子，一阵火辣辣钻心的疼，他伸手一摸，已经出了血。莫望芝双手抱头，悲怆地如丧考妣，令张现金惊悚不已。哭声充斥着房间，让张现金艰于呼吸，无法停留片刻。他起身环视屋内，冷漠地看着一地狼藉和恸哭的莫望芝，叹了口气，抬脚向门口走去。皮鞋轧着碎玻璃发出尖利刺耳的叫声，莫望芝哭声加剧，如雷滚过，令张现金胆战心惊。他闪身出去轻轻将木门带上，就在合上防盗铁门的一霎那，屋内莫望芝发出一声嘶哑如汽笛般的嚎叫："妈呀——杀了我吧！"

2

火锅店内热烘烘的，莫望芝调出手机里的游戏，只有赛车和俄罗斯方块。她很擅长俄罗斯方块，平日里在电脑上玩时打得手指飞舞，旁观的人简直眼花缭乱。今日可能是手机键盘小的缘故，积木似的方块很快就把屏幕堆满了，上面显示出一个嘴角向下哭丧着脸的头像，玩了几盘，她索然无味地将手机撂在桌上。火锅店大厅的一面墙上，是一副瓷砖拼就的巨型彩色图画，莫望芝将眼镜斜了角度，那图案于是看得更加清楚了。画面有些怪异，是一个漂在外太空的飞船，可是却破旧如一座会飞行的废弃钢铁厂，林立的烟囱在飞船顶上冒烟，飞船肚子上印着一个油漆斑驳的五角星，右前方被挖去了一块，如同莫望芝在讲解圆球体积时画的显示内部结构的剖面图，里面可以看到正在工作的活塞和弹簧，以及光着脊梁，肩搭毛巾，端着铁铲往熊熊燃烧的炉膛内填煤的工人。这飞船烧煤么，莫望芝奇怪地想着。飞船上方是一个巨大的直升机旋翼，却并没有转动，因为可以清晰地看到那生了铁锈的叶片，上面写着一九五八，高高地擎在大小烟囱的上方。飞船的肚子下面是两个硕大的螺旋桨，那是军舰或者潜艇才会用的啊，莫望芝在张现金买的军事杂志上看到过，而那飞船的后部却是一个舰船甲板一样的开阔地，上面整齐地摆放着八张桌子，有的是两个人，有的是四个人，还有的圆桌坐了八个人，他们无一例外地围着热气腾腾的火锅吃得满头大汗。弄了半天是在做广告，莫望芝无声地笑了，这还不如将招牌菜拍了照片贴上去，或者弄些古人吃火锅的诗题上，亦或将名人来此吃饭与服务员的合影装裱上去，可是宛城这小地方怕也没有多少名人来啊。莫望芝仔细看那大厅却发现，厅里也是两人一桌、四人一桌吃得热火朝天，这不与那画上的一样么。再一对比，画上的都是古人，长袍大袖，束着头巾，还有小孩绕在桌腿边玩儿，这火锅店里可是现代多了，但还是那画上的有生活情趣。可是，我恐高，在那茫茫太空里吃火锅，总要担心着飘走或者掉下去怎么办，莫望芝胡思乱想着，可这画又有什么意思呢，她想不明白。

莫望芝把眼光移到墙下的中年男子和小姑娘那里，胖子湿漉漉的头发垂下几缕搭在额头上，他不得不间或就用短粗的胖手指梳子一样将它们捋到脑后去，那男子吃得满脸通红，不停用餐巾纸揩抹额头上的汗水，一会儿面前就堆了白花花一片。越胖越爱吃，莫望芝更加坚信这句话。那胖子吃得浆水四溅，满头大汗，对面妖冶的小女孩嘴巴噙着筷子头，只有趁男子吃菜的当儿才从锅里夹一点儿，仿佛一只从老虎嘴边偷食的秃鹫。男的吃完了锅里的肉，吧唧着油漉漉的嘴片子，然后猛扯两张餐巾纸，蒙到橘子皮一样的鼻头上，带着哨音擤了一把鼻涕，这才心满意足。男子与小姑娘说了句什么，小女生又夸张地笑起来。胖子于是从皮包里掏出一个金灿灿的大手机，罩在耳朵和嘴巴边便再也没有离开过。他们的邻座是三男一女，桌上摆着七八瓶啤酒，脚底下已经空了十来瓶，火锅已经熄了，三个男的醉眼迷离，面红耳赤地争论着什么。女人很漂亮，细长的眉眼，瓜子面，染着红色指甲的手指姿势优美的夹着一支香烟。三人吆喝着举杯，用力撞到一起，各自扬脖，按在嘴上一口气喝干了，还不罢休，又将空杯子翻转过来，看谁喝得干净。结果女人对角的黄头发小子杯中滴下一串泡沫，又被罚了一杯。黄毛赌气似的又喝干了，掼了杯子，双手却捂着脸趴在桌上哭泣起来，另外两人慌了，摸头掰手地解劝着，女人却不干了，疾言厉色地说着什么，一口浓烟喷过来，黄毛的头颅顿时被烟雾笼罩着如同着火了一般。黄毛直起身，单手干洗了一把脸，女人抓来一瓶酒，张开洁白坚硬的牙齿一口咬掉瓶盖，先将自己的杯子倒得白沫四溢，又给黄毛满上，扬脖自己一口先喝干了。一缕稀松的泡沫从嘴角溢出，顺着美丽的颈子流下来，黄毛也干脆地喝完了，女人用纤细的手指拍了拍黄毛的头，四人复又有说有笑起来。

莫望芝不愿看到厅堂中央靠近隔板的那个位子，却又忍不住去看，那里今天坐着一家三口人，父母三十多岁，孩子只有五六岁，欢快地爬上椅子让父亲夹口菜，又费力地下来，跑到对面再让母亲喂口水。男的似乎是个文化人，带着眼镜，不停抽烟，只是消瘦得厉害，目光却是亮亮的，女的背对着莫望芝，看不清面目，却也是带着镜子，染得有些枯黄的头发在脑后挽成一个漂亮的髻。那父亲给妻儿箝了食物，随后不停往锅里添菜，自己却只慢慢啜饮一杯橙黄的啤酒。女人和儿子的面前是果汁，那锅里慢慢炖着，腾起若有若无的蒸汽，夫妻俩很少对话，目光却都围绕着儿子。孩子正是泼皮的时候，要么仰头大张着嘴巴，等母亲夹来煮熟的菠菜，要么脱了外衣，只穿一件红色手工小棉袄在过道上给父母比划着什么，于是便挡了服务员的路。那些擎着满盘菜肉的服务生小心避让着他，小男孩便被父亲拽回来，按在座位上，夹了菜给他吃，他却抱着父亲的啤酒杯要喝，被母亲喝止了，于是递过自己的果汁，小孩玩得满头大汗双手握着杯子大口喝起来。莫望芝一时看得有些感动，自己和张现金如果一切顺利，会不会也能这样。可惜张现金没戴眼镜，不是那男的，她戴着眼镜，也不似那女的，但毕竟他们都坐过同一张桌子吃饭，更何况，那是张现金第一次请她吃饭的位子啊。那时是五月，他们认识还不到一周，张现金听同事推荐约定了这里。他做完节目接上她赶来，却是晚了，已经没位子，那张桌子上的四个人吃完了，只是聊天赖着不走。张现金大步直走过去，站在四人边上等着，如同高耸的黑塔一般，桌上的人也感觉到了压力，没一会儿就起身离去。张现金冲她胜利地一笑，摆摆手，她几乎是蹦跳着过来了。就在那天晚上，两人确定了恋人关系。那时的张现金多好啊，那胜利的微笑，有些狡黠的霸道，她做梦都梦到过。莫望芝冥冥地想着，眼神变得呆滞空洞，嘴角露出了一丝不易觉察的微笑。

　　遇到张现金那一年，莫望芝还不到二十岁，正在宛城的师范读大学。这里的年轻人常常是耻于读本地高校的，再怎样也要考出去，去不了北京上海，哪怕换个省内其他城市的大学也觉得颜面上有光彩，仿佛宛城的大学是算不得大学的，只有那些高考分数太低，实在无奈的才被第三志愿录取到本地的学校，常常那大一暑假兴致最高的同学聚会都不好意思参加。莫望芝高中的学习还是不错的，只是家境有些不好。父亲在她小时因为工伤早逝，母亲所在的啤酒厂效益不好，她和姐姐莫希芝为了挣学费，暑假常常不得不跟着母亲批了啤酒推着三轮车到乡下去卖，放暑假前还又白又嫩，秋期开学时就黑得跟木炭一样，以至于长大了那黑劲儿还消不下去。靠着父亲的抚恤金以及微薄的工资，母亲将她俩拉扯大。莫希芝上到高二就下学了，自己在市里商场租赁了一个柜台卖内衣，快三十了还没嫁人。常年生活困苦，母亲染上饮酒的习惯，后来退休了，每月的工资多半用来喝酒，喝醉了就哀叹："一屋的妮片子啊！这家里连个耗子都是母的，啥时能来点阳气！"莫望芝上学比姐姐强，一直读到高三，预备高考报志愿了，她咨询母亲和姐姐的意见，母亲刚喝了酒，醉醺醺地说："我大字不识一箩筐，你上啥都行，只要不花钱。"姐姐低着头没意见，半天了却说："上了大学又怎的，找不着工作的二千五！现在什么不靠关系，咱家往上查八辈也没个当事儿的。"莫望芝一狠心，报了本地的师范大学，顺利被录取到数学系。宛城师范的数学学科是全国有名的。她的成绩原本能上重点大学，老师同学都替她惋惜，莫望芝则面带笑容地说："我这人独立性差，从小在父母身边习惯了，不愿离家，再说数学是我的长项，我觉得很好！"

师范就在城边上，但莫望芝不愿回到那个酒气熏天的家里，她选择了住校，反正不用花钱。她的大学生活与高中没有太大区别，只是改说了普通话，更清闲了些。她有时想，这中国的大学，就是个英语好些的初中生也可以混毕业的。莫望芝的相貌并不出众，在这遍地女生的师范学校里，男生反倒成了抢手货，她还没来得及将班里仅有的几个男生名字与人对上号，人家早就成双成对了。"肥水流了外人田啦"；"咻，那也算肥水，个个歪瓜裂枣，招生的老师一点不考虑我们的感受，这属于残次品大处理。"寝室里的女生们七嘴八舌讨论着，话题无外乎护肤品、男朋友。宿舍楼门口的黑影里，天天晚上成双成对地搂抱在那里依依不舍，甚至有些摩肩接踵，也不觉得互相影响，有的干脆就在路灯底下亲吻缠绵，莫望芝上自习回来常常觉得无法理解，这么难舍难分，难道明天就见不到了吗。那亲昵的场景反倒让她脸红不已，常常快步逃跑似的上楼来。偶尔说起来，宿舍的女生们与她一起跳脚忿忿地骂着，人家都心安理得在那里表演，我们为什么不好意思呢。可是刚刚进入大三，寝室里的女生们也都一窝蜂似的找到男朋友，抛却了矜持，一个个都搬出去校外租房居住。学校后面的村子里，原来的农家院都起了三四层小楼，盖成家庭旅馆，对学生长期出租，平日里比学校还热闹，女生们活动在那一带洗衣买菜做饭，过着居家生活，只有上课才偶尔回来。寝室里常常只剩下莫望芝冷冷清清一人。她不由得一阵苦笑，如今这恋爱着实也没什么可谈的。

莫望芝的女班主任是研究生留校，因为系里老师缺乏，她年纪轻轻就开始给大三学生上主课"高等数学"，但系里私下却流传着她是与副校长的儿子谈恋爱才被保送了研究生和留校的。"根子粗着哪！"她眼见过学生会干部谈论她时夸张的表情。莫望芝第一眼看到这个年龄比自己大不了几岁，却生得如同老妇女一样的女人就不喜欢，随后越来越不喜欢。老妇女的课要点三次名，上课一次，课间一次，下课前一次，出勤率占结业考试成绩百分之四十，她的课无人敢逃。每次上课，老妇女都将蚕一样的身子倚在讲台上，兰花指舞蹈般在眼前的空气中翻飞，甜腻的喉咙里似乎存放着一罐蜂蜜，挤出来的声音就像是在向老公发嗲，让人忍不住想喝水。莫望芝逢她的课就恨不得昏死过去四十五分钟，要么看小说，要么睡觉。看闲书不易察觉，睡觉却是女班主任无法容忍的。一次课上莫望芝正梦到吃洋槐花，原来教室外满树雪一般的洋槐花盛开了，甜甜的香气伴着春末夏初暖烘烘的气息飘送进来。"莫——望——芝，芝芝芝——"老妇女锐利的尖叫伴着同桌的胳膊肘，惊醒了酣睡的莫望芝，晶亮的口水顺着胳膊蜿蜒到课桌上，聚成一小滩，如同桐树皮割破后淌出的汁液。莫望芝条件反射地站起，嘴角的涎液顺着胳膊拔出一条蛛丝般细长的线，她一把抹去了。初夏的暖风从教室外高高的杨槐树上跃下，穿过带着钢筋的窗户，轻抚到莫望芝被胳膊枕红了一片的脸蛋上，钻进花格子上衣里面，不由得一阵凉爽惬意。槐花、梧桐花以及荷花的香味儿沁人心脾，一只灰喜鹊落到窗外一根繁花似锦的槐树条上，摆动了几下长长的尾巴，振翅飞走了。"莫望芝，你就那么困，半夜做贼去了！你说说我刚才讲的……"莫望芝就看到老妇女的嘴巴一会儿变成圆的，一会儿又成菱形，最后变成一条直线，她木然站着，觉得老妇女应该变成一只勤劳的小蜜蜂，趁着槐花盛开，飞到院子里的槐树上采那可口的槐花蜜，那嗡嗡声也会显得动听悦耳，没有这般的聒噪。"坐下吧，莫望芝吱吱吱！"老妇女戏谑着说。同学们一阵哄笑。"马卞长，你来回答。"班长马卞长是老妇女最喜欢的男学生，他的毛发旺盛异常，胳膊腿上生满茂密的体毛，但是走路说话却有些娘娘腔。体育课上四百米跑，马卞长姿势堪称怪异，脖子蛇着，头高高昂起，双肩紧夹，只有小臂和手不停摆动，硕大的屁股却撅着不动保持重心，很快就笨拙地落在了最后，连一贯严肃的莫望芝也笑喷出来，觉得那实在像一只怀孕的鸭子。坐在第一排的马卞长双手毛茸茸地支着课桌缓缓站起，神情严肃地转头，瞪着几乎没有眼白的眼睛狠狠看了莫望芝一眼，莫望芝立时明白了什么叫"剜了我一眼"。马卜长用与浑身毛发不相配的腔调一口气回答了班主任的仨问题，她满意地点头示意坐下，此后一节课就成了老妇女与鸭子一问一答的调情，马卜长不时被叫起，不停回答问题。下课时，老妇女非常开心地夹起书本走了。

女班主任虽然年纪轻，教学经验贫乏，但并不妨碍她有政治头脑。那时市里正宣传勤工俭学，她就将班里一个农村来的孩子树为家境贫寒、立志成才的典范，请市电视台来拍，张现金就是那时出现在了莫望芝面前。农村同学吴祖耀家里并不贫寒，他的父亲是南方某省山区里的一个村长，大一报到时，他一家人还开车一千多公里来送他上学，孩子是好人，只是笨了点，遇到闭卷考试就异常紧张，而且有些口吃，逢着问女同学借笔记还脸红。但女班主任选中了他。晚自习的时候，同学们被召集来配合拍摄，电视台来了一个男主持人和一个摄像记者，主持人的声音浑厚而有磁性，轻声问了几句话，那声音就仿佛钟声一般回荡在教室里。那个个头高高的摄像师就是张现金，和其他女生不一样，莫望芝一进门就注意到这个韩剧男主角一样的男人，他烫着花式的头发，上身一件休闲西装，下身一条缀满口袋的宽大裤子，大头皮鞋，扛一台黑色神秘的摄像机，一副面无表情酷酷的模样。班主任不知从哪里找来一件土气的运动服外套给吴祖耀换上，先是大家装模作样听她授课，吴祖耀圆滚滚的腰杆坐得小学生一样笔直，并不时低头做笔记，其实纸上什么也没写下。镜头前后左右围着他，平时羞涩的吴祖耀却并不怵这种架式，那主持人访谈时便称赞他有镜头感，吴祖耀憨憨地笑了。访谈的镜头拍完，主持人建议闭了教室的灯，点上两只白色蜡烛，让吴祖耀趴在那里翻看一本厚厚的英语字典。张现金展转腾挪，正面拍、侧面拍、仰拍，一番折腾下来，他四下打量一番，又爬上课桌，小心翼翼扎着两腿从后面俯拍，一只大脚就毫无顾忌地踩在了莫望芝的记录本上。翻腾了一阵终于拍摄完成，班主任开了灯，张现金下桌子时，不小心踢掉了莫望芝的笔记本，班主任赶过来拾起了，连声说着辛苦。莫望芝这才过来坐到位子上，掏出一张餐巾纸擦拭眼前的桌面，张现金看到了，扛着机子过来抱歉地说："对不住啊，把你书弄掉，桌子也踩脏了。"莫望芝抬头，淡然一笑平静地说："没关系。"却看见张现金脖子里的一条银色的十字架垂了下来，那脸面棱角分明，好似某个港台明星。张现金没了刚才冷酷的表情，笑着看了令莫望芝怦然心动的一眼，他的眼睛却扫过课桌上便笺本的封面，记清楚了她的名字。

　　主持人建议到宿舍补一组吴祖耀就着咸菜吃馒头的镜头，还叮嘱被子、床铺不要太新，不行就换一换，另外还需要一名同学谈谈对他艰苦朴素、刻苦学习的看法。班主任安排马卞长去收拾宿舍，便征求意见哪个同学愿对着镜头发言，众人都低头默不作声，尴尬间莫望芝高高举起手朗声说："我来。"女班主任意味深长地看了她一眼，宣布下课，出教室门时却拉着莫望芝的手低声说："望芝，配合一点啊。"莫望芝用力点了点头，一低眼却看到班主任低开口的上衣里胸罩荷叶般包裹着的一双鼓涌涌的奶。站在教学楼一层大厅的空地上，张现金把稳机子对准她，班主任紧张地站在一边，主持人手执话筒，提醒她语速比平日说话慢一点。莫望芝清了清并没有痰的嗓子略一思忖便开始说："我觉得吴祖耀同学的两种精神值得我们学习，第一刻苦发奋，第二理想远大。他虽然出身农村，但和众多条件优越的城市同学在一起，不比吃穿，不比花钱，只比学习。他刻苦钻研、发奋用功的故事在同学中间有口皆碑。古有凿壁偷光、囊萤映雪，今有吴祖耀苦学英语过六级，他充分体现了三更灯火五更鸡，夜点明灯下苦心，为中华之崛起而读书的精神。据说，他毕业后立志回到老家的山村执教，这种精神更令我们肃然起敬。吴祖耀是我们师大团结、求实、严谨、进取校训的集中体现，更是新一代大学生立志成才、报效国家的光辉典范。""好！效果不错，一遍过！"主持人撤了话筒，忍不住称赞说。班主任笑嘻嘻地附和："这孩子，就是口头表达能力好……去吧。"她笑着拍了拍莫望芝的肩膀，第一次称赞了她。

五天后周末的傍晚，下课铃声响起，学生的人流涌出操场边的教学楼，莫望芝汇入人群，走出楼门的时候，边上一群人围着糊满考研、四六级辅导班广告的宣传栏看热闹，她好奇地凑过去瞄了一眼，有人低声议论着："这也太夸张了！""勇气可嘉啊！"原来是一位男生写给暗恋女生的一封肉麻情书，公开表达爱意。信是打印的，估计张贴了不少份，纸的空白处有人用七歪八扭的字写着："已阅！""拟同意！""准奏！"莫望芝笑了，转身用力挤出人群，只顾低头看路，却不小心一头撞到迎面来人的怀里。那是一个宽阔的胸膛，干净的衬衫，身上还夹杂着轻微的烟味儿，莫望芝连声说对不起，一抬头却是张现金，他笑笑的，眼中闪烁着异样的神采。"是你，你怎么在这儿？"莫望芝激动地问，忍不住竟然脸红了，这是从来没有过的。好在她黑，也不甚容易看出来。"真巧啊，莫望芝，我来这边办点事儿，找个朋友，朋友没找着，却和你碰上了，也算找到朋友了，没白来。我叫张现金，张开口袋，收取现金。"他笑嘻嘻地说。莫望芝乐了，却有些诧异地问道："你怎么知道我的名字？"张现金得意地说："这有什么难的，据说你想认识地球上任何一个人，都不用超过五个中介者，更何况咱们本来就相识，这属于缘分嘛。"莫望芝淡淡一笑，毫不示弱地看着张现金，他脖子上的项链已经换成一串身份牌，粉红的T恤上印一个雷锋的头像，头像上绿军帽的五角星红得鲜艳欲滴。两人立在那里，仿佛溪流中间凸出水面的两块礁石，人群绕开他们，依旧来往穿梭。莫望芝脑子里很快搜索了一遍，恍然大悟地说："噢，我晓得了，吴祖耀，对吧！这个小员外！"张现金神秘地笑笑算是承认了，却软了口气说："人家不过是个村长的儿子，又没有选择老爸的权力，对不，再说祖耀同学人还是不错的，他只告诉我你是本地人，我很诧异，宛城还有你这样漂亮的姑娘。"张现金并没有说实话，吴祖耀其实口风很紧，他舍了两顿饭、四瓶二锅头才弄清莫望芝的个人情况、宿舍地址、上课和回家的规律。这是后来他才向莫望芝坦白的，但那时吴祖耀已经不知所踪，莫望芝也无心追究了。听着张现金的称赞，莫望芝清楚这是甜言蜜语，但却很享受，觉得张现金那调皮嘻笑的神情里，有一种夺人魂魄的魅力。"回家么？"张现金问，于是扬起手摇摇套在手指上的钥匙说："我的摩托车在那边，斗胆申请作护花使者载你回家如何？"莫望芝瞥见台阶下不远处路边一排凌乱的自行车中间，一辆车体硕大的黑摩托异常扎眼。她犹豫了一下，突然情绪有些低落，于是言不由衷地说："我这周要准备课程论文，不回家了，你还是等你的朋友吧。"说完表情木然地错身离开了，她敏感地觉察到张现金目的性太强，让她有些措手不及，再者，太容易得手，男人会不珍惜的，莫望芝的这些爱情理论全部来源于高中同学、宿舍女生的口口相传，以及言情小说的熏陶。她突然有些后悔，张现金如果再也不找她了呢，他要是追上来就好了，莫望芝转而坚信不听老人言，吃亏在眼前，她不敢回头显示出一丝留恋。

　　四天后的中午下课，张现金又出现在门口，莫望芝如释重负，从心底甜蜜地笑了，但是她却佯装没看见，被同学裹挟着走开了，一直到转弯，眼睛的余光中她看到，张现金一直看着她，依旧笑嘻嘻的。此后，张现金又多次出现在宿舍门口、自习楼前，莫望芝一直偷偷躲着。五月末的一天中午下起了暴雨，她和同学结伴自习，被困在教学楼里。雨渐渐小了，她才凑着同学的伞出了教室。暴雨将校园内的水泥路洗刷得异常干净，莫望芝的凉鞋踏过，只留下一个个湿湿的水印儿，但那足迹很快就被细密的雨滴打得踪迹全无，雨水汇成小溪沉浮着大杨树叶、小槐树叶，沿着路边的水槽流向低洼处的下水道口，偶尔一片枯黄的槐树叶被冲击到水流边，便紧粘在路面上，再也不走了。熙来攘往的女生宿舍门口被雨鞋踩踏得一片泥泞，莫望芝老远就看到张现金举着红色的伞站在大门口，旁边停着他的大摩托，他穿着浅蓝牛仔裤，雪白T恤，干净得如同一株雨后更显精神的白杨树。她低了头不知该怎么办，却不防张现金远远地就大声喊着："莫望芝，我给你送伞来了。"那女同学看见，知趣地说："我先走了。"莫望芝停住脚步，绵绵的雨滴飘落在她的头发、眉毛上，胳膊顿觉凉飕飕的，但雨很快停了，张现金将红伞高高擎在了她的头顶。"回家么？"他耐心地问。"嗯。"莫望芝温顺地回答。张现金揩干净后座上的雨水，将红伞递给莫望芝，他套上蓝色雨衣潇洒地发动着摩托车，排气管喷出好闻的尾烟味儿，突突的蓝烟震得后轮边的一洼水面起了皱纹。莫望芝跨上车，张现金揭开摩托前篓上的雨布，抓出一束花转身递过来，玫瑰的花瓣有些枯萎，有的还带着紫色的折痕，但却没有一滴雨。张现金在雨衣里说："送你的，怕水淋，结果又给捂着了。"莫望芝难为情地左看右看，一对男女忘情地站在马路中间的伞下亲昵地进行着中午告别仪式，几个上自习的女生谈笑着打饭回来，一个蓬头赤脚趿拉着脱鞋的女生目光呆滞地走出宿舍门，吊着两个水壶愁苦着脸去打水，马路上一个浑身湿透民工模样的男子骑着黑亮的二八自行车，不停鸣响铃铛躲避着行人匆匆赶路，没人在意莫望芝期待已久的幸福。她接过鲜花，沉甸甸的，于是紧紧抱在怀里，再也不愿松开。一滴雨从伞柄坠落，钻进她的领口，顺着脊骨，一直流淌到腰间，冰凉冰凉的。

初夏的天很快放晴了，莫望芝开始变得爱笑起来，那甜蜜的微笑如泉水不停从心底涌出。自从父亲的遗照挂上她家客厅的墙壁，她就很少笑了。"啥时候能来点阳气！"母亲喷着酒气绝望的话语回响在耳边，莫望芝坐在教室窗边五月的阳光里，看着窗外槐树的叶子渐渐变成深绿，一阵风来，洋槐花落英缤纷。远处煤渣铺就的开阔操场上，几个身着短衣裤的体育生正围着足球场跑道练长跑。略显刺眼的太阳下，那些裸露着发达肌肉的运动员们各个浑身油亮，脚尖过处，溅起一朵朵灰尘的浪花。讲台上，老师的嘴巴不停变幻着，那是女班主任滔滔不绝嘴角积攒着白沫螃蟹一般的嘴，那是大学英语老师涂了亮亮唇彩的嘴，那是高等函数老师一圈胡子的嘴，那是立体几何老师牙齿暴露、规律性咧向一边的嘴，那是张现金宽阔有力、褶皱如橘肉的嘴。莫望芝甜蜜无声地笑了，那一张张蠕动的嘴爆炸分裂，变成金光闪闪的阳气粉末，这粉末如细沙般簌簌落下，莫望芝仰面张开双臂收获着，心里的呼喊喷薄而出挣脱教室，在太阳下的开阔大草场上回荡：阳气，阳气，我要充足的阳气！

3

带棒球帽的男服务员从瓷盘里揭起一条面筋，于大厅里一桌客人面前的空地上站定，微笑着冲客人点点头，算是施了礼。只见他单腿抬脚猛一跺地，手持面团两端猛然发力，面筋如弹簧般迅速拉伸，随即遽然上抛，面条好似弹性十足的皮筋向上升腾，成了一张弯弓，小伙儿双手一抖，那面筋又向下反弹，已经长了一半。他双腿弯曲，单手扬起划了个弧线，面筋就飞绕到身后，小伙儿如同打太极一般稳定下盘，双手前后舞动，面筋好似白色的长蛇在近身两寸左右上下翻飞，又如一条银色的小龙绕柱上下游走。男服务员的身子也渐渐软如面条，面筋从他的腋下钻出，擦着帽沿儿窜过，下面双脚还跳起霹雳舞，一时犹如在光洁的地面上滑行，其实只是在一米见方的空地上打转。众人连声鼓掌喝彩。一位手持长嘴壶负责添汤的伙计躲着表演者迤逦而过，那小伙儿瞅准机会，扬臂抛出面筋，从头顶将那伙计圈在其中，那人缩手缩脚立在空地里动弹不得，笑声四起。小伙儿表演得高兴，撤回面筋，索性斜身倚在伙计的背上，手持水壶的服务员弯腰嘻笑配合着，面筋越来越宽，在小伙儿的胸前头顶翻腾，有人吹起了口哨。那小伙起身放走伙计，收了恶作剧，面片飞舞在他的头顶，犹如一条转在空中的长绳。小伙儿瞅准桌上的女客，双手投送，那油亮亮的面绳几乎脱手远远飞舞到女客人头顶，她们一片惊呼，那面筋迅即又被收回到小伙头顶，再一送，又准确地飞舞到另外一个女客人坐位上空，又是一阵赞叹。时机已到，小伙两步凑近点面客人的桌子撤回长面片儿，借着面片弹回的力道稳稳捏住面筋中央，分手白鹤亮翅般一披，面筋在空中划着优美的弧线被扯成薄薄的两片，众人眼花缭乱间，小伙的手已经稳稳定在火锅的上方，轻轻一低手，筋道的扯面被准确放入锅中，不溅起一点水花。一片稀落阑珊的掌声中，小伙儿抱拳如街头卖艺般结束了表演。

等位子的客人都已落了座，火锅店里正是最忙的时候，一支支蒸汽柱子升腾在厅堂里，莫望芝觉得别人的桌台上热闹如夏天，自己这个角落里却冷冷清清，如瞎了火的灶台，好像窗外的冬天一般。她低头去喝水，却发现杯子也见了底儿。看看表，差两分七点，她扬起手，一个伙计看见便小跑过来，扫了一眼对面的空位子彬彬有礼地说："请问有什么需要？"莫望芝说："点菜。""好咧——"伙计悠扬地答应了一声，随即喊道："十九桌点菜！"最初招呼莫望芝的瘦服务员拿着纸笔就赶过来了。莫望芝翻看着菜谱点了一个鸳鸯锅，两个麻酱调料，一盘牛肉，一盘羊肉，金针菇、木耳、菠菜、腐竹、鸭血、牛骨髓、土豆、冻豆腐各一盘，烧饼两个，酸梅汤一扎。"两个人的量多吗？"莫望芝抬头问。"差不多了，不够您再添。"服务员用圆珠笔点着划过勾的单子，头也不抬地说。"好，菜这就上吧，你再给我续杯白开水。"瘦服务员撕了一张底联放在桌上，很快端来一杯热气腾腾的开水。

　　窗玻璃不知何时又锈上一层雾蒙蒙的水汽，外面什么也看不见了。莫望芝扯了两张餐巾纸几下揩出一个扇形。对面昏黄的路灯下，开会般聚集了三辆三轮车。新来的仍然是个中年人，只是干瘦得厉害。他戴着鸭舌帽和护耳，一副自制的棉手套用布绳连起来吊在脖子上。他言辞激烈地讲述着什么，双手抄在一起，悬在腰际一高一低两个布手套也给带得左右摇晃不止，另两个人呆呆地柱子一般立在那里弯腰倾听着。站台上是一对年轻的夫妇，女的脸上糊着口罩，只露两只骨碌碌的眼睛在外面，男的头上趴着一顶软软的绒线帽子，将头包得圆圆的。公交车终于过来了，却似蜻蜓咬尾巴一样，一前一后来了两辆，第一辆人挤得满满的，后面一辆简直算空的，两人犹豫张望了一下，仍是挤上第一辆车。破旧的车门放出一个响亮的屁就关上了，后面的公交车连门也懒得开，两辆车又一前一后开去，乍一看，还以为后面的车坏了，前面的车在拖着它走。两辆公交车火车一样开走了，站台上一下变得空荡荡，三个三轮车夫怔怔地看着，聊天短暂停顿了一下，那棉手套很快又找出新话题，这次双手张牙舞爪地比划着，一副武松打虎的模样，另外两人听得大张着嘴，连点头附和的机会也没有。这人话真多，简直就和张现金一样，手捧热茶，莫望芝心里想。

张现金到来的标志是悠长而有节奏的口哨声，如同校园早晨的鹪鹩叫一样，不管在哪里，水房、宿舍还是隔壁的寝室，莫望芝总能从蝉鸣、自行车铃铛响、电线杆上喇叭里放送的广播体操、宿舍电脑音箱里的歌声等噪音中及时捕捉到那寓意简单的欢鸣。她会扔下一切冲到窗边拔出插销推开窗户探出头，张现金往往就在女生宿舍楼后的梧桐树下，双手插在口袋里无聊地来回散步，时不时望向这扇窗户，黑色的大摩托歪在路边。看到她，张现金弯手一扒，作个下来的手势。莫望芝恨不得会轻功飞身飘下来，她歉意地挥下手，用力点点头，几分钟后便冲下了楼，这中间她换好衣服、抹完脸，还给厚嘴唇涂上一层淡淡的彩膏。张现金已经骑在摩托车上，看到她便用力一旋手柄，尾气管喷着急促的青烟，这是等得不耐烦的迹象。莫望芝加快脚步，心里却是喜不自禁，男人等女人，天经地义。刚刚跨上后座，搂定张现金的腰，摩托车就轻盈地滑翔出去。地面流淌在脚下，路边粗大的梧桐树一棵棵被抛在身后，莫望芝好像坐在滑梯上，她就是家里镜框中那个扎着羊角辫、眉心点一粒朱砂痣甜甜笑着的小姑娘。

出了校门进入市区，走街穿巷，张现金载着她来到中心市场的熟食一条街上。已是下午四点，狭窄的街道两边一溜的酱色和金黄，足有二三十家熟食店。行人来来往往，白发的老太太左手提着一小捆青葱，右手攥着挂在胸前的大门钥匙，晃悠悠茫然地看着路边玻璃框内的各色炸食。早下班接孩子的男人扎好了自行车，将后座椅里的孩子抱起，靠近油腻腻的橱窗问儿子吃什么，孩子流着口水，口齿不清地说果果，却指着油汪汪刚出锅的花生米。带着眼镜的父亲说，乖乖，你咬不动那个，咱吃鱼好不好。儿子把手指放在水津津的嘴巴里说："如——如——"父亲一手抱紧儿子，一手指着没刺的黄辣丁让老板热两条。热油的香气充斥在街道上，摩托车走得越来越慢，每一家店的门前都围着三三两两的食客。写着"熟食"的玻璃橱窗内，橙红的虾米堆得小山一样，焦黄的鲫鱼翘起尾巴翻着白眼，刚撒上盐粒的花生米啪啪爆响，中午剩下的鸡翅则皱巴巴地趴在铁盘里，一排排金黄冒油的烤鸡在热烘烘的烤箱内旋转翻腾，滴下橙黄的油脂，酱色的板鸭被一剖两瓣挂在钩子上，下面的案板上扎着硕大的砍刀，门面前翻腾的大汤锅内，猪头脸在汤汁里浮沉翻滚，油晃晃的熟食街映得行人脸上都油亮亮的。张现金短促地鸣响喇叭，缓慢移动着。一个衣衫褴褛的乞丐身背一把胡琴，挂根肮脏的拐杖，看着光膀子的板鸭店老板忙碌着，嘴角吊着烟卷的胖老板喔喔几刀，将半只板鸭剁成七八块，扯下一只白塑料袋捻开了，扬手灌满空气，贴着案板一抄，就将板鸭全部装入，浇上芝麻汤料，递给买主，收下二十元钱。这乞丐看人走了，才凑过去不停作揖，面无表情地嘟囔着："恭喜发财，恭喜发财！"老板眼也不抬没好气地说："怎么又是你，昨儿不刚来过，走吧走吧。"老乞丐不依不饶顽强重复着恭喜发财，胖老板拉开抽屉翻了翻，捏出一张脏兮兮的绿色两毛钱递给他说："走吧走吧，我一天累死累活，算是给狗剃个头，人家玩猴的来了，还给表演一下，你就这一句说词，也不换换，去去，挨门那烧鸡店老板有钱。"乞丐伸手接着钱，点头如啄米，口中仍然念叨不停。邻家光头的烧鸡店老板已经听到了，放下二郎腿站起来朝这边骂着："板鸭，你狗日的，就听你那案板咣咣响，一会儿就卖出去俩了吧。老子后响还没发市，这一堆鸡子眼看要死我手里，要饭吃你别过来，到我这儿毬毛没一根。"那乞丐塌蒙着眼依旧蹩过来，拱手作揖后嘟囔着恭喜发财。光头老板从缠在腰间鼓囔囔的钱包里抠出一沓钱，从中抽了一张五毛的递给老头说："你这一天下来也不少挣啊！"老乞丐讪笑着，依旧说着恭喜发财转向下一家。

摩托车在"武氏卤肉店"的红字招牌边停住，门店前是一副长长的肉架，不少人提着竹篮、袋子围在那里。一个凶悍的女人手持尖刀，用力破着吊在架子上的半扇猪肉，一时砍得骨屑乱飞，人群不由自主向后趔了一步。张现金放好摩托，拉着莫望芝进了店内。三间门面如同凉棚一般，与后面的小院打通了，店内摆满板凳长条桌，那是供吃卤肉的客人坐的，店内很干净，不似有些小饭铺满桌油腻、一地餐巾纸，简直无处下脚。后院颇为宽敞，靠西墙整齐垛着胳膊粗的木柴，院子东北角筑起一口大铁锅，高高的足能盛下一整头猪，一位老者站在灶台边，手持一柄大铁钩漫不经心地翻着沸腾汤汁里的肉块。张现金拉着莫望芝参观了一番说，你不知道吧，这家卤肉店是这条街上最出名的，一天可以卖出五头猪，武家兄弟三人都干这个，一人一个店，但还是中心市场这家人最多。他们在城外还有一个养猪场，里面的猪都是自然生长，出栏的猪专供自家店，猪头、下水做卤肉，正经货放在门前的肉架上售卖，从早到晚流水一样不断人。有人开玩笑说，你们家姓武一天卖五头猪，你要姓万这条街上的铺子还不都得关门。莫望芝笑了，"他们家最好吃的是猪头脸和心肺，猪蹄也不错，你想吃点什么？"张现金问。莫望芝并不觉得饿，便说，你吃吧，我看你吃就饱了。张现金笑笑，对着老板喊："心肺好了没？"炉灶边留着山羊胡子的老者看了他一眼说："来得正是时候，稀烂。"张现金说："来半片肺叶，一只猪蹄，给剁碎了。"老者抄起一个铝盆，钩子钩中一双褐色的肺叶，扔到盆里，又来回翻检几下，拔开几只猪脸，钩中一只猪蹄。热气腾腾的盆子端至店内，老者称了分量，将肺叶放于案上，几刀切碎了，拿过一个大海碗套上塑料袋，将肺叶抄至碗中，那猪蹄又换了一柄厚重的刀，剖成四牙儿，也装在碗内。张现金付出二十元钱，抽了两双筷子，二人在条桌前坐下。"给你买了猪蹄，吃这个美容，我吃心肺，你尝尝。"张现金说。莫望芝却夹了片肺叶，味道确实不错，有股中药味儿，但却软软的，她并不爱吃。张现金一筷子下去就是七八块儿，吃得嘴上油漉漉的，口中的还未咽下，第二筷子又补充进嘴里。"你吃啊——"他鼓动着腮帮子透过肺叶碎片的缝隙说。莫望芝犹豫一下，用筷子夹住一块猪脚尖，小心翼翼咬了两口，始终担心筷子夹不稳要掉下来。张现金得意地笑了："你那吃法太秀气，到这儿就要野蛮一点。"半碗肺叶张现金风卷残云吃完了，莫望芝揩了嘴巴说："你把猪蹄也吃了吧，我是一点也不饿，这家的味道的确不错。"张现金说："算你识货，我小时候最爱吃这个，那时家里穷，半月的零用钱才能攒一块，偷偷跑去卤肉摊儿上，理直气壮学着大人的口气说，来一块的。卖肉的钩出半块来，咔咔切完，撕半张报纸包着，那时也不嫌脏，真是无上的美味。"张现金享受的神情让莫望芝羡慕不已。他下手啃着猪蹄眼皮也不抬地说："那时，我有个小伙伴外号叫猴子，他家开着食堂，在我们那一片儿算是最有钱的，猴子天天大鱼大肉还特别馋。他也爱吃猪心肺，我们俩常常约上一起去买，他每次掏出的都是印着炼钢工人的五块钱，雄赳赳地说，来一斤！而我只有印着割麦拖拉机的红色一块钱，那时最大的梦想就是，啥时也可以尽情地吃上一斤就幸福死了。猴子初中没毕业就辍学，他买了一辆大货车跑长途运输，后来出车祸死了，我难过了很久。后来每次吃肺叶时，都会想到他，想起我们俩站在卤肉摊边，用报纸裹一包心肺狼吞虎咽的场景。莫望芝想着那幅图画便没说话。张现金将桌上成卷劣质的卫生纸几下扯了老长，团成一团抹了嘴巴又移到鼻子上擤了把鼻涕然后抛在地上，又觉得似乎没揩干净，反复去摸，鼻子都起皮红了。莫望芝却看到他的门牙缝里卡着一截白筋，自己呲了牙，伸手指了指。张现金两个指头钳子一般夹着那一团白筋扯出来，顶在指甲盖上用力一弹，那团白物一下飞射到墙上，粘在那里摇摇欲坠。莫望芝扭头瞥向门外，马路斜对面是一家鲜鱼店，门口水池里制氧机吹出一连串的泡泡，青黑的脊背在浅水里游来游去，一条筷子长的黑鱼突然一跃而出落到马路上，无助地弹蹦几下，裹了一身肮脏的灰土，趴在行人脚下，好像一只灰不溜秋的老鼠。

莫望芝并没有向母亲姐姐透露张现金的存在，更不愿跟张现金多讲自己的家事。她不愿回到那个到处是酒瓶，好似废品收购站一样的家里，没课时，她宁愿去姐姐的内衣店帮忙。一日，姐姐一边往胸罩里塞海绵垫子一边瞄了她一眼说："你也该减减肥了，大学还没毕业就胖成这般样子，以后结婚生孩子了还怎样，新来的塑身内衣效果不错，你寻个号拿一套去穿，还没结婚哪！"莫望芝羞愧地霎时涨红了面孔，偏过脸生气地说："学校营养好，也不操心嘛！"于是气鼓鼓地回去学校，对着穿衣镜照了半天，恨不得将自己的肥屁股对着墙撞进去，但此后她就一连半月未去姐姐的店面。

有一日，张现金下班来叫莫望芝说，台里一位做美食节目的同事送给他两张西餐券，可以免费吃西餐。莫望芝撅了嘴巴，不情愿地说，我还吃啊，我都胖成这样了，你那肚子也跟怀孕仨月一样，也该减减了。张现金却说："吃是热爱生活的表现啊，人一天要花多少时间在吃上，要是当成应付差事该多痛苦啊。"说着拉起莫望芝就走了。西餐厅在市中心一家商场的一层，推门进去却很幽静，找了靠马路的位置，刚落座服务生便很有礼貌地过来了。张现金出示代金券，要了两份新出的套餐。"你怎么知道他们新出了牛排，是不是常和同事过来吃啊。"莫望芝问。张现金眉开眼笑地说："我这个人嘛，凡事都喜欢研究——逗你玩儿，那门口张贴了新菜的广告，我进来时扫上一眼就记住了。"莫望芝做了个鬼脸，转头看向窗外，一个头发乱糟糟的年轻人弯下腰在人行道上系鞋带，却是先将绑好的鞋带拆散了，又慢吞吞地绑上，眼睛却贼溜溜四下窥探着，突然从怀里掏出什么东西左右开弓飞速往地上啪啪拍了几下，起身没事人一样混入人群走了。莫望芝探身看去，那人刚才蹲过的地方已经贴下几张办证广告，膏药一样粘在地上，再仔细看那附近的地砖上，踩脏了的、被鞋底磨破的办证广告，雪花一样满地都是。

餐盘上来后，张现金一口气喝干了甜饮，随即叫回还未走远的服务生再来一杯。男服务生看了他一眼，接着杯子走了。"这甜水可以续杯的。"张现金解释着，飞速地吃开了。莫望芝看着说："慢一点儿，没人与你抢。"张现金不好意思地笑着却并没有放缓速度，塞到嘴里的面包屑就挂在了胡子上。莫望芝忍不住说："你的胡子也该清理一下，野人一般，显得颓废。"张现金说："这还不是因为天天晚上熬夜赶节目给折磨的，可是你不觉得我这样留些细细的胡渣子很显成熟吗？"莫望芝做了个呕吐的表情说："算了吧你，二十八岁的老男人，早就熟透了。装扮那么成熟，难不成想去吸引你们单位那些中年妇女吗。"张现金说："她们啊，按照我哥们儿的话说，全部属于猪不吃南瓜类型的。在我们的眼里，他们纯属介于男人和女人之间的第三种人。女人啊，过了四十岁，就属于自然灾害。"莫望芝却生气了："那我还不是会过四十岁，你咋狗嘴里吐不出象牙呢。"张现金知道自己太张狂了，连忙赔罪说："你不能跟她们比，你在我眼里永远十八岁。"这时的献媚就显得虚伪，看着莫望芝还木着脸，张现金装作可怜的模样皱眉说："我错了，小芝，咱好好在一起不生气好么。"莫望芝听到这句称呼就立时心软了，眼里射出慈母的光芒，于是将自己盘里的牛肉铲给张现金算是原谅他了。张现金撤去脸上的楚楚可怜就又变回嬉皮笑脸，说："我对你还不够好吗，我那些个同学朋友，个个出去花天酒地，我是什么样你还不清楚。我给你说，就我一个栏目的卜邺，又瘦又高，他爷爷是个老干部，大草包一个，找过的女朋友算盘珠子都打不过来，上一次跟我说，我谈过的女友里面，有交警、电台主持人、小学老师、医生、饭店服务员……我说，你小子三百六十行，还有什么没找过。他说，那一回我看到师范大学里有外国人，想着啥时找个外国女的。"莫望芝噗哧给逗笑了，张现金得意地靠在椅子上，摸着肚皮，随即又趴过来说："我还有个初中同学，后来做生意发财了，专好找那护士学校的小姑娘，有同学跟他住一个小区，回回碰见车里的女人都不一样。"张现金说着将一块切光了肉的骨头含在嘴里吮吸着。莫望芝警惕地说："你可不许学他们，否则我切了你。"说着，摸起放着寒光的餐刀挥舞了两下。"你放心，我全属于你，从灵魂到肉体。"张现金嘻嘻笑着，莫望芝不好意思地四周打量了一下，胳膊上忍不住生起一层鸡皮疙瘩。

莫望芝的母亲依旧是日日醉，家里阳台上的酒瓶一月便需卖一次，收费品的一个老头也不要打招呼，每到月底就自动来敲门，那一堆空酒瓶基本可以换回两瓶二锅头。母亲对酒的依赖已经达到中毒的程度，每月发了退休金，也知道买米买油，这要用去一半，剩下的先买一瓶好酒，喝完再买差一点的，钱少了就买劣质白酒，最后一直到喝那兑了水、寡淡无味的散白酒。母亲喝醉了就骂老伴，死东西啊，撇下我们孤儿寡母自己吃独食享福去啦。骂完了还唱，以致于莫望芝有时也不知道她是在唱还是在骂。一天莫望芝回家，敲门无人应，她自己开门进去，母亲照例又喝醉了，窝在客厅的那把竹摇椅里打盹，花白的头发蓬乱着，睡梦中还皱着愁苦的眉头，生满皱纹的眼皮垂耷着，嘴巴微张，翻着红润的嘴唇，那脸颊红扑扑的，好似一个婴孩。母亲的双手搭在胸前，手里攥着一支绿油油的貔貅，那是她在玉器市场买的，因为玉还嫩也不值钱，给姐姐买的是副镯子，她不屑于戴，早已不知扔到哪里，母亲却很珍爱这块石头，天天握在手里，抚摩得顺滑溜光，似乎养得比先前更绿了。莫望芝心中不由得生出一丝暖意，她悄悄下楼给母亲买了两瓶二锅头，轻轻放在茶几上。母亲却醒了，嘟囔着："死妮子，鞋步之地没事儿也不回来。还没出门就这样，出了门我看以后难喝你们一碗浆面条。"莫望芝却不生气，拉张矮凳子坐在边上，摩挲着母亲软乎乎的手说："说什么呢妈，等我明年毕业挣钱了，天天给你买二锅头喝。我姐人家还不是三天两头给你带下酒菜。"母亲美滋滋地说："就会说好听的。小时候你看见汽车在公路上跑，就说，妈呀妈，我长大了开小车你好坐。我说中，这眼看就要进火葬场了，小车影儿还没见呢，就会白话我。"莫望芝说："别瞎说，妈，我可要你长命百岁，将来我嫁个有钱人，天天让你喝茅台。""嗯，天天喝茅台，我见见那瓶子就心满意足了。"母亲。莫望芝心里一动，想了想说："妈，我处了个男朋友，改日给你带回来看看。"她母亲登时清醒了一半，抓着她的手说："哪儿的？家道怎么样？""电视台的，父母是市政府的干部，都已经退了。他人长得高高大大，家里还有个小妹子。"莫望芝说。"哪天我在边上溜溜地看看，你不吭声，别给人家说那么多咱家里的事儿。

你要他个生辰八字，我回头找单位的书堂给你俩算算，他天天研究周易，屋里挂着八卦，都说他算得准，结婚找他掐日子的，最后都生了男孩。这单位里红白喜事都找他，一年那礼钱吃多少。"母亲关切地说。莫望芝笑了："算啥呀，现在谁还兴这个。""咦，死妮子可不能不信，你表哥和嫂子属相相冲，不让他们结婚非结，没两年还不是离了。准着哩！"母亲有些急了。"好，听你的还不行吗，等我过些日子问问他。"莫望芝说。"对你怎么样？人实诚不？"母亲问。"人没得说，个子高我一个头还多，牌面好，嘴还能说，一口气讲一个小时不打隔顿，死蛤蟆能说出尿的，在一块我老插不上嘴。"莫望芝说。"咦，好马长腿上，好人长嘴上，男的能说了好，那是当领导的料儿，小时让你们吃了多少鸡头你们也不会叨。"母亲高兴得脸蛋愈发红润。莫望芝摸着母亲手中光滑的貔貅，无声地笑了。

再见张现金，莫望芝就注意他的嘴，紧抿着平塌塌的还有些凹陷，一点儿不像吃多了鸡头，那应该是凸出小鸟儿一样的嘴才对，可见这老话儿也不一定都应验。张现金要带她去吃大鱼头，说："江西一个老板来这里开了一家鱼头店，花费半年时间才打出名气，最近生意特别火，据说这鱼全是从丹江口水库运来的，活鱼现杀，店里主打鱼宴，其中以鱼头最为著名，电视台的同事不少去吃了，回来便赞不绝口。"两人按照地址赶过去才发现店面很偏，但是生意的确不错，还未到傍晚门前便停满了车。果然是家特色饭店，迎门就是一个硕大的鱼缸，里面游弋着两条半米长的红尾巴鲤鱼，店内仿佛水族馆一样，座位之间的隔栏中也养着一些小鱼，在氧气泡和水草之间升降起伏，屋内装饰得好似龙宫一般，就连桌上的碗碟上也印着鱼化石的图案。张现金点了大鱼头，还要再叫，服务员却礼貌地打断了说，两位一只鱼头就足够了，还会送宽面片，伴在鱼头的汤汁内就是主食。随后又送来自家酿制的淡米酒当饮料，莫望芝啜饮一口，味道醇厚，缠绵悠长。鱼头很快上来，足有小盆子大小，肉嫩而少刺，鲜香扑鼻，无半点土腥气，放眼望去，却未见得什么调料。张现金吃得飞快，筷子穿梭往来于鱼头与薄嘴片子之间，莫望芝看着他，觉得好像一头粉红色的小猪，在与兄弟们争抢那刚刚倾到食槽里的热麸子，反倒生出几分怜爱。鱼头很快只剩下一具空荡荡的架子，吐噜进一根长长的面片，喝下几口咸汤，张现金这才如梦初醒，回味无穷地用筷子钳起水泡似的鱼眼睛放到嘴里，这才话多起来。他说："晓得吗，我们领导最近改走清纯路线了，穿着一身泡泡袖连衣裙，上面全是小碎花，焦黄的头发又染黑了，整整齐齐梳在脑后，背后看像个小姑娘，迎面一看又是满脸的褶子，正经应了那句话，后看想犯罪，正看要自卫。办公室的几个女人一见她，急忙拥上去扯着衣服说，唉呀，你好漂亮，好像新来的实习生一样。她乐得眼角的皱纹攒成一束，面颊上的遮盖霜扑簌簌往下掉，走路都轻盈了许多，在办公室里飘来飘去，见谁都乐呵呵的。临近下班时，一个电话将她打回原形。幼儿园老师来电话，她女儿与同班一个小男孩打架，反倒把别人的脸给挠破了，人家父母不依不饶。她一听立即变回母老虎，吼得办公室里人人噤若寒蝉，一日经历夏冬两季，大家都瑟瑟发抖啊。"莫望芝笑了，张现金又说："人家说，三个女人一台戏，我们办公室里一个女人一台戏——那个四眼妹，要去拍婚纱照，嫌戴眼镜不好看，非要去做近视眼手术，她婆婆家里有钱，知道了一把拍出两万块钱说，顺势把双眼皮也给我拉了，再看看身上哪些地方不满意，都一起整整。被产后忧郁症困扰的侯姐，这两天来好事了，每日只是叫累，领导派活儿也不出门，还对着电话吼她老公，一个电话连着摔了三次，真恨不得把她们踩到脚下踹一踹。"

莫望芝疑惑地说："你个大老爷们关心这些干啥，她们说这事也不避你？""一帮老女人了有啥好避，恁熟也都不是外人。再说了，我日常也没把她们当成女人。"张现金说完眼睛笑成一条缝，莫望芝努力看了半天，也没读出什么内容。

直到某一天，莫望芝突然意识到，她和张现金的恋爱全是在饭店里谈的，她的眼前立即出现了两只肥头大耳的猪头对头乐此不疲哼哼唧唧吃食的情景。那些吃过的鸡鸭鱼肉、虾鳖贝壳、青菜萝卜、葱姜蒜，伴着电视上揭露的地沟油、有毒饲料劈头盖脸倒将下来，黑白相间水汪汪的鱼眼睛被牙齿轧碎，汁水溅出了颤抖的嘴巴，莫望芝忍不住胃中翻腾，口腔里渗出酸水，一股恶心涌上来，哇地冲口吐出来，却只是一些晶亮的涎液。她恨不得将手插进嗓子眼儿伸到肚中，掏出自己的胃和肠子来抖擞抖擞干净，却只是空洞地干呕，仿佛一个怀孕的女人。那干呕声，在这临近毕业、寂静而空荡的女生宿舍楼里显得刺耳而悠长。

4

一颗油亮的水滴顺着菠菜叶子的脉络滑到叶尖，悬挂在那里，叶子上一块边缘整齐枯黄的虫眼，证明这菜是好菜。莫望芝的母亲清醒时老爱嘟囔，现在的菜都是农药里浇出来的，连虫子都不要吃，要不现在的人都是病死的呢，那老家种菜的人都不吃卖进城的菜，而是单开辟一块地来种菜自家吃，不上农药，那些个有虫口的菜才是干净的菜。一股细细的溪流顺着水滴流过的湿痕汇进来，叶尖终于不堪重负，圆鼓鼓的水滴向前一滑，迅速坠落下来，粉身碎骨在黑亮的大理石桌面上。红红的辣汤锅里突然冒起一股油柱，如同蘑菇云升起，不停往上升，终于在漂着一层红油的汤面上翻出一个浪花，那油层好似光滑的绸面破了一个口。葱段懒洋洋地泊在角落里，皱巴巴的枸杞子挤成一团，等待着变得籽粒饱满。又是一柱油花，漂浮的桂圆壳被漾到锅边。清汤锅里仍是静悄悄的，西红柿悬浮在奶白色的汤汁里，花生仁沉在盆底，一动也不动。蔬菜篮里好像一座郁郁葱葱的假山，几簇香菇正如山上的菌子。莫望芝小时候喜欢采蘑菇，她常常盼着天下雨，雨停了，姐姐便一手提篮子一手牵着她，到白河边的树林里采蘑菇。那时的姐姐多可爱啊，长长的身子，细细的手指，不像现在这般臃肿，胸前像吊了两个热水袋，劳力一般的手指上指甲有半寸长，涂得血红血红的，好像女扮男装的牛魔王。那时她虽然小，也懂得分辨什么是狗尿苔，什么是可以吃的蘑菇，但有一次她们采回来的蘑菇里还是掺进一株有毒的，香喷喷的汤喝下去，一家人上吐下泻，差点送医院。家里就不再吃她们从野地里采回的蘑菇了，但姐妹俩仍偷偷去采，捡了一篮子就埋在沙滩上，然后下河去洗澡玩儿，没想到回来后扒开沙堆发现，蘑菇竟然引来了一群蚂蚁，恶心得两人又逃回河里，一直泡到手指发白嘴唇发乌才上岸。

芝麻饼的香味儿诱惑着莫望芝，她伸手用食指尖儿在焦黄烫手的酥饼上轻轻一按，指肚上果然粘了两颗芝麻粒儿，小心抹在舌尖上，芝麻在牙齿间轻声破裂了，焦香的味道蔓延在口腔里。她扭头望向窗外，站台上一个身着红色大衣打扮艳丽的女子，脚下放着一个方形的纸箱子，仿佛是只压力锅。一辆的士开近了，女子探身使劲儿招招手，那车却扬长开过去，她懊恼地放下手，目光却追着车灯远去的方向。三轮车夫们停止了交谈，无所事事地跺着脚，或者用力搓着耳朵，眼睛却都从女子鲜艳的嘴唇、红色大衣包裹着的窈窕身材，一直扫描到大衣下皮靴的高高鞋跟上。

　　清汤锅里已经翻起细微的浪花，桂圆沉下去了，那辣锅中早已是一片欢腾，犹如一股水流强劲的泉眼，花生仁、枸杞子在浪花中翻滚，好似畅游欢快的彩色小鱼，水汽如烟雾一般直直升腾起来，这个角落终于和别的座位一般热闹了。莫望芝抬眼瞥了一下门口，随即又低下头，无聊地用手指蘸着菜叶上滴下的水，在大理石桌面上写起字，慢吞吞地先是写下一个"水"，如同小时候练毛笔字时的描红，她仍是不满意最后一捺，总出不来那种饱满翘翘的弧度，又在下面无意识地写了一个"火"。仔细一看，这才吃了一惊，水火不容，这难道是暗指她与张现金么？她心烦意乱地用力涂花了字迹，指肚子都磨疼了。还是长指甲好，她抚慰着自己剪得短短的指甲想，长指甲就不会疼了，张现金就喜欢长指甲。

　　还没有毕业，莫望芝就想结婚了。她的年纪，要是生在农村，孩子估计都会跑了，报纸上也有讲大学生在校结婚的，可是在这小城市里，未免还是着急了些。同学们都去南方实习了，她也开始操心工作的事儿，母亲仍是常常醉着，姐姐守着那间内衣店，家里的亲戚盘算过来，也没有说话管用的，工作的事自己不上心是没人替她操心的。一次在张现金包油条的报纸上，莫望芝看到一则自己母校的初中部招聘老师的启事，于是很想去考，张现金嘴巴一撇说："那里边是好进的？我听说都是因人设位，要招这个关系户了才会下这个名额，平头老百姓希望肯定不大。"莫望芝管不了那么多，考一下又不损失什么。她选了一张自己最中意的照片贴到简历上，投递过去。只招五个老师，考试的人却坐满了三间教室，莫望芝想不起来自己紧紧张张都写了些什么，但竟然收到了面试通知。坐在门口等待着叫名字的时候是最难受的，面试出来的人有的满面通红，有的垂头丧气，有的一言不发。一个女生出来了，有人终于忍不住赶上去问，面试什么内容啊，女生如同被骚扰了一般，头也不回地夺路而逃。莫望芝做着深呼吸心里念叨着，豁出去了！然而一旦进入那法庭一般的面试场地，她的心突然安静下来。面试结束时，她眼睛的余光注意到，面试席上几位领导模样的人相互对着点了点头，莫望芝获得了试讲的机会。此后几天，天一黑，她就一个人跑到白河边，对着宽阔的水面练习讲课，黑暗里，她变得无所畏惧。姐姐知道后，也动用自己在商场的全部关系，去一家名牌柜台借得一套职业装，在眼镜专柜又为她换了一副超薄的隐形眼镜，掏钱为她做了离子烫，仔细打扮下来，莫望芝简直都不认识自己了。试讲那天，听课的老师人数都赶上学生了，校长也来了。个头高高、头发有些花白的校长是位文质彬彬的"老帅哥"，很严肃地坐在最后一排。莫望芝读书时，多次在开学典礼上听他讲话，但这次却是他坐在台下听莫望芝讲课了。一上台莫望芝还有些紧张，空荡荡的教室里只有她讲解几何公式的声音，但很快她就进入状态，找到了面对白河的感觉，那些老师在她眼里也成了嗷嗷待哺的中学生，中间还游刃有余地插了几个小笑话，学生们果然笑成一团。莫望芝后来才听说，她讲完课，校长起身前说了一句："谁说女同志数学教不好，我看这个小莫逻辑思维能力就很不错嘛。"声音虽然很轻，但是周围的老师都一字不落清晰地听到了这句话。那一年学校招考六个人，莫望芝走了狗屎运。

学校老师人手紧张，一旦定下人来，莫望芝没毕业就来上班了。她计划在学校边上租个房子，张现金也很支持她，陪她在附近看中一套两居室，租金要五百元，虽然有些贵，但房子很干净，没有出租过，家具现成，只需提着行李直接来住就行了，最后还是莫望芝咬牙拿了主意。张现金也借口加班从家里搬出来，两人过起小日子。备课的任务很重，莫望芝每天忙得焦头烂额，张现金难得知趣地做好晚饭等她回来，莫望芝被这温馨的场景感动得鼻子一酸，提出要结婚。张现金掩饰住紧张，不紧不慢地说："好啊，可咱没有房子啊，再说，现在的生活和结婚又有什么两样呢。"莫望芝想了想，找不出辩驳的理由，但是仍说："咱俩也谈了两年了，从前我上学，名不正言不顺，如今工作了，你总该带我去见见父母，不能总让我当隐形人吧。"张现金说："可以啊。"莫望芝却有些生气："这样的事情让我说出口，好没意思。"张现金忙陪了笑脸贴过来说："是我的不是，个子大，神经反应时间长啊，原谅我吧。"莫望芝经不过，笑了道："不要脸，变相表扬自己，个子大怎的，麦秸垛大压不死个老鼠，那是你父母的功劳，跟你有什么关系。"张现金说："我父母可喜欢女儿呢，一直想要个女儿，可那时计划生育严，怕丢了工作不敢要，一直很遗憾。我们家家教严，女朋友可不是随便往回带的，我给你讲个笑话。我们家楼上的邻居，儿子在北京读大学，有一年暑假带了女朋友回来，父母在家眼巴眼望，到家已是晚上，一进屋，他父母心里咯噔一下凉了半截，那女的净低的个儿，只到他家儿子腰间，却生着二号盆一般大小的烧饼脸，再加上客厅的日光灯一照，脸色发青，跟个鬼一样。招呼女孩儿坐下，他母亲胸口像堵了一团东西，心里七上八下进到厨房，晚上炸鱼的一锅油晾在那里，她也忘记了，当成刷锅水端着一把倒进下水道。半夜歇下了，他父母两个躺在床上睡不着。那母亲呼地坐起身骂道：'日你妈，白养活你了，供你吃供你喝上大学，还跑到北京，最后给弄个这回来，我就不信，那学校的妮儿们都死绝了，没一个长得排场一点儿的，还不如在老家农村介绍一个。日你妈，白白供你上学堂……'父亲说：'你真会骂。'"莫望芝听了却未笑，正色道："我去你妈不会也吓得把油倒到水池里吧。"张现金脸上立即堆了谄媚的笑说："那哪能呢，你去了，我们家的刷锅水都要变成油的！"

莫望芝去姐姐那里借来二千元钱，按尺寸给张现金的母亲选下一身连衣裙，他父亲喜欢喝酒，莫望芝咬牙买了两瓶五粮液，想想不对，又去给他母亲增加了一套化妆品。上门前，她特意描描眉，擦了点胭脂，又带上一副小巧的耳钉，这才对镜子中的自己满意了。张现金家在一楼，走到门洞口她就隐约听到那玻璃窗户后面传来一声低喝："来了，来了！"莫望芝心中一紧，一种面试过堂的感觉油然而生，她有种不祥的预感。门一拉开就是两张已经摆好很久的笑脸，莫望芝看到他母亲身上的红裙子就连连叫苦，她买的连衣裙色调明显太过暗淡了，虽说都是五十多岁，可张现金的母亲是文工团员出身，没想这般时髦，还涂着口红，怎能与自己那土气的老母亲相比。张现金将东西放在门口的电视柜上，说是莫望芝给你们买的礼物，他母亲扫了一眼算是签收了。张现金的父亲还算和气，人很精神，虽然老了，仍保留着军人的气质，张现金比他父亲更高，但却没有那种庄重气。他的母亲显得很活泼，抑或是鉴定儿子女朋友没有自己当年漂亮后的一种兴奋，她声音尖利，说话好像跟人吵架，那眼睛活泼地转来转去，暗中打量着莫望芝，弄得她很不自在。张现金给她倒了一杯水，莫望芝握在手里犹如抓住一根救命稻草，终于有了可以掩饰的物件。"小莫，刚上班还是很忙的吧？"张现金的父亲慈祥地问。莫望芝说："还好，主要是第一遍讲课，课程全要重新备过，教材与我们那时候又不一样了。现在的学生也调皮，很不好管。"张现金的父亲说着点燃一支香烟，他母亲也从烟盒里抖出一支来噙在嘴上，熟练地点着了。张现金父亲说："人家小莫在，你还抽烟。"他母亲满不在乎地说："怕什么，你抽我就不能抽？现在的小年

轻女的，你这种劲儿冲的烟人家还不抽哩，全是细得火柴棍儿一样的女
士烟。再说，小莫又不是外人。"莫望芝讪笑着，觉得抽烟的女人一般
都是很要强的，但心里却生出一丝感动，毕竟自己还不算外人，于是喝
了口水，大胆地问："叔叔，听现金说，您当过兵，后来才转业到市政
府的。"张父略微欠身磕了一下烟灰说："工程兵，十六岁就去了，从
通信员干起，后来提的干，我那一批从咱家这儿走的兵，我干的位置最
高，团职干部么。一个车皮去的，现在大部分都在乡里扒坷垃。算我在
部队时间最长，光在东北那冰天雪地里就干了十八年，什么苦没吃过，
当过连长、营长，副团职参谋，我带那兵，全是嗷嗷叫。一个营，人心
涣散，年终总评全师倒数第一，我去了半年，集团军比武整回俩第一，
给我立个三等功。我会开汽车，手枪百步穿杨，还想学开坦克，差一
点……"张现金的母亲毫不犹豫地打断丈夫的话，抖着手里的烟不屑地
说："又来了——我都听了八百遍了，一说这个就带劲儿，小莫好容易
来一趟，你问问人家父母，老提这些陈谷子烂芝麻的旧事，那么能耐你
转业干啥啊……小莫，你母亲身体还好吧？"张现金的父亲尴尬地闷不
吭声了，张现金坐在哪儿心不在焉地玩着手机。莫望芝说："还行，岁
数大了，心脏有些不好，她可没有阿姨这么精神。"张现金母亲笑了，
说："我也不行，牙不如从前了。"说着呲起一口洁白齐整的牙齿说：
"这后边两个槽牙蛀了，都是换的新的。"莫望芝说："阿姨不愧是演
员出身，牙齿保护得真好。"张现金母亲说："想当年在部队文工团
里，我也是数一数二的角色，我们师那演出队虽然人不多，但也是远近
闻名。那年头，追我们文工团的可是二千五。"张现金打断了说："只
会王婆卖瓜，耳朵都听出老茧了。我进屋玩会儿游戏，你们聊着。"莫
望芝看了他一眼，转头笑着继续问："那叔叔当年追你可没少下功夫

吧。"张现金的父亲不好意思地又点了一支烟，他母亲说："当年，要不是组织上做工作我可看不上他，老张岁数大了还没解决个人问题，师长一看我是河南的，就下命令说，你俩是老乡，老张是个老好人，你们结婚吧，就这么就成了。后来他转业我也就跟着回来了。那时可不像现在的小青年，情啊爱的，拉个手都脸红呢。对了，我给你看看我当年的照片，那时要拍个相片可不容易呢。"张现金的母亲笨拙地站起身去了里屋，他父亲从桌上果篮里拾一支雪梨递给莫望芝，莫望芝接着却又放回去说："谢谢叔叔，我喝茶就好。"他的父亲说："现金这孩子调皮，从小让我们惯坏了，我在部队管他少，都是他妈带，小时就皮得很，没少挨打，他皮糙肉厚，背包绳都被打断过，可惜就是学习给耽误了，不然像你一样考个大学还是不成问题的。"莫望芝说："我这也不算什么大学，再说，我读了大学工作也没他好。"张现金父亲说："老师好，女孩子家干这个稳定，还有寒暑假，可以照顾家里。再说现在老师神气着呢，管一班学生就是管一班家长啊，你就是市长，到了学校不也是孩子的家长么？"莫望芝笑笑，张母抱着一本崭新的影集就出来了，一页页翻过给莫望芝展览。莫望芝被她身上浓郁的香水味儿熏得头晕眼花，还得不时做出点评，张父干坐着无聊，端着茶杯起身去卧室看电视了。

好不容易看完照片，张现金的母亲坐回对面的沙发上，又燃上一支烟，优雅地吸了一口说："现金这孩子呢，从小老师就夸他聪明，六岁那年，好像上小学一年级吧，带着院子里的一帮孩子，有比他大的，有比他小的，满街上转着捡废品，最后卖了一块五毛钱，交回来，我给他买下一双带襻的凉鞋，穿了两年。他个子大，排面好，初中时女同学给他写信的就多，一到过生日，那送的贺卡、音乐盒收不及，还有女生跑到家门口等他，都被我们骂走了。电话里一接是女生找他，我们就说不在。这孩子也老实，从来不去招惹那些小狐狸精们，现在的孩子野得厉害，年纪轻轻，哎呀，什么事都干得出来，可了不得。我们家现金很难得，家里一直不准他谈恋爱，亲朋好友好多给牵线啊，说凭你们的条件该挑个家事模样都好的，有人给介绍什么大老板的独生女啊、市领导的千金啊，我们通不理，孩子还小，说这些干啥，男的嘛，正经要发展事业，没事业谈什么婚姻家庭。没想到儿子大了管不住，忽有一天就说已经和你谈上了，我们早就说了，谈了就领回家来看看吧。这孩子啊，大了就不听话了。小莫，你喝水。"莫望芝把手里的杯子举到嘴边湿了一下，低头像犯了错的小学生，又觉得自己就是那长大了的小狐狸精。

张现金在屋内玩了一会儿游戏就走出来，捡起一个大梨，咬了一口说："妈，这梨一点儿不甜，水唧唧的，下次买点儿好的，别抠门儿。聊什么呢，这么严肃，拍话儿还不说点儿轻松的。"说完又进去了。他母亲问莫望芝："小莫，平时化妆不？"莫望芝立时怀疑自己的脸是不是有什么问题，四下一看也没有找到镜子，慌忙说："不，不化妆，老师么，也不需要很时髦。"张母说："你的脸型啊，我看适合眉毛粗一些，浓一点，这样压得住。人说浓眉大眼，那是以前的审美标准，但也不无道理。如果眉毛画得又细又吊，人会显得轻佻。"莫望芝愣了一下，不知该如何反应。张母接着说："腮红呢，还是要少打，一般场合，我看略施粉黛就行了。你有些睡眠不足，加点亮的眼影可以遮住黑眼圈，人也会显得精神。另外这个耳钉要慎重戴，适合自己的脸型会锦上添花，配不好反而暴露脸庞大的缺点。"莫望芝简直要哭了，伸嘴去喝水，杯子里只剩下茶叶底。她重重地点头说："我晓得了，阿姨。"张现金的母亲好似觉察出了什么，又忙说："不要听我瞎说，我干过几年化妆师，胡乱点评的。"张现金听到了，捏着梨核出来打圆场说："妈，你那都是什么年代的审美观点了，浓眉大眼今天那叫丑，现在还有什么统一标准啊。"莫望芝羞愧地抬眼看到墙上的钟表走到十一点半，这家人明显没有做饭留客的迹象，她便果断起身告辞。张母浮浮一让说："马上就吃午饭了，别走了小莫，老张，在屋里干什么呢，你那股票就那么重要。"张父手里握着两腿张开的眼镜跑出来说："小莫，留下一起吃饭，三下五去二就好了。"莫望芝去意坚决，出门时恨不得翻脸把礼物都带走。张现金跟出来，莫望芝出了门洞便冷冷地说："我要去姐姐那儿，你还是待在家吧。"说完头也不回快步走去，走着走着便跑开了，越跑越快，好像前面有小偷抢了她的包，又好像她抢走了别人的包。一口气跑出市委家属院的大门，来到熙攘的大街上，正午的太阳明晃晃的，她才觉得心里暖和些。也不坐公交车，沿着马路上的盲道，她失魂落魄地一步一步走回学校边的房子，反锁上门，把头蒙在被子里失声哭泣起来。

一连几日，莫望芝都不理张现金。该低三下四的时候，张现金会曲意逢迎，好话说尽，热脸贴她的冷屁股，想尽一切办法哄她开心。莫望芝认为这是他的优点之一。张现金讨好地说："老辈人的观念哪里适合咱们，你别太在意，只要我喜欢，他们最后还不得听我的。我妈就是那样的人，为那张嘴在单位得罪多少人，还让她提前退休了，一辈子不汲取教训，你不要与她一般见识。"莫望芝这才渐渐平复过来。学校临近期末，莫望芝也马上要毕业了，她请了两周假，住在学校赶写论文。答辩完毕，她悄悄去电视台找张现金，预备给他一个惊喜。虽然来过电视台很多次，但莫望芝从未进去过，每次都是待在门口等。赶到那里已临近中午下班，古香古色的大门前站着威武的武警战士，这让人陡生敬意。她站在门岗边上，武警战士瞄了她一眼，她立即退后到路边的草坪上。人员进进出出，等了许久仍是未见张现金。她忍不住跑到门房打了个电话，一个女的接到了说，刚下楼去了。莫望芝打起精神守在门口，一辆银灰色的轿车缓缓而来，透过半开的车窗，莫望芝瞥见副驾驶位置上的张现金，边上是一个戴副宽大墨镜，涂着鲜艳嘴唇的时髦女子。张现金也看到了她，与那垂着两个黄色月牙耳坠的女人耳语一句便下了车。女人的车窗自动落下来，她转头瞟了莫望芝一眼，莫望芝看不出墨镜后面的眼神，但却注意到她握着方向盘的手，指甲长得好似慈禧太后老佛爷一样。"你怎么来了，回家了吗？"张现金神情有些怪异地问。"没事儿，我没回去啊。系里下周要办毕业晚会，需要借个DV拍录像，我来提前与你说一下。"莫望芝平静地撒了谎，接着问："那女的是谁啊？""一个同事，回家搭一下她的车。一起吃饭吧，我们台边上刚开一家云南米线店，口味很正宗。"张现金说。"我吃过了，学校还有事，要筹办毕业晚会，乱七八糟的。"莫望芝说完便回去了，及到下午才回味起之前的对话以及张现金闪烁的眼神，越想越不对，打了车便赶回租住的房子。家里收拾得干干净净，简直异常清洁，如同一个被伪装过的犯罪现场。

拿摄像机的时候莫望芝就骗张现金说，学校的事情还没完，她又多请了一周假，自己随后偷偷奔波于师范大学和宛城中学之间，晚上就住在学校里。好不容易捱到三天后，晚上七点多，她揣着钥匙悄悄回到家。屋内好像放着电视，似乎还有女人的说话声，她将耳朵轻轻贴在门上，听出那是客厅里电视的声音，好像正放着一部配音的外国电影，除此再没有别的声响。她平静一下心情，安慰自己也许是疑神疑鬼想多了，但拿出钥匙来开门却打不开，她一着急弯起两根手指接连敲门，没有动静，莫望芝迅疾用力拍打起门来，张现金似乎出现在客厅里，大声问："谁啊？""我。"莫望芝重重地说。里面沉默了一阵儿，张现金说："你等一下，马上来，我关一下电视。"莫望芝心想，为什么要关电视呢。门开个缝儿，电视依旧响着，张现金露出半张脸，难为情地说："我有同事在咱家。"莫望芝说着"谁啊"一把推开门，几天前那个开车的艳丽女人坐在沙发上，翘着长指甲一边嗑瓜子一边看电视，瞅见莫望芝进来也不搭话。那女人故作镇定地起身，对张现金说："方案就这么定，你和小杨辛苦再下县去拍一下。"说着提起手包往门外走去，张现金挡在莫望芝身边，女人快步几乎是逃跑一般出去了。张现金紧随后脚过去关上了门。"她是谁，在这儿干什么？你们在干什么？"莫望芝一股热血冲上头顶，几乎要疯了，冲进卧室，里面的床单是平整的，又闯进另一间客房，床上积着一堆张现金的脏衣服，一如从前，莫望芝又踅回客厅，一分钟内，扫描检验了整个房子，只有茶几上的几枚瓜子壳和空气里一丝妖冶的香气，证明这个女人曾经存在过。"你们在干什么，你不是说关电视吗？怎么没关？"莫望芝如同一头狂暴的母狮子。"这不是被你吓一跳，心慌着怎么解释说乱了嘛。"张现金哭丧着脸说。"孤男寡女共处一室，能干什么好事？"莫望芝发出低沉的吼声令张现金头皮发麻，委顿地说："好，我都告诉你。她的确对我有意思，但我可没相中她。这女的是我们台里的主持人，与她老公刚离了婚，有时就跟我哭诉一下家事，我想同事嘛，就听一听，解劝一下，一个女的碰上老公有外遇，也挺不容易的。后来她就养成习惯，一有烦心事就找我倾诉，你别看她冷若冰霜，其实可脆弱了。今天这不又来给我说，正好被你碰到。""真的？"莫望芝问，声音却低下来。"真的，骗你天打雷轰，不是亲娘养的。"张现金赌咒发誓说。看着他可怜

214

巴巴的样子，莫望芝一下心软了，也许真的错怪他了呢，目光中透露出怜惜，一低头却瞄见茶几下的隔板上放着一只安全套，顿时万念俱灰，"你骗我——"怒吼过后凌厉的哭声响起，她一把扯过拥在边上的张现金，撕扯着他的头发，抓过那东西用力塞进张现金嘴里，"你骗我，你这天打雷劈的东西，不是亲娘养的啊。"成绩的头发被一把一把采下来，张现金嗷嗷叫着挣脱了。泪水迷蒙双眼，莫望芝杀进厨房，扬着菜刀冲出来，张现金站在那里，委屈地望着她，没有丝毫要躲避的意思，莫望芝高高举起菜刀，近身了却落不下去，张现金却直直给她跪下了，如同一座轰然倒塌的黑塔，双膝着地发出钝响，又好似一个待斩的死囚。莫望芝愣住了，手中的菜刀颓然垂下来，张现金按着她的手收了刀，放在茶几上。莫望芝突然不哭了，冷静下来说："你也无需如此，把你们的事一五一十讲来，我不怪你。"说着坐到沙发上，张现金想起身，莫望芝吼道："你给我跪着！"张现金面向她跪着，一脸懊悔地说："我说了你可原谅我。"莫望芝握紧不停哆嗦的手，简直不愿看到张现金这个样子，她冷冰冰地说："好，你从头说起。"张现金理一下凌乱的头发，又耙出一小撮断发，取了扔在地上，带着哭腔说："我们其实早就认识，她老公是做生意的，总是出去混女人，她发现了就闹，那男的就把她甩了。她心里苦，就找我倾诉。一讲这种事儿吧，人就近了。上个月一起下乡采访，人家很热情，晚上就使劲儿灌酒，我本来就不能喝，她主动替我挡了不少酒，也喝醉了。回去就各自睡下，到半夜她来敲门说有鬼，她那屋的窗户上老是影影绰绰有啥东西，还说屋里有蚊子，让我帮她捉蚊子，逮着逮着就弄到一起了。""逮到一起啥意思？"莫望芝眼里含着新的泪水，嘴唇在颤抖，她用力咬住了。"都喝醉了，啥也不记得了。"张现金说。"后来呢？"莫望芝问。张现金想了想说："后来就回来了呗，还像以前那样，她老想找我谈心，我都躲着她。今天她非要来，结果就被你碰到了。""王八蛋，没一句实话啊！"莫望芝再也忍不住了，左右开弓对着张现金的脸就扇开了，他也不动，莫望芝才知道电视上那些打嘴巴都是假的，耳光根本打不了那么响亮，而扇的人手也累得钻心疼，莫望芝精疲力竭地喊道："你滚，死得远远的！"张现金捂着脸说："我不走。""你不走我走！"莫望芝提包冲出门，张现金并没有追出来，她恨不得可以像电影上那样，前脚离了门，身后的房子就炸了，而且火光冲天、爆炸连连，最好片瓦不存。莫望芝欲哭无泪地走在大街上，她恨不得有一个世界上最大的钟在眼前，可以扳着时针将时间倒流回去。手上感觉粘粘的，凑着路灯低头一看，一手的血，打张现金她把手都打破了。

莫望芝搬回家里一住三个月，张现金隔一段时间就去找她一次，求她回来，她心灰意冷，有时见，有时连见也不见。新学期开始了，她重新忙碌起来。没课时便去姐姐那里帮忙，空闲的时候她和姐姐讲了几句与张现金的事，姐姐没吭声，晚上收了铺面便拉着妹妹来到河边的一个烧烤摊，叫了一桌烧烤，又提来一捆冰冻啤酒说："咱妈整日醉生梦死，咱们今天也学她一次，不然岂不是枉做她的女儿。"莫望芝一边说一边喝，一会儿就哭得一塌糊涂，姐姐扬脖一口气干掉一瓶啤酒，用那胖大的手抚着她的头，将她从桌上扶起来说："妹妹，你还小。到我这个年纪你就会觉得这根本没什么，满大街都是这样的事儿。"莫望芝止住哭泣，泪眼朦胧地望着姐姐，她第一次发现束起了毛糟糟的头发，灰暗中的姐姐也有动人美丽的一面。莫希芝说："这事儿只有两个结果，第一，你不再爱他，一脚蹬了他，再找一个，三条腿的蛤蟆难找，两条腿的男人还不好找？第二，你舍不下他，那就回去，权当什么事情都没有发生过，好好过日子。其实就这样，你以为这事儿有多么惊天动地，那么多婚外恋出轨的，比你这曲折离奇的多了，他还放不下你，反复来求你回心转意，他不求你，抬脚跟别人走了你又能怎么办，你还能把他绑回来？你老姐我为什么不希罕结婚，我看透了。"说完，她又灌下一整瓶啤酒，莫望芝突然觉得眼前的姐姐很陌生，不由得对她肃然起敬，她与内衣店那个埋在胸罩内裤堆里的姐姐多么不同啊。莫希芝已经有些醉意，趴在桌上嘟囔着："老板，再来一瓶，一瓶！"莫望芝的眼泪大颗地淌了下来，她扳着姐姐粗壮的胳膊说："姐，你醉了，咱回家。"

半月以后，趁着一次张现金手捧鲜花求她回去的机会，莫望芝体面地搬回租住的房子，屋内干净整洁，空气清新，只是增加了莫望芝大幅的照片以及一束含苞待放的玫瑰花。张现金变得俯首贴耳、低眉顺眼，任凭莫望芝呼来喝去，好似一只肥大的哈叭狗。

5

站台上空荡荡的，灯箱广告上牙齿黑黑的女人依旧双脚后翻僵硬地笑着，旁边的三轮车夫丢失了一个，剩下的两人缩头抱膀靠在车上也是无话，一切似乎都冻得静止了。从火锅店的楼下走出三个剃着光头的小青年，好似劳改释放犯一样，其中一个脖子里刺着龙头，刺青也怕冻，那年轻人缩了缩脖子将毛领子翻起来，龙头看不见了。三人手中一律夹着烟，好似清冷干枯的冬夜里三只通红的萤火虫。三人预备抄近路跳过路边的冬青枝隔离带，两人直直趟了过去，荡起枝子上一片烟尘，最后一个身穿黑夹克带着明晃晃手表的小伙子却不跟上。显然是他吆喝了一声，前面的两人回转头，站在马路边上乐呵呵地望回来。带金表的少年后退七八步，猛然一个助跑，前腿抬，后腿收，一个跳跃跨栏般飞跃过隔离带，止不住一直冲到马路上才刹住车，随即乐颠颠地跑回来，"绣龙"的男子摸着他的头说起什么，"手表"抓着他的胳膊来了一个抱手摔，"绣龙"麻利地挣脱了，两人摆开过招的架式比划起来，旁边年纪稍长、脖中挂着指头粗金链子的男子乐呵呵旁观着，敞开怀的夹克后背是一只张着血盆大嘴的恐龙。"绣龙"步步紧逼，瘦小的"手表"且战且退，不让他近身，"绣龙"瞅准机会突然发力，一把抓着"手表"的胳膊将他拉近，在他奋力挣脱的当儿，左脚已经别到他的两腿中间，左手勒住他的脖子一转身，"手表"就坐在地上，压了一阵，估计"手表"讨饶了，"绣龙"才放开他。狡猾的"手表"起身偷袭踢了"绣龙"一脚就跑，"绣龙"几步就赶上了，扯着一支胳膊，抬脚朝着屁股上就是几下。"金链子"看着两人，一边望着来车的方向，远处是一溜路灯，马路上空无一人。他用力咳了一声，将一口痰射在远远的马路中央，然后背转身撅着屁股踮起一只脚在前面掏着什么，很快一股白亮冒烟的水流浇了出去。"手表""绣龙"笑着跑回来，和"金链子"并排在马路上。三人步伐一致地左右绕着，身后是三条S型的湿痕，如同三根摆在马路上散开了等待拔丝的钢筋。莫望芝淡淡笑了，别过脸去，桌上的火锅烟雾升起，白汤翻滚如盛开的牡丹，红汤沸腾如滚烫的油锅，她吓了一跳，简直觉得有些恐怖，伸手触电般揿了开关，红白的浪花好似失了水源，瞬间低伏下去，只剩下些间或的小浪，汤面冒着细小的泡泡，如同一个经历长跑突然停下来喘气不止的运动员。莫望芝已喝下三杯白水，她起身去了洗手间。

　　男卫生间的门上贴着一支烟斗，女的是一个长了美人痣的红嘴唇，莫望芝推门进去，仅有的两个位子都紧闭着门，一个留着娃娃头的女人倚在墙边抽烟，藏蓝的牛仔裤将屁股兜得溜圆，漆黑锃亮的皮鞋带着高高的跟儿，尖如锥子。女人耷拉着眼皮也不看她，厕所内燃着热烘烘的薰香，莫望芝等在女人身后，看到她的手背上印着一支娇艳的红玫瑰。女人抽完一支烟就径自出去了，鞋跟撞击地面奏出清脆的鸣响，她等得简直要窒息了，一推厕所的门，两个竟然都是空的。

洗手池就在门口，贴墙一面硕大的镜子，顶灯投下柔和的光，水龙头如同一个善解人意的仆人，她一伸手，就吐出暖暖虚松的水花，莫望芝抽了手，水就断了。扯出两张纸巾擦着手，莫望芝仔细端详着镜中的自己，背景是漆黑的墙，她的黑头发一下融进了黑暗中，仿佛只有一张脸漂浮在黑色中，镜子中的那张脸焕发出白瓷一般的光泽，额头的皱纹看不见了，一道细小的伤痕也隐藏在浓密的眉毛间，那眉毛根根油亮，比电视上洗发液广告的效果还好。她的大眼睛不再无神，反而平添了几分神秘感，眼袋也不明显了，鼻子高高的，嘴唇棱角分明，脸颊上的几粒黑痣也淡去了，她微微浅笑着，那镜子里的女人也愈发妩媚动人。这是莫望芝照过的最美丽的镜子，她的感觉从未这么好，这时镶着烟斗的门突然开了，出来一个满脸络腮胡子的壮实男人，使劲儿清着嗓子。莫望芝扔了纸团，尴尬地低头走了，心里却胡思乱想着，要是能把这面镜子搬走就好了，办公室里人人都有镜子，我也想要一面这样的镜子。

平心而论，莫望芝的课上得不错。她的一位大学数学老师最厉害的招数就是手持粉笔，照着黑板胳膊一挥，一个标准的圆就出来了，讲台下立即一片啧啧称赞声。那老师面无表情地说：雕虫小技耳。同学们便愈发觉得他有魅力，后来又换了一位数学老师，圆圈画得像鸭蛋，下面的学生立时笑翻掉了。那老师无奈之余只好找来一片抹布，一手摁住，另一头裹半截粉笔，扯紧转上一圈，才出来一个断断续续的圆，同学们便觉得这老师水平不如前一位。莫望芝继承并发展了老师的绝活儿，不但正圆画得十分标准，抛物线也堪称完美，正方形、长方形以及坐标轴简直就像尺子比着画出来的一般。故而莫望芝一出手就震倒一片，每次画圆都好似表演一般，定会引来学生们的赞叹。学校还专门组织老师来听课，一项重要的内容就是看莫老师画圆，连慈祥高大的施校长也慕名前来。莫望芝一紧张，粉笔头拧断了，圆才画了一大半，又赶忙补齐缺口，尽管同事们一片"小莫很老道"的表扬声，莫望芝还是觉得在校长面前表现不够完美，而头发花白的校长却一直微笑着坚持听到下课才走。

　　一日，莫望芝正在讲台上抄写习题，底下却传来一阵嗡嗡的骚动。伴着低声压抑的浅笑，没有画圆啊，莫望芝心想。她一回头，好多学生交头接耳不断回头往后排看，莫望芝抬眼望去，头嗡地大了，靠近后门的角落里，一对男女同桌正搂抱在一起深情拥吻，两颗头像摇头扇一样转来转去，粉红色的舌头你递给我我吐给你，旁若无人地好像在拍电影，莫望芝觉得眼前发黑，仿佛电压不稳闪烁不定的荧光棒一样。"你们两个——给我滚出去！"她抬手将讲台桌上的教材奋力掷了出去，那课本哗哗翻飞着，好似一只逆风飞行的老母鸡，但路程遥远，阻力太大，飞到一半就直直掉下来，坠落在走道上，两边的学生低头看着那课本，不知道该不该捡。怒吼还没能震醒那对热恋的男女学生，男生抱着女孩的头颅不动了，腮帮子却起伏不定，好像在啃取大棒骨深处的一点骨髓油儿，又好像是久渴的人在用力吸食一只椰子。前排的一位男同学拿把尺子捅了捅男生的胳膊说："嗨，歇会儿呵！"全班都听到了这句话，哄笑起来，男女恋人从忘情中醒来。男的正想发作，却猛然看到同学们都在看他，讲台上的数学老师怒目而视，两人立即坐正了，犯错似的低着头。"听到没有，死出去！"莫望芝简直被气昏了头，声嘶力竭地喊着，学生们都耷拉着脑袋，大气不敢出，那对学生无奈只好离开桌子，出了后门趴在教室外的栏杆上。莫望芝努力让自己平静下来，开始讲解习题，眼睛的余光却不时扫向窗外，小女生校服大得盖住了屁股，一条裤腿拖着地，另一条裤腿却挽到膝盖上，原来是为了展示脚踝上刺的一只振翅飞翔的老鹰，原来是小男孩的名字里有这个字。两人在走廊上依旧戏谑调笑着，那女生便用拳头砸向男生的肩膀，莫望芝立即收回视线，努力把课讲下去。好不容易下了课，莫望芝叫出几个班干部问话。孩子们忿忿不平地告状："他们早就这样了，一上自习课就搂着啃，反正学习不好，也就破罐破摔。"莫望芝说："你们才多大，初三啊，马上就要升学啊。"一个班干部说："莫老师，这事太多了，咱们班都成了十几对儿了，你别看他们有模有样地坐在教室里，一放学就一对一对牵着手走了。有女生与社会上的小青年谈恋爱，还以此为荣说有人罩着她。"莫望芝吃惊地张大了嘴巴说："都有谁，你给我说说。"那孩子犹豫不决地说："我不敢说，他们要是知道是我告的密，还不吃了我。"莫望芝一想也对，便让他们回去了。

　　莫望芝向政教处反映了班上学生早恋的情况，学校觉得事态严重，马上从"秃鹰"开始提审。毕竟还是孩子，几句威逼利诱的话一说，"秃鹰"哭得稀里哗啦，把班上十几对全招了。副校长牵头成立工作组，先是与班干部座谈，再一对一对谈心，最后都哭得泪人一样，表示改过自新回去了。一日，数学教研组组长通知莫望芝到后面高楼的校长办公室去一趟，莫望芝紧张地问，做什么啊？组长神秘地说："我要知道我不成校长了。"莫望芝忐忑不安地来到行政楼顶层最东头的校长办公室，敲了门，里面传来一声低沉的"进来"。莫望芝推门进去，施校长坐在远远的地方，这是一间装修豪华、宽敞如舞厅的大房间，脚下地毯软软的，好像踩到了棉花窝里。施校长正在低头批阅文件，莫望芝站在桌前，环顾周围，四面全是书墙，右手的角落里是一扇虚掩的木门，证明这是一个套间，里面是校长休息的地方，莫望芝喜欢这个图书馆一样的大房间。校长抬头一指，示意她坐在旁边会客的沙发上，莫望芝走过去正襟危坐在那里，紧张的眼睛不知该看向哪儿，只好盯着门口一株绿油油的芭蕉木。校长终于看完文件，掷了笔，起身拉开书柜下面的对开小门，里面竟然隐藏着一个小冰箱。他拿出两罐饮料，递一听给莫望芝，坐在她身边的沙发上说："小莫，这次初三五班早恋的事情你处理得很好，他们是重点班，不刹住这种风气，肯定会影响咱们的升学率，你虽然年轻，但很有责任心啊。"放下易拉罐，莫望芝说："还是学校处理得好，警告了同学们又没惩罚他们，为的是让他们能够专心学习，毕竟孩子们还小。"施校长点点头说："对，事情处理后有人翻闲话，小莫不是班主任，不该操那个闲心，我批评了他们，这种事不关己、高高挂起的态度才令人气愤，不是班主任有什么了不起，下学期让你当班主任不就行了，我相信你有这个能力。"莫望芝感激涕零地说："谢谢校长对我的信任。读书时我们就都很崇拜您，同学们叫您老帅哥。"莫望芝说完觉得自己有些冲动过头，校长却笑了："老是真的，你看我四十多岁，头发就快白完了，这么大个学校老师学生五六千人，乱蜂蜇头啊。"莫望芝吃惊地说："是吗，我们原来以为您……不过也是，一个班我们都团不成蛋儿，更别说您这管几百号老师，大几千学生了，想想都头大。"施校长望着莫望芝可爱的表情，爽朗地笑了，俯身顺势轻轻拍了一下莫望芝放在沙发上的手说："你太谦虚了，我看你素质不错，比那些个靠关系进来的草包强多了，好好干。"莫望芝所有的感觉一下都集中到手背上，僵直的手好似粘在了沙发扶手上，她觉得校长洁净的大手，软乎乎、凉凉的，与那冰镇的易拉罐饮料一样。

张现金仍是每天早出晚归，只是常常回来就一身酒气，一问照例就说，同事朋友家里有酒场，非要拉他去作陪。酒桌上吆五喝六消耗了精力，回来就是一副蔫蔫的模样，要么打两把游戏，要么傻愣愣倚在沙发上看肥皂剧。莫望芝心底生出一丝厌恶，没了精气神的张现金仿佛一团死面，一拳打过去就陷个坑儿，怎么也回不过来。张现金再也不眉飞色舞地述说办公室里几个老女人的轶事，而是沾床就着，连鼾也不打了。莫望芝觉得好像一具尸体躺在身边，可她心里却漾溢着甜滋滋的感觉，黑暗中，空气里似乎飘荡着清新的香水味儿，她平素是最讨厌男人喷香水的，觉得那其实是脏的象征，自然的气息是最好的，可如今却觉得那刺鼻子的古龙水味儿也有一点儿嗅头儿。她的心里还漂着一副眼镜，政教处新来的王老师在她眼前微笑着。老师们平时是看不上政教处那些人的，没有文化，只会板着面孔，像特务一样游荡在校园里，可这个王老师却是文气气的，戴个黑框眼镜，慈眉善目，见谁都笑眯眯的，整日穿着浅色的西装，上下班开一辆白色现代轿车。王老师一看就是在温室里长大的，脸白得有些不健康，所以才会对莫望芝这样黑黑的女人有好感。每天早操时，老师们按规定也要跟着队伍跑，可大部分人都只是在跑道中间的足球场上闲晃，有些对子眼儿的王老师每每凑到莫望芝这儿，笑笑地问这问那，称赞莫望芝的裙子好看，新盘的头发很漂亮，莫望芝偶尔一句俏皮话，他便乐得眼睛眯成一条缝儿。她有时很好奇，甚至产生过一把扯下他的黑框眼镜，看看他到底长什么样儿的冲动，可有这样一个人对自己好，为什么要拒人于千里之外呢。

教研室里的女老师多，改毕作业，聊起来也是东家长西家短。一日，坐对面办公桌教立体几何的铁老师便开玩笑问莫望芝："小莫，你这大学里也没谈个男朋友？"莫望芝拔了一下桌上绿萝的叶子笑着说："我们那个学校里，男的是珍稀动物，我下手慢，没捞着。"铁老师说："你眼光太高吧，家里肯定给你物色好了？"莫望芝嘴巴一撇说："我妈惦记的是退休金涨了，一月可以多喝一瓶好酒，我老姐整日巴望着啥时男人也长乳房，好多卖几副胸罩，她们操心我？我还等着您给我介绍一个呢！"铁老师呵呵笑了。没过几日，莫望芝正在办公室备课，"眼镜"王老师提着一盒巧克力就笑眯眯进来了，放在莫望芝桌案的一摞作业本上。教研室的老师都在，他笑嘻嘻地说："请你和大家吃，我亲戚从法国带回来的。"同事们一下围过来，"没一个中国字啊"，"这要不少钱吧"，众人七嘴八舌，莫望芝不好意思，一把扯掉包装，掀开铁盒，里面金晃晃的锡纸包着二十粒贝壳状的巧克力，同事们一人一颗拿着去吃了。"眼镜"却从兜里摸出两张电影票说："莫老师，有空不，今天晚上，进口的美国大片，请你看！"莫望芝有些紧张，心中摇摆不定，挠了一下头发撒谎说："我妈身体不太好，我要去看她。"正说着，桌上的手机剧烈震动起来，里面传来的警报声里夹着姐姐焦急的呼喊："咱妈晕倒了，正往市医院送，你赶紧过来吧！"莫望芝恨不得狠狠抽自己一个大嘴巴，什么理由不好找啊咒自己的妈，立时就应验了。她眼泪都快急出来，带着哭腔对铁老师说："我妈生病被送到市医院了！下午的课，请您帮忙给学生说就做昨天发下来的卷子，我赶去医院。""我送你！""眼镜"也跟着慌了说。"不用了。"莫望芝拉开抽屉，却不知道要找什么东西，对面铁老师门牙上粘着黑乎乎的巧克力，好像豁了一样说："别着急，我在市医院有熟人，需要我给你打电话不？""我先看看情况再说吧，少不得麻烦您。"莫望芝说着抓起包，小跑出了门。

莫望芝赶到医院时，母亲已经清醒了，胳膊上输着液，鼻子里插着氧气管，医生说是饮酒过量导致的酒精中毒。她母亲醒来就吵着要出院，姐姐不耐烦地说："你安生点吧，幸亏我回家看到了，要是还杵在店里，你恐怕就找我爸去了。""咋说话呢，姐。"莫望芝捅了一下姐姐。医生建议住院观察，以防病情出现反复，需要交五万元住院押金。莫希芝出去一圈只筹来二万元，好说歹说医院限三天内必须交齐。莫望芝脑中出现一连串可以借钱的熟人，又一个一个否定了。店里离不了人，姐姐回去了，莫望芝守在床头，母亲昏沉沉地睡着，花白的头发乱蓬蓬摊开，额头上三条愁苦的皱纹，松弛的眼皮皱巴巴地紧闭，干燥的嘴巴苍白无血色。都说自己与母亲最像，眼前不过是一个老了的自己，要是母亲没了，莫望芝惶恐地不敢想下去，她握着母亲胖乎乎的手，眼中充盈着泪水。护士走进来，看看输液瓶已快见底，便拔了去，临走时交代："今天的三瓶水已经输完，明天继续，病人能吃些东西了，最好是流质的，可以暖胃。"母亲苏醒过来，抬抬浮肿的眼皮。"妈，你想吃什么？"莫望芝问。母亲摇了摇头。"想喝点什么？"莫望芝又问。母亲却点点头。莫望芝起身去倒水，母亲伸手拉住了她的衣角，又摇了摇头，嘴巴嗫嚅着什么，莫望芝将耳朵凑过去，她母亲嘶哑着嗓子气息奄奄地说："想喝点二锅头。"莫望芝皱起眉头生气地说："还喝，你都这样了还咋喝？"她母亲慢慢说："有吸管也可以。"莫望芝一下气得笑了。

母亲病情稳定了，莫望芝第二日一早又赶回学校上了前两节课，下课后便到办公室预备将积下的卷子改完。校长却来到办公室串门，铁老师说："老施，今年无论如何要给我们组一个先进，莫老师的母亲住着院，还丝毫不耽误上课，这种敬业精神，你是不是应该表扬一下。"
施校长吃了一惊，简单问过情况，便将莫望芝叫到办公室。"有什么困
难吗？"施校长问。犹豫了一下，莫望芝说："医院里逼着要交五万押
金，我们才借到二万，还差点儿。"施校长转身进到里间的卧室，一会
儿出来了，手里拿着四叠捆扎好的钞票递给莫望芝说："这些你先拿
去，多的给老人家买些营养品，酒这东西，少喝是个宝，多喝就是毒药
了。"莫望芝要打欠条，施校长却说："没这个必要，这不就生分了
吗，你尽管拿去用，教研室有人问，就说是借学校的。"

　　莫望芝与姐姐商量着让张现金来陪床。姐姐眼一瞪说："我说句不
好听的，他算哪根葱哪头蒜。住院交押金把咱憋成啥样儿，他家咋不做
点贡献？这时候陪个什么床？"莫望芝说："他说一月还要给家里五百
元生活费，其他的朋友应酬也都吃喝干净了，没有存款，最后要给我
这一个月的工资，我也没要。"莫希芝说："这就对了！他那孝心还是
攒着吧，要紧的是管好他的裤裆！"莫望芝一时无语。姐姐又说："你
这校长我看够仁义，回头要好好谢谢人家，现在的单位，领导连底下的
小兵都不认识，还管你老娘死活。像我们这商场，小小的部门经理，芝
麻大的官，天天黑丧着脸，跟人人都欠他二百黑豆钱一样。难得校长这
么关照你，跟人家搞好关系，嘴巴甜一点，以后封你个一官半职，也
算咱老家的坟地里冒些青烟儿。"莫望芝的母亲住了一星期院，花费
一万五，姐妹俩哄她说是一千五，她母亲心疼得不得了，这能换多少瓶
半斤装的二锅头啊。在她母亲的世界里，所有东西的价值都是用半斤装
的二锅头来衡量的。医生建议老太太戒酒，姐妹二人施行了一段时间，
母亲最后连饭也吃不下了，她们只好将酒内掺入大量白开水，而且每天
限量一玻璃杯，母亲嚷着喝得没酒味儿，莫望芝便和稀泥说："以前喝

的散白酒停产了，这是更好的酒，现在的好酒都度数低，人家都讲究健康，有几个只图辣，朝死干喝的。"母亲便嘟嘟囔囔地说："还是每曾好，一毛五一提酒能醉一天，连那洗脸盆也是以前的结实，用了十来年都不会坏，哪像现在的，纸糊的一样，一摔一个大凹，还是每曾好。"

听了姐姐的话，莫望芝便留心起来，路上碰到施校长就主动打招呼聊上两句，说些感谢的话。一个月内，校长连着两次在全体教师会上表扬初中部数学教研组，莫望芝心里美滋滋的。临近期末考试，备课任务轻，不少老师偷懒，到班上晃一下就回家了，办公室里空荡荡的，施校长却打来电话，叫她去办公室。外面是毒辣的大太阳，一进校长办公室登时煞凉，施校长说："快期末了你们也不忙，我正好今天也没什么事，找你陪我聊聊天，跟你说话，我开心。"莫望芝不好意思地笑了。施校长看到她手中握着一个破旧的直板手机，上面坠一个卡通蓝精灵吊链，那是张现金去采访首饰店，人家赠的，他便拿回来送给莫望芝。施校长一把拉开抽屉，从里面摸出三四个新手机，叫莫望芝过来说："你那个手机我看也可以进博物馆了，我这里好多手机，都是些个朋友给的，我又不是卖手机的，也用不了这么多，就这一个手机都嫌麻烦，一天二十四小时没个消停。这里面有的手机据说市面上还没有卖，功能很先进，可以拍照、摄像，花里胡哨的玩意我也弄不懂，你喜欢哪个随便挑！"莫望芝忙摆手说："不用不用，校长，我这个好着呢，就是发发短信、打个电话。"施校长一把抓住她的手，指着一堆手机说："你就权当替我解决一个难题吧！"莫望芝讪笑着，开始努力分辨桌上手机的牌子。施校长的手机鸣叫了一下，他拿起来看了一段时间，突然爽朗地笑了："我这些个朋友，平时人模狗样都是上电视坐主席台的，下来就喜欢发黄段子，还自己创作，一个比一个下流。你收到过没有？"莫望芝一愣，脸腾地红了，慌张地如实说："也收到过……"施校长一把将她揽到腿上，一股浓烈的香水味儿袭来，莫望芝觉得天旋地转，挣扎几下就动不了了，好像一条彻底失去了生命的鱼。

校长办公室厚实的木门合拢的声音庄严肃穆，莫望芝又回到六月的阳光里。干燥的太阳明晃晃地照着空旷的校园，教学楼在远处，楼后的松树林内，一个带草帽的清洁工不紧不慢地用长铁丝扎起废纸片，放到背后的竹篓里。莫望芝镇定了心绪，摸拢一下头发，转身却差点撞到一个黑影，唬出一身冷汗。"莫老师，你也找校长签字？"声音传来，莫望芝惊恐地抬头，一身干净黑西装的"眼镜"如鬼魂一般出现。他后退了一步，笑咪咪望着她，手里捏着几张纸。"我……"莫望芝飞速想着理由。"眼镜"却凑近了神秘地说："校长已经同意我们在校园里安装一套闭路监控系统，投资几十万，这是报告，送给他看呢。"莫望芝尴尬地笑着，觉得自己的脸一定红得像烫伤了一般。"好啊。"她眼神游离地说。"眼镜"不知是不是觉察了什么，迫不及待又转移话题说："哦，莫老师，市中心新开一家匹萨店，你什么时间有空，咱们去尝尝，我请客。"莫望芝不敢看他的眼睛。"好啊，改天吧，我要走了。"她支吾着逃开了。

灿烂的阳光里，莫望芝觉得背上湿凉，衣服似乎贴在了后脊梁上。她抬头看看楼上那扇红色的双开门，依旧紧紧地闭着。失魂落魄地回到办公室，她喝下一大杯水，愣在那里半天，然后提着包，六神无主地走回家里。她觉得"眼镜"一定看出了什么，不然平日那么善良的眼神，为什么会闪过一丝狡黠，还说什么监控系统。莫望芝心烦意乱，恨不得立即赶回去揪住他审问一阵，她度日如年地巴望着赶紧天黑，立即天明，然后可以赶到学校碰见"眼镜"王老师，旁敲侧击地问一番。可是，第二天凌晨早早醒来，她就害怕了。说不定今天到学校，就会发现老师学生们簇拥在校门口，围着一张广告议论风生，扒开一看，上面就是讲自己和校长的，她恨不得立即昏死过去。莫望芝朝脑门用力拍了一巴掌，才打散那些古怪的想法，清醒过来。她骑车忐忑不安地来到校门口，并没有人围观，紧张地往墙上看了看，除了些被雨淋得皱巴巴的招生广告外什么也没有。她松了一口气，给门口那衣衫不整的保安亮出入证时，都带着会心的微笑。

"眼镜"看到莫望芝经过政教处门口时，果然跑了出来，其实那已经是莫望芝第三趟经过这里了。他又提出吃匹萨，莫望芝干脆地答应了。"眼镜"喜出望外，亮堂堂的脑门愈加油亮。整个下午，他坐立不安地盼着下课铃，莫望芝也是如此，看着眼前的卷子怎么也批改不下去，索性玩起手机里的俄罗斯方块游戏。终于捱到下课，学生们从教室里跑出，水一般涌向食堂，莫望芝下楼，"眼镜"发动好白色轿车，已经在等她了。

匹萨店里干净整洁，人还不多，"眼镜"找个角落的位置，一口气点了一大桌，心事重重的莫望芝说："王老师，不想过了，有钱也不用穷奢极侈啊。""眼镜"笑笑说："第一次请你吃饭嘛，小意思小意思。"莫望芝与他套近乎说："听别的老师讲，能进咱们学校的都不是善茬儿——我纯属撞大运，瞎猫碰到死老鼠，你是什么后台？人们传说你根子硬，你爸是省长啊？""眼镜"笑着犹豫了一下说："谣传，谣传。其实我父母是做生意的，开发房地产，我进来只是花了一些钱。我妈怕我闲着学坏。咱不说这个了。你大学咋没考出去？""眼镜"扯开了话题。莫望芝说："我恋家呗，考出去到时回不来，剩我妈一个人多可怜，再说我考出去很可能留在外地工作，你今天想请我吃匹萨可就难了！""眼镜"笑了："那倒是，这也证明你是多么优秀，毕业就进入咱学校，好多人办了好几年都办不进来。""眼镜"的马屁并没有拍到莫望芝心坎上，她试探着说："那你们家与校长很熟吧。哎，你看校长满头白发，我们给校长汇报工作才知道他其实只有四十来岁。"眼镜说："是啊，我们也不是很熟。"莫望芝说："我看校长很有钱的样子。当然，肯定比不上你们家财大气粗。""眼镜"咧咧嘴说："有钱不如有权啊。你知道吗，我听说校长光房子就有七套，他可以一周七天，一天换一个地方住。他家里双开门的冰箱就有两个，送礼的人把门槛都踢破了。"莫望芝问："他家还有谁啊？""眼镜"说："他有个儿子，在英国留学，老婆提前退休了，整日打麻将、练气功、遛狗，那狗也是纯种英国的哈叭狗，吃得比人都好。他开宝马都开得起，不过现在的领导都很低调。"莫望芝开始往自己的心事上引，说："那一天碰上你挺巧，找校长签字顺利吗？""眼镜"说："那还能不顺利，他自己想搞的东西，我们不过是跑腿的，不晓得又让多少人得了实惠。"莫望芝打断他的话问："我一见校长就紧张，一句囫囵话都不会说。我很好奇，你进去了咋说？""眼镜"说："嗨，从头到尾屁都没放一个，进去他签个字，我就出来了。"莫望芝终于松出一口气，心情愉悦地给"眼镜"夹了一块匹萨，他顿时激动得手脚都不知道往哪里放，眼睛斗得更厉害了。而不远处匹萨店里靠窗的位子，张现金正心不在焉地和一个年青小姑娘吃饭。十分钟前，他上洗手间时，不经意瞥到了角落里的莫忘芝。他忍住怒火，厕所都忘了上，只匆匆洗个手便回到座位上。那小姑娘不停与他撒着娇，张现金心事重重地敷衍着，眼睛不时瞟向背朝他的莫望芝。匆匆吃完匹萨，张现金催促小女生出去等他："今日水喝多了，我要再上个厕所。"小姑娘粲然一笑出去了。张现金酝酿良久，调整好表情，一只手插在口袋里，欣赏风景一般迈步走向莫望芝，"眼镜"就看到一个个头高高、满脸疲惫的男子似笑非笑一步一步逼了过来，紧张地抬起头。"这么巧，也在这儿吃饭呢？"张现金压抑的声音听起来显得有些阴阳怪气。莫望芝吃惊地仰起头，随即脸上像下了霜，冷冷地嗯了一声。张现金明显感觉到一片寒意袭来，好像冒然打开了电冰箱的门。他浏览着满桌菜肴，点点头微笑说："我和几个哥们一起过来的……你们慢用，我先走了。"说着一只手摸了一下桌面儿，转身昂头一步一步走出店门。"眼镜"惊诧地问："你们认识？这人是谁？"莫望芝头也没抬，眼睛盯着张现金在桌沿儿上留下的三根湿湿的手指印儿渐渐消失，然后端起杯喝下一口可乐，望着"眼镜"平静地说："我哥。"

6

三轮车只剩下一辆，戴皮帽的男子紧裹着棉袄坐到车内的椅子上，倚在那里，凑着清冷的路灯看半张报纸。对着一面认真研究很久，翻过来找什么，又翻回去，一脸遗憾地把报纸扔到脚下。马路上静悄悄的，偶尔一辆车也是呼啸而过，带起一阵冷风，皮帽子掏掏被聒噪的耳朵，将衣服裹紧些，缩了头仍是无聊，伸手又把那片报纸捡起来，再从头儿去读。一阵断断续续的摩托声传来，如同小孩受委屈哭泣到最后时剩下的哽咽，皮帽子扭头看去，一辆女士粉红色摩托坏在不远处，车主支了摩托，取下头盔，却是一个剃着小平头的男子。他蹲着鼓捣半天，连着踩几脚，只有冷冷的打火声。皮帽子舍弃报纸，翻身下车，张望着预备过去。那骑摩托的男子抠弄一手油，气极败坏地骂出一句，一脚踹在摩托发动机上，那车晃了一下眼看要倒，他快步扶住，又下意识蹬了一脚，小摩托竟突突响亮地打着了。小平头喜出望外，套上头盔小心翼翼地骑上，加足油门，屁股后留下一溜蓝烟扬长而去。皮帽子遗憾地退回来，嗅着那逐渐散开的汽油味儿，抽动两下鼻子，转身面向黑黢黢的白河。河面上一片黑暗，皮帽子知道，那只漂浮在河面上如同军舰一般大小的啤酒瓶一定还在，那是本地产的一种啤酒，不知谁想出这种广告方式，破坏了河的景观，但是却收获到最好的广告效果。他用力拔下一只手套，手指摁住一侧鼻翼，响亮的擤鼻涕声伴着一股水雾喷薄而出，左边接着又是一下，然后踏上台阶，伸手将鼻涕涂抹在路灯杆上，却被上面贴得高高的一张寻人启事吸引，站在那里昂头认真读起来。

　　莫望芝从盘子里捏出一块豆腐含在嘴里，滑溜溜的，却没有豆腐香。她还是喜欢吃小时候在家门口卖的那种硬豆腐。"老豆腐，老豆腐——"悠长的叫卖声一响起在门外，写作业的莫望芝就咬起铅笔头等待着，她知道那卖豆腐的老头儿，一定又是推着平板三轮车停在门前的梧桐树下，板子下面是一摞一摞摆放整齐的豆腐，上面裹着湿湿的纱布，豆腐里渗出的白水从三轮车铁皮缝里漏出，在地上留下一个弯弯曲曲的湿印儿。"妮儿，去缸里舀一瓢黄豆换点豆腐。"在厨房里忙活的父亲吩咐她，扎着羊角辫的莫望芝响亮地答应着，扔下手中的铅笔欢快地跑去了。卖豆腐的老头依旧系着脏兮兮的围裙，只有一双手显得又白又嫩，平板车上的豆腐被老头手中的长片刀切成四棱锭，那刀是莫望芝见过的最奇特的刀，落在豆腐上就滑下去，又能当铲子用，抄底就将一块豆腐稳稳端放到打豆腐人的盘子里，她很想替老头切上几块豆腐。"你那刀咋这么利啊？"莫望芝忍不住问。老头笑了，扬起刀片子说："你摸摸，妮儿。"莫望芝吓得小手背到身后。"没事儿的，割不着。"老头拿刀在自己红通通的手背上用力一划，莫望芝皱眉觉得钻心地痛，拿开刀却只有一条浅浅的印儿，她这才伸手一摸，原来是没有开刃的刀，她咯咯笑了。一满瓢豆子可以换回两块四四方方的豆腐，莫望芝很有经验。在家里，换豆腐是莫望芝的专有任务，有一次她跑出去玩儿，姐姐莫希芝替她去打了豆腐，她回来委屈地哭了半天，赌气连饭都不吃，看着父亲用小磨香油调的小葱拌豆腐被一块一块夹完，她哭得嗓子都哑了。第二天早上，却用馒头蘸着，把碗底儿的豆腐沫儿都吃了。

莫望芝用手支住下巴心想，妈妈说得对，还是过去好。正思想着，却听到邻座一个女人气忿忿地高声说："那你要我等到什么时候？"接着便是一个男人接连讨好的声音，隔着高高的座位挡板，莫望芝看不到说话的人，她竖起耳朵用力听着，女人不耐烦地说："你说等半年，都快一年了，你还离不了，让我等到胡子白啊。"男人低声下气地说："你小声点儿，我那老婆动不动就说，你要敢离，我先用毒药把孩子灌了，再与你同归于尽。你死不了，我娘家人也放不过你。也不杀你剐你，就卸你一条胳膊一条腿，花五千块钱的事儿，比死了还不如。我那小舅子是黑社会啊。"女人却厉声说："我管你，说好了都离婚的，我费多大事儿离了，你没信儿了。我咋离的，我那男人腿上两条一拃长的疤，都是我拿刀砍的，我一个鸡子都不敢杀的女人为你都下了这狠手，你最后离不了了？"男人说："我知道你不容易，我也不月月往你那卡上打钱吗？"女人立即说："我不要钱，就要人，剩一条胳膊一条腿也要。"男人几乎哀求了："我的爷啊，你们这是要分吃我啊。你都不体会我的难处。"女人说："你难，我看你怪滋润，一去一个月不见人影，电话关机，要不在单位门口堵你，还不露面。"男人叹口气说："你当我混个人容易吗，白天在单位当孙子伺候领导，晚上回去当儿子应付老婆，心里还想着你，苦啊，这头发都白了多少。"女人的口气似乎软了，低声咕哝句什么，男人的声调更低了，过了一会儿，女人却娇嗔着笑了。莫望芝摇摇头，将葱花、香菜夹在麻酱碗中，用力搅拌起来。"女人啊，耳根子软，三句好话当饭吃。"她心里感叹。可是，张现金后来连虚假的好听话也没有了。

从匹萨店回家的晚上，张现金本欲发作，可莫望芝坦然自若、冷若冰霜的态度让他忍住了，一个人抱着毛巾被睡到客厅沙发上。第二天一大早，莫望芝睡眼惺忪地起床，张现金早就起来了，坐在客厅里，烟抽得满屋乌烟瘴气，莫望芝冷漠地打开窗。"昨天那男的是谁？"张现金红着眼睛低声问。"我同事。"莫望芝去开了水龙头，准备洗脸。"就这么简单，该给我个说法吧。"张现金说。"给你什么说法，你想要什么说法？"莫望芝翻眼看了他一下说。张现金从沙发上弹射起来，关上窗户，大声吼道："你他妈背着我养小白脸，不幸被我逮到还不承认？"莫望芝盯着他的目光说："拜托你刷了牙再说话，省得满嘴喷粪。我和同事吃个饭就要向你报告，你跟那些个骚货鬼混怎么不向我报告。"张现金说："你的同事，谁证明？"莫望芝说："不需要证明。"张现金气鼓鼓地说："过得烦躁不如分开！"莫望芝照着镜子面无表情地说："分就分呗。"她的无所谓反而镇住了张现金，他用力踩灭烟头，走到茶几边又点燃一支香烟，过来说："我就不相信，谈什么，要到那种地方吃饭。"莫望芝说："人家有钱，怎么着，一个新同事，请我吃饭讨教一下教学问题不行吗，这不比你们单位那些老女人跟你促膝谈心，告诉你她们的月经日期、奶子大小高尚吗？"张现金闭口无言，只好用烟点着莫望芝说："哼，你小心别让我逮到。"莫望芝当仁不让地说："你也小心别让我碰到。"张现金抓起衣服出了门，莫望芝用力关掉哗哗响的水龙头，扬手一把将毛巾狠狠甩到脸盆中，水花四溅，模糊了眼前的镜子，也打湿了她的衣服。

张现金是心眼活泛的人，平日里几乎不隔天地坐酒场，晚上回来总是一身酒气，当天却回家很早，破例下了厨房，做出莫望芝最爱吃的蒸槐花，还把买好的毛绒大狗藏在卧室。莫望芝下班提了一把小白菜预备下泡面吃，一进门却看到屋里干干净净，桌上炒好的菜热气腾腾的，正诧异着，张现金从厨房低眉顺眼地出来了，系着围裙，头发理得几近光头，好像刚从牢里放出来一样。他腆脸学着机器人走路，张开双臂，直着长腿，撒娇似的说："老婆大人，欢迎回家，辛苦啦！不吵了，好不好，咱好好过日子。"莫望芝一下闪开了，惊异地说："你这是唱的哪一出啊，想干吗？"张现金仍是笑脸相迎，从卧室抱出硕大的毛绒狗，学着动画片的配音说："误会老婆了，向你赔罪，你看我把脑袋都剃了，咱从头开始吧。"莫望芝最喜欢毛绒玩具，果然眼前一亮，奔过去接住了，抱在脸上亲着。张现金掀开桌上的蒸菜锅，边上是捣好的蒜汁，莫望芝惊叫一声，放了毛绒玩具便去伸手捏着吃，张现金立时喝止了，递上一双筷子，莫望芝笑着接过便大口吃起来，张现金知道，风波暂时过去了。

洗了碗，张现金去收拾垃圾时才发现，莫望芝又买了一双新的紫色皮鞋，背包也是新的，便问："你的鞋子一大堆，包有四五个，都好好的，又买新的干什么？"莫望芝摁小了电视的声音说："穿新衣服心情好啊，谁让你惹我的，这就是报应。我这包还算多？你没见我对面的铁老师，一身名牌，把人眼睛都晃花了，我这个包还顶不上人家一个包的拉链。"张现金一边给莫望芝削苹果一边问："你们做个老师能挣多少钱？买起东西来这么穷奢极侈。"莫望芝瞪大眼睛说："谁靠教学生赚钱啊，人家都是靠老公。她老公在邓县开有一个玉器批发市场，人家在白河边买了一栋别墅，你看她手上戴的那蓝绿色的手镯，有人开价十万她都没卖。"张现金说："照那样整日穿金戴银的能有几个？大部分还不是普通人家？"莫望芝不知道鼻子还是嘴巴里"嗤"一声，鄙夷地说："亏你还整天自诩接触的都是头面人物，就我们教研室，教代数的范老师，老公在公安局，家里离学校四指远，老公风雨无阻，天天开着车来接她下班。和我是校友，早一年毕业的张老师，老公在市政府工作，但凡超过三天的假，人家就报团出国旅游，三天两头拿着在国外拍的照片给我们看，还讽刺我，你这样的肤色在国外最流行，都是日光浴晒的，那是有钱人才干的事儿。我说流行你干吗又是鸡蛋清，又是黄瓜的往脸上敷，恨不得上课都戴着面膜，弄得脸跟屁股一样白，好像从棺材里爬出来一样，没点血色。"张现金笑了说："积点口德吧。你这肤色我最喜欢，脸上一个黑点都不长，我们台里那些主持人，镜头上很好看，其实那脸上就跟披了披灰一样，卸下妆你走，头碰头都不认识，不是一脸痘就是一脸芝麻星，都没你好看。"张现金将苹果切成小块，戳上牙签，放到莫望芝眼前。莫望芝捏一块放入口中说："你就不会想想办法？你这工作也干了有年头了，五年前是摄像，五年后还是摄像，你可以换个部门，或者业余再找个活儿。人家说马不食夜草不肥，现在咱日子还行，可结婚不要钱，将来有了小孩、父母养老，花费多着呢，就靠你我的干工资，如何能行。"张现金说："我们领导是我爸老部下，很照顾我，换了部门，可就没现如今这么轻松了，那人事关系也复杂着呢。再说，大家还不都是靠工资。"莫望芝说："你怎知都是靠工资，别人干自己的活儿还在大会上宣布一下不成，你也可以去拉拉广告，据说那比挣工资强多了。"张现金面有难色地说："你不知拉广告有多难，到处舍脸气，再说那些广告业务员个个都是蹦精蹦能，钻窟窿打洞儿，早把能拉的广告滤多少遍了。"莫望芝白了他一眼，刺一块苹果噙在口中再不吭声，张现金摸索着硬硬的头发茬，郁郁进屋睡了。

张现金发现莫望芝爱逛街多了，每天回来晚晚的，手里提着大大小小的包装盒。他随手翻捡一下扔在包装袋里的发票，一条裙子都要三百多元，顶半月房租了。而且每天早上打扮的时间需要一个小时，穿得漂漂亮亮地出去，回来袜子、内裤到处扔。张现金整天看到的都是她穿着睡衣的邋遢模样。有的衣服晃眼地露着大腿，张现金说："你这衣服穿得出去吗，老师是不是要保守一些。"莫望芝小心刮着眉毛说："嗤，你没见那些学生呢，脊梁露一多半，我还没穿吊带呢。"张现金提议出去吃一顿，莫望芝立时显出厌恶的样子："吃在肚子里谁知道，身上长肉还得花钱减肥，不如把脸收拾收拾，省下钱我去办张美容卡，我们教研室的老师都有。"张现金抽着烟走开了。一日他下班回来，却见莫望芝正包着头收拾小卧室，心中欣喜无限，总算有居家过日子的模样了，莫望芝却一把将抹布塞到他手里说："我外甥女小渔从乡下来城里打工，借咱这儿暂住一段时间。虽说辈份上是外甥女，但也就比我小三四岁。农村定亲早，她对象在这城里的网吧打工，干有半年人头熟了就给她也找了个服务员的活儿，看，人家初中没毕业都照样能拓展关系的。"张现金反问："那他们不会租房子吗？"莫望芝说："网吧一月也就七八百块钱，吃喝以后还能剩几个，再租房子最后圆扯圆，还不如老实在家待着。网吧也提供宿舍，不住的话可以多给二百元，出来打工不就图个钱吗，她那网吧离这里也不远，我妈就作主让她住咱这空的房子了。"张现金想了一下说："她那男朋友不会也搬过来吧。"莫望芝取下头巾说："农村孩子可没这么开放，还没过门呢，她敢我可打断她的腿。"

　　小渔眼睛大大的，黑也似莫望芝，却是瘦干了一般，一副没长开的模样，但是嘴巴很甜，没有一丝见生人的拘谨，小姨、姨夫地连声叫着。张现金没了当初的反感，反而一个房间一个房间带着她参观，莫望芝警惕地听着，铺床单的手便被床缝挤了一下。张现金介绍到小房间，便来帮莫望芝铺床单，莫望芝不耐烦地大声说："我来——"可张现金不知是紧张还是没听到，依旧卖力地扯着，莫望芝恨不得抄起床底工具箱里的锤子，用那一拃长的铆钉将那颤抖的爪子钉在床帮上。

　　小渔很快适应了网吧的生活，只要不上夜班，她回来后就会事无巨细汇报一天发生在网吧里的故事。哪个人点了八块一份的鱼香肉丝盖饭没吃两口就倒了，还有的孩子一天三顿都是桶装方便面，除了上厕所就没离开过座位，网吧老板会做生意，对连着上网六小时以上的人奖励一瓶绿茶。莫望芝简直没有插话的空儿，张现金却饶有兴趣地听着。有一日，莫望芝回来，小渔已下班在家，帮着做饭。她很神秘地问莫望芝："小姨父家是不是很有钱？"莫望芝想了想说："一般吧。"小渔说："有一次他让我帮着买烟，从口袋里一掏就是厚厚一沓一百的，一手都握不住，他一月工资也要数半天吧。"莫望芝冷笑一声："他从来不在我面前作这样无聊的动作，他要有钱这马路上就没穷人了。还有一种可能，就是那都是假钱。"小渔知趣地不吭声了。待在网吧的环境里，小渔很快也学会打游戏，张现金的台式电脑上不知何时也装上几款游戏，小屋里不时传出"呜、哈、喔"的夸张叫声以及用力拍打键盘的声音。张现金有时也去玩儿，有时站在边上津津有味地观看。小渔便不再做饭，莫望芝生气地将锅碗扳得山响。小渔再在饭桌上讲述网吧最近流行什么电影、韩剧时，莫望芝便黑着脸闷头吃饭，张现金只好讪笑着接个腔。一日，张现金又与几个哥们喝酒，酒气熏天摇摇晃晃地回来，倒在客厅沙发上就睡着了。莫望芝、小渔一人一边搀扶着将他拖到床上，莫望芝给他脱去上衣，小渔好心地囫囵扒掉他一只球鞋。莫望芝看了一眼，小渔立即觉出不太合适，烫手般将鞋扔到地上。莫望芝一任张现金T恤还蒙着头，将另一只球鞋鞋带慢慢解开，翘着手指厌恶地扔到地板上。那鞋仿佛扔在了小渔脸上，她讪讪退到一边，吞吞吐吐地说声："我去烧水洗脸。"便出去了。

有一日，莫望芝下班回来开了门，就见张现金僵坐在沙发上镇定自若地看电视，小屋的门开着，小渔在里屋对着电脑，竟然没有玩游戏而是在看新闻。莫望芝觉得有些奇怪。房间里的空气好像凝固着，自己像是有些多余，又好像破坏了什么。三人谁也没有说话，张现金一本正经，小渔也沉默不语。莫望芝扔了包，用力关上卧室的门。张现金推门进来说："怎么了？"莫望芝阴沉着脸问："你怎么回来这么早？"张现金说："台里没事我就回来了。""小渔没上班么？"莫望芝问。张现金说："我回来她已经在了，估计是夜班吧。"莫望芝狂躁莫名，张现金却似乎有无穷无尽的耐心。可那些解劝都没在点子上。没过几日，她就找个理由将小渔赶回网吧的宿舍，并为她垫付一个月的租金。小渔临出门，还把一张游戏光盘塞给莫望芝说："这个给小姨夫，是最新一款的赛车游戏，要用光盘才能玩儿。"莫望芝生硬地说："知道了！"出门顺手就撇进一个苍蝇飞舞的垃圾桶里。

周五的下午，莫望芝没课，便想去姐姐的店里帮忙。商场的人并不多，内衣区在二楼，离老远她就看到那一片架子上挂的都是丝丝缕缕的，如同丝瓜秧子一般。姐姐正靠着柜台打盹儿，莫望芝压低嗓子站在边上问："哎，这谁的内裤啊？"莫希芝一下惊醒了，连声说："我的，我的。"看到是莫望芝，便笑了，骂道："作死啊，吓我一跳，梦里刚煮好方便面，喷香还没吃就被你吵醒了。"莫望芝说："大下午的正做生意，你倒这么犯困，怎么梦见我姐夫了？"莫希芝眨眨眼睛说："哪个姐夫啊？"莫望芝便说："有几个姐夫啊？"莫希芝伸出十个手指，挨个弯曲着数数，到最后一摆手说："哎呀，统计不过来了。"两人哈哈笑到了一起。"今儿发市了没？"莫望芝问。莫希芝瞄了一眼桌上的一叠发票说："你也太小看你老姐我了。上午出去一套塑身内衣、一套睡衣，今日就回本了，下午、晚上卖的都是利润。这两天新进了一款塑形的胸罩，你要不要拿一条？""算了吧，我还需要这个？这种五彩圆点水果色的倒好看。"莫望芝捡起一款文胸说。莫希芝说："这也是新款，我给你找个合适的号儿。"莫望芝说："算了吧，你开着这个，我还缺吗，屋里都堆成堆了。还是攒钱赶紧娶个姐夫吧。"莫希芝犹豫了一下问："二妮儿，你谈那男的是叫张现金么？"莫望芝说："是啊，口袋一张，现金落下，这还不好记。"莫希芝说："谈了那么久，你老不往家领，都没见过真人。"莫望芝说："姐，咱家里那情况，还是算了吧，不看倒好些。""你看看是不是这个人？"莫希芝举起手机，翻出一张图片，里面果然是张现金模模糊糊的样子。莫望芝吃惊道："你从哪里拍的？"莫希芝说："我昨儿个去商贸城批货，咱有几个牌子的货都是托人家那儿的老板进的。我看到两个男的在'内衣一条街'上逛，要知道女的和女的，男的和女的在那里看都不希奇，两个爷们儿在那儿指指点点，就惹人注意，我寻摸着不是同性恋吧。坐着等那老板给我包货的时候，他们逛到了对门的铺子，就听一个男的说：'现金，你看这家有带卡通图案的。'我对老妹男朋友的名字还是敏感的，我也狂贱，顺手拍了一张，做贼心虚，焦也没对好，就没照清楚。

不过，你可要小心点儿，这狗改不了吃屎，现在流行男的买内衣当礼物送给女的，当然，买给你是最好的了，证明这小子良心还没有大大的坏了！"莫望芝愣在那里，脸上僵笑着说："这手机好，抓个现行，我晚上回去审一审。"姐姐便叹了口气说："自从咱爸没了，这家就破落了。老太太天天泡在酒里，我自己也混得没个人样儿，更别说给你带个好头，也没人操心你的事儿，男朋友谈了好几年，都不敢往家领，想想也怪对不住你。你要下得了决心，认准这个，咱请人看个好儿，年底把事儿办了，老姐给你张罗酒席嫁妆。"莫望芝看着有顾客来便说："八字还没一撇呢，来人了你照应吧，我得回学校了。"说完起身走了。莫希芝看着妹妹头也不回离开，一对夫妻扯着一款蓝色的内衣问价格，她支吾半天也没说出来。

莫望芝在学校熬过下午，又去电视台门口死等张现金，人走光了，也未见着。害怕时间难过，她租了一张影碟回家，看完了，张现金仍未回来，忍不住要拨电话，门口传来钥匙开门的声响。她气呼呼地坐在沙发上，盼望着他手里拿着卡通图案的内衣，笑嘻嘻地递给她，然后说："这是昨天在商贸城给你挑的。"张现金手中的确拿着东西，却不是内衣，而是半块西瓜，脸上也无任何表情，莫望芝看到自己眼前一个巨大的五彩肥皂泡破灭了。张现金放下西瓜，对莫望芝说："顺路给你买的，拿个勺子舀着吃吧。"莫望芝说："你没看几点了，干什么去了？"张现金走向屋内说："嗨，几个哥们支了牌场，非要让我上桌，没办法应付了几把，谁知上去就收不住了。"他进屋将手机冲上电，便去卫生间刷牙。莫望芝觉得奇怪，难道吃屎了么。她溜进里屋，抄了张现金的手机出来，躲到厨房内偷看，短信全删空了，但莫望芝还是找到一张照片，一个画着黑眼圈的小女生，做着大头贴上常见的夸张表情，

241

日期是前天晚上，而那一天，张现金说是去朋友家喝酒了。莫望芝觉得胸闷，一把将手机拍在灶台上，手都痛了，翻开再看时，手机屏幕也裂了。张现金听到动静，牙刷还插在嘴里就呜拉着问："怎么啦？"莫望芝像一头母狮子一样冲到卫生间门口吼道："你手机里照片上的女的是谁？"张现金慌不择路，喝水吐掉口中的泡沫说："你师妹啊。"莫望芝没听明白，张现金马上意识到了，故作轻松地说："哦，这是我们部门的实习生，也是你们师范大学的，想搞电视就找人介绍来我们部门实习，疯丫头片子，人来熟。"莫望芝气极败坏地说："搞电视，我看她是被电视搞。你老实讲，是不是又招惹人家了。"张现金说："别乱讲，你那疑心也太重了。"莫望芝紧追不舍："你昨天是不是去买内衣了，给谁的？"问完她就觉得有些失策，张现金果然说："给你啊，这都被你猜到了，够厉害。"莫望芝说："放屁！给我买的怎么不给我，你拿来啊！"张现金说："放单位了，本来想给你个惊喜的。""现在就去，我跟你去单位拿！"莫望芝咆哮道。张现金说："别跟个疯婆子一样行不行，你对着镜子照一照，你是盏省油的灯啊。你那位一个教研组的王老师呢，人家有房又有车，有钱又有势，但老子有眼线，以为我是瞎子！"张现金将牙刷掼到茶缸里，对着镜子研究起自己的脸来。

"王八蛋，你去死！"莫望芝一愣，随即声嘶力竭地喊着，一把将手机甩过去，张现金本能地一让，手机砸着他胳膊，弹落到洗漱池内。张现金跳脚般慌忙翘着手指去捞出来，已经水淋淋的无法用了。张现金阴鸷地瞪着她，恶狠狠说："你行啊，莫望芝！相看两厌，还是不见面最干净。"他将手机揣进裤兜，提着衣服大步出门去了。莫望芝追着他的脚跟狠命关上门，然后冲进卧室，拉开柜子，将张现金的衣服扯出来，团成一团，跑到门口用力掷在门上。衣服软沓沓坠地，她跳上去用力践踏着，脚底突然一阵钻心的痛，抬脚一看，塑料脱鞋的帮已经断裂，一枚铜钮扣将脚心硌出一块清晰的凹坑，她握着冰凉的脚，无力地蹲坐在地上，捧起一大团衣服，捂在头上，倚着门无声地哽咽了。

7

收银台后的座钟连打了九下，莫望芝终于哭出声来，泪如涌泉，刚开始还捂着嘴，憋得满面通红，后来忍不住，就放开抽泣起来。店里已经没剩下几桌客人，显得空荡荡的，服务员们也懒散了，站在门口迎宾的小姑娘腰都弯了，头钩着困倦地打了个哈欠。远处一个收拾桌子的男服务生吃惊地望向这里，看看却只有莫望芝一个人。眼泪汇集到她的下巴上，如大雨初歇的房檐，嘴角的肌肉咧到了脸蛋上，清亮亮的鼻涕翻过嘴唇，流到嘴巴里，莫望芝伤心地如同一个受了极大委屈的小女孩。男服务生收拾着一桌狼藉，还不时抬眼睃向这里，便顺手将一支白色的餐碟抹到地上，响亮地炸碎了。"怎么啦，怎么啦？"一个领班模样的女子闻声快步而来，小伙子惭愧地低下头，用目光认着错，一个胖服务员已经提着扫把赶过来了。"笨死了。"女领班低声责骂着。刺耳的破裂声也止住了莫望芝的哭泣，她睁开泪汪汪血红的眼睛，抽纸巾揩抹掉下巴上的泪水，拧了两把鼻涕，擦去泪痕。小伙子端起一摞染着残汤剩水的碗碟，在女领班厌恶的眼神中离开时，仍忍不住抬眼瞥了一下这里。莫望芝抽出三张餐巾纸叠在一起，摁在红鼻子上，使劲儿擤了一下鼻涕，声音响亮得如同骡马的欢叫，将女领班吓了一跳。她面无表情地扔掉纸团，摁亮电磁火锅的开关，整理一下头发，开始将一盘盘鸭血、金针菇、木耳、腐竹、白菜倾入火锅中。鸭血入水便不见了，空洞的腐竹漂浮着，扑棱着叶子的白菜如同失事的船只，半天才沉下去。水面平静一会儿终于翻腾起来，莫望芝用筷子夹出大砣煮熟的蔬菜，蘸着麻酱，狼吞虎咽地塞进嘴里，汤水淋漓在桌面上，飞溅到她乳白色的针织衫上，弄污了上面一个长腿小姑娘的裙子。餐厅里没客人区域的灯光暗淡下来，只有莫望芝这里明亮如常，一片热气腾腾的景象。她张着油漉漉的大口，将成片的白菜叶子窝进嘴里，伸着发烫的红舌头，迎接滴着喷香麻酱的菠菜叶子，煮得稀烂的干豆腐饱含汤汁，灼烫着口腔她也直接吞咽下去。眼泪无声地流着，顺着脸颊淌进嘴里。吃完一碗麻酱，她将小碗推到一边，伸手端过对面的另一碗，将锅内的豆腐、腐竹、金针菇、木耳几勺就捞了冒尖一碗，埋头吞嚼着，突然胸口一阵痉挛，莫望芝的脖子向前伸了一下，打出一个沉闷的饱嗝。食物已经装满她的胃，一直涌到嗓子眼儿，吞进喉咙一半的金针菇也噎在那里，嗓子里痒痒的，堵着出不来气，她急忙伸手捏着一截小菇头将金针菇拔出来，引得胃中翻江倒海，恶心一阵阵泛起来，浑身冒起一层鸡皮疙瘩。莫望芝喘着气，趴在桌子上嗷嗷干呕半天，却只吐出一些晶亮的涎液，涌出嘴角滴到麻酱碗里。

站台上，皮帽子在路灯下有节律地做着四个八拍的广播体操，正做到"伸展运动"，弯腰吃力地摸到脚尖，又直身高举双手努力后仰，尽力舒展着疲乏的筋骨。一辆头顶闪着五颜六色灯光的警车飞驰而至，临近了突然哇呜起来，似一阵风呼啸而过。皮帽子唬了一跳，吃惊地张大嘴巴，路灯下吐出一团热气，那高举的双手僵持在空中，好像投降了一样。

张现金是真的走了。又一次大吵之后，莫望芝下班回家，屋里像被洗劫过一般，张现金的东西都没了。她拨电话过去，通了却没人接，连拨三四次，电话就关机了。她发疯似的跑到张现金家里，他妖冶的母亲开了门，上下仔细打量着她，眼神里似乎包含着无穷无尽的内容。老太太冷若冰霜地说："现金没在家，已经一个星期没回来了，说是出差了。你们不是分手了么，听说你攀上高枝了呀，我们现金人实诚，被卖了还替人家数钱，现在的女孩子啊，可不敢小觑嘞。"莫望芝似乎有千言万语要倾诉，但张现金母亲的神情，明显地将她拒于千里之外。她又转身跑往电视台，门口冷冷清清的，武警战士说什么不让进去，等了半天，终于出来一个秃顶的中年男子，她赶上去询问，那蓄着饱满眼袋的男子不耐烦地说："早下班了，你看楼上哪里还有一丝亮光，白天满打满算也没几个人，晚上更不会有个鬼影了。"莫望芝精疲力竭地回到家里，第一次发现这屋子太空旷了，她躺在宽大的床上，觉得天花板在旋转，仿佛晕倒在一个大陀螺上，陀螺越转越快，令她沉沉地沦陷下去。

　　国庆节学校放假七天，莫望芝彻底清闲下来，连着睡了五六天，每天大部分时间都在床上度过，一直睡到神情恍惚，分不清白天黑夜，以至于经常处在一种半梦半醒的状态。她吃不下饭，眼睛肿胀，双腿发软，时间变得如此可怕。就在国庆放假前一天中午，学校的老师们口口相传着，施校长上午召集各教研组组长开会，据说晚上要请客。消息很快证实了，铁老师跑进办公室，激动得胸前两个奶子上下涌动，手舞足蹈地对大家说："校长高升到省城任职啦，这可是学校历史上前所未有的大喜事啊，还让大家低调，这如何低调得了！"晚宴就在学校的食堂举行，平时学生们用餐的小方桌撤去了，摆上几十张大圆桌，上面堆着香烟、瓜子和糖果，几百名老师聚在大食堂内，烟雾升腾起来，乱糟糟的嬉闹中夹杂着清脆的磕瓜子声。食堂的塑料帘子被两个戴白帽子的师傅掀起，梳着油光可鉴分头的副校长快步冲进食堂，高喊一声："校长来啦，大家欢迎！"一阵杂乱的挪凳子响声，老师们一同起立鼓掌，一团人簇拥着施校长缓步走进来，他系着红色领带、满面春风地向大家挥手致意，走上舞台，还没有讲话，下面又是一阵掌声。校长熟练地示意安静，然后拍拍话筒，挂在食堂四角的大音箱里嘭嘭作响。校长双手又在隆起的肚子上，自信地环视台下，然后说："感谢市教委、感谢学校党委，感谢各位亲爱的同事，给我这样一个机会说几句心里话。当我二十一年前，背着铺盖卷儿从师范学校毕业分到宛中时，我们的学校只有三栋小楼，这么多年过去，我们拥有了一百亩的校园，六千多名学生，十几栋楼！这是我们大家的功劳！我们不能忘记，在座的各位，苦口婆心用粉笔灰染白了双鬓，我们更不能忘记，那些白发苍苍、退居二线依然关心学校发展的老教师们！如今，组织上将我调到了一个新的岗位，但我的心永远留在这里。我梦想着有一天，我们学校不但有初中部、高中部，还可以有大学部。为了学校光辉灿烂的明天，干杯！"众人附和着高喊"干杯"。副校长端着酒杯冲上去对着话筒吼："我们也祝施校长官越升越高！"由于激动，平素有些娘娘腔的嗓子变成了公鸭嗓儿，音响里传出一阵抗议般刺耳的鸣叫，老师们忍着难受哄堂大笑。食堂的师傅撤下零食，菜就端上来了。老师们发现，大食堂的师傅原来也可以将菜做得这般好吃。聚完餐便是舞会，兴致勃发的施校长，辗转于各个女教师之间，轮到莫望芝时，他的酒劲儿已经上来，喷着辣气在莫望芝耳边说："小莫，你以后可要来省城看我啊，坐汽车，坐火车，坐飞机，我给你报销……"说着靠在莫望芝肩头，沉重的身子就往下出溜。几个男老师看到了，忙撇下自己的舞伴，赶来扶着连声喊："校长醉了，校长醉了。"人群自动闪开一条通道，校长被架出去了。施校长没提钱的事儿，莫望芝也装着忘了。

花了两天时间，莫望芝将屋子彻底打扫一遍，连抽屉角落里散落的硬币都码得整整齐齐。她翻出不少张现金的东西，崭新未用过的打火机，几张和同事在家光膀子喝酒的照片，两件夏天的旧衣服，三包未开封的空白录像带，还给他是不是一个见面的借口呢，她很快又打消这个主意。莫望芝饱受着爱恨交加的折磨，上午还是老想着他的不好，心中庆幸分手真是英明，"女怕嫁错郎"，果真与他结了婚，早晚还是离婚一条路。这股子气却只撑到吃过晚饭，看到柜子上一支小牛存钱罐，她的心又软下来，那是生日时张现金送她的："你属牛，我找了三四个商场才买到这只可爱的存钱罐，你和我花钱都是手脚大，咱们多存些钱，将来买个大房子住。"张现金无限温柔地对她说。他对我还是不错啊，尽管有百般不是，但每年的生日、情人节、圣诞节，张现金都忘不了买礼物，要么玫瑰花，或者巧克力，总是想法变着花样，从来不会拉下。他洗衣做饭样样都行，人又长得不差，这样的人今后怕是再也逢不上了。莫望芝突然觉得一阵撕裂般的疼痛，满心惶恐，躺在床上也睡不着，那四面的墙壁似乎都要倒伏下来，将她压死在下面，她担心自己明早可能再也醒不过来。

她还是醒了，阳光透过纱窗照着她，屋里静悄悄的，客厅墙壁上的圆形时钟秒针踏踏走着，每响一声，莫望芝就觉得张现金的气息，在这座房子里减少一分。她出去买回四五个相框，将张现金的照片镶好，摆放在餐桌、沙发、电视旁边，到处都是他的笑脸。莫望芝心情非常好，她忍不住拿出手机利索地给张现金发出一条短信，然后心脏怦怦跳着等待回音。没有任何动静，她鼓足勇气拨通张现金的电话，没人接，再拨过去就关机了。莫望芝一下又坠入冰冷的深渊，失魂落魄地呆坐在沙发上，然后将镜框收成一摞，掼入抽屉中，连脖子上张现金送她的小牛挂坠也取下来，扔到桌子上。那玉石小牛沿着光滑的桌面一路滑行，眼睁睁看着它坠落到地上。莫望芝一声惊叫，跑过去从地上抓起来一看，小牛并没有摔碎，但系它的红绳子竟然生生被它砸断了。莫望芝沮丧极了，这是天意么？她心情灰暗地收拾着东西，打了六个硕大的塑料袋子，搬回家里，她担心自己一个人就要疯了。

莫望芝第一次觉得母亲的嘟囔是如此悦耳，姐姐也并不是那么艳俗，她辛辛苦苦用一条条内裤、一件件文胸赚来的钱养家，与自己在黑板上画一个又一个圆，讲评一张又一张卷子挣工资并没什么区别。漫长的秋天似乎无边无际，莫望芝不喜欢的冬天，不知何时就到来了。一个稍显暖和的日子，几个同学相约一起回学校看望老师，从老师家里出来，莫望芝让同学先走，她想在学校里转转。当年读书时，她也没有这样悠闲地欣赏过这座到处生长着高大法国梧桐的校园。踩着厚厚的梧桐落叶，莫望芝逛到学校中心广场的大草坪边，草皮已经变得枯黄，三三两两的情侣或躺或坐在草坪上，亲昵地窃窃私语。莫望芝抬眼望去，却呆住了，她几乎要激动地流下泪来——不远处的一个长椅上，张现金穿着深灰色短羽绒服、浅白牛仔裤、白色休闲球鞋，帅气地捧着一本书靠在那里仔细看着。莫望芝正想走过去，却看到一个娇小漂亮的女生，骑着一辆粉红色的公主车笑靥如花地停在他身边，张现金合上书，浅浅地笑着接过自行车推着，女生挎上他的胳膊走在边上，欢快地与他讲着什么。莫望芝仿佛看到了电影里的画面，她的心抽搐着，恨不得立即跳到不远处的湖水里淹死。她魂不守舍地回到家里，好像失恋了一般。

随后的两日，如同老房子着火，莫望芝忘却了张现金的诸般不好，愈发觉得自己仍然深爱着他。在办公室里，莫望芝看到铁老师的桌上放着一本心理治疗的书，顺手翻开一页。"爱要勇敢地说出来！"粗黑的字体令她激动不已，好似有个声音在她脑海里反复诵念着这句话。她一个人来到学校宽阔的操场，在四百米跑道上踱了三圈，终于下定决心拨出那个令她心颤的号码。电话响了两声，张现金竟然接了。事先设想过各种方案，莫望芝还是有些慌张，她轻柔地问："现金，你忙吗？"没有预想中的恶声恶气或者不耐烦，张现金淡淡地说："我……还行，现在换到经济组，比以前事多了。你呢？"莫望芝委屈地眼泪都要下来了："我也还好，这学期带了五个班，天天都有课，这样也好，忙起来就没空想你了。"张现金那头却沉默了，莫望芝带着哭腔说："现金，你以前给我发的短信，长的短的我都留着……""那些都删了吧，留着它干吗呢？"张现金打断她的话说，"好马不吃回头草，咱们都应该有新的生活。"莫望芝的心理防线几乎要崩溃了："我不，永远都不！后天是周五，晚上六点半我在咱们第一次吃饭的河边火锅店等你，见不到你我就不走！"张现金说："小莫，不要这样……"莫望芝却迅疾挂断了电话，一如她以前任性时那样，张现金往往立即打来，她也不接，连着好几次，才会恩赐般接起，听他哀求着说一大堆好话，自己才原谅他。张现金这次并没有打来，但莫望芝依然充满了爱情失而复得的喜悦，反刍着张现金的每一句话、每一个字，心中突然有些懊悔，觉得自己实在不该没说几句就草草挂断，于是又给张现金慎重地发了一条约会的短信："周五晚上六点半，老地方，不见不散！！！"末尾又加上一个笑脸。泥牛入海，张现金没有回复短信，她一时又觉得那张笑脸有些勉强。

莫望芝步行走回家，有心事时她总是这样的。路过凤鸣公园时，那矮矮的栅栏围墙外，一溜排开的小摊，有炒河粉、卖凉皮、烤羊肉串的，还有玩具套圈、气枪打气球的，人流熙攘。走过热火朝天的小吃摊，便是一溜十几个卦摊，算命的人有男有女，面前地上一律铺块白布，上面绘着一副阴阳八卦，或者就是一个标注各处穴道的脸孔。莫望芝平日很少注意到这些，今天却一边慢走一边侧耳倾听，经过最后一个老者的卦摊时，她犹豫着停住脚步，下巴上一撮山羊胡子的老者抬头望着她说："姑娘，卜一卦吧，能知吉凶祸福，可问爱情婚姻，五块钱一卦，不灵不要钱。"莫望芝坐到老头边上的矮凳上，老头将手中的半截烟卷在地上拧灭了踩在脚下，从口袋里掏出一个精致的小布袋子，倒出六枚被摩挲得光亮的铜钱说："姑娘，你想问什么？"莫望芝想了想说："你算一下我的感情吧。"老者点点头，将六枚铜钱倾在莫望芝手中说："你把这些铜钱撒在地上六次，告诉我每次正反的数字，我给你测一测。"莫望芝连着撒了六次，老头口中像背乘法口诀一样念念有词，并用铅笔点着六次正反的次数来回计算着。莫望芝觉得这活儿和自己在黑板上解方程差不了多少，那自己岂不是天天都在课堂上算命。老头儿把天干地支加减乘除一番后，将笔夹在耳朵上，不紧不慢地说："从卦象上看，姑娘你是已婚之人，但婚姻遇到危机，感情出现裂痕，夫妻不合，争吵不断，主要原因是第三者插足。从卦象上看，你丈夫命中有五妻，这是有些奇怪，可现在这样的社会，这也不是没有可能。权且一说，不准你可以不给钱。"莫望芝忍住气愤说："那有什么破解之法？"老者说："这不好说，你用红纸包上两枚铜钱放在你们床的脚头，一边床腿下一个，半年后看是否有缓解。"莫望芝装着生气地说："实话告诉你，老先生，我还没结婚哪！"老者一脸愕然，她抛下十元钱起身而去，老者"哎，哎"叫她，她头也没回，那脚步却欢快而富有弹性，高高的鞋跟里仿佛装着强劲有力的弹簧。走了许久，直到老者的卦摊再也看不见了，莫望芝才微笑着松开紧攥的拳头，摊开手掌，里面是两枚黄橙橙的铜钱。

8

"服务员，买单。"莫望芝高声叫着。那个瘦小的姑娘腿脚利索地奔过来，莫望芝指指面前两盘未动过的牛羊肉要打包，小姑娘找了钱就拿来两只白色的塑料饭盒，将软沓沓的肉卷装好了。这恐怕是她晚上服务时间最长的一桌客人了，她用透亮的塑料袋套好饭盒，双手掐着挤去空气，就想说"您走好"，莫望芝一把抓住她的手，服务员吓了一跳。莫望芝一副疲乏不堪的样子说："把你的服务意见卡给我，我给你填一堆表扬，甚至也可以给你小费，你能坐下陪我说会儿话吗？"小姑娘奋力挣脱着，面有难色地说："姐，我们这儿不兴这个，领班知道了要扣工资的。"莫望芝松了力道，惨然一笑说："妹子，算我求你，我刚离婚了！"

将餐盘收拾走，桌子揩抹干净，给莫望芝倒上一杯绿茶，小姑娘稳稳坐在了她的对面。"谈对象了吗？"莫望芝感激地一笑问。"也算谈了吧，一个乡的，他在河对面一家饭庄的停车场当保安。"小姑娘慢慢地说。"你年纪这么小，怎么就出来打工？"莫望芝问。"有一年多了，咱家是农村的，地里见钱难，学也上不成，我爹妈就说，识俩字分清楚男女厕所就行了，让我出来学学能，顺便找个人家。一个村出来的多，干啥的都有，当保姆的、进超市当售货员的、还有学按摩的，家里怕我吃苦，就让我到饭店应聘个服务员。"小姑娘说。"男朋友对你好吗？"莫望芝问。"还行吧，他文化也不高，当兵复员回来干了保安，人还算老实，那个饭店比我们这里还严，他隔三差五跑过来看我，就在这河边说话。当保安也不是长法，我劝他学个技术，他说等攒够了钱，报个厨师培训班学炒菜，找一家饭店当厨师，他们饭店的掌厨一月好几千哪，老板见人家都得堆个笑脸。"小姑娘抠着生了冻疮的小手说。"你们咋认识的？"莫望芝问。小姑娘有些不好意思地说："那也很简单，他有个老乡在我们饭店打工，他没事就过来玩儿，一来二去就熟了。他送我一个手机算是定下亲，得他仨月工资哪，我心疼了半天，谁给咱打电话啊，发短信也浪费钱，就一直放在那儿没用，现在样式也过时了，当时还挺时髦呢。"莫望芝问："他父母见过你吗？"小姑娘说："他爹是个乡里的兽医，有一回上城里进药，他把我叫到饭店外面，他爹装着没事人一样从边上走了一趟，我也不知道，他事后才说，我还生气半天，早知道我也换件好看衣裳。回头他爹打电话说'中，看着怪机灵的'。"莫望芝笑了："你父母也考察过他吧？"小姑娘说："我爹妈没见过，他们说听我的，我说中就行。"莫望芝喝口茶水说："你男朋友对你咋样，有脾气吗？"小姑娘说："还算行，有脾气也不敢在我面前发，就是犟得厉害，跟他爹看病治的牛一样。有一回，我们去城北独山上的庙里烧香，那天是我爷爷忌日，他在世时对我可好，去晚了人家保安说啥不让进，我眼巴巴看着大雄宝殿说，进去磕个头就出来，只一分钟。他们就是不让，我明明看到院子里还有人，请一回假不容易，一气之下趁他们不备我就冲进去了，四五个保安老鹰抓小鸡一样在后面追我，他看见了疯子一般赶上来推那些保安，结果被人家几个人围着踢了几脚，押出来，脖子都抓出了血。后来还气不过地说，后悔下学没去少林寺学两年武，不然收拾这几个黑狗子还不小菜一碟。边上几个看热闹的妇女说，姑娘，这小伙子对你不错。他也听我的话，他们饭店几个伙计总是偷着将库房里的香油带出去卖，拉他参加，他听我的话没搅合，我说咱不能挣这样的外捞钱，多下点力气也不能干小偷小摸，他倒也很听话。"莫望芝笑了说："妹子，我好羡慕你，早知道也来你们这儿当服务员了。"小姑娘诧异地说："姐，这活儿你这身份咋能干。"莫望芝说："我啥身份，开个玩笑……"想说什么又咽了回去，"谢谢你，我该走了，这样你们就能打烊休息了。"莫望芝说着提包起身，拿起衣服向外走去，小姑娘在身后喊她："姐，你打包的菜。"莫望芝头也不回地说："算了，不要了。"

下楼来，外面已经起了风。皮帽子裹紧衣服倚在路灯下的三轮车上似乎睡着了，一片纸被风推出三轮车底，沿着马路根儿断断续续向前挪，突然闯过来一股小旋风，纸片旋转着上了天，飘飘忽忽消失在广告牌后。莫望芝迎面吸进一口凉气，便觉得胃中翻腾，一阵恶心，咽喉里有东西在涌动。她一张嘴，便扶着墙哇哇吐起来，直呕得涕泪交流。她从口袋里挖出纸巾抹了嘴，胃里空落落的，却感觉舒服多了，晕乎乎的头也清醒了。呕吐声惊醒了皮帽子，他立直身子愣愣地望着这边。莫望芝挣扎着脱离墙壁，跌跌撞撞走向路边，用力朝三轮车挥了一下手。皮帽子如同得到将令，麻利地翻身下车，推着三轮穿过硬梆梆的马路奔过来，三轮车翘起的铁皮叶子霍朗朗欢叫着，停在莫望芝身边。她费力地攀上车，一屁股礅在被皮帽子暖得热乎乎的椅子上，将羽绒服的帽子扣着头，缩在那里就再无声息。风大了，车胎的气似乎有些不足，皮帽子懊恼地回头瞥过一眼，双手攥紧车把，用力踩着脚蹬，身子前倾的幅度更大了，呼哧呼哧的喘息在车子上方的夜空里幻化成一团接一团的白气。吱扭扭鸣叫着的三轮车载着死了一般的莫望芝，穿过五个路灯，拐弯融进了清冷的黑暗里。

爱
妃

一

　　紫云站在我的面前，好像一本飞机座椅靠背里被翻卷的杂志，她面色苍白，厚厚的粉底也遮不住疲倦的眼袋，头发乱糟糟的，给人一种过期的感觉。那时，我正在饭店吧台前应付一个难缠的结账者，这个满面通红、学生干部模样的家伙喷着酒气，一只手攥着几张钱，另一只手隔一会儿就碰下我的胳膊，提醒似的反复唠叨："八折吧，老板，老主顾了，隔三差五就来，一条街满是餐馆，从未去过别家!"我心里一阵嫌恶，若是店里的伙计这样，我早就一声断喝："贱毛病！"可饭馆开了七八年，这种卖笑生意早让我学会了喜怒不形于色。吧台里的女服务员握着账单，眼神茫然地站在那里，我僵着脸上的笑容，目光扫过落地玻璃窗上反射出的人影，又看到街对面一家蛋糕店的霓虹招牌。"白连农！"涌向门口的一群客人中，有人高声叫出我的名字，循声望去，紫云努力拨开人群，笑意盈盈地朝我走来。"老板……"学生干部又要复读机一般重复那套说辞，我头也不回地向吧台挥挥手："八折结账吧。"紫云穿着高跟鞋，似乎比以前更瘦了，她婷婷袅袅地走到跟前，香水味儿立即笼罩了我，随即亲昵地打了我一拳，又轻轻抚了抚隆起的肚皮，笑着说："嗬，胖成这样了！"我惊喜地望着她说："你怎么回来了？"紫云的头发乱蓬蓬的，如同鸡窝一般，饭店的服务员们好像说过，这叫空气灵感烫，是今年流行的发式，她的指甲也染成了夸张的蓝色。"十周年同学聚会呀！"说着她朝一群百无聊赖等着她的同学摆摆手："牛鬼蛇神们，不陪你们玩了，我会会老情人啊！"那些同学哈哈一笑，簇拥着推门出去了。在紫云轻佻的尾音里，我注意到一个端着烤鸭经过的男服务生偷偷瞥了她一眼，与他擦肩而过的一个圆脸女服务员，脚步匆匆地赶来吧台，手里捏着一张金色的信用卡，心事重重的样子。大厅里人声嘈杂，一个衣裳脏兮兮的小孩在酒桌间把可乐瓶当球踢，一个皱纹深刻的老妇女正用力钳着一块香酥鸡腿递给桌对面的亲戚，那人摆着双手，痛苦地身子向后仰，仿佛送来的是一支冒着白烟的手榴弹，两个壮实的中年男子正在吵架般地猜枚，一个表情严肃，左手比着"八"，另一个面露惊喜，五个胖墩墩的手指松散地张开着，墙角柜式空调出风口系着的一根肮脏的红布条被吹成了一条水平线，吧台里的服务员正低头摁着计算器上的乘号，屏幕上显示着"546"，她身后墙上的电子钟，时针与分针组成了一个直角，时间正是八点二十分，楼上最大的包间里，罗红锈可能仍在挽起袖子，与镇政府的客人敬酒划拳，全然没有一点儿女人样儿。似乎没有谁注意到我们，我伸手无声地做了个"请"的手势，田紫云立时会意了，推门出了饭店，我们便来到了街上热烘烘的空气里。子午镇中心的这条街道正是热闹的时候，烧烤摊的桌椅一直摆到了马路上，光着上身、汗流浃背的摊主在通红的炭火前，手忙脚乱地调换着肉串的位置，不停有油脂坠落到红炭上，燃起一股突然的火苗，喷香的孜然味儿飘出老远。同样光着脊背的食客们，陷在白色的塑料椅中，桌上杯盘狼藉，每个人的脚边都是五六个绿幽幽的空啤酒瓶。街上熙来攘往的是一对对附近宛城大学的学生情侣，仿佛正月十五看花灯一般在街上散步乘凉。远处一个露天卡拉OK摊上，穿着泳装的模特在电视屏幕上笑嘻嘻地展示自己丰满的乳房，一个将背心卷起、露出半截肥肚子的中年男人正卖力地吼着"爱你一万年"。街道两边的饭店、药房、咖啡馆、蛋糕屋、旅馆、超市的霓虹招牌都在增加夜色的温度，它们连成一线，好像两条蜿蜒曲折的火龙。黑暗中，紫云悄悄挽住了我的胳膊，她的手臂凉凉的，和从前一样。

　　与紫云分开后多年里，每次听到《心太软》，我的脑海中立即就闪现出第一次见到她时的情境。那是一个秋高气爽、阳光灿烂的午后，任贤齐柔肠寸断的声音在空旷的街道上空久久回荡，租碟店的客人并不多，我坐在柜台里心不在焉地浏览着一本翻了多遍的电影杂志，眼前电脑屏幕监控画面的左上角，长久地伫立着一个彩色的人影，那是门前的位置。我抬起头，紫云一身粉红色运动装，手里提着一个塞满衣物的红桶，长长的头发湿漉漉地粘在一起，似乎还滴着水，她正在认真地读着门口的兼职服务员招聘广告，微凉的秋风将宛城大学里梧桐树上的落叶吹到门前，铺了一地，焦黄的树叶映衬出她红拖鞋里白猪蹄一般的小脚。个子高高的紫云推门进来，一股洗发香波的味道扑面而来，似乎还带着澡堂里的温度，湿头发像帘子一样几乎遮住了她的脸，以至于第二天紫云来上班时，我竟一下愣住了，她的长头发已编成了一根干燥油亮的大辫子，上身是昨天的粉红休闲服，下身一条蓝色牛仔裤，脚上是白色运动鞋，窈窕地宛如一棵小白杨。紫云的打扮影响了我的审美，以至于后来看过超短裙、三点式，甚至赤身裸体，也觉得不如这样的穿着性感。更致命的是，紫云长得像娜塔莉·波曼。上高中一年级时看过《这个杀手不太冷》之后，我就彻底迷上了她，后来听说娜塔莉·波曼考上了哈佛大学，我心里美滋滋地计算着时间，假如一切顺利，我还有望在哈佛的校园里碰到她。可严重偏科、一上英语课就打瞌睡的我，坐在高考的教室里脑子一片空白，最终连个国内三类大学都未考上，沮丧之下去参军，挖了三年山洞后复员回家，父母将家底磕光，给我盘下这间临近宛城大学的影碟店，我也早已薄情寡义地将娜塔莉·波曼忘了，店里有不少她的影片，我却再未看过，而紫云的出现，让我产生了癞蛤蟆碰到白天鹅的感觉。

紫云说话轻声慢语，仿佛总是气息不够使的样子，我却觉得那别有一番味道。她每天都会换一身衣服，从不重样，好像学校里有一个存满衣裳的仓库，而她的职业是模特。她的到来也让音像店变了模样，店里的碟片足有两万多张，以前全部混杂在一起，学生们来了都是自己花时间翻检，若点名要哪部片子，我只能无奈地苦笑说："肯定有，不过你得自己大海捞针。"紫云的手和脚都很袖珍，仿佛身体发育到手腕、脚腕就停止了，她戴着洗衣服用的长塑料手套，将乱七八糟的影碟分门别类成动作片、爱情片、文艺片、科幻片，再按片名首字母排序，所有片子变得一目了然，我称赞她时，她谦虚地说，这是跟学校的图书馆学的。闲暇时间，我最大的乐趣就是通过电脑监控画面，悄悄地欣赏紫云整理碟片、张贴海报、弯腰扫地或者静静地观看一部新片。与很多人不一样，她喜欢看恐怖片，那些封面血腥、恶心的惊悚片，我很少去碰，似乎出租率也不高，但紫云却乐在其中，有时看完还意犹未尽地评价说："嗯，没有吓到我！"有一次，我正在瞅着她踮起脚尖，伸手往货架高处摆放新到的韩国连续剧，她的头发图省事用个硕大的夹子卡在脑后，如同老妇女一般，正思想着，却见镜头中，她拿了一个碟子晃了晃，然后抵近在摄像头上，仔细一看，原来是莎朗·斯通的电影《偷窥》，我登时闹了个大红脸，拍着桌子尴尬地笑起来。

她喜欢听王菲的歌，门口电线杆上的黑音箱里整天都是空灵的鸟叫声。我体会不了这种歌曲的好，却喜欢郑钧、崔健那样粗犷的摇滚乐，甚至放放雄壮铿锵的《解放军进行曲》也不错，紫云听了乐得笑岔了气，倒出碟片，给换上了英文歌。我虽听不清唱些什么，但那沙哑的嗓音倒也悦耳。有时店里学生多，忙得过了吃饭的点儿，我就去买一碗凉皮或者两个肉夹馍给她当晚饭。紫云是西安人，喜欢吃陕西小吃，街上有个一间门面的肉夹馍小铺，是对年轻夫妻开的，摊前从早到晚排着长队，他家的肉夹馍饼子香甜、酱肉不腻，一天可以卖掉一大锅猪肉。门前的这条街上还常见一个疯子，那是镇东头老冉家的大儿子，生着一对招风耳，虚长一个大个头，每日只会拖着竹竿一样的身子在路边晃荡，看见有车经过，就立在旁边鼓掌欢迎，口里喃喃有声，远近的人都认识他。闲逛到饭店门口时，这家给他塞一个包子，那家为他裹上两根油条，倒也饿不着他。疯子有时会跑到音像店门口，随着音乐张牙舞爪地扭屁股，立时引来行人围观看笑话，我总是出去轰走了众人，紫云会排队买一个肉夹馍给他吃。剃着光头的疯子傻呵呵乐着，用野兽般的长指甲抠去了肉馅，津津有味地嚼着白面饼子走了！人们看见了摇着头说："傻子，真是个傻子！"

店里的生意似乎在红火起来，尤其是紫云来了以后，一些大学生一来就缠着她找片子，很明显地没话找话。紫云去对面的理发店剪头发，那个一头黄毛、裤子把臀部箍得屁都放不利索的男理发师，将她的头发盘上去又放下来，吹干了又冲湿，倒腾一个下午，回来我看和原样没差多少。这小子却得了门路，头也不剪了，有空就踅过来，跟着紫云说些没咸没淡的话套近乎。紫云不欢迎也不拒绝，我黑着脸啪地关了监控，将门外的音乐调到震耳欲聋，说话也听不见，小黄毛无趣地走了。紫云上班便有些无精打采，晚上客人少了，她就坐在里间的空场里看起了新到的鬼片，电视屏幕映得她的脸庞一明一暗，怵人的配乐让人不寒而栗。我索性搬了凳子坐在她旁边一同观看，这样害怕还少一些。紫云似乎没有觉察到我的到来。电影里，一个惊恐万分的小女孩蹑手蹑脚推开了虚掩的手术室大门，滴水的声音清脆响亮，满头大汗、浑身发抖的小女孩关上房门，转身刚要喘一口气，忽然看见黑暗中，刚才追逐她的那对粗壮瘆人的大白腿凌空跃起，向她跳来，一声撕心裂肺的尖叫让人肝胆欲裂。我寒毛直竖，无意中抓住了紫云的小手，冰凉冰凉的，她并未挣脱，我鼓起勇气将她顺势揽在怀中，紫云的气息是热的，她的身上有一股清甜的槐花香味儿。

二

后晌的热气正慢慢散去，公路上的行人多了起来，罗红锈端坐在饭店门口的靠背椅上，气定神闲地翘着二郎腿，一边颠着脚尖的铁臂阿童木图案凉鞋，一边品着大茶缸中苦涩的柳叶茶，对七八米开外、堵着门跳脚骂的泼妇充耳不闻。"日他妈，日他姐，日他血闺女娃儿！""生个儿子没屁眼，生个女儿一身屁眼。""老少爷们听好了，背后使那阴招儿的人，出门叫那汽车撞死！"骑车经过的路人多是吃惊地一瞥，便匆匆而过，生怕这詈骂沾到自己身上。这不是打架或者车祸，也没什么好看的。脚下的水泥地上，伙计们刚刚洒过用来祛暑的水渍正在变干，罗红锈提起椅边的热水壶往茶缸里添了点水，开水溅到脚背上火烧火燎，她也咬牙忍着，然后端着搪瓷缸仰脸继续面无表情地数着从眼前经过的车辆牌照上的数字。穿得七星瓢虫一般的胖女人，已是连着三天在门口指桑骂槐了。她不知从哪里打听到，是我们暗中拜访了镇长，接下了她租约到期的洗车行铺面，计划挨着饭店盖成楼上楼下几间客房。胖女人认为我们断了她家财路，成瘾了一般，日日上门挑衅。站在饭店的玻璃幕墙后，我实在听不下那些污言秽语，便想叫几个伙计吓唬吓唬她，罗红锈将从不离手的大茶缸往圆桌上一掼，用力揸去嘴唇上方细密绒毛上的一层水珠说："恁有材料，没文化的人才这么干！"她的软抵抗果然在气势上慑住了胖女人，那尖利的嗓音便没前几日响亮，咒骂也显得漫无目的。罗红锈呷了两口热茶，柳叶子的营养已被榨尽，味道可能有些寡淡，她起身将茶缸放在椅子上，仿佛替她占着位子，转身向饭店走来，挤在门口的服务员、厨子们一哄而散，胖女人的声调在她身后立时高起来，依旧重复那些脏话，毫无新意。在她唾沫横飞、满头大汗的演讲中，罗红锈手里拤着两根湿淋淋的黄瓜大义凛然地出来了，她将印着"安全生产1000天"红字的白瓷缸搁在脚边，绷着脸、昂着头，舒服地靠在椅背上，轻轻咬掉一段黄瓜头，呸地吐了，然后用那驴一样结实的板牙，咔嚓一声脆响，整整齐齐截下一段汁水四溢的黄瓜，响亮地咀嚼着，吃得那么香甜，好像手里攥的是一杆甜蜜的甘蔗，或者是一根劲道十足的香肠，碧绿的黄瓜瓤、滑溜的黄瓜籽，在她的口腔内变得妥贴顺服。我知道她的嘴角一定积聚着嫩绿的汁液，腮帮子起伏不定，身边弥漫着青涩的黄瓜香，一向如猛张飞的罗红锈竟然将生黄瓜吃出了美感。我看到七星瓢虫胖女人谩骂的间隙，喉头耸动，不易觉察地吞下了一团口水，我的嘴巴里不知何时也湿津津的，渗出了垂涎的唾液。

　　八年前这"楚胖子"饭馆开张时，我没想到两间门面房的临街快餐店，能干成如今的大酒楼。虽说饭店临近宛城大学，可满街都是餐馆，加上学校为了自己食堂盈利，干脆砌死了通往镇中心的西门，这夫妻店的生意便不死不活，只好我炒菜她端盘，连个服务员都雇不起，日子艰难时，连菜钱都凑不够，偶尔赶上一桌酒席，来人点个黄焖鸡，我就连三赶四跑到集市上，赊下一只活鸡，回来宰杀炖了，客人付完钱再去还账。有时我会抱怨，不该将原来的音像店生意关张改成饭馆，盗版盘利润高，三元钱一张从火车站地下市场批发来，一转手就是十元，再加上租影碟，西门没封时，学生流水般络绎不绝，一条街眼热这生意。罗红锈总是不等说完就截了话茬："老母鸡下十八个蛋，续屁股眼子，多少年的老皇历了，说一遍又一遍。那不是后来租碟店太多了么，学生们都买了电脑，几个还看光盘，再加上工商、税务、消防狼吃狗叼，忙活一月圆扯圆。开饭馆这路错不了，人生在世，吃喝二字，谁一天不吃三顿饭，我就不信咱守着学校、靠着公路，能叫饿死！"她生办法与路过的长途客车挂上钩，请人家在"楚胖子"门前停五分钟，一月暗中给司机五十元烟钱，我们可以上车兜售冰棍和小报。有时报纸销得好，她就一拆两份，有的乘客看得快便嚷嚷："老板，这凶杀案登一半就没了。"

罗红锈就厚起脸皮说："那是连载，得等下期啦！"一些乘客看见门前炉子上的茶叶蛋煮得正好，便要买，一个吃引来众人都想吃，鸡蛋不够，罗红锈喊着"还有、还有"冲进店里，抱出一捧鸡蛋，乘人不备在锅里翻了个滚，有点温度便隔了窗户卖进去。客车开走了，我心有余悸地说："你真泼皮胆大，车开慢一点，人家不找你事儿，磕开都是稀汤，哪个不骂你八辈祖宗！"罗红锈木糊着脸，翻了翻牛蛋似的眼睛，一边展平手中脏兮兮的钞票一边说："你跟钱有仇啊？一锤子买卖谁管谁，你嫌钱扎手我不嫌！"

饭店生意略好些后，我们便谋划着将"楚胖子"重新装修一遍，预计得五万元，不知这风声怎么就漏了出去，忽一日，几个一律剃着小平头的地头蛇就上了门，一口价十五万要承包这工程，并扬言，不经他们点头，没人敢在子午镇上贴一块瓷砖，我们知道这是实话，便想办法找镇长说情。那时反季节的水果还少，拐弯抹角托人从南方买来一箱馒头大小的仙桃，大年初一清早给镇长送去。镇长家门口的鞭炮屑足有半尺厚，踏上去好像积雪一般，穿着睡衣、红眼泡子的镇长开了门，罗红锈好像变了一个人，平日里粗犷的嗓子里似乎卡了一块大白兔奶糖，私底下我们演练了多遍的苦情话，经过她魅惑的声音，竟然飘荡着一股骚气，镇长鼻腔里嗯嗯回应着，罗红锈都说完了，他的嗯还没停止。辛辛苦苦去送礼，最后门都没让进，回家的路上，我突然跳下车，大吼一声奋力一撺，撒了手的自行车直直冲向路边一棵表皮皱皱的白杨树，我紧跟着冲上去，脚踢拳打，指着杨树干把能想到的脏话骂了个遍，叶子落光了的白杨树悄然不动，路人肯定觉得这是医院里的精神病跑出来了。罗红锈默默地下到路边的土沟里，将自行车吃力地推上来，两腿夹着前圈校正了车把，拣去车条里的两根枯草，用袖子揩了揩车座，一声不响地立在那里。发泄一通，我的嗓子都哑了，她将自行车推到我身边，只说了一句话："咱一定要干出个样儿看看！"改一日，那几个小混混再来，还没走到门口，罗红锈从后厨抄了一把蒲扇大的菜刀就冲出来了，她头发乱蓬，眼睛血红，声嘶力竭地哭喊着："反正也没活路了，拼死了干净！老子早就活够了！"四个小流氓一边退缩一边说："老板娘，有话好说好商量！"转身撒腿就跑，再也不上门了。

而我们和隔壁洗车行的胖女人落下嫌隙还要更早些。那生着一对硕大绵羊奶子的女人，仗着有个亲戚在镇政府当个小头目，从不拿正眼瞧人，动不动就说："俺们可是朝里有人！"她养了一只小白猫叫"咪咪"，整日抱在胸前，离身一会儿便四下"咪咪咪"叫着找，罗红锈见过胖女人噘着厚嘴唇小心翼翼地将牛奶吹凉喂给猫咪，还把小猫放在澡盆里洗得一身肥皂泡，不禁厌恶地说："对她爹、对她男人也没这么好！"忽然一天，胖女人发现她家"咪咪"直直硬在了窝里，放在窝边铁盘子里平时最爱吃的小生鱼一嘴也没动，哭得泪人一般寻上门，非说饭店里投的老鼠药毒死了她家"咪咪"，要我们赔偿一千元。罗红锈吃惊地瞪大了眼睛，辩解说："哪里证明你家'咪咪'就是吃了饭店里的老鼠药死的，我们家的狗都好好的！"女人盛气凌人地说："前几天还看见你们伙计拿火钳子往外夹死老鼠，别想抵赖，你们那土狗，十个也不值我这一个！"逼急了，罗红锈一抹眼泪，冲进卧室找出一把锋利的剪刀，将小猫从头到尾解剖开，双手血淋淋地掏出猫咪的五脏六腑，一件一件翻捡着，找出了肿大的脾脏，理直气壮地说："看看，你家猫娃分明是得病死的，哪里有中毒的迹象！"胖女人捂着嘴巴，干呕着回家去了。

那时罗红锈对她的后台还有忌惮，没两年胖女人的表舅就退了休，人走茶凉，据说用个车还要给自己原来的司机说好话，她的气焰自然消减了不少，动不动就训斥自己的男人："屋里没人开个空调干啥？水也别抛洒，都涨到五块一吨了，还当以前哪！"有一次，胖女人与老公打完电话，手机顺手扔在桌上，她丈夫也忘了挂断，电话就一直通着，直到欠费停机，胖女人到营业厅交了九十八元电话费，回来将男人祖宗八辈骂了三天。坐在八月末夕阳的余晖里，罗红锈一边清脆地嚼着黄瓜，一边在心中冷笑一声："如今你鳖孙也知道一分钱掉地上四面吹灰了！"她有滋有味地吃着剩下的半截黄瓜，个别没撸去的毛刺丝毫不影响她享受这无上的美味，等她把两根黄瓜吃净，胖女人将肚中的骂人话排列组合了无数遍，也兴味索然，似乎有偃旗息鼓的架势。罗红锈吧唧了一下有些麻木的嘴唇，端起茶缸大摇大摆走到路边，用力将半缸砣在一起的柳叶倾了出去，地上的湿痕仿佛一棵枝叶繁茂的竹子。她以椅子为圆心，从容不迫地走了九十度弧线，来到老女人跟前，盯着她笑了笑大声地说："累了吧，我一句都没听见，全算你的！"胖女人吃了一惊，眼睁睁看着罗红锈趾高气扬地走开，突然捂着胸口一屁股坐在地上，嚎啕大哭起来。

三

临近毕业，宛城大学的校园里显得人心惶惶，黑黢黢的操场上，平日里晚间也热闹非凡，老师们携家带口在这里散步，学生们绕着足球场跑四百米，情侣们在幽暗的看台上窃窃私语，如今只有灯光篮球场里，七八个男学生汗如雨下地围着一个篮筐投球，不时传出短促的"好"、"嘿"、"有了"。操场正中的草坪深处，有人抱着吉他反复弹着《遇见》开头的几句，高大的法国梧桐和十年前一样，整齐地矗立于水泥路两侧，在夜色中沉默不语。经过一幢宿舍楼时，可以听见几个男生在水房里大呼小叫地泼水嬉戏，有人一边冲凉一边忘情地吼着"妹妹你大胆地往前走啊"。远处的十字路口，四盏路灯将一片下坡的水泥地照得分外明亮，路边聚集了不少或站或蹲的学生，那是毕业生们的二手市场。

"快走，看还在不在，下午那会儿我就想买了！"紫云拉着我朝那里奔去。小十字路口铺了七八个地摊，摊主面前是各种不想带走的旧玩意儿，多半是课本、过期杂志，还有台灯、风扇、毛绒玩具、席子、自行车和电视机。"还在哪！"紫云踮起脚尖惊喜连连地叫着，挤进人群蹲了下来，她相中的是一把粗大的链子锁，包裹铁链的红色封套上油污斑驳，锁孔里插着一把圆柄小钥匙。紫云仰头欢喜无限地问："这个多少钱？"摊主是个戴眼镜的文弱小男生，看到紫云似乎有些拘谨，犹豫了一下说："三十五！"我正想说他狮子大开口，紫云却利索地付了钱，没等来砍价的小男生有些意外，以至于回答另一个高个男生手里拿的英汉字典价格时，张口而出："三十五元！"转而一愣，如梦初醒地说："哦，不，这个起码得七十！"紫云兴高采烈地拉着我来到体育馆旁的空地上，正门的灯光被侧墙挡住了，阴影把一排躺倒在地的自行车后轮切成两半，我知道靠墙的暗影里，是一座足有上千辆破自行车堆积而成的小山。早些年，一些学生毕业后，自行车就随手遗弃在校园内，风刮雨淋，东倒西歪，成了锈迹斑斑的废品，学校的清洁工也懒省事，将它们搜罗来堆放到这个杂草丛生的角落里，后来有的学生离校时不愿将单车卖掉，就在车上写好名字，自己推到体育馆旁边，车山越堆越高，甚为壮观。不知何时开始，把自行车扔上旧车山成为一种告别校园的仪式，这些旧单车一直被堆放到和十几米高的体育馆齐平，艺术系的学生们将这些随时可能坍塌的车子焊在一起，清去四周的土堆杂草，打扫干净，立下一个石碑，上面写着"青春山"，这里倒成了校园里的一个独特景点。学校为了安全，禁止再将旧车向上堆放，一些学生就偷偷把铃铛、脚蹬、车闸写上名字为小山"添砖加瓦"，也有一些新生到这里为自己的破车找零配件。"我白天还在这里找过我的单车，眼睛都看花了，好像在又好像不在。"紫云在黑影里说，沉默了一会儿，她用力一甩，只听"呼""铃""咣"，声音悬在半空，链子锁八成是挂在了一个突出的车把上，她又一挥手，估计是那把小钥匙，清脆的金属撞击声不断下落，它可能接触了车条、链子盒、椅背、车篓、轮胎，突然就没了声响。紫云拍着手幸福地笑了，好像一个可爱的小姑娘。

实际上，田紫云的单车是不太可能在这里的，离毕业还差半年，她崭新的山地车就被偷了。在宛城的几所大学校园里，丢自行车就像恋人们分手一样司空见惯，小偷们会轻而易举得手，车主也未必拿它当多大的事。那时，我们在白河边一户家庭旅馆里租了个套间，房东是个嗜酒的鳏夫，儿子在外工作很少回来，只有他孤身一人，喝醉了就躺在正屋的摇椅里唱《卷席筒》，喜欢深更半夜在井台上赤身裸体冲凉，租户们那时早已入睡，也少有人知。紫云很少去上课，要么在音像店帮忙，要么在租居的小屋里看碟、做饭。她的厨艺很好，简单的炊具调料，就能做出各种各样可口的陕西面食。宛城人爱吃的蒸面条、菜干饭、玉米糁，我略一讲解，她便做得有模有样，还借来房东的大蒸锅，跟这个整日醉醺醺的老头学会了蒸馍头。一次碰到我，老酒鬼拽着胳膊神秘兮兮地说："一院子学生，就你这个媳妇是正经过日子的。"紫云从来不让我出房租、菜钱，还给我里外添置一堆衣服，我心中颇不舒服地说："我一个大老爷们，过得好像你的男宠一样。"紫云笑了："有你这么难伺候的小白脸吗。再说了，有钱不花，留着长毛吗？"我劝她应该去上课，多跟同学交往，紫云却有些不耐烦："老师肚子里那点墨水，自己写论文还不够哪！以其昏昏，使人昭昭，国外的大学我都懒得读，偏费劲儿来挣这学分！"我听不懂什么意思，她又赌气似的说："家是笼子，寝室是笼子，学校也是笼子！"我不敢再多说什么了。紫云的女生宿舍，我也进去过，果然如她说的那样，四张高低床八个床位，一人挂了一个幔布帘子。她还说有的女生将男友留宿在寝室内，夜里聒噪地大家休息不好，我吃惊地看着那些拉得严严实实的布帘说："这里面不会有人吧？"紫云开玩笑地猛然拉开身边一副印着卡通美少女的粉帘子，里面竟然坐着一个身穿白背心的长腿男人，我们都吓了一跳，赶紧逃出了寝室。我也觉察到紫云的同学看我的眼神怪怪的，并不友好。后来才知道，紫云其实在西安是有男友的，两家都是门当户对的官宦家庭，她在上初中时就知道，那个大她三岁的哥哥就是自己未来的丈夫。男方为了显示诚意，供给了她读书、生活的一切开销，紫云高中就与对方谈起了恋爱。和紫云分开以后，我还在校园里看见过那个一脸络腮胡子的小伙子，骑车带着她在初夏阳光明媚的林荫大道上穿行，零星透过树叶洒落下来的光影扫过她的脸庞，长得像娜塔莉·波曼的紫云依在他的后背上，美得让人心碎。

　　很久以后，我才突然意识到，自己从来没有正式要求紫云作为我的女朋友，她离开的时候，也没正儿八经地说分手，她总是与别人有些不一样。上课的时候，紫云会突然从后门跑出去，到楼下看看那辆黑色的山地车还在不在，离开住的小屋，她总担心门没锁好，要反复确认三四次。紫云特别爱干净，吃饭前洗手常常要三四分钟，洗澡得一个小时，更不喜欢去学校的公共浴池。一个院子二三十家住户，我们一月的用水量是别人的三倍，房东大爷收水费时，探头探脑地看了一遍不解地问，你们在屋里挖鱼池了么？晚上睡觉时，她常常要在枕头下放一把削铅笔刀，我一开始不习惯。紫云说，我从小就这样，在家都是放一把闪亮亮的菜刀，怕你别扭才改成了袖珍的，你宽容我吧。睡觉前，我总需与她挠痒痒，紫云好似一头小猪一般，舒服得直哼哼，迷迷瞪瞪中说："单凭抓痒这一条，我便离不开你了。"我感动地半夜没睡着。紫云喜欢熬夜，也常拽我去录像厅看电影。虽说店里的碟片堆天涌地，但电影院的效果总归好些。那一年冬天放映《泰坦尼克号》，她先去看了一遍，回来又拖我看通宵连放，还未播完已是凌晨，就有观众不耐烦，鼓掌大叫着："老板，换片！"过了一会儿，冒烟的泰坦尼克号不见了，绵长的呻吟声率先跳出来，一个雪白的大屁股占据了整张屏幕。每个月，学生们都会从碟店里暗中买走上百部这样的片子，夸张的叫声回荡在影院内。紫云靠在我的军大衣上，悄悄俯下身，我紧张得四下张望，观众稀稀拉拉的夜场里忽明忽暗，有的人睡着了，有的目不转睛地盯着幕布，紫云的牙齿硌得我生疼。

她离开学校以后，我还喜欢在校园内闲逛，坐坐以前流连过的草地，再买一杯紫云喜欢的山楂汁冷饮，并试图在水房前川流不息的人群中，发现那个鹤立鸡群的熟悉身影，可一切只是徒增惆怅。如今，开水房已被铲平建成了一座两层楼，楼上是澡堂，楼下是间餐厅，夜色中，可以看到食堂里彩灯闪烁，好像有院系在里面举办毕业晚会，劣质的音箱嗡嗡作响，听不清那连成一片的话语在说什么，一个白衣服的学生在门口扶着树干哇哇大吐，身后穿着同样T恤的同学锤得他的后背嘭嘭响。紫云说，这二层洗澡，一楼做饭，感觉总归怪怪的，我无声地笑了。前面就是灯火辉煌的教学楼，她说："有点累，咱去教室坐会儿

269

吧。"我扶着她走上十几级台阶，教学楼前刚修剪过的草坪散发着冲鼻的青草味儿，我的耳边仿佛响起了锋利的马达声。我们找到二层一间学生不算太多的教室，悄悄推门进去，坐在了最后一排，这是紫云当年最喜欢的位子，方便睡觉，也利于出逃。我陪她上过几次课，她不是乱翻时装杂志，就是看亦舒小说，我则乐于寻找课桌上那些被反复改编已经烂俗的题词造句："宛大本来无娇娘，残花败柳排成行。偶有鸳鸯两三双，也是丑女配色狼。""宛大美女一回头，江河湖海水倒流；宛大美女二回头，惊倒田里一头牛；宛大美女三回头，哈雷彗星撞地球。"几年前，那些留着历届学生墨宝的旧课桌被换成了棕色的仿实木桌椅，教室内加装了电视和幻灯放映机，吊扇也变成了空调，抽屉里常见的废纸团、饮料瓶、牛奶袋也少了。荧光棒在头顶嘁嘁作响，好像有上百只蚊子绕着灯管上下翻飞，十几个学生不规则地分布在教室内的座位上，却是一排只有一个，远远的黑板上写着潦草的英文。田紫云翻出一张同学录认真研究起来，她卷曲的头发、刺鼻的香水味儿、低头就会挤出的双下巴，清楚地将她与前排十二个衣着保守的学生划清了界限，她只是这里的客人了。我移开支在课桌上的胳膊，比实木还逼真的桌面上，有学生用刀子歪歪扭扭刻着一句："莫望芝，回来吧！"旁边是圆珠笔写的六个摆在一起的代数公式。对于这些数学符号，我是熟悉而亲切的。尽管高考两门不及格，数学我却考了满分，班主任拿着成绩单对我说："你真是一个令人骄傲的混蛋！"从初中开始，我就迷上了数学，每次拿到考卷，激动地手都在打哆嗦，读完那些拗口的立体几何试题，我闭上眼睛，立即就有一个三维的模型漂浮在黑漆漆的脑海中，仿佛有一双胖乎乎的小手颠来倒去，摆弄那些悬停的圆柱、圆锥和球体，并凌空拉出一条条中分线、对角线，眼睛睁开，解题方法就出来了。看着罗红锈给我生的一对双胞胎白大罗、白小罗，碰到二元一次方程都咬笔杆，我深切体会到什么叫恨铁不成钢。每次心情不好时，我就带上一本高等数学试题集和一叠演草纸，来教学楼上自习，笔走龙蛇地把那些复杂深奥的解题过程，像自己的名字一样流畅地书写出来。有一次，我正在教室里伏案疾书，罗红锈嘶哑的叫喊声如同一声霹雳震撼了整栋教学楼："白连农，出来！你个老不要脸，又来学校勾搭人家女学生了！"我如梦初醒，把那些写满让人眼花缭乱公式的草稿纸平整地摆在她的眼前，罗红锈扶了扶昏了的头、涨了的脑，这个把菜肴读成"菜希"，连"贰"都不会写的小学肄业生摆摆手说："去吧去吧，你长到那儿我也不管了！"又一次我和她吵了架，一气灌下三瓶啤酒，上到教学楼五层，也许是六层，被尿憋醒时四下漆黑，舒展着酸痛的筋骨，我发现自己被锁在了楼里，已是半夜，干脆回去接着睡。天蒙蒙亮，五十多岁的女清洁工打开楼门准备做卫生时，看见一个人影大踏步从眼前冲出去，惊得张大了嘴巴，半天没合上。

四

脸颊边一阵凉风，额头上痒痒的，手一呼扇，耳朵上又好似小虫子爬一样，一阵吱吱刺耳的拖凳子声，呼噜的尾音还未飘远，"坐啦……""知道你有量，这是从啤酒厂车间直接拉的……"长长的小孩尿尿的响声，"够啦，够啦，出去红头涨脸的……"嗓子干痛，我睁开了眼睛，一只小蜜蜂一样肥硕的苍蝇好像随时准备降落的直升机，伸着五只细爪子在头顶盘旋，发出令人厌恶的嗡嗡声。我伸手去摸蝇子拍，它却已经振翅飞到了窗户边，贴着纱窗上下左右着急地寻找着出口，隔着玻璃瞄瞄天色，估计也就后晌三点多的模样，太阳正毒，脚头的电视里，狄仁杰破案的连续剧没了，一男一女像吃了兴奋剂一般，捧着一个吹风机，"赶快拨打电话400……"大肚子苍蝇钻进了玻璃与窗纱之间，一会儿飞到顶上，一会儿又降落到窗底，不时撞着深蓝色的茶玻璃，我长出一口气，困乏地翻了个身，遥控器硌在了肚子下，我抠出来将电视音量调没，那一对男女圆睁着眼睛，嘴巴动个不停，好像在表演绕口令，又好像在情绪激动地喊我开大点声儿。"不要了，不要了，有扎啤湿湿嘴儿就行了，晌午吃了两大瓷碗蒸面条，都涌到嗓子眼儿，啥也装不下了。"卧室外的吧台边传来"绒疙瘩"沙哑的嗓音。"总得有个下酒菜，你夹个花生米吧，今年新下来的，筛过，个个都有指头肚大小。你再试试这'黄鹤楼'，一个客人给你大哥的，说一盒一千多，你鉴定下真假。"罗红锈客气地说。盘子接触桌面的钝响。"绒疙瘩"暗哑的声音尖利起来："不忙吧，尽到你这儿尝稀罕物。""绒疙瘩"大名槐叶荣，是罗红锈的小学同学，还有些远方亲戚的扯捞，因为个子矮，年青时长相可爱，邻里便叫了她这个绰号。当年我和罗红锈相亲，就是她牵的线，后来八色礼谢了她好几年。她在镇上开了间台球室，也是做学生生意，丈夫老焦手里有辆货车，常年在市里货运市场揽活跑长途。"绒疙瘩"生了一大一小两个女儿，非要与我们的双胞胎结娃娃亲，我扳死没松口。她一见白大罗、白小罗就爱不释手，挨个亲得一脸口水，然后就艳羡地说："白大哥，你就等着老了挽着胡子喝米汤吧。""绒疙瘩"好烟酒，逢着喜宴，别人唯恐躲避不及敬酒，她却主动要酒喝，不喝好还不高兴，抽起烟来比男人都凶，手指焦黄。我对她说："'绒疙瘩'，你早生五十年，就是个双枪老太婆的料儿！"她逗着一对双胞胎说："鳖孙，'烟枪老太婆'还差不多！"说着，吐出了一个圆滚滚的白烟圈，把两个孩子呛跑了。

"白哥呢，出去了？""绒疙瘩"响亮地嚼着花生米问。"屋里背床呢，呼噜打得山响……咦，这会儿翻身了，一中午陪了三桌，醉得稀泥巴一样。你那生意可好？""啥生意，要饭吃活儿，能跟你这大酒店比，我看每天饭点儿，门前小轿车、摩托车停得插不下脚……你也尝尝，煞凉，牙都冰掉了！""绒疙瘩"长哈了一口气。"你多喝，我闻见酒味儿够够的！真正干啥不稀罕啥，小时候进城看人家吃烧鸡，油汪汪的，眼气得口水滴流三尺长，想着啥时我才能吃口烧鸡啊。嗬，现在，鸡脯子上的白肉嚼到嘴里跟吃木头渣滓一样，谁如今要往我眼前摆个囫囵烧鸡，算是屙我面前了。就好喝那芝麻叶面条、红薯包谷糁，生就那猪穷命！"罗红锈大声地啜着茶水，"你就说这茶叶吧，俺这吧台上有毛尖、绿茶、红茶、碧螺春、乌龙茶，鳖孙，喝我嘴里全一个味儿，你看有些饭店还弄个木头桌子搞茶道，小壶浇来浇去，茶杯指甲盖大小，喝一杯蘸蘸嘴，不够那费事钱，盛我这大茶缸里，咕嘟咕嘟一气就解决问题了。上回有人喝醉拉下一提咖啡，都说那东西好喝，我拆开冲了一碗，呸，苦得中药汤一样，服务员们说咖啡提神，我喝完倒头就睡，鳖妮子们说，老板娘啊，都你这样，咖啡广告都不用做了，你要给卖咖啡的活活气死！""绒疙瘩"的公鸭嗓笑了，好像哭岔气了一般。火柴味地被擦着了，一股火药香飘进屋里，"绒疙瘩"说："你这泡的什么，翠生生的，竹叶么？""柳树叶，春上河下采的，晾干了泡水去火，我一年四季火气大，花生米、油条这些东西都不敢碰，今天吃完明早牙根必定肿，报应得很！""绒疙瘩"吞了一口酒，咀嚼着花生米说："不是我说你，你操心太多，为啥吃不胖，那脑子都没歇的时候。都说我'绒疙瘩'在这子午镇上蹚得开，在你面前，我都不递招儿，你给我卖吃了，我还替你数钱。小时候，挎个箩头上地拾麦穗，我都没你捡得多，不服气不行！"罗红锈笑了："陈谷子烂芝麻的事儿，记恁清。几十号人张着嘴，你不操心能行吗？俗话说得好，钱难挣屎难吃，从人家口袋里掏个钱哪是容易的？来个客人，不管学生老师，都给人家当太上老君供着，打听人家姓甚名谁、哪个院系，记到小本子上，下回来一口就能叫出名字，都说'楚胖子'老板见面熟，功夫都下到背后了。咱也吃人家的馆子，可那不是享受，为的是学人家新菜、看别人服务。有一回听来一句'大驾光临、蓬荜生辉'，回来背了三天，娘那脚，也不知啥意思，我看一说鳖孙们都美滋滋的。你白哥一口酒都过敏的人，硬是练出了半斤的量，喝了上顿喝下顿，几年喝那酒顶人家一辈子。一到年底我就怕，光送礼都愁坏人，礼轻了人家说你打发要饭吃的，礼重了送死你……做多少难，说多少好话，我要哭啊，得哭上三天三夜。我给老白说，下辈子谁再干这活儿，让鬼撵他！""绒疙瘩"嘎嘎笑着说："不然人家说你浑身都是不锈钢，你要脱成个男的，那是进中南海的把式……嗯，这烟是真的，不绝火，煻到头了烟灰还支着架儿，有钱人冒股烟儿够俺吃一个月，鳖孙们，福都享折了！"

屋顶的墙角是块干枯的褐色水渍，还挂了张八卦图似的蜘蛛网，一年比一年大，本想扫除了，罗红锈却说，这是吉物，可以捉虫子，省了蚊香呢。果然偶尔就可见网上缠着一个蚊子或一只小蝇，只是蜘蛛不见长大。沿着屋墙贴了一圈美女骑摩托的挂历，是二零零三年的了，一些日子划着红圈，那是流水过一万的日子。床头的一张挂历上扎了两根带白线头的针，空白处写着十几个电话，那些是送煤的、卖塑料袋、运啤酒老板的手机号，放电视的组合柜边是几个红板凳，上面堆着脏衣服，地上还倒了几个空茅台酒瓶。有一次，镇长吃完饭下楼，经过卧室时扫了一眼诧异地说："这哪像个老板住的地方？"我讪讪地笑着说："驴屎蛋儿，外面光，总想着收拾，也没顾上。"心里却为续签租约合同的事七上八下。那时镇长已经开始玩石头，我们托熟人买了两块和田玉，镇长见了果然露出笑脸，一时高兴便邀我们参观他的储藏室，里面除了名烟好酒，就是眼花缭乱、造型各异的奇石。他指着几块洗脸盆大小的翡翠说："小白啊，这里面随便挑一个，买你整个饭店绰绰有余！"我满脸堆笑地点着头，谄媚地好像一只哈巴狗。门缝底下飘进来煮大肠的热香，还有一丝臭味儿，很快冷却在屋内冰凉的石灰味儿中，后厨开始为晚上备料了，就听罗红锈压低了嗓子小心翼翼地问："你们家老焦……回来住了？""绒疙瘩"冷笑一声："没囊气东西！收拾铺盖卷出去时信誓旦旦，'我路死路埋，沟死沟埋，就是要饭到这儿，也隔隔门儿'。死女人一出嫁，他没指望了，哭的泪要回来，跪在我床头赌咒发誓，再出去混女人死了都不往老家坟园里埋。""绒疙瘩"越说越气，声音尖锐起来，"不要脸东西，年轻时就是个大木刀，村上一个林寡妇，好招惹人，他去得最勤，喊他回来了，摔碟子板碗给我脸色看。我算是瞎了眼，两个女儿正上学，他拿起脚走了，你下坡出溜，我可要争囊傲气，吃糠咽菜也要供娃们读书。想起来就没情绪，去年查出乳房上长了个肿块，自己去医院躺上手术台，自己又爬下来，我'绒疙瘩'能吃下块砖就能屙出片瓦！"罗红锈软了腔调安慰说："这事二千五，伤了自己划不来，男人们脱了裤子有几个好人！就说这饭店里，服务员都是妮们，十八无丑女啊，有一回我在房里午休……"罗红锈压低了嗓音，我支起耳朵佯装轻微打着鼾声，她接着说："一个女服务员对白连农说，白老板，你那双眼皮双得真好看，我听着是恶心带醋心，逮着一回迟到就把她开了，还问我要工资，毬毛都没一根！""绒疙瘩"破涕为笑："还是你有手段，再说了，白哥也是那正派人。"罗红锈说："嗨，也就剩老实这个优点了。平时说我好抛头露面，一遇外事场，你男人可别打憷，连句奉承话都不会说。我不怕见领导，谁不是两个鼻孔一张嘴，领导还多长一个么？""绒疙瘩"说："这也是我白哥人实诚，一个好汉三个帮，你掌握方向盘，他给你拉车，少了谁也不行。"罗红锈口中"哧"了一声，将茶杯放在桌上说："就会傻倔！一腔子臭脾气，叫他往东非往西，单好尿呛尿，说他了，脖子一梗，'我单好吃那夹生饭'！大夏天开着空调盖棉被睡觉，我进屋冻得直哆嗦，一看打到了十六度，这是要冻死蚊子么？睡觉还开电视，你一关他就醒了，说我在听呢。一天气生那没遍数，我不与他一样，否则这生意早就砍槽了！"就听"绒疙瘩"说："男的啊，都是一路货，俺家那鳖孙出去养成了喝饮料的毛病，跟小孩一样，一出远门就买一件可口可乐、冰红茶、王老吉，别人一天喝一瓶也罢了，他哧溜溜一罐、哧溜溜一罐，两年喝出了糖尿病，敢情捡回来个赔钱的废物。我也想开了，骗着哄着挣个钱，权当一头老菜牛使他了！"

后院传来狼狗的低呜，罗红锈大声地喊着："羊娃儿，俊娃儿，谁在？给'四圈'撒开放放风！"一会儿就听铃铛响，"四圈"咻咻喘着气跑出来，"绒疙瘩"一阵尖叫，估计"四圈"又绕着客人扑上扑下了，罗红锈忙说："这是亲热人哪！熟肉都吃不完，去咬你那生肉……你尝尝这向日葵盘，刚下来的，昨天推到门口，五块钱一个，我十元买了仨，今年雨水大，空籽多。""绒疙瘩"清了清嗓子，用力咳了一声又咽下去说："太费牙，我不吃这东西，小时候菜园里种了一糊片，一回给我吃伤了。"罗红锈噼噼啪啪磕起来，与"绒疙瘩"吃着花生一唱一和。"四圈"踩着柔软的蹄子囊囊跑来跑去，谈话中断了一会儿，

"绒疙瘩"发现了什么，问："吧台新装了电脑，这记账方便了。"罗红锈不屑地说："鳖脸，派出所让安的监控，装上我算是开眼界了，天天跟放电影一样，这女服务员们，今天与厨子混，明儿又跟保安娃儿好，咱算彻底落伍了。""绒疙瘩"嘟囔了一句什么，罗红锈没吭声，半天才醒过劲儿来说："我写那字跟蚯蚓爬一样，只有我自己认识，可大学生怎么的，还不是接受我的领导。有一回涮羊肉我念成了刷羊肉，服务员说，老板娘你念错了，我说，错了？！错了再改正过来不就行了！""绒疙瘩"呵呵笑了。塌了两个窝的劣质席梦思垫子硌得腰背疼，枕头也不舒服，搁到哪儿都好像枕在了坑里，我喜欢硬一点的荞麦枕头，罗红锈干脆扎了几本书，搭上毛巾就做了枕头。我翻了个身，枕在书本上，顿时清爽多了，后背一阵酸麻，继而热乎乎的，她们谈话的声音越来越小，只剩下咪咪的浅笑，"四圈"不叫了，电视屏幕上口若悬河的两个人也渐渐变得模糊。

一阵尖利的拉窗帘声，玻璃窗被轰隆隆彻底推开，屋里亮堂多了。"起吧，一会儿'五粮液'来，这个季度的账与人家清一清……屋里冷得冰库一样！"罗红锈关了空调掀去被子催促起身，冻得我打了两个喷嚏。"'绒疙瘩'来啦？"我坐在床边迷迷糊糊地问。"来借钱，想扎本让老焦开出租，我哪有那闲钱，贵贱不缠她那事。结婚时咱穷得穿裤子绑疙瘩，还借给她一万盖房子，后来饭店装修要她还，跟没事人一样，一天打了两回电话催，算是给她得罪了，两年不踩咱这门边。又来张嘴，我给她屙五万去。非要借也可以，我找人贷给她，按银行利率给息。"罗红锈一肚子怨气。我站起身说："论起来也是同学，还算亲戚，帮谁不是帮。""恁大方，你急得耍圈旋时谁帮咱了？穷了看不起你，有钱了都过来跟你攀亲，不信你说生意赔了，欠一屁股账，与她借一万，你能借来，我头栽地下耙耙。"我一声不吭去洗了脸，坐在吧台里的方凳上等待清醒，空旷的大厅里，一个卷头发的男服务员在慢吞吞地扫地，两个女服务员合作忙着铺台布，他们小小的身影还出现在吧台里的电脑屏幕上，远处的水箱里，几条鲫鱼怡然自得地游来游去，一条鲶鱼翻了白肚沉在水底，还未死净，偶尔动荡一下尾巴。门口的桌子下，"四圈"安静地卧在那里，肚皮紧贴着瓷砖地面，伸长了舌头将一个空瓜子壳舔进去又吐出来，又吃进去，桌边的两张椅子保持着向外转开的姿势，我打了一个长长的哈欠，"四圈"也被传染了，跟着张开了利齿毕露的大嘴巴。它头顶的桌上是一个晶莹剔透的大啤酒杯、一堆小山似的葵花籽壳，烟灰缸里金黄的烟蒂横七竖八地撅着屁股，其中一只还兀自冒着袅袅的轻烟。

五

趴在我的后背上，紫云似乎睡着了，她的一绺卷发一步一动，挠得脖间痒痒的。一对紫皮鞋由她的两根手指钩着，在我的胸前摇来晃去，散发着温热的毛皮味儿，似乎随时可能脱手。她比以前沉了些，背着她，我总是双手打滑，走一段便得向上送一送。那时紫云最喜欢我在房间里背着她走来走去，转得头都晕了还不许放下来，或者反复将她高高抛起扔在床上，这些幼稚的游戏她却玩得乐此不疲。一个骑单车背双肩包的小伙子从身后悄无声息地赶到前面回头望了望，看看我们不像需要帮助的样儿，会意一笑，屁股离了车座，伸直腿用力踩了几脚，自行车恢复高速，很快跑远了。粗大的法国梧桐枝杈在头顶交织在一起，暗夜中远远望去，好像一条没有尽头的隧道。路上行人稀少，坚硬的混凝土路面在昏黄的路灯下泛着温馨的光，路边的草丛里有蛐蛐在嚯嚯欢唱，我似乎听到粗壮的梧桐树干里，血管似的脉络正在咕噜噜从地下吸取水分，枝杈在努力向上伸展，叶片在生长靠近，圆形的毛球在枯萎腐朽，期待坠落。梧桐树上方高高的夜空里，突然传来一声清晰的"哥哥咕咕"，在寂静的夜里显得悠远而亲切。也是在布谷鸟漫不经心啼鸣的日子里，紫云背着一个藏饰小包，穿着让人惊艳的红裤子，若有所思地在米黄色的梧桐树间走着S型的路线，远远看着，我希望手上有架相机就好了。可紫云今天却说，她和父母指定的男友结婚不到三年就分开了，那男的读书时就脚踩多只船，进了政府机关后又与同单位一个有夫之妇纠缠不清。丈夫的手机从来不让她碰，深更半夜短信还忙得像过节一般，逢着周末就出差，怕他出去鬼混，田紫云恨不得在他身上装个摄像头。她丈夫后来又迷恋上声色场所，紫云说，我觉得他浑身都是肮脏的细菌，像爬满了蚂蚁一样，恨不得将他摁到高压锅里消消毒。"爸爸妈妈给我戴上了一副沉重的手铐脚镣。"她失魂落魄地说。然而，真正戴上手铐的是她父母。因为牵涉单位人事斗争，她父母被人举报收受工程回扣而锒铛入狱，关键时刻，丈夫的家人却退避三舍，恨不得与亲家划清界限，令紫云心灰意冷，草草离了婚。"你说，人为什么要结婚？"她扭头迷惑地质问我。我思忖半天，"要生孩子"、"相互养老"、"没考虑过这个问题"、"你是大学生"、"大家不都这样"……仿佛一肚子可能的答案争先恐后跑出来抢答，却挤在嗓子眼儿里动弹不得，张口结舌半天，说不出话来。

　　路边的黑暗中闪着粼粼的波光，我知道转到"海塘"那里了。这片水面原本是学校的鱼池，塘水与地齐平，一下雨就漫塘，鱼儿跑得到处都是。每年秋末冬初，鱼池清塘捕捞，鲤鱼、草鱼、鲢鱼跳跃欢腾的场景和电视上一样。后来，新校长在湖上修筑了一座古香古色的小亭，与陆地用浮桥连接，岸上请工匠刻了几座雕塑，塘边的小山上尽是参天的翠竹，林内也建了三四副石桌，成了学生们晨读的好去处。一到晚上，这里又成了恋人们的天下。碗口粗的竹竿上，密密麻麻刻满了情侣们的誓言，偶尔有会爬树的，便可将名字深深刻到高处，触目好像凌乱的伤疤。"紫云，到'海塘'里歇会儿？"我扭头问她。"唔……哇，我要去亭子里玩！"她突然清醒了跳下来说，我身上一阵轻松。云彩挡住了月光，塘上黑乎乎的，池边的睡莲上，坐着几只青蛙在欢鸣。池塘中央有一方露出水面的平台，上面是一对会喷水的水泥鲤鱼，天气晴好的日子，塘里的乌龟们喜欢爬到台子上晒太阳。路灯的暗影里，那个白色的"好好学习"雕塑仍在，塑像的主体是一个面容恬静的短发女生，坐在长椅上颔首读书，并排坐着一个男同学，一只手指向书面。恶作剧的大学生们将两尊汉白玉雕塑的裆部烧得黢黑，原本积极向上的一个景点显得滑稽不堪，学校环卫工人将石塑刷白了，没两天又被涂黑。有一天晚上散步经过凉亭，我当笑话讲给紫云，她好奇地非要扯着我去看。打火机晃动着火苗慢慢靠近，果然是一片烟黑，紫云恍然大悟地说："八成就是这般烧黑的。"我趴在草坪上笑疼了肚子，不小心碰到火机铁壳，烫得我龇牙咧嘴一阵怪叫。如今，夜色中，一男一女凑头读书的轮廓依稀可辨，我匆匆瞥了一眼，转头就看见，暗淡的月光下，紫云像一个身着紧身衣、轻功了得的女侠，几个起落就跃到了凉亭里，悄无声息，水波不兴。我惊讶地追上去才发现，原来一踩踏就吱吱扭扭的浮桥不知何时换成了木头的，凉亭里似乎还有一丝风，黑洞洞的水面上哗啦一声响，估计是夜间出来透气的草鱼受到惊吓，翻了个水花游下湖底了。紫云"哎哟"一声弯下腰，我急忙跑过去，她原来没穿鞋，低声说："瓜子皮！"亭子里扔了一地瓜子壳，踏上去噼噼啪啪响，环亭的石椅上，抛弃着香蕉皮、空易拉罐，这可能是毕业生们狂欢的结果。趴在栏杆上，湖中心路灯映照的一片亮光里，水面上一层小水坑，一团密密匝匝的蚊子在空中肆虐如暴风雪，偶尔就有低飞的落入了鱼嘴中。沿着小亭看了一圈，紫云已没了兴致，穿上高跟鞋踩得实木桥邦邦响离开了。那一年深秋的一个晚上，我接紫云去上民族舞蹈课回来，她一身黑色练功服，随意裹着一件羽绒衣，兴致颇高地说："你不是想看我跳舞吗，在这'海棠亭'上跳给你看吧。"我抱着她一面光滑冰凉、一面带着暖暖体温的羽绒服，站在摇摇晃晃的竹浮桥上，突然觉得紫云是那么遥不可及，幽暗中，她时而如一只快速旋转的陀螺，时而像一只在夜海棠上扇着翅膀的蝴蝶，更好像一个徜徉在夜色中的鬼魅。

在路边的自动售货机上买了两听啤酒，我拉着紫云到湖边高坡上的石桌边歇脚。和她相好那年秋天，我的一个朋友在白河滩上承包了一片果园，橘子成熟了邀我去采摘，紫云那天心情很好，在到处都是小灯笼一样的橘林里奔跑，像一只撒欢的小马驹，她大呼小叫地说："哈，感觉就像孙悟空到了蟠桃园里！"吃饱了肚子，我们又提了一大袋蜜橘回来，到学校天已黑了，就是在这张石桌边休息。她又饿了，一边坐在石凳上剥橘子，一边感叹从未吃过这般美味的柑橘。我却窥见远处的"海棠亭"里，一团比夜色更浓的黑影在耸动，好像是一个人坐在另一人腿上，我不怀好意地笑了，发现别人秘密的人就是这样的。紫云顺着我的手指望去，一声惊呼，转而一脸坏笑地捡起一只橘子扔了出去，柑橘撞着竹竿弹到地上，顺着土坡簌簌向下滚，咚地跌进了水里。我也捡起一只蜜橘，看好竹林缝隙，扬手抛了出去，柑橘划着优美的弧线，擦过竹叶时减了些力道，正好落在亭边，噗通一声溅起水花老高。那团影子不动了，我们两个坏人好事的家伙吓得抱头鼠窜，哈哈笑着慌不择路地向外跑。到了住处紫云才发现，胳膊上被锋利的竹叶划了两条血淋淋的口子，她一边涂碘酒一边摇头说："哎呀，报应啊，报应！"我在夜幕中笑了。"海棠亭"上如今空空的，只有几只易拉罐闪着微光，紫云看了看远处的树林问："这林子里的灌木都铲平了，还装了灯，是防止学生谈恋爱吧。"我说："哪里防得住，恐怕还是为了安全，学校林木茂盛，年年都有凶杀案，装上灯费不了几度电，坏人们也会有忌惮。"我突然想起了什么说："你还记得校史馆前的那片樟树林吗，阶梯状的，你还在那儿树下的石桌上用陕西话给我读过书。"紫云点点头说："那儿可漂亮了，香樟都上百岁了。"我喝了口啤酒说："几年前，在那里发生了一起命案，也不算吧，就是一个女学生爱上了自己的老师。那个教授有家室，女学生后来不知为何去报案，说老师侵犯了她两年。派出所警察说，数年如一日强奸你，这案子不好办啊，就不了了之。但桃色新闻总归坏了教授声誉。过了许久，大家都把这事忘了时，忽然一天，早起晨练的人发现那教授和学生恋人，双双吊死在香樟林的一棵大树上。说法多了，有人说是殉情，有人说是教授杀了女孩又自杀，也有人说是学生害了老师又自戕。也没遗书，案子也没破吧，倒是引来不少人同情，每年情人节都有人到那棵树下献花。去年那儿真发生了一起命案，一个男学生求爱不成，把心仪的女生捅了八刀，自杀时却胆怯，只在手腕上割了一道小口，躺在女生旁边睡着了，被抓个正着。学校怕出事，从此禁止到那儿摆花，那里的路灯也最亮。"紫云抬头望了望，隔了几栋楼，什么也看不见。她沉默了一会儿说："这年头，有人为情殒命，倒也值得敬佩。我就没那勇气，前夫总说我有忧郁症，去看了专家，又是化验又是测试，医生最后说，你都从没想过自杀你抑郁个屁啊，火山一样的日子不好好过，折腾个啥。"我小心地问："那你就没再找，好男人多的是。"紫云理了一下遮住眼睛的头发，把易拉罐捏得咔嚓响："咋没找，我在原来的政府机关就是个无所事事的小科员，父母出了事，整日抬不起头，就办了停薪留职出来创业，这活儿才不是人干的，不说也罢。介绍相亲的也不少，这女人就跟衣裳一样，买回家就是不穿，转手就不值钱了，相过无数次，啥人我都见过，高不成低不就的。""没中意的么？"我研着石桌上的一粒砂子问。"别人中意我的多，我相中的少。有时也瞎眼，处一段分开了，过两年再碰见，后背直出冷汗，我当年喜欢过这种怂人？！要说吧，真动心的也有，爱上过一个地产商，倒不是因为钱，我从小不缺人民币，也就不稀罕它。他想要个儿子，我也心甘情愿为他生，可不知怎的，早产了两次，就再也怀不上。医生说我不能生育了，感情也开始走下坡路，吵起架来就说，本指望你改良我家基因，没想是只不下蛋的鸡。还说生个儿子要给我一套房子、二百万，原来把我当老母猪啊！"她仰脖一气喝光了啤酒，趴在石桌上盯着空酒罐安慰自己说："都过去啦！我准备以后喜欢女人了。"我摸着她毛糟糟的乱发笑了。林子里飘荡着清爽的竹叶香，偶尔的微风令枝叶相碰，发出沙沙声，好似有人在窃窃私语。林荫路上，四五个女生排成一行，叽叽喳喳聊着天，走过一棵又一棵梧桐树，天真烂漫的模样。又谈起了那对逝去的忘年恋人，我感慨说，假若我死了，就愿意被埋在这树林里或者撒在湖里，不要像那些历史名人、知名校友一样，成为一座雕塑。我不要人们怀着崇敬的心情来瞻仰我，只想她们爱上我。夜已深了，醉眼迷离的紫云趴在桌上，空飘飘的易拉罐倒在手边，她疲乏地似乎要睡着了，口里还嘟嘟哝哝。我听清了，她说的是："你真是个让人心醉神迷的王八蛋！"

六

空气中弥漫着清冷的酸腐味儿，仿佛是积年的呕吐物混合酒精发酵而成的，而又可能是从我的鼻腔和嘴巴里呼出的。胃部一阵痉挛，好像有细密的针头轻轻扎过，晚上灌下的半斤五十六度二锅头搅拌着一只鸡腿、半块馒头、七八粒花生米，正慢慢侵蚀那已腐烂不堪的胃粘膜。我痛苦地蜷缩起身体，似乎听到那些烈度白酒潺潺汇流到一起，下半个身子变得沉重起来，腰下的沙发柔软而驯服，高烧一般的身体正在缓缓降温。我知道，黑暗中，脸颊、胸前、大腿上，那些因为过敏而泛起的红斑正在慢慢消退，酒精分子通过张开的毛孔争先恐后向外蒸发，我就好像夜幕中的一个飞速运转的加湿器。昏沉沉的脑子开始清醒，眼睛也渐渐适应了包间里的夜色，桌子、椅子、装饰画都显出了模糊的轮廓，那幅从地面一直延伸到屋顶的壁画提醒我，这是四川厅。与别的饭店喜欢用廉价的仿制名画、风景照片装饰房间不同，我从宛城大学美术系买来不少学生的习作，有素描、水彩和油画，送到街上一个小学同学开的装裱店里加框装饰后，挂在饭店的走廊和包间内，倒颇显艺术气息，尤其是那些裸体写生，最招人注意，也易遭破坏，有的被人用烟头在双乳上烫了两个窟窿，有的画干脆不知何时就被抄走了。我只好再去找美术系的学生约画，一个留长头发、戴黑框眼镜的胖子答应六百元画一幅，半个月后交来，我傻眼了。那就是一个蔚为壮观的女性后背和屁股，足有四五米高，花费的纸张、炭笔都不止几百元，我吃惊地提出质疑时，那位胖学生面无表情地说："我就想要这样的效果！"我只好收下，咬牙裱在了包间内。没想倒成了店里特色，附近的人都知道"楚胖子"饭店内，有一个可以参评吉尼斯世界纪录的大屁股，一些不坐四川厅的顾客也慕名嘻嘻哈哈前来参观，久而久之，那丰满黑屁股上的炭墨都被人摸淡了。幽暗中，平日里熠熠闪光的巨型屁股恢复了黑白分明的模样，却更显诱惑力。每次与罗红锈吵了架，我就只好跑到包间里来睡。在这里，我打牌一夜输过两万多，也曾和一个女服务员短暂幽会，那个平日里温婉可人、寡言少语的小姑娘，关了灯疯狂地如同一只敏捷的豹子，从沙发窜到茶几，又蹦到吃饭的旋转圆桌上，恨不能揪着屋顶的水晶吊灯荡几个来回。她的叫声如同发情的母猫，让人胆战心惊又神魂颠倒。罗红锈不知怎的听到了风言风语，很快解雇了她。从此杳无音信的小女孩身上有股栀子花香，与其说爱她，不如说我喜欢沉醉于那栀子花的芬芳中。今天，我竟然在镇长身材高挑的小女朋友身上又嗅到了这股熟悉的味道。

镇长几乎每周都来店里吃饭，多是呼朋引伴的家宴，而正经的公务接待，这里还不够档次，需去市里的星级饭店。他喜欢热闹，今日也是一干人，带了去年新交的女朋友小玉、镇政府的办公室主任，两个同学，一个开木材厂，一个经营玉器生意，还有四五个手下跑腿的混混。镇长爱吃奇珍野味，我们给他做过穿山甲、蟒蛇、梅花鹿、娃娃鱼、狐狸、野猪、老鼠和大雁。前年，一个副镇长吃完酒席突然胃疼，送到医院就断了气，尸检也没毛病，人们传说，那与他吃多了飞禽走兽有关。自那以后，镇长野味吃得也少了，每次席上除了几个家常新菜，必有的是鸽子、柴鸡和驴肉，我今天吩咐后厨上了新学的吊炉鸽子、清蒸小甲鱼和红烧河豚。他们吃饭，消耗多的是酒水，一开席就是吆五喝六的划拳敬酒，一会儿就晕得七倒八歪，正经菜倒没吃多少。酒席一散，服务员正待收拾一片狼藉的桌子，罗红锈总是大喝一声："别动，叫我先吃！"土匪一般，脚踏在椅子上，一只手掐腰，另一只手夹着鸡鸭鱼肉往嘴里塞。有一次，我赶上去吃了半盘驴肉，第二天就鼻血直流，人们当笑话传成一片。镇长再见到了拍着我的肩膀说："白老板，那天你吃的是公驴肉，应该再吃几口母驴肉就好了。"

酒席中间，我和罗红锈照例要去敬酒以示尊重，今日推门进去时，包间内的壁挂电视里正播着游行示威的镜头，划拳声此起彼伏。镇长一边吸食大棒骨里的骨髓油，一边盯着电视屏幕说："越是那小鸡巴国家，越是闹得鳖翻潭了一般。"我端了迷流撒沿一高脚杯二锅头，弓着腰敬给镇长，他没起身，捏起面前的小酒杯吱扭一声喝完了，我一仰脖闭气干了一大杯，一条火龙从舌尖一直烧到胃里，几个陪桌都赞叹说："好酒量！"罗红锈在边上说："就那唬人的三板斧！"大圆桌上的海盘里原本趴了一圈小甲鱼，还剩下三只，我俯身忍着肚中的熊熊烈火说："镇长，这是咱厨师新出去学的，也不知手艺过不过关？"镇长回味着说："还行，稀烂。有一回去丹江口水库吃老鳖，还说是野生的，有洗脸盆那么大，炖了三四个钟头，咬着跟吃死猪娃肉一样……还谁没吃，都尝尝，壳都酥了！"众人面面相觑，善戏谑的尤正隆起身说："没人要都给我，我好吃龟头！"精瘦的尤正隆据说曾在少林寺学过八年武，明的在镇政府打杂，暗中是镇长的保镖，因为总是油腔滑调不正经，人们都叫他"老油条"。他手里攥着一只小甲鱼，张嘴咬掉了整个脑袋，左边腮帮子鼓动，右嘴角骨头已经吐出来了，"这叫口活儿不错！"镇长顺口一句，众人笑成一片。过了镇长，我换回小杯，一人一杯很快敬完，罗红锈又开始过圈儿，她给镇长连端了三杯，什么"一心一意"、"好事成双"、"三桃园"，镇长坐不住了，站起身接了杯子说："你这花样儿总是层出不穷啊。"镇长喝完，罗红锈又倒上第四杯说："申请跟镇长喝个'四季发财'，我一个女流之辈，舍命陪君子，服务员给我上个高脚杯！"白酒倒得几乎鼓出了杯沿儿，又没洒出，罗红锈粗鲁地说了一句："该死毯朝上，豁出去了！"仰头痛苦地咕嘟了半天，杯中的白酒全都倾进肚中，众人鼓起掌来，镇长也喝干了，连连安慰她说："吃点菜，吃点菜，红锈这女中豪杰，咱子午镇上寻不出第二个！"罗红锈扑扇着口中呼出的辣气走向尤正隆，"老油条"一边撕扯着甲鱼腿一边晕乎乎地说："老板娘，你跟镇长整了个高潮，我也要高潮！"尤正隆开口就是黄段子，大家早已习以为常，罗红锈有了些酒，立脚不稳地说："你那量，我喝酒，你喝白开水我也能给你喝醉！""老油条"说："我擅长的是喝敌敌畏……"他接着道，"听说你双手都会来枚，我不信，你叫白老板当酒缸，我输了表演节目！"罗红锈笑着说："讲黄段子可不算。""老油条"举起手中的甲鱼说："谁讲段子谁是这个！"服务员给罗红锈搬过一张凳子，她扶着椅背坐下，用左手开始与他比划，尤正隆是魁字枚，三两下他就输了。"老油条"从外套口袋里掏出笨重的手机说："我给大家唱个《九月九的酒》，自带伴奏。"按了一会儿，调出音乐，声音大得吓人一跳，连忙用力撤小了，用沙哑的嗓子唱起来。刚唱到"他乡没有问候，没有九月九"，音乐忽然停了，情绪正足的"老油条"低头一看："呀，没电了，天灾天灾！接着来——"两人"魁，七！""魁，九！""魁，三，哟，失枚！""魁，一心！""魁，六六顺！"划了半天，罗红锈输了三枚，我喝了三杯酒，她不得不换回右手。"老油条"有些胆怯，果然一出手就输了，他搬了屁股下的椅子放在墙边，踩上去正好够着墙上油画中外国女人鲜艳欲滴的红嘴唇，伸出蛇信子一样的舌头狠命亲了两口，愁眉苦脸地咋咋嘴说："苦！"大家被他逗笑了。罗红锈却不依了说："你不喝酒，净整这没用的，算个爷们儿吗？""老油条"受了刺激，义正词严地叫服务员捧来两个高脚杯，全都满上，罗红锈倒有些后悔。"老油条"的小眼睛一动不动，显示他的脑子在飞速运转，想好策略，两人终于比划起来。"魁，巧七枚！""魁，俩不错！""魁，八拉拉！""魁，零疙瘩！""魁，四季！可逮住了！"僵持半天后，还是罗红锈赢了。"老油条"蹙着眉，痛苦地好像已经饮下了这一大杯白酒，不停惋惜地甩着手，望望那足有二两的大杯子说："我喝一瓶啤酒替这个行不行。"我断然拒绝了："啤酒也叫酒，那是尿，只会涨肚子。"尤正隆面有难色，磨磨唧唧，镇长剔着牙说了一句："头掉了碗大的疤，多大的事！""老油条"这才抓起酒杯，啜两口夹块回锅肉，饮毒药一般半天才喝完。酒席又吃了近一小时才散，"老油条"早已醉得不省人事，被抬上了车。送镇长出门时，罗红锈挽着小玉的胳膊，窃窃私语地请教用什么化妆品，皮肤好得高中生一般。小玉穿着一件紧身白T恤，一条牛仔热裤，露着仙鹤一样的长腿，配上一双坡跟凉鞋，比镇长高出一个头，在她身边驻足时，我像狗一样嗅到了一股久违的馨香。

　　身下的沙发垫子软和得像棉花窝，让人深陷其中，包间内的空调吐着惬意的凉风，我意识到身上的汗似乎下去了，鼻子中一痒，连打了两个响亮的喷嚏。空气中混杂着一股芬芳，当我躺在楼下卧室的席梦思床垫上时，也觉察到了它，或许它就隐藏在我的鼻孔里，不肯散去。送走了镇长，肚中的白酒开始发威，经过门口的一面镜子时，我被自己紫若猪肝的脸色吓了一跳，立时觉得胸口憋闷、天旋地转，赶忙扶了墙，跌跌撞撞走回卧室躺下。屋里黑乎乎的，脑袋中却热闹非凡，好像不停换台的电视屏幕一样，一会儿是打快板一样的猜枚声，又是"老油条"在一堆脸的簇拥下伸着舌头舔红嘴唇，镇长一玻璃杯又一玻璃杯往肥厚的嘴巴里倒酒，明亮的酒浆顺着嘴角流淌到满是褶皱的粗脖子里。罗红锈谈笑风生的嘴巴上生着浓密如胡子的茸毛，胸前是鼓涌涌的一对大奶。那是花了两万元将腿上多余的脂肪吸出填充到了那里，我从来不摸。接着就是她嗔怪镇长的神情，生气中透着撒娇，一瞥见我立即恢复眉开眼笑。紧接着又是镇长肥厚的大手轻轻抚在女朋友牛仔裤绷出的两瓣屁股中间……画面切换太快，我的脑袋似乎要炸了，用力睁开双眼，那些缤纷繁杂的画面像断了电一般，瞬间消失，屋内冷清清的，却缭绕着一股断断续续的花香。罗红锈正在大厅里高声训斥服务员忘了喂"四圈"，我浑身燥热地挣扎着坐起，翻起了床头柜上的一叠美女画刊，这是在宛城发行的一种都市报，每期都夹有一张印刷精美的写真专刊，穿着性感服饰的女模特个个花枝招展，我将它们留存下来，不久便积了厚厚一摞，没想又被罗红锈发现了，瞪着那捉奸在床的眼神说："天天看报纸，原本还以为你多爱学习哪！"她甩下报纸转身而去，桌上那些风格各异的美女仍在搔首弄姿地朝我笑。"以后忘了喂'四圈'，一次扣奖金五十元！"罗红锈发火的声音让人放心，没想到话音刚落，门把手动了一下，接着便是暴风骤雨般的砸门声："锁上门干什么？"我一骨碌从床上弹起去开锁，门刚离个缝儿，罗红锈就挤了进来，冷冷的怒气还未消散，笼罩着她一下将我逼坐在床上。她像只警犬一样，疑心重重地察看了床头、抽屉，又掀开被子，打开衣柜，将衣服一件一件扒过去，好像里面藏着人，又抽搐着鼻头，化验起室内的空气，然后盯着我的脸审视半天，只有红红的过敏反应。她遗憾地出去了，一切又恢复安静。刚躺下五分钟，罗红锈又返身推开了门，仍是一无所获，我提高了腔调愤怒地说："你是闲急浪疯了，一会儿进一会儿出，训了小的训老的，更年期提前啦？"罗红锈指着我说："就会对自己女人使厉害，啥能耐，有本事到外面逞英雄去！"我的怒火腾空而起："他妈的，我算跟个女人吃碗饭！"一把打开她的手，站起身用力一推，眼前又出现了她跟镇长发嗲的画面，下手就不觉重了。罗红锈被一把推坐在墙根，哭声像由远而近的警报一样越来越大，她挣扎着站起张大嘴巴疯了一般冲过来咬人。我只顾挡她的牙齿，左臂上一阵钻心疼，甩开罗红锈扒着胳膊一看，已被硬生生抠下三块肉，落下几个白生生的小坑，里面不断地渗出血。我咬牙扬起手，罗红锈吓得脖子一缩，手在空中停滞了片刻，还是收了回来，转身响亮地打开床头柜，拧开半瓶白酒，毫无顾忌地倾倒在伤口上，一阵灼烧地刺痛，捂着胳膊，我抓起一床毛巾被，重重带上门，上楼去了。罗红锈坐在床帮上嚎哭着："过不成啦，过不成啦，啊啊——"

四川厅里氤氲着浓郁的香气，哪里还有隐约嘤嘤的哭声，如同《聊斋》电影里一般，我突然想起，就在这包间内，死过一个客人，那是附近石油公司的一桌酒席，来人身上还飘着一股汽油味儿，似乎一点就着，一群人喝到打烊才散，服务员们次日清早打扫卫生，发现桌下醉死了一个大肚子中年人，赤着脚双手抚在肚尖，好像睡着了一样。我紧张地朝大圆桌那边看了一眼，幽暗中，一个个高背椅围着大桌肃穆而立，好像鬼们在开会，我赶忙打消这个念头，再瞅过去，就是空荡荡的桌椅了。墙角的空调亮着绿莹莹的灯，好像偷窥的眼睛，我刻意不再去看它，于是想起了那个叫声像小猫的女服务员，还有眼神如无底深潭一样的小玉，栀子花的香味愈加浓烈，我好想手边有一张印着美女照片的画报。

七

背着紫云上电梯时，宾馆前台服务员诧异的眼神在我面前挥之不去，她认识我吗，或许觉得这样有些夸张，大学里那些年轻恋人也未必如此矫情，可紫云的确已经迷糊了。那女服务员右手秀气的中指上，戴着一枚珍珠戒指，用一根简陋的红绳系着，表明她正在恋爱，可她开票的手却有些发抖，似乎在生气。当她重手重脚地将房卡拍在我脸前光可鉴人的柜台上时，仿佛平地响过一声炸雷。耳朵烫得厉害，我歉疚地瞥了一眼面前锃亮如镜的电梯门，紫云的脑袋耷拉在肩头，被蓬乱的头发盖着，一条腿高一条腿低，如同一个硕大的布娃娃，同时瞅见自己胡子拉碴，脖子上是被紫云胳膊勒出的红印，衬衣从皮带里扯出一角，整个人狼狈不堪，于是在心里埋怨这电梯镜子太大太亮了，简直让人无处躲藏。那耀眼的镜面突然从中间撕裂，向两边缩短，电梯门开了。脚下的地毯柔软无声，头顶的声控灯却伴着我们次第亮开，房卡引燃了门锁里的一团蓝光，沉重的红漆大门仿佛期待已久，应声而开。这是一个颇为宽敞的单间，甚至有些浪费，反正宛城大学有的是地，据说"文革"中正常教学无法进行，校长就带着老师们开荒种树，树种到哪儿，哪里就是校园的围墙，一下占了上万亩地，如今便愈发显出老校长的眼光，整个校园如同建在森林中，教师们住的都是平房小院，连招待所也透出地多的阔绰。屋内装修简洁而现代，一张宽大的矮床远远贴墙摆着，客厅宽敞得可以翻跟头，我将紫云轻轻放在白得刺眼的床上，帮她取下尖跟的紫色皮鞋，又小心将搁在枕头上、用来欢迎宾客的玫瑰花拿开，插在茶几的花瓶里，关掉卫生间的灯，开了中央空调，心里谋划着一会儿下楼，要径直走向服务台，盯着那排显示巴黎、纽约、东京时间的钟表，尽管有的电池用完，指针早已不动，然后找到那个脸蛋圆圆、头发梳成圆髻、手指上戴珍珠戒指的女服务员，一字一顿地提醒她，明早七点半叫田紫云起床吃早饭，然后潇洒地扬长而去。

紫云静静地躺在床上，一头黄色卷发好像是假的，她双手向上张开，好像在举手投降，十多年了，她睡觉的姿势依旧没变。身上是一件暗紫色、满是褶皱的窄腰连衣裙，上面散落着心形的图案，肩上配一副白色镂花小披肩，腿上是今年流行的黑色丝袜，身体舒展成S型，好像一只倦怠的紫孔雀。她身上妖冶的香水味儿让人头晕目眩，最初那种沁人心脾的槐花香已经消散不见，那时我问她："紫云，你抹了什么东西这么香？"她狡黠地笑笑说："吃槐花多了啊，小时候我家大院里满是槐树，家里常做槐花蒸菜，我们那儿的孩子都是这个味儿。"我觉得她是在开玩笑，从未当真。俯在床头，犹豫再三，我还是轻声唤醒了她："紫云。"她嗯了一生，转过头微微睁开眼睛。"我走了，你好好休息。"她的眼睛睁大，瞬间充盈了泪水："我不要你走，留下来陪陪我。"踌躇了片刻，我还是点了点头，她转而又警惕地说："你可别欺负我。"我苦笑了一下，摸摸她枯黄的头发说："傻孩子，这事对一个老男人来说，已是负担了！"紫云笑了，将头发笼到脑后扎起来，窸窸窣窣脱了衣服钻进被子里，我和衣靠在床头，本想陪她聊聊天，可紫云已经疲倦地阖上了眼睛。

一觉醒来，朦胧睁开眼，紫云正支着脑袋呆呆地望着我，唬人一跳，我的头已降落到枕头上，身上搭着她的连衣裙，暖暖的，背后一阵舒服地酸痛，疲乏似乎从身体里被赶走了一半。"嚯，你的呼噜可真是响！"紫云笑着说，我立即觉得上颌有些异样，抱歉地说："吵着你了吧。"紫云发现了什么似的宣布说："白连农，你老了，额头上添了两条皱纹，白头发多了，鼻毛也长出来了。"她亲昵地用手指将它们向里捅了捅，又摸摸下巴说，"胡子也该刮了。"我心中五味杂陈地说："奔四十的人了，能不老吗。睡着了吗，要不要喝水？"紫云钻进被窝摇摇头说："这里的枕头下没刀，我睡不踏实。"我吃惊地说："这么多年了，还是这样？"她闭上眼睛长叹一口气说："是啊，还加重了，现在我洗手总要洗三十二下，因为我三十二岁，只有这样才觉是干净的，停车时常要停两次心里才舒服，上楼了就担心有人偷我的车，半夜还要穿着棉大衣蹲守在车旁，其实我最想干的活儿就是看车工，只用在一条街上来回溜达，啥心也不操每月就可以领到工资，再也不担心车丢了。""看车工也有烦心事啊。"我缓缓地说。"是啊，可没我这么烦，我就像被花生壳禁锢住的花生仁，让我躺在壳里好好睡个安稳觉吧。"她说着拽紧了被子，向被窝深处钻了钻，叹息一声便再无动静。我轻轻拿开紫云薄纱似的裙子，站起身将裤腰里的衬衫全扯出来，身上松散多了，这才听见裤兜里好像嗡了一下，恍然大悟般掏出调成静音的手机，已是七八个未接来电，刚看到显示屏上一竖排红色字体罗红锈的名字，手机屏幕突然变黑，跳出一个触目的闪电形状，就没电自动关机了。我懊恼地将手机扔在桌上，又被撞击声吓了一跳。回头望望，紫云仍在床头暖暖的灯光里睡着，我轻轻坐到房间另一头的小茶座里，掏出一支香烟在鼻下嗅着，熟悉的烟草味道让人安静，茶几上花瓣有些发紫的玫瑰斜靠在花瓶口，好像紫云好奇地歪着脑袋发问："在我之后，你又认识过别的女孩子吧？"我点了点头，在想象中点燃烟卷，吐出一口烟，让自己笼罩在烟雾中说："又相过几次亲，喜欢上了一个药店的女孩，她长挑的个头，比你还高这么多。"我用手指比出五厘米的长度。

"我就知道，你还会爱上别人。"她鄙夷地插话说，然后斜着脖子继续问："你老婆是怎么认识的？"我淡淡一笑说："这个倒是自由恋爱，还是罗红锈追的我，当年可是死缠烂打啊。她是街上一个饭店的服务员，有时过来租碟，一来二去就熟识了！她后来说，'我小学四年级没上完就回家放牛了，现在识那几个字，还是当年给你写情书时翻字典学的'。她倒很能干，连生孩子都是双胞胎，不少人向她请教怀孕前后吃什么，她倒会说话，'这都是老爷们厉害，与女的不相干'。人们又来问我，我开玩笑说，这事只能我亲自出马才行，话就说不下去了。"紫云也笑了说："祝福你有一个美满的家庭。"我磕了磕烟灰说："谢谢！"她的眼睛里好像划过一颗璀璨的流星，瞬间失去光彩变得暗淡，垂头丧气地说："我困了，要去睡觉了！"紫云说完就已经躺在了床上，甜甜地睡着了，我的面前只有那支孤零零含苞待放的玫瑰花。

　　枯黄的灯光笼罩着她，紫云薄薄的嘴唇上结了一层紫痂，她的妆有些残，我心里一阵莫名难过，躲过她嘴巴上剩余的口红，紫云的上唇多了一颗黑痣，鼻头还是高高倔强地翘着，黑眼圈有些重，眼角堆积着些许皱纹，眉毛还是粗粗的，从来不剃。眼前的紫云陌生又熟悉，与她分开后，我曾游荡在校园内，渴望能再邂逅她，直到有一天，有人朝我的手里塞进两封皱巴巴的信件："看看吧，这就是你为伊消瘦的女人！"那是两封别人写给紫云的情书，可怜巴巴的心境与我如出一辙。其实，我是鬼使神差在她宿舍楼门口的信筐里发现了那两封信，邮差总是将信件投递到筐里，任人自取，那时紫云已经毕业回到西安，它们在那里不知躺了多久。我决定彻底将她忘却，开始接受父母为我安排的相亲。后来有一次，我在报亭上看到紫云的照片上了杂志封面，以为看花了眼，急切切跑过去一看才发现，那是真的娜塔莉·波曼。其实，紫云与她还是有很多地方不同，还没来得及细数，我就睡着了。

　　服务员用吸尘器清扫走廊的声音伴着早晨明亮的阳光将我惊醒，拉起被子挡住刺眼的晨光，鼻腔里满是清新的洗衣粉味儿。紫云已不在身边，我恍然起身，四下寻找，卫生间里没人，洗漱用品摆得整整齐齐，水龙头也未动过，打开衣柜，里面空空如也，窜出一股油漆、木头混合的怪味儿，衣架上紫云的黑色背包不见了，枕头平整如初，地毯上连她高跟鞋踩出的凹坑都消失了，灿烂的朝阳将屋内映得一片光明。手机还仰天躺在圆桌上，烟灰缸的岔口架着一根皱巴巴未抽的香烟，瓶子里的玫瑰枯萎得更厉害了，我颓然倒在被子凌乱的大床上，朝旁边伸出胳膊，冰凉冰凉的，她走得不留一丝痕迹，仿佛我从未认识过一个叫紫云的女孩子。窗户里灌进来清晨凉爽的风，激荡得高大的窗帘左摇右摆，好像翩翩起舞的裙裾，身下的床垫在慢慢变冷，我在考虑，如何向罗红锈解释这失踪的一夜。

干燥花

　　按照宛城古来流行的说法，此时的麦若英是应该打喷嚏的，因为有人提到她。可是她正立于讲台上，台下是一班学生，更何况后排还端坐着十几个老师，这是例行的听课，她还未满一年的试用。于是很艰难地忍住了，抬起沾满粉笔末的手把自己的鼻子使劲儿捏了一下，再用指背顶了顶，让人以为是粉尘呛了她。挨到下课，她才拍了拍白手，夹着教案踱到教室外的走廊上，照一照下午和煦的阳光，顺便引诱这隐匿的喷嚏出来。四五点钟的光线已经有些柔和，但仍是干燥，她仰着脸，眯着眼，只觉得眼前白花花一片，鼻子里便似有人挠一般，"阿嚏——"她预想尽量打得文雅些，但却不知积蓄久了，力量便大，唾沫星子好似都打出来了。"一个是念叨吧。"她一边想一边理了一下头发。殊不料，连着又是"阿嚏！""阿嚏！"麦若英有些措手不及，舒服又难堪，脸都有些烧。看看周围并无老师，孩子们也自顾自的玩耍，她才略觉好受些。"一个是念叨，两个是骂，三个是什么呢？"她有些迷惑。而在五里地外的家里，麦若英的苹果脸妈妈正一边轧面条，一边和串门的邻居林家嫂子说着她："都二十三了，还读了大学，连个男朋友都没有，净叫我操不完的心。你说，那学校那么多男的，你就——哎哟，只顾着说，这面皮轧的这么厚，这死妮片子！"

　　麦若英脸上的羞红渐渐消退的时候，就开始反刍起了心事。她家里是做棉油皂生意的，因此从小到大的记忆中挥之不去的，就是那深入骨髓的棉油皂气味，连她的恶梦也常是褐红色的棉油皂墙倒了，把她压在下面。麦若英深以此为耻。其实，早些年卖棉油皂还是很赚钱的，她家也曾经很令别人羡慕，因此家里就儿女众多。她有两个姐姐，妈妈赶在计划生育严厉之前又把唯一的弟弟生了下来，弟弟就像块磁铁，吸去了父母对她们姐妹的爱。别人家还会扬言手心手背都是肉，她的父母连说也懒得说。麦家的孩子生得都像她们的母亲，说得好听一些是苹果脸，不好听就是木疙瘩脸，统一的小眼睛，脸蛋像肿了一样，向外撑得圆鼓着。只有她略好看一些，脸瘦长，个头也高，只是骨架很大，像个劳力。两个姐姐学都未上成，大姐好容易结了婚，已生下孩子，二姐正谈朋友，按顺序就轮着她了。麦若英的学习还是可以的，高中毕业就考上了本省的师范大学，读完后也未有强硬的关系，就顺理分到宛城郊区的一所子弟学校教初三语文。在家乡，若英的年纪也不算小了，她也常常想在自己的苹果脸长圆之前找个家儿。可读大学时，师范学院里的女生并不值钱，男生倒成了稀罕物。可见这世间的不平是常常存在的。她是素有些心性的，一般的看不上，不愿凑合，好的又难得找。有时暗中也不免有些委屈，自己小时候是给使唤惯了，凡事自立，体谅别人，先人后己，不似别的女生，会使性子、耍心眼，外表再矜持沉默些，反倒惹得那些男生们苍蝇般勇敢，自己如此平易开朗，却追者寥寥，再加上块头大，她觉得有时那些男生简直没把自己当女孩子看待，都是些贱骨头！麦若英恨恨地想。她又自然想到自己现在的室友魏蕴虞，男朋友长得一表人才，但一见了她，就低声下气、一脸谄笑，牙呲拉地像剥过的狗一样，这种男的倒找钱都不要。可是她又觉得不管怎样，有人喜欢的感觉还是不错的。因为她来了半年多，就觉察那个叫王河东的大个体育老师好像对她有些意思，可她并没什么意趣，觉得王河东只是看上了她的个子，以便配他一米八六的高个头。麦若英正愣着傻想得起劲，一阵"嘭嘭"声将她惊醒，唬了一跳，脑子里的王河东已经站在了楼下，仰着大脸，一边拍皮球一边朝她笑，露出一口雪白的板牙："若英老师，今儿有比赛，看去！"说着指指教学楼后面的操场。麦若英有些慌张，窘迫地讪笑了一下，闪烁其词地说："哦，多谢了，我——还要备课，改天吧。我得回寝室去了。"说完逃也似的跑走了。

宿舍就在二楼的西头，子弟学校的学生并不多，但厂子里有钱，教学楼就建得很气派，主楼上课、办公并用，两翼就是一些单身老师的宿舍，很多教师结了婚仍占着床位，因此住校的人并不多。麦若英也不是天天住校，时常也回家，有时需批改考卷或心情不好就住在这里。快步回到宿舍的时候，室友魏蕴虞并不在，她喝了口水，坐在床上，长出了一口气。起先，麦若英对王河东还是有些好印象的，可是一接触就不行了。体育组的办公室在一楼，王河东经常流窜到二楼的语文组教研室聊天，有时海阔天空地吹些社会趣闻，有时就低声交流黄色段子，那些男老师们就一起哄笑，王河东的声音最洪亮，又最刺耳，仿佛脖子被人双手扼住了，不能畅快地大笑，带着压抑的怪声，听得麦若英直起鸡皮疙瘩。男老师们背后都叫他"冬瓜"，这个词，在宛城有笨的涵义，实际上也的确如此。"冬瓜"虽然块头大，但比例并不协调。别人个子高多半是因为腿长，王河东高却是因为他什么都比别人大一号，眼睛铜铃似的，大得有些夸张，厚嘴唇外翻着，两只手像蒲扇，胳膊上的一条条血管暴突毕现，颇为凶悍的模样。有一次，他邀请麦若英去看比赛，若英就和几个女老师一起去了。男老师们在球场上生龙活虎，一个个如同吃了兴奋剂。王大个也是笨拙地辗转腾挪，可麦若英仍是掩饰不住失望，他空有大块头，运球常被对手抢走，三分球屡投不中，篮板还抢不过比他矮的。"麦秸垛挺大，压不死个老鼠。"她心想。比赛后不久，有一次麦若英住校，王河东便去敲了门坐下闲谈，若英给他倒了一杯水，王河东显得很亢奋，从小学一直汇报到大学，厚嘴唇翻动，唾沫横飞，讲的全是他的打架史。麦若英没想到王大个的话如此之多，那厚嘴唇一定是累肿的，进而忍不住神游虚幻、目光迷离，王河东误以为那是崇拜的眼神，更加张牙舞爪、声情并茂，暴突的巨眼灯光之下甚为吓人。麦若英突然觉得，王河东前世一定是头牛，那么自己一家八成是苹果，魏蕴虞肯定是狐狸，丁果然估计是个秀才，敖轶五应该是一条黑鱼，她想不下去了，因为王大个的狐臭熏醒了她。王河东的粗胳膊一抬，麦若英就觉得从他的腋下跑出一只黄鼠狼，那气味简直令人窒息，她想自家的棉油皂味儿还是好闻多了。夜已深，王河东依旧兴致盎然，麦若英打了个哈欠，疲倦地说："上了一天课，有些困了。"王河东一愣，说："啊？噢，你，你早些休息吧，我——回去了。"说完意犹未尽、恋恋不舍地走了。若英关了门窗，一转身，发现桌上的那杯水仍然是一杯水，一口也未动。

以后的日子，麦若英就和王河东刻意保持着一定距离，见面就是点头而已，为了免人说闲话，甚至有些生分。王河东私下向魏蕴虞打听过，她有些意外，但也只好实话实说，麦若英从来就没有提起过他。连这个消息灵通人士也说不清楚状况，王河东就只剩下迷惑，想鼓足勇气去问麦若英，可她平日的态度让他觉得彼此之间的交情比同事还同事，该去问什么呢，王河东也不确定了。

屋子里空荡荡的，麦若英在床上躺了一会儿，心里酸酸的，有些快快不乐，索性做晚饭吃罢。于是便点着煤气灶烧水，想了半天还是做鸡蛋面条可口，还有几棵青菜，丢在里面，一定色香味俱全，于是心里便高兴了些许，动手忙碌起来。同屋住的魏蕴虞还没下课，她是厂里的子弟，师范专科毕业后直接分配到这里教生物。虽说年纪比麦若英小两岁，但人情世故上却老到多了，同事领导的八卦，没有她不知的。然而小魏老师一旦面对男朋友，年龄就陡然直降十岁，还像个小孩子一样娇气，今年新换的男友是厂里的行管人员，一个挺帅气的小伙，到了她面前就跟奴才一样，被收拾得服服帖帖的。有课的日子下班接、上班送，中国节、外国节无一例外都得送礼物，一点没照顾到，魏蕴虞就骨朵着嘴巴不理他了。那男朋友就得枯坐半天，将过去一周的琐事回想一遍，然后还要写上三千字的检查，求爷爷告奶奶地认错才能换回她的原谅。麦若英下课回来，看到魏蕴虞和男友在宿舍就不自在，她要备课或者看书，人家在眉来眼去、轻声浪笑，麦若英如同身处囚笼，只好闷声不响地出去了，瞎逛一圈，没什么事还得回来。一推门，里面就反锁了，窗帘也拉着，她只能干冒火，索性回家去住了。魏蕴虞身材本来就娇小，再加上节食就更加瘦弱，还常常会生些无伤大雅的小病，更让小男友倍加怜惜和孝顺。"我棉油皂堆里长大的，为什么偏就人高马大，成年连个药子儿也没吃过？"麦若英忿忿不平地想。

"嗯——好香啊，做什么好吃的呢？"声音飘进来，魏蕴虞人也就进门了。她把手中的课本隔老远扔到床上，眉开眼笑地凑过去看。"啊，炒鸡蛋，太棒了！"欢呼着深吸了一口香气，然后就去洗手。一转眼，又气鼓鼓地说："今天太倒霉了，早上来就被胡校长点名批了一通，说期中考试咱们学校的生物成绩排名下滑，中午又跟男朋友闹翻了。刚才上课，几个小兔崽子老说话，把我气坏了。今儿几号啊，得查查阴历，看看是不是'诸事不宜'。"麦若英说："就是有晦气，你魏大小姐驾到它们也得靠边站……我煮了不少面，不如你也将就吃点，省得回家再做。""太好了，我早就饿得前心贴后背了，那几个小畜生，我骂他们都没力气。嗯，我还有一小壶黄酒，是那小子进的贡，我们喝了它。哼，臭小子，老娘离了你活得更自在！"

鸡蛋面很快做好，麦若英秃噜秃噜吃了一海碗，酒尝了两口便作罢，魏蕴虞只挑了几片菜叶子吃下，黄酒却喝了不少，双颊泛红，舒服地靠在床头。麦若英洗了碗，收拾干净灶台，就回到桌前判作文，魏蕴虞却是不依不饶，嗔叫着："若英——人家男朋友没了，也不陪人家说说话——""哪会没了，不出明天，就巴巴跑来了。"她有一搭没一搭应付着，后来被缠不过，只好放下红笔，坐在对面床上，拿件绒线袜，一边拆一边准备听她诉苦，魏蕴虞却没有不幸了。"你知道吗，数学组的官异娟，尖脑袋、戴眼镜的那个，正在追你们办公室的小丁老师哪！"她脸上突然现出诡异的笑容说。"是吗，丁果然吗？我怎么没有发现。"麦若英心不在焉地回答。"你不食人间烟火，高贵冷艳，凡人不入法眼的！"麦若英抬头刚想辩解，魏蕴虞显然已经将她忽略过了，迫不及待地说："小丁老师还是不错的，文质彬彬，课也讲得好，可惜人太老实，没情趣，不然我还是可以考虑一下他的。"麦若英忍不住了："你行行好，权当积德行善，也给广大女性同胞，比如官小姐，留点机会行不行。""官异娟那个骚狐狸，整天穿个高跟鞋，嘎登嘎登，她一楼走，我四楼都听得见。可惜造化弄人，让她天生一张大饼脸，要是长得貌美如花，还不得翻了天！"魏蕴虞气愤地说。"你呀，积点口德吧，再说人家也是为人师表的。"麦若英说。"哎呀，你也太幼稚了吧，谁不知她外号'方便面'——那意思就是，谁都可以'泡'！你不信，我告诉你，她跟我们生物组的'黑五'就有一腿！"魏蕴虞神秘兮兮地说。

麦若英的好奇心一下被勾起来了，起身去冲了两杯牛奶，递一杯给魏蕴虞问："谁是'黑五'啊？""还有谁，胡校长的外甥敖轶五呗！因为他生得特别黑，绰号'黑五'。"麦若英若有所思地点点头，魏蕴虞得意地说："你实在太孤陋寡闻了。有的男老师私下里称他'胡教授'，请他传授恋爱心得。传说跟他好过的女人能拉一火车皮。咱们学校以前好几个年轻女老师调走，都跟他有些关系呢。但他是胡校长的亲戚，家里又有背景，能把他怎么样。'黑五'爱穿西装，男老师们说它是'勾女战衣'，据说只要敖轶五看上谁，总会生尽千方百计，最后八九不离十，总可以搞定的。"麦若英听得一愣一愣，睁大了眼睛说："至于吗！""你别看人家黑，其实人还是蛮帅的，逗女孩子开心可在门了，"魏蕴虞意犹未尽地说，"你不知道他多厉害呢！"麦若英撇撇嘴感慨："一样在这学校里教书，我咋就跟蒙在鼓里一样？"魏蕴虞颇为满足，接着说："听人讲，他还打听过你的情况，不过我可没说什么，你要小心哟！""我小心什么，又不认识他。"麦若英无所谓地说。魏蕴虞酒劲儿上来了，扶住头嚷着要睡觉，麦若英压低了台灯，看了一刻书很快就沉沉睡去。

听了魏蕴虞的话，麦若英觉得长了不少见识，自己毕业快一年了，还没有脱离学生的简单，每天就是上课、下课，闭着眼睛都可以想象出明天、后天会发生什么，生活好像一盘磁带，被不停反复播放，连绞带的可能性都没有。魏蕴虞说的敖轶五，她原本就认识，整日笑笑的，印象还不坏，经她一说如今再看就发觉出一丝浪荡气——与别人不一样，见了漂亮女孩偷偷一瞥而过，"黑五"的目光勇敢而坚定，带着攫取的自信。但麦若英不以为然，她更喜欢小丁老师那种儒雅书生。前不久，学校组织老师听过他的课，平日略显屡弱的丁老师上了讲台立时神采飞扬，像换了个人，麦若英觉得那才叫男人味。其实，丁果然貌不惊人，个头中等，戴一副厚眼镜，头发有时还乱糟糟的，略显邋遢，但麦若英却越看越顺眼。

有时改作业、判卷子，有时备课或者看闲书，麦若英待在办公室的时间越来越多。她的古汉语差一些，于是就攒了几个问题故意去请教，丁果然有些受宠若惊，讲完了还要对麦若英连说谢谢。留心以后，她发现小丁老师喜欢看电影，同事们聚在一起，聊时事、说笑话，他总插不上嘴，可一旦谈到电影，果然的兴致就来了，立刻变得滔滔不绝，成了谈话的中心。那些好莱坞、香港的导演、编剧、演员，好像是他家亲戚一样，就在嘴边放着，麦若英听到那些外国名字呜呜啦啦一长串流利地从他口里吐出，实在是佩服之至。下了班就去学校附近的租碟店选他提到过的片子租来看，以便将来和小丁老师有共同语言。可有些影片实在乏味无趣，她看着看着就睡着了，醒来不得不重新再播放一遍。平日里，路上碰到丁果然的日子，就是麦若英的节日。小丁老师与人打招呼常常就是害羞地讪笑一下，低头而过，麦若英却觉得那会心一笑中包含了气象万千。晚上回去照例要写日记，详细记录丁果然今天穿了什么衣服，说过什么话。梦想着以后两人要是成了，把这当作礼物送给他，果然应该会很感动吧。

写完日记，又没有作业需要批改，麦若英就拿出收音机，这是老习惯了。床头台灯弥散着黄黄的光，电波中主持人娓娓述说着生编的爱情故事，配上缠绵悱恻的音乐，她享受在那种想哭的冲动中。麦若英觉得自己一直都很盲目，不由自主被生下来，在棉油皂堆里长大，五六岁就知道一块棉油皂三十斤，搁上一个星期就会折八两。她们家的磅秤底下偷偷粘着一块吸铁石，每一磅下来，买家总会少二两，要是有人抱怨，她虽小，也会撇着老练的腔调说，水分东西，总会折一些的，我们亏的才多哩！后来就是小学、初中、高中、师范，按照一个模子被刻出来，连近视眼都是随波逐流，不知道什么时候眼前也是亮晶晶两片了。可一上班她就配了隐形眼镜，因为自己从没打算在学问上做出什么成就。至于爱情，她也没有多少奢望。大学里也见多了，多么纯洁，多么高尚，结果还不是分分合合。电视里演那么好，都是人吃饱了没事做罢了，当不得真。但丁果然好像真的不错，彼此也该算是朋友了吧，可他从未主动打过招呼，哪怕聊聊电影也好啊。

因为距离期末考试还远，课便没那么紧张，麦若英闲来就去找师范大学时的同学陆士华玩，她新近交了一个男朋友，叫张现金，在宛市电视台工作，两人正在热恋，就把好友麦若英撇在一边很久。陆士华满心歉意，又是将男友叫来让麦若英过目，又是送上两张电影票，邀请一起去看《侏罗纪公园》。麦若英原谅了老同学的"重色轻友"，接过电影票时肚里已经有了主意。第二天早早赶到办公室，趁着没旁人的时候就凑到丁果然面前约他一起看电影，小丁老师并没有她想象中的喜形于色，迟疑了一下，麦若英连忙说："票很难弄哪，是市里最好的立体声影院呐！就算是对你平日给我帮助的感谢好了！"丁果然犹豫了一下就答应了。麦若英很高兴，厚着脸皮试探性地问："你女朋友不会生气吧？"果然立时有些尴尬，一边低头写教案一边说："没有，没有。"麦若英也不知道没有什么。

晚上赶到电影院时，陆士华和张现金已经在等了。张现金是场面上的人，热情地主动过来握手寒暄，小丁老师却怯生生的，木讷拘谨，一句多余的话也没有。进了场，张现金打着火机找到位子，刚坐下电影就开演了。片子情节紧张、特效逼真，丁果然一下就沉浸其中，看到精彩处，嘴巴直吸溜，激动地连拍大腿，全然忘了还有麦若英在身边。影片结束了，还意犹未尽，笑着对麦若英说："电影院就是电影院，比看碟子效果好多啦！"麦若英只是僵笑了一下。电影散了场还早，张现金提议吃点夜宵，于是四个人就到了文化宫附近一处不错的饭店吃饭。丁果然惊讶于里面的富丽堂皇，坐在桌前似乎有些局促不安，点菜时翻了半天才挤出个"水煮花生米"，就把菜单扔给了麦若英。张现金和陆士华卿卿我我，麦若英就显得很孤单，一副闷闷不乐的模样。张现金很快意识到了，就故意讲些采访中的逸闻趣事逗大家笑，可丁果然要么埋头苦吃，要么坐着干听，全然说不上话，偶尔评价一句，总是显得异常突兀，引得大家立时安静下来看着他，仿佛在等他的后半句落地，可是小丁老师分明已经说完，低头不停去喝水了。麦若英盼着这难堪的晚餐早点结束，吃完饭，张现金开车送众人一一回家，丁果然好像觉察到了什么，下车时轻声跟麦若英说了句："再见。"麦若英心里暖洋洋的，一下子就全部原谅小丁老师了。

新的星期开始了，麦若英走进办公室时有些忐忑不安，丁果然是会对自己好一点呢，还是一切如故。教研室里人来人往，坐在角落里的小丁老师并不引人注意，一种同病相怜之感油然而生，她觉得自己还是喜欢丁果然的。可是，临近下班，麦若英才真正清醒了。一个戴眼镜长相秀气的高个女子在门口东张西望了一下，惊喜地喊了一声："小丁！"果然一抬头，那种表情麦若英一辈子都无法忘记，他的脸上突然灿烂地开出一朵花，抛下手中的水笔，不顾一屋子同事都看着，在门口就拉着女孩的手殷勤地问这问那。麦若英的眼前一黑，"我恨死眼镜了！"她在心里哭喊道。

她觉得自己终于可以坦然面对小丁老师了，头碰头在走廊里遇到，心情好时就点点头，不想搭理就面无表情地走过。倒是丁果然有些心虚，见到她就点头哈腰，一副谄媚的模样，麦若英觉得那样子真猥琐。有一天下午放学后，她和一个学生家长谈话走得晚了点，抱着一叠小测验的试卷下楼后，就看见敖轶五远远地昂首挺胸走过来，脸上似笑非笑地盯着她。麦若英不知哪来的豪气，迎着他的目光瞪过去，她觉得自己的脖子都僵硬了，脑子里一片空白，只注意到"黑五"的头上打了不少发胶，看上去亮晶晶一片。谁知敖轶五即将擦肩而过时，出人意料地突然抱住她，朝脸庞上湿湿地亲了一口，并在她耳边低声说："给我个面子，我跟他们打赌的——回头我请客！"麦若英一阵慌乱，没有反应过来，"黑五"就走过去了，她瞥见教学楼的拐角处，几个年轻老师哈哈笑着跑了。麦若英脑子里好像没了信号的电视屏幕，白闪闪一片雪花。

她本能地快步走回宿舍，坐在床上发了一会儿呆，突然愤怒起来，自己受了侮辱呀，这个敖轶五占自己的便宜，当时为什么不抢他一耳光！电视上都是这么演的！她不禁流下泪来，气愤地一把将桌上的卷子拂到地上，然后跑去水龙头边洗脸，连打了三遍肥皂，脸蛋都洗痛了。过了好久终于平静下来，收拾了考卷，回想起傍晚的情景，似乎又没那么糟糕。当时差点摔倒，只顾着忙乱，就觉得脸上凉凉一下，不，或者是热热一下，不然自己的脸何以到现在还发烫。但她不得不承认，敖轶五的眼睛的确很迷人，头发的香味很独特。转而，她又恨自己为什么还会这么想。

麦若英晚上就住在了学校，判一会儿卷子，就有些累了，正想洗漱睡觉，忽然一阵敲门声。她诧异地问："谁啊？""我，敖轶五！""黑五"的声音在门外重重地响起。麦若英的心一下子嘭嘭跳起来。"什么事，这么晚了！"她尽量平静地说。"你开开门，我想为今天的事道个歉。""黑五"不紧不慢地说。"算了……我早忘了！"麦若英觉得自己的声音都在颤抖，几乎要喘不上气了。"求求你，开开门吧，我的大小姐！""黑五"幽幽的声音让麦若英一下清醒了，想起魏蕴虞的话，很快镇定下来，惦着脚尖去将门背后的暗锁插上，回来关了灯说："我已经睡下了，有事明天再说吧！"透过窗帘，她看到一个人影在窗外晃来晃去，圆脑袋、方身子，敖轶五一定穿着西装！麦若英后悔没把菜刀拿过来，"黑五"的踱步声在门外响了一阵就消失了，她闭着眼睛缩成一团僵硬地躺在床上，不知何时才沉沉睡去。

第二天，麦若英就不住校了，她想了几天，决定不如考研吧。有几个同学也是一边工作一边准备，自己才毕业一年，外语还没丢，专业课拾着也容易。如果读完研生，就可以找一份更好的工作。和家里商量后，父母无奈也同意了。确定下新目标，她就去买回一大堆参考书，上完课就关在屋子里复习，用功得又像一个高中生了。没过多久，麦若英就发现，王河东有了女朋友，那是一个相貌丑陋、个子很高的女人，"黑五"没有再骚扰她以及其他女老师，而是和电视台一个女主持人开始约会，丁果然也订婚了，别人都在变化，只有她是静止的。但复习时间太紧张了，不容麦若英去自怨自艾，她赶忙把心收到眼前厚厚的复习资料上，要读的书太多了，专业课还顺手些，困难的是英文，六级过完才两年多，再看那些常用单词就陌生了。她怀疑自己的记忆力是不是衰退了，看到一本学习资料上说，睡觉前记单词效果好，麦若英就温书到十二点，再背上半个小时单词，可有时实在太困乏，心想就休息五分钟吧，头一低挨着书本就迷瞪着了，然后便开始不停做梦。麦若英梦到自己的房门没插好，赶紧过去插上插销，不知怎地，一转身门又开了，跑过去再插上，反复几次，她简直要出离愤怒了。心想算了算了不管它，还是记单词要紧，就努力想拼出刚背下的那个长单词，可怎么也想不起来，又不愿放弃，于是，就这么痛苦地继续着她的梦了。

后记

太阳最红，A4纸最亲

在这部小说集中，我其实只是写了故乡的一条河。在河两岸大约五平方公里的范围内，我像造物主一样，在这里摆上一个村庄，那里挪来一所学校，画出几条街道，再撒下些痛苦挣扎的人们，虚构了子午镇这个地方。我的文学帝国就建筑在这里。

现实生活中，十八岁读大学以前，我从未走出过子午镇，甚至连火车都没坐过，我渴望外面的世界。然而长大了，到过很多地方以后，我却越来越留恋故乡。因此，我将这本书中所有的故事，都放到了河南南阳白河的岸边，我的童年就是在那里度过的。但文学作品毕竟是虚构的，读者要去寻找地理上的子午镇，去白河边考证小说中人物的原型，恐怕是要失望的。这些小说，散发着浓浓家乡的气息，它们中不免有亲朋好友的只言片语，有我自己经历的碎屑。我想，假如我能成为一名作家，我的自传就在全部小说里。

书中收录的七篇小说基本上写作于二零零六年至二零一二年，在三十岁左右的几年时间里，我精力旺盛、激情满怀，非常渴望献身于某一项事业，于是就有了这批文字。它们基本上都是在两会、五一、国庆这类假期里写出的。而一旦坐在书桌前，我就像进入更年期的女人一样易燥易怒，讨厌任何打扰。我习惯于早晨起床就开始工作，伏案一口气写到下午四点，其间不吃不喝，直到精疲力竭地完成一天的计划。这种苦行僧一样的生活，于我却是一种莫大的享受。

在我个人看来，和谈恋爱一样，写文章是这世界上最浪漫又最痛苦的事情之一。它是一项看起来好像大部分人都能干，但可能大部分人都干不好的事业。文学作品读多了，我发现好的小说必须具备两点：一是好的语言，二是好的故事。因此，在这些小说中，我使用了不少方言，倒不是为了卖弄乡土风情，而是觉得形象传神。

在众多方言中，我尤其喜欢听河南话和陕西话。当然，南阳话毫无疑问是最悦耳的。每次回故乡，最大的乐趣之一就是"偷听"老家人聊天，特别是那种海阔天空、不着边际的闲扯，总能收集到一些绝妙好辞。老家有句话说"女人浪倚门框，男人浪满街逛"。浪不浪不知道，但我真的喜欢四处溜达，到市场里倾听人们讨价还价，在饭馆里注意一群酒鬼的吆喝，大院里的泼妇骂街，我会津津有味地记录下她骂了什么，想想实在无可救药。我就像一个在沙滩上捡贝壳的孩子，每听到一句好话，都如获至宝。

书中一些方言的运用，还要感谢我的父母。他们都不识几个字，但在我看来，两位老人家都是语言大师。以前每次听到他们讲出好的语句，我就赶紧拿笔去记录，他们不免有些紧张，后来有了手机，我假装发短信就顺手记下了，感谢发明手机的人。

值得一提的是，在这些小说里，我将北京的一家火锅店挪到了白河边，没过两年，那里真的开了一家。我虚构了一个老人淹死在白河里的场景，今年春天回家，竟然听父母说，一个中年人去年冬天在河上打鱼，船翻后落水死了。不过这个真实的故事是那人蹬掉衣服游上了岸，赤身裸体挨家挨户敲门，有人打开门一看又毫不留情地关上了。这个不幸的人就这样生生冻死在寒夜里。我听后有些恐惧，不敢乱写了。

从事文字工作时间长了，我知道不少人写作时都有"怪癖"，有人一定要喝茶抽烟，有人习惯挑灯夜战，而我则是喜欢散步。写文章前总要散长长的步，望京的大街小巷都被我走遍了，我常常想，稿子里的那些字都是我从街上一个一个拾回来的。如果把写作这本书几年间散的步连起来，估计可以从北京走回南阳了。

另外，这些小说也都是我在A4纸上手写下来的——先写出草稿，再誊抄一遍，然后打印出来修改，因此，每一篇小说都至少写了三遍。我读大学的时候，计算机还未普及，后来虽然学会了电脑，但看重的文字还是会手写下来。这样不免吃力，但我会安慰自己：中国人的字是越来越不值钱啦，甲骨文为文物，毛笔字是书法，钢笔字还算手稿，到键盘敲字节只能称"码字"了。这种对文字的不敬语是我这种遗老气质浓厚的人无法容忍的。但其实，只要能写出好文章，就算是用龟甲兽骨来刻也无所谓的。然而，朋友们知道了我的癖好，从此送的礼物就是A4复印纸。

这些作品写出来以后，几百页A4纸就一直在我的书桌抽屉里静静地躺着，会有人去读吗？我常常望着它们疑惑地问自己。我知道，文学评价是很个人的事情，每个人心中好文章的标准不一样，于我个人而言，真正的好文章是让同行绝望的文章。小说也好、散文也好，新闻作品也好，同行看完，一拍大腿："他妈的，我干这行没希望了！"这样的文章才是好文章。我渴望自己有一天能写出这样的作品。

我也很清楚，自己的名字很普通，但又不愿去取笔名，因此，我要写得比别人好、写得比别人多，才能让人记住。然而，写作这门手艺，天赋与刻苦同样重要。我祈求老天眷顾，能有份好运气，可以将自己的文学王国建成。与此同时，更要拿出当初定下写作决心时的一段话以自励：

每一篇都是最后一篇

我爱惜自己的羽毛如同生命。作为一个文字工作者，那就是通过作品来展示自己，获得荣誉。为防止可能的松懈，我给自己定了个标准：把每一篇稿子都当成最后一篇来写。试想，今天写完这篇稿子，出门就死了，这话有些不吉利，吐吐口水，但每个人都会有一个属于自己的死法，这没什么可忌讳的。那么这篇稿子明天发表时，不免要把名字打上黑框，细心的读者总会好奇地看一看，咦，这个"死人"的稿子写的什么呢。如果是一篇烂稿，人家会骂，稿子写得这么差，死了也就死了吧。如果写得还可以，人家可能会多扫一眼，甚至感叹

Z
I
/
W
U
/
Z
H
E
N

一句，这人文章写得不错，可惜了。每个职业的文字工作者都会有这么一篇名字加黑框、类似讣告似的作品。我就期待着那多看的一眼，或者那句"可惜了"。

二零一四年三月